OSACZONA

GRUPA WYDAWNICZA
PUBLICAT S.A.

Firma rozpoczęła swoją działalność w 1990 roku pod nazwą Podsiedlik-Raniowski i Spółka.
W 2004 roku przyjęto nazwę PUBLICAT S.A., w tym samym roku w skład grupy PUBLICAT
weszło wrocławskie Wydawnictwo Dolnośląskie. W 2005 roku dołączyło do niej katowickie
Wydawnictwo Książnica. Rok 2006 to objęcie nazwą Papilon programu książek dla dzieci.
W roku 2007 częścią grupy stała się warszawska Elipsa.

Papilon	**Publicat**	**Elipsa**	**Wydawnictwo Dolnośląskie**	**Książnica**
baśnie i bajki, klasyka polskiej poezji dla dzieci, wiersze i opowiadania, książki edukacyjne, nauka języków obcych dla dzieci	książki kulinarne, poradniki, książki popularnonaukowe, literatura krajoznawcza, hobby, edukacja	albumy tematyczne: malarstwo, historia, krajobrazy i przyroda, albumy popularnonaukowe	literatura faktu i poradnikowa, historia, biografie, literatura współczesna, kryminał i sensacja, fantastyka, literatura dziecięca i młodzieżowa	literatura kobieca, powieść historyczna, powieść obyczajowa, fantastyka, sensacja, thriller i horror, beletrystyka w wydaniu kieszonkowym, książki popularnonaukowe

P.C. CAST + KRISTIN CAST

Osaczona

Tom V cyklu

DOM NOCY

Przełożyła z angielskiego
Iwona Michałowska-Gabrych

Wydawnictwo „Książnica"

Tytuł oryginału
Hunted

Koncepcja okładki
Michael Storrings

Projekt serii
Cara E. Petrus

Opracowanie graficzne
Mariusz Banachowicz

Fotografia na okładce
© Inga Ivanova

Polish edition © Publicat S.A. MMXI

ISBN 978-83-245-7896-2

Wydawnictwo „Książnica"
40-160 Katowice
Al. W. Korfantego 51/8
oddział Publicat S.A. w Poznaniu
tel. 32 203-99-05
faks 32 203-99-06
www.ksiaznica.com
e-mail: ksiaznica@publicat.pl

Wydanie pierwsze
Katowice

Tę książkę dedykujemy Johnowi Maslinowi — mojemu byłemu uczniowi, którego inwencja i pomoc w zbieraniu materiałów okazały się nieocenione; wspaniałemu chłopakowi, który jako żywo przypomina naszego Damiena... hmmm..

PODZIĘKOWANIA

Dom Nocy powstaje wysiłkiem zbiorowym, a nie tylko dzięki dynamicznemu duetowi złożonemu z Kristin i mnie! Serię wspiera grono niesamowitych osób z wydawnictwa St. Martin's Press, ludzie, których kreatywność ustępuje miejsca jedynie ich hojności. Oto lista tych osób, przed którymi obie chylimy czoło: Jennifer Weis, Anne Bensson, Matthew Shear, Anne Marie Tallberg, Brittany Kleinfelter, Katy Hershberger oraz nasi wspaniali graficy — Michael Storrings i Elsie Lyons. Wielkie dzięki dla wszystkich w SMP!

Jak zawsze mamy ogromny dług wdzięczności wobec naszej agentki i przyjaciółki Meredith Bernstein.

Pragniemy również podziękować licznym fanom, którzy tak bardzo wspierają serię i przysparzają nam tyle radości podczas spotkań. Szczególnie dziękujemy pierwszym klasom Will Rogers High School w Tulsie (Oklahoma), które czytały *Naznaczoną* na lekcjach angielskiego i zapewniły nam mnóstwo zabawy podczas wizyty w ich wspaniałej szkole!

A skoro o wspaniałych szkołach mowa, musimy też podziękować grupie wiernych fanów — nauczycielom z zespołu szkół Jenks w Oklahomie. Jesteście super! (I do zobaczenia podczas następnego podpisywania książek!).

ROZDZIAŁ PIERWSZY

Sen zaczął się od trzepotu skrzydeł. Z perspektywy czasu wiem, że powinnam od razu uznać to za zły omen, biorąc pod uwagę fakt panoszenia się po świecie Kruków Prześmiewców, ale we śnie ten dźwięk był słyszalny tylko w tle, trochę jak szum kręcącego się wiatraczka albo ględzenie telewizora nastawionego na kanał z telezakupami.

Stałam pośrodku pięknej łąki. Była noc, nisko ponad okalającymi łąkę drzewami unosił się ogromny księżyc w pełni, rzucając tak silne srebrzystobiałe światło, że na ziemi tworzyły się cienie i wszystko wyglądało jak pod wodą. Łagodny wietrzyk, na którym miękka trawa łasiła mi się do gołych nóg, rozkołysana jak fale rozpływające się słodko na brzegu, tylko wzmagał to wrażenie. Ten sam wietrzyk unosił moje gęste ciemne włosy z nagich ramion, głaszcząc skórę niczym jedwab.

Gołe nogi? Nagie ramiona?

Opuściłam wzrok i aż pisnęłam ze zdumienia. Miałam na sobie zabójczo krótką sukienkę z jeleniej skóry z górą wyciętą w szerokie „V" z przodu i z tyłu, tak że trzymała się na końcach ramion, odsłaniając mnóstwo ciała. Sama sukienka była niesamowita: biała, z frędzlami, piórami i muszelkami; zdawała się lśnić w blasku księżyca, pokryta koralikami

9

ułożonymi w skomplikowane wzory i wręcz niewiarygodnie piękna.

Ja to mam wyobraźnię!

Sukienka z czymś mi się kojarzyła, ale nie zaprzątałam sobie tym głowy. Nie miałam ochoty za wiele myśleć — przecież śniłam! Zamiast rozważać jakieś *déjà vu*, pląsałam wdzięcznie po łące, zastanawiając się, czy Zac Efron, a może nawet Johnny Depp nie pojawi się tu za chwilę i nie zacznie bezczelnie ze mną flirtować.

Kołysząc się i wirując na wietrze, rozglądałam się wokół i wydawało mi się, że widzę, jak cienie migoczą i poruszają się dziwnie na tle ogromnych drzew. Zatrzymałam się i zmrużyłam oczy, by lepiej dostrzec, co się dzieje w ciemnościach. Znając siebie i swoje wariackie sny, nie byłabym zdziwiona widokiem butelek coli zwisających z gałęzi jak jakieś dziwaczne owoce i tylko czekających na zerwanie.

I wtedy pojawił się on.

Na skraju łąki w cieniu drzew zmaterializował się jakiś kształt. Dostrzegłam go tylko dzięki temu, że blask księżyca pochwycił regularne linie nagiej skóry.

Nagiej?

Zamarłam. Czyżbym do reszty oszalała? Pląsanie po łące z nagim facetem jednak mnie przerastało, nawet gdyby się okazał zdumiewająco tajemniczym Johnnym Deppem.

— Wahasz się, moja droga?

Na dźwięk tego głosu przeszedł mnie dreszcz, a w koronach drzew rozległ się straszliwy drwiący śmiech.

— Kim jesteś?

Na szczęście mój ton nie zdradził, jak wielki czuję strach.

A on odpowiedział mi śmiechem równie głębokim i pięknym jak jego głos — i równie przerażającym. Śmiech odbijał się echem od konarów przyglądających się nam drzew, by w końcu niemal zmaterializować się w otaczającym mnie powietrzu.

— Udajesz, że mnie nie znasz?

Głos otarł się o moje ciało, unosząc mi włoski na rękach.

— Owszem, znam. Wymyśliłam cię. To mój sen, a ty jesteś kombinacją Zaca i Johnny'ego. — Zawahałam się, przyglądając mu się spod zmrużonych powiek. Udawałam wyluzowaną, choć serce waliło mi jak szalone, bo oczywiście doskonale wiedziałam, że mój rozmówca nie ma nic wspólnego z tymi dwoma aktorami. — No dobrze, może jesteś Supermanem albo księciem z bajki — dodałam, rozpaczliwie broniąc się przed prawdą.

— Nie jestem tworem twojej wyobraźni. Znasz mnie. Twoja dusza mnie zna.

Choć nie ruszyłam się z miejsca, moje ciało z wolna przybliżało się do tajemniczego rozmówcy, jakby je przyciągał jego głos. Gdy już byłam przy nim, podniosłam głowę i zobaczyłam...

Kalonę. Rozpoznałam go już po pierwszych słowach, które wyrzekł, ale nie chciałam przyjąć tego do wiadomości. Jakim cudem mogłam go wyśnić?

Koszmar — to musiał być koszmar, nie zwykły sen.

Kalona był nagi, lecz nie całkiem materialny. Jego kształt zmieniał się z podmuchami wiatru, a za nim, w ciemnozielonym cieniu drzew, dostrzegałam widmowe postacie jego dzieci, Kruków Prześmiewców, trzymających się gałęzi ludzkimi dłońmi i stopami i gapiących się na mnie ludzkimi oczyma osadzonymi w zmutowanych twarzach ptaków.

— Nadal utrzymujesz, że mnie nie znasz?

Ciemne jak bezgwiezdne niebo oczy były w nim chyba najbardziej wyraziste. One i jego jedwabisty głos. Nawet jeśli to koszmar, pomyślałam, to wciąż jest to m ó j koszmar! Mogę się po prostu obudzić! Chcę się obudzić! Chcę się obudzić, i to już!

Nic z tego. Nie mogłam. Nie miałam władzy nad snem. Miał ją Kalona, bo to on stworzył tę koszmarną ciemną łąkę i jakimś sposobem sprowadził mnie na nią, zamykając za nami drzwi do jawy.

— Czego chcesz? — zapytałam, szybko wypowiadając słowa, by nie usłyszał drżenia w moim głosie.

— Wiesz, czego chcę, ukochana. Chcę ciebie.

— Nie jestem twoją ukochaną!

— Ależ oczywiście, że jesteś. — Przysunął się tak blisko mnie, że czułam chłód jego niematerialnego ciała. — Jesteś moją A-yą.

A-ya była dziewczyną stworzoną przez czirokeskie kobiety mędrców wiele wieków temu w celu uwięzienia Kalony. Poczułam ukłucie paniki.

— Nie jestem A-yą!

— Władasz żywiołami. — Jego głos był jak pieszczota, potworny i cudowny, pociągający i przerażający.

— To dar od mojej bogini — broniłam się.

— Już kiedyś nimi władałaś. Zostałaś z nich zbudowana. Stworzona po to, by mnie kochać. — Jego ogromne czarne skrzydła załopotały i uniosły się, zamykając mnie łagodnie w zimnym jak lód widmowym uścisku.

— Nie! Musiałeś mnie pomylić z kimś innym. Nie jestem A-yą!

— Mylisz się, ukochana. Wyczuwam ją w tobie.

Ścisnął mnie skrzydłami, przygarniając do siebie. Choć jego fizyczna postać nie była w pełni materialna, poczułam ten dotyk. Miękkie skrzydła były jak lód na moim ciepłym ciele. Sylwetka Kalony przypominała chłodną mgiełkę. Paliła mi skórę, rażąc wyładowaniami elektrycznymi i atakując pożądaniem, którego nie chciałam czuć, ale nie potrafiłam mu się oprzeć.

Miałam ochotę utonąć w jego uwodzicielskim śmiechu. Pochyliłam się do przodu, zamykając oczy i stękając głośno, gdy jego chłód otarł mi się o piersi, posyłając bolesne, a zarazem cudownie erotyczne impulsy do obszarów mojego ciała, które coraz bardziej przejmowały nade mną władzę.

— Lubisz ból. Sprawia ci przyjemność. — Jeszcze mocniej ścisnął mnie skrzydłami, napierając na mnie silniej, zimniej, bardziej namiętnie i boleśnie. — Nie opieraj się. — W miarę narastania pożądania Kalony jego głos, od początku piękny, stawał się coraz bardziej uwodzicielski. — Spędziłem w twoich objęciach całe wieki. Tym razem nasze zbliżenie będzie podporządkowane mnie, a ty będziesz się rozkoszować tym, co ci dam. Odrzuć jarzmo swojej odległej bogini i oddaj się mnie. Kochaj mnie całą swoją duszą i ciałem, a ja złożę u twych stóp cały świat!

Sens jego słów przebił się przez oszałamiającą mgiełkę bólu i rozkoszy jak blask słońca wypalający poranną rosę. Otrząsnęłam się i wyśliznęłam z uścisku skrzydeł. Wokół mojego ciała wiły się smużki lodowatego czarnego dymu, przywierając... dotykając... pieszcząc...

Raz jeszcze otrząsnęłam się jak rozdrażniony kot zrzucający z siebie deszczówkę, a wtedy ciemne smugi ześliznęły się z mojego ciała.

— Nie jestem twoją kochanką! Nie jestem A-yą! I nigdy nie odwrócę się od Nyks!

Gdy wymówiłam imię bogini, koszmar się rozsypał.

Usiadłam gwałtownie na łóżku, roztrzęsiona i zdyszana. Stevie Rae spała bezgłośnie obok, ale Nala miała otwarte oczy i fukała cicho. Nastroszona, z wygiętym grzbietem spoglądała, mrużąc oczy, w powietrze nad moją głową.

— Cholera! — pisnęłam i zerwałam się z łóżka, odwracając się szybko i podnosząc wzrok, jakbym się spodziewała, że ujrzę Kalonę krążącego ponad nami jak ogromne nietoperzowate ptaszysko.

Pustka. Kompletna pustka.

Chwyciłam Nalę i usiadłam na łóżku, głaszcząc ją drżącymi dłońmi.

— To był tylko zły sen... tylko zły sen... tylko zły sen... — powtarzałam. Ale wiedziałam, że to kłamstwo.

Kalona był rzeczywisty i jakimś sposobem potrafił do mnie dotrzeć przez moje własne sny.

ROZDZIAŁ DRUGI

„No dobra — mruknęłam do siebie surowo — Kalona potrafi przeniknąć do twoich snów, ale teraz nie śpisz, więc weź się w garść". Głaskałam Nalę, czekając, aż jej znajome pomruki mnie uspokoją. Stevie Rae poruszyła się przez sen i wyszeptała coś, czego nie zrozumiałam. Potem, wciąż śniąc, uśmiechnęła się i westchnęła. Patrzyłam na nią zadowolona, że ma lepsze sny niż ja.

Łagodnie odsunęłam koc, pod którym leżała skulona, i z wielką ulgą zobaczyłam, że przez bandaż spowijający potworną ranę po strzale, która ją przeszyła, nie przesiąka już krew.

Stevie znów się poruszyła. Tym razem jej powieki zatrzepotały i otworzyły się. Przez moment wyglądała na skonsternowaną, wreszcie uśmiechnęła się do mnie sennie.

— Jak się czujesz? — spytałam.

— W porządku — mruknęła zmęczonym głosem. — Nie martw się o mnie.

— Trochę trudno się nie martwić, kiedy moja najlepsza przyjaciółka co chwila umiera — odpowiedziałam, uśmiechając się do niej.

— Tym razem nie umarłam. Tylko prawie.

— Moje nerwy informują, że dla nich to „prawie" niewiele zmienia.

— Powiedz swoim nerwom, żeby się uspokoiły i poszły spać — powiedziała Stevie, zamykając oczy i znów naciągając na siebie koc. — Nic mi nie jest — powtórzyła. — Nikomu z nas nic nie będzie. — Potem zaczęła miarowo oddychać i przysięgam, że nim zdążyłam mrugnąć, spała w najlepsze.

Zdławiłam głośnie westchnienie i szybko położyłam się z powrotem, szukając wygodnej pozycji. Nala skuliła się między Stevie a mną, miaucząc z wyraźnym niezadowoleniem, jakby nakazywała mi natychmiast się uspokoić i spać.

Spać? I może jeszcze śnić, co? Co to, to nie. Nie ma mowy.

Zamiast tego wsłuchiwałam się w oddech Stevie Rae i machinalnie głaskałam Nalę. Nie do wiary, jak zwyczajne wydawało się życie w tej małej bańce mydlanej, którą sobie stworzyliśmy. Patrząc na śpiącą Stevie, niemal nie wierzyłam, że zaledwie kilka godzin wcześniej jej pierś została przeszyta na wylot strzałą, a my wszyscy musieliśmy uciekać z Domu Nocy pośród rozdzierającego świat chaosu. Nie chcąc pozwolić sobie na sen, odtwarzałam w kółko w zmęczonym umyśle wydarzenia minionej nocy, coraz bardziej zdumiona, że którekolwiek z nas wyszło z tego żywe.

Pamiętałam, że — choć to niewiarygodne — Stevie Rae kazała mi przynieść długopis i papier, bo jej zdaniem właśnie w tym momencie należało sporządzić listę rzeczy, które musieliśmy znieść do tuneli, żeby niczego nam nie zabrakło, gdybyśmy musieli w nich pozostać na dłużej.

Powiedziała mi to absolutnie spokojnym głosem, siedząc przede mną z wystającą z klatki piersiowej strzałą. Pamiętam, że na nią patrzyłam, aż zrobiło mi się niedobrze, a wtedy odwróciłam wzrok i powiedziałam:

— Stevie Rae, nie jestem pewna, czy to dobry moment na sporządzanie listy.

— Au! Cholerka, to boli bardziej niż te okropne osty, które wbijają się w stopę! — Stevie wciągnęła powietrze i skrzywiła się, ale zdołała się uśmiechnąć przez ramię do Dariusa, który wcześniej rozerwał jej z tyłu bluzkę, odsłaniając grot wystającej z pleców strzały. — Wybacz, nie chciałam przez to powiedzieć, że to twoja wina. Przypomnij mi swoje imię.

— Darius, kapłanko.

— To wojownik, Syn Ereba — dodała Afrodyta, rzucając mu zdumiewająco słodki uśmiech. Mówię „zdumiewająco słodki", bo w swoim zwykłym wydaniu Afrodyta jest samolubna, rozpieszczona, wredna i ogólnie rzecz biorąc nieznośna, chociaż ostatnio zaczynam ją nawet lubić. Innymi słowy, zdecydowanie nie jest słodka, ale stawało się dla mnie coraz bardziej jasne, że jest n a p r a w d ę zainteresowana Dariusem i stąd właśnie się bierze owa wyjątkowa słodycz.

— Daj spokój. Przecież od razu widać, że wojownik. Wygląda jak jakaś góra — żachnęła się Shaunee, szczerząc się do Dariusa.

— Góra w kształcie słodkiego ciasteczka — dodała Erin, posyłając mu całusa.

— On już jest zajęty, szajbuski, więc idźcie się bawić gdzie indziej — ofuknęła je instynktownie Afrodyta, choć odniosłam wrażenie, że nie mówi tego ze swoją zwykłą złośliwością. W sumie, gdy teraz to sobie przypominam, dochodzę do wniosku, że powiedziała to niemal miłym tonem.

Nawiasem mówiąc, Erin i Shaunee są bliźniaczkami, lecz nie rodzonymi, tylko duchowymi. Erin to niebieskooka blondynka z Oklahomy, a Shaunee ma karmelową skórę i pochodzi ze wschodniej części Stanów, choć jej przodkowie przybyli tu z Jamajki. Genetyka jednak nie ma dla nich znaczenia, bo zachowują się, jakby zostały rozdzielone po urodzeniu,

a potem połączone dzięki jakiemuś radarowi wykrywające-
mu bliźniaków.

— O, dzięki za przypomnienie, że naszych chłopaków tu
nie ma — zauważyła Shaunee.

— I że prawdopodobnie właśnie ich zjadają ludzko-pta-
sie potwory — dodała Erin.

— Hej, przestańcie się zamartwiać. Babcia Zoey nie mówiła, że Kruki Prześmiewcy zjadają ludzi. Mówiła tylko, że
ich porywają w te swoje olbrzymie dzioby i walą nimi o ścianę albo o cokolwiek tak długo, aż połamią im wszyściutkie
kości — odpowiedziała z pokrzepiającym uśmiechem Afrodyta.

— Daj spokój — wtrąciłam — chyba jesteśmy dostatecznie wystraszeni.

Z drugiej strony, Afrodyta miała rację. Choć brzmiało to
strasznie, mogła ją mieć zarówno ona, jak i Bliźniaczki. Nie
chciałam jednak zbyt długo o tym myśleć, więc przeniosłam
uwagę na ranną przyjaciółkę. Wyglądała strasznie: blada,
spocona i zalana krwią.

— Stevie Rae, nie sądzisz, że powinniśmy sprowadzić
do ciebie...

— Mam ją! Mam ją! — przerwał moją wypowiedź Jack,
z nieodłączną żółtą labradorką u boku wpadając do fragmentu tunelu zamienionego w pokój dla Stevie. Był zarumienio-
ny i wymachiwał białą walizeczką z wielkim czerwonym
krzyżem. — Była dokładnie tam, gdzie mówiłaś, Stevie.
W tej jakby tunelowej kuchni.

— Gdy tylko odetchnę, powiem wam, jak przyjemnie
zaskoczył mnie widok lodówek i kuchenek mikrofalowych
— odezwał się Damien, który wkroczył do pomieszczenia za Jackiem, ciężko oddychając i dramatycznie trzymając się za bok. — Będziesz musiała mi wyjaśnić, jak udało
ci się to wszystko tu przytaszczyć i dociągnąć prąd, żeby
działało... — Urwał, spojrzał na zakrwawioną i podartą ko-

szulę Stevie Rae oraz wystającą wciąż z jej pleców strzałę
i zbladł jak ściana. — Oczywiście jak już nie będziesz *en
brochette.*

— En co? — zapytała Shaunee.

— Bro jak? — sekundowała jej Erin.

— *En brochette* to francuskie określenie na coś, co jest
nadziane na patyk. Zwykle chodzi o jedzenie, moje niedo-
uczone panny. To że świat popadł w szaleństwo i spuszcza ze
sfory ptaki wojny — uniósł brwi, najwyraźniej oczekując, że
rozpoznają parafrazę Szekspira, co oczywiście nie nastąpiło
— nie oznacza, że musimy się niechlujnie wyrażać. — Potem odwrócił się z powrotem do Dariusa. — Znalazłem też
tę stertę niezbyt higienicznych narzędzi. — Uniósł coś, co
wyglądało jak olbrzymie nożyczki.

— Dajcie tu nożyce do drutu i apteczkę — zarządził au-
torytatywnie Darius.

— Co masz zamiar robić tymi nożycami? — zainteresował się Jack.

— Odetnę koniec strzały, ten z piórami, żeby wyciągnąć
resztę z ciała kapłanki. Dopiero wtedy rana zacznie się za-
bliźniać — odparł Darius jakby nigdy nic.

Jack aż jęknął i wsparł się o Damiena, który otoczył go
ramieniem. Cesarzowa — żółta labradorka strasznie przy-
wiązana do Jacka, odkąd jej pierwszy właściciel, adept o na-
zwisku James Stark, zmarł, a następnie się odrodził i przeszył Stevie Rae strzałą w ramach wrednego planu uwolnienia
Kalony, okropnego upadłego anioła (owszem, z perspektywy
czasu widzę, że to skomplikowane i dość mylące, ale tak to
już bywa z wrednymi planami) — zaskomlała i przylgnęła
do jego nogi.

Nie wspomniałam jeszcze, że Jack i Damien są parą. Innymi słowy — to nastoletni geje. Nie dziwcie się tak. To się
zdarza. I to częściej, niżbyście się spodziewali. A raczej: częściej, niż spodziewają się rodzice.

— Damien, może ty i Jack moglibyście, no wiesz, wrócić do kuchni i upichcić dla nas coś do jedzenia? — zapytałam, starając się wymyślić dla nich jakieś zajęcie nie wymagające gapienia się na Stevie Rae. — Wszyscy na pewno poczujemy się lepiej, gdy coś zjemy.

— Ja raczej się porzygam — zauważyła Stevie Rae.

— No, chyba że podadzą mi krew. — Próbowała się uśmiechnąć przepraszająco, ale zamarła, jęknęła i pobladła jeszcze bardziej, choć zdawało się to niemożliwe.

— Fakt, ja też jakoś nie jestem głodna — dodała Shaunee, gapiąc się na wystającą z pleców Stevie strzałę z taką samą fascynacją, z jaką ludzie wyciągają szyje, żeby lepiej zobaczyć roztrzaskany samochód.

— Jak wyżej, bliźniaczko — poparła ją Erin, która z kolei patrzyła wszędzie, tylko nie na Stevie Rae.

Już otwierałam usta, żeby im powiedzieć, że mam gdzieś, czy są głodne czy też nie, bo po prostu chcę je czymś zająć i odsunąć od Stevie, gdy nagle do pokoju wparował Erik Night.

— Mam! — zawołał. Trzymał w ręku strasznie starą i ogromną wieżę stereo zawierającą radio, magnetofon kasetowy i odtwarzacz kompaktów. Wiecie, takie wielkie pudło, które w zamierzchłych latach osiemdziesiątych nazywano jamnikiem. Nie patrząc na Stevie Rae, ustawił wieżę na stole w pobliżu niej i Dariusa, po czym zaczął manipulować przy wielkich, lśniących srebrnych gałkach, mamrocząc, że ma nadzieję odebrać tu jakąś stację.

— A gdzie Venus? — zapytała go Stevie. Widać było, że mówi z trudem. Strasznie drżał jej głos.

Erik spojrzał w kierunku zasłoniętego czarnym kocem okrągłego wejścia do pomieszczenia, ale nikogo tam nie było.

— Szła zaraz za mną. Myślałem, że tu weszła i... — W końcu spojrzał na Stevie Rae i umilkł gwałtownie.

— O rany, to musi naprawdę boleć — mruknął cicho.

— Kiepsko wyglądasz, Stevie.

Próbowała się do niego uśmiechnąć, lecz nie wyszło jej.

— Bywało lepiej. Cieszę się, że Venus pomogła ci znaleźć wieżę. Czasem udaje się tu odebrać kilka stacji.

— Tak właśnie mówiła — mruknął niepewnie Erik, wpatrując się w wystającą z jej nagich pleców strzałę.

Choć martwiłam się o Stevie, zaczęłam się też obawiać o Venus i ze wszystkich sił próbowałam sobie przypomnieć, jak ona właściwie wygląda. Kiedy ostatnio miałam okazję dobrze się przyjrzeć czerwonym adeptom, nie byli jeszcze czerwoni — kontur półksiężyca na ich czołach wciąż był szafirowy, jak u innych świeżo naznaczonych adeptów. Ta grupa jednak umarła, a potem zmartwychwstała jako szalone krwiożercze monstra, którymi była do chwili, gdy Stevie Rae przeszła specyficzną Przemianę. Człowieczeństwo Afrodyty (kto by pomyślał, że w ogóle je posiada!) w połączeniu z mocą pięciu żywiołów, nad którymi ja mam władzę, w jakiś sposób doprowadziło do tego, że Stevie odzyskała ludzką część swojej osobowości, a do tego jej twarz ozdobiły niesamowite tatuaże dorosłego wampira w kształcie pnączy i kwiatów. Nie były jednak granatowe, tylko czerwone — koloru świeżej krwi. Kiedy to się stało, tatuaże wszystkich nieumarłych adeptów także stały się czerwone, a oni sami odzyskali człowieczeństwo. Przynajmniej teoretycznie. Niewiele miałam z nimi do czynienia od czasu Przemiany Stevie Rae, więc nie miałam stuprocentowej pewności, czy stali się całkiem normalni. Z kolei Afrodyta całkowicie utraciła swój Znak i podobno przeobraziła się z adeptki z powrotem w człowieka, choć wciąż miała wizje.

Ta cała skomplikowana historia tłumaczy, dlaczego Venus podczas naszego ostatniego spotkania była dość obrzydliwa. Była wtedy nieumarłą, i to bardzo, ale to bardzo paskudną. Teraz jednak została naprawiona, przynajmniej częściowo, a ponieważ wiedziałam, że przed śmiercią i zmartwychwstaniem zadawała się z Afrodytą, domyślałam się, że musiała być oszałamiającą pięknością, bo Afrodyta nie uznawała brzydkich przyjaciółek.

No dobrze. Zanim pomyślicie, że jestem jakąś skrajnie zazdrosną wariatką, pozwólcie, że wam coś wyjaśnię: Erik Night jest zabójczo przystojnym modelem Supermana w wersji wampirskiej, a do tego ma talent i naprawdę porządny charakter. Niedawno przeszedł ostateczną Przemianę. Poza tym jest moim chłopakiem, co ja mówię — moim ekschłopakiem, przy czym „eks" to niedawny dodatek. Sytuacja ta oznacza niestety, że jestem idiotycznie zazdrosna o każdego, kto pochłania zbyt wiele jego uwagi (czytaj: kto pochłania choć odrobinę jego uwagi), nawet o jedną z tych dziwacznych czerwonych adeptek.

Na szczęście w moje wewnętrzne bredzenie wdarł się bardzo urzędowo brzmiący głos Dariusa.

— Radio może zaczekać. W tej chwili trzeba się zająć Stevie Rae. Gdy tylko się z nią uporam, będzie potrzebowała czystej koszuli i świeżej krwi. — Postawił na stoliku przy łóżku apteczkę, otworzył ją i zaczął szybko wyjmować gazę, alkohol i jakieś inne straszne rzeczy.

To definitywnie zamknęło wszystkim usta.

— Wiecie, że was uwielbiam, no nie? — zapytała Stevie, uśmiechając się do nas dzielnie. Pokiwaliśmy sztywno głowami. — No to się nie obrazicie, jak poproszę, żebyście wszyscy oprócz Zoey znaleźli sobie jakieś zajęcie na czas, kiedy Darius będzie wyciągał ze mnie tę strzałę.

— Wszyscy oprócz mnie? Nie, nie i jeszcze raz nie. Niby dlaczego ja mam zostać?

Zauważyłam w jej zbolałych oczach błysk wesołości.

— Bo jesteś naszą najwyższą kapłanką, Zo. Musisz zostać i pomóc Dariusowi. Poza tym już raz widziałaś, jak umieram. Co może być gorsze niż tamto? — Umilkła i zrobiła wielkie oczy. — O jeny, Zo, spójrz na swoje ręce! — wyjąkała wpatrzona w moje wciąż uniesione idiotycznie dłonie.

Obróciłam je, żeby sprawdzić, na co u diabła Stevie tak się gapi, i poczułam, że moje oczy też się rozszerzają. Na całej powierzchni wewnętrznej strony dłoni rozpościerały się tatuaże: ten sam złożony kolisty wzór, który zdobił moją twarz i szyję, a potem schodził w dół po obu stronach kręgosłupa i wreszcie oplatał talię. Jak mogłam zapomnieć? Kiedy uciekaliśmy do tuneli, czułam w dłoniach znajome mrowienie i od razu poznałam, co ono znaczy. Moja bogini, Nyks, ponownie dała mi znak, że należę wyłącznie do niej. Znów mnie wyróżniła spośród reszty żyjących na świecie adeptów i wampirów. Żaden inny adept nie miał wypełnionego i rozszerzonego Znaku. To następowało dopiero w chwili przejścia Przemiany, podczas której kontur półksiężyca na czole wypełniał się i przedłużał, tworząc jedyny w swoim rodzaju tatuaż okalający twarz i oznajmiający światu, że dana osoba jest już dojrzałym wampirem.

Tak więc moja twarz oznajmiała, że jestem wampirką, ale zaprzeczał temu organizm wciąż będący organizmem adeptki. A reszta moich tatuaży? No cóż, to już było coś, co nigdy dotąd nie przytrafiło się ani adeptowi, ani wampirowi, i nawet teraz nie byłam do końca pewna, co to oznacza.

— Ależ one są przecudowne, Zo! — rozległ się obok mnie głos Damiena. Z wahaniem dotknęłam swojej dłoni.

Podniosłam wzrok na jego przyjazne orzechowe oczy, sprawdzając, czy patrzy na mnie inaczej niż zwykle. Szukałam oznak czci, zdenerwowania albo co gorsza — strachu. Na szczęście zobaczyłam tylko starego dobrego Damiena i jego ciepły uśmiech.

— Czułam, że to się dzieje, kiedy zbiegaliśmy do tuneli — przyznałam. — A potem chyba... chyba po prostu zapomniałam.

— Cała Zo — zaśmiał się Jack. — Tylko ona potrafi zapomnieć o czymś, co jest tak jakby cudem.

— Wcale nie „tak jakby" — poprawiła go Shaunee.

— Ale to cud Zoey — zauważyła rzeczowym tonem Erin — a jej ciągle przydarzają się takie rzeczy.

— Ja nie mogłam nawet zachować jednego maleńkiego tatuażu, a ona ma ich pełno! — obruszyła się Afrodyta.

— Cholerny świat — narzekała, lecz jej uśmiech odebrał słowom cały gniew.

— To oznaka przychylności naszej bogini, pokazująca, że podążasz drogą, którą dla ciebie wybrała. Jesteś naszą najwyższą kapłanką — oznajmił z powagą Darius. — Jesteś wybranką Nyks. A ja potrzebuję twojej pomocy przy Stevie Rae, kapłanko.

— Niech to szlag! — wymamrotałam, przygryzając nerwowo wargę i zaciskając w pięści dłonie pokryte nowymi egzotycznymi tatuażami.

— Och, dajcie spokój. Ja zostanę i pomogę. — Afrodyta stanowczym krokiem podeszła do siedzącej na skraju łóżka Stevie Rae. — Krew i ból nie robią na mnie żadnego wrażenia, o ile nie są moje.

— Powinienem to przenieść bliżej wylotu tuneli. Tam pewnie jest lepszy odbiór — stwierdził Erik i nawet na mnie nie zerknąwszy ani nie powiedziawszy słowa na temat moich nowych tatuaży, przeszedł przez zasłonięte kocem drzwi.

— Wiecie, naprawdę uważam, że ten pomysł z jedzeniem jest dobry — mruknął Damien i biorąc Jacka za rękę, ruszył za Erikiem ku wyjściu.

— Jak pamiętacie, Damien i ja jesteśmy gejami, a to oznacza, że mamy w genach dobre gotowanie — zauważył Jack.

— Idziemy z nimi — oznajmiła Shaunee.

— Owszem. Jakoś nie jesteśmy przekonane o wrodzonym talencie kucharskim gejów — poparła ją Erin. — Na wszelki wypadek ich przypilnujemy.

— Krew. Nie zapomnijcie o krwi. Zaprawionej winem, jeśli je znajdziecie. Bez niej Stevie nie wydobrzeje — przypomniał im Darius.

— W jednej z lodówek jest magazyn krwi. Potem znajdźcie Venus — powiedziała Stevie Rae, krzywiąc się znowu, gdy Darius wacikiem nasączonym alkoholem zaczął oczyszczać z zakrzepłej krwi skórę wokół wystającej strzały.

— Lubi wino. Powiedzcie jej, czego potrzebujecie, a ona to dla was znajdzie.

Bliźniaczki spoglądały po sobie z wahaniem. W końcu Erin odezwała się w imieniu obu:

— Stevie Rae, czy ci czerwoni adepci naprawdę są w porządku? No wiesz, w końcu to te same osoby, które zabiły piłkarzy z Union i porwały ludzkiego chłopaka Zo, no nie?

— Byłego chłopaka — sprostowałam, ale nikt mnie nie słuchał.

— Venus przed chwilą pomogła Erikowi — zauważyła Stevie — a Afrodyta spędziła tu dwa dni i wciąż jest cała.

— No cóż, Erik jest wielkim i silnym wampirem, którego trudno byłoby pogryźć — mruknęła Shaunee.

— Choć mógłby się okazać bardzo smaczny — dodała Erin.

— Fakt, bliźniaczko. — Obie wzruszyły przepraszająco ramionami. — A Afrodyta jest tak okropna, że nikt by nie chciał jej gryźć.

— Ale my to co innego. Jesteśmy kawałeczkami czekolady z wanilią. Skusiłybyśmy nawet najmilszego krwiożerczego potwora — kontynuowała Erin.

— Krwiożerczym potworem — odparła z czarującym uśmiechem Afrodyta — to chyba jest twoja stara.

— Jak zaraz nie przestaniecie się kłócić, sama was pogryzę! — wrzasnęła Stevie Rae, po czym znów się skrzywiła i zaczęła sapać, próbując złapać oddech zbolałą piersią.

— Ludzie, ona przez was cierpi, a mnie zaczyna boleć głowa — powiedziałam szybko, coraz bardziej się martwiąc o Stevie, która z każdą sekundą wyglądała gorzej. — Skoro mówi, że czerwoni adepci są w porządku, to są. Właśnie uciekliśmy razem z nimi z piekła, w które zamienił się Dom Nocy, i jakoś nie próbowały nas po drodze zjeść. Więc bądźcie grzeczne i znajdźcie Venus, tak jak was prosiła Stevie.

— Nie byłbym takim optymistą, Zo — wtrącił Damien.

— Uciekaliśmy przed śmiercią. Nikt nie miał wtedy czasu na jedzenie.

— Stevie Rae, zapytam raz jeszcze: czy nic nam nie grozi ze strony czerwonych adeptów? — zwróciłam się do przyjaciółki.

— Naprawdę bym chciała, żebyście się trochę wysilili i zaakceptowali ich. Przecież to nie ich wina, że umarli, a potem zmartwychwstali!

— Widzicie? Są w porządku — powiedziałam. Dopiero później miałam sobie uświadomić, że tak naprawdę Stevie nie odpowiedziała na moje pytanie, czy czerwoni adepci są groźni.

— Dobra, ale robimy to na odpowiedzialność Stevie Rae — oświadczyła Shaunee.

— Właśnie. Jak któryś będzie próbował nas chapnąć, to sobie z nią poważnie porozmawiamy, gdy już wydobrzeje — pogroziła Erin.

— Krew i wino. Już. Mniej gadania. Więcej działania — sprowadził je na ziemię Darius.

Cała gromadka szybko opuściła pokój, pozostawiając mnie w towarzystwie Dariusa, Afrodyty i mojej najlepszej przyjaciółki, chwilowo *en brochette*.

A niech to szlag.

ROZDZIAŁ TRZECI

— Darius, naprawdę nie możemy tego zrobić jakoś inaczej? No wiesz, bardziej po szpitalnemu? A konkretnie w szpitalu. Z lekarzami i poczekalniami, w których czekają przyjaciele, kiedy... kiedy... — Dramatycznym gestem wskazałam strzałę wystającą z piersi Stevie Rae. — Kiedy załatwia się taką sprawę.

— Może istnieje lepszy sposób, ale nie w tych okolicznościach. Mam tu ograniczony zasób narzędzi, a gdybyś się przez chwilę zastanowiła, kapłanko, chyba raczej nie chciałabyś, żebyśmy tej nocy wychodzili na powierzchnię do jednego z miejskich szpitali — odparł Darius.

Przygryzłam wargę w milczeniu, myśląc, że ma rację, lecz wciąż szukając mniej przerażającej opcji.

— Nie ma mowy — oznajmiła Stevie Rae. — Nie zamierzam tam wracać. Nie dość, że Kalona jest wolny, a razem z nim jego obrzydliwe ptasie bachory, to jeszcze nie mogę być na powierzchni, gdy wschodzi słońce, a czuję, że ten moment już się zbliża. Raczej bym tego nie przeżyła, biorąc pod uwagę mój stan. Zo, po prostu będziesz musiała to zrobić — zakończyła.

— Chcesz, żebym pchała strzałę, gdy ty będziesz przytrzymywać Stevie? — zapytała Afrodyta.

— Nie, patrzenie na to byłoby pewnie gorsze niż pomaganie przy tym — odparłam.

— Postaram się nie wrzeszczeć — obiecała Stevie.

Mówiła poważnie. Serce mi się krajało zarówno wtedy, jak i teraz, gdy wspominam tę chwilę.

— Ależ Stevie, wrzeszcz, ile tylko chcesz. Kurczę, mogę nawet wrzeszczeć razem z tobą. — Spojrzałam na Dariusa. — Jestem gotowa.

— Ja odetnę odcinek strzały z piórami, który wystaje jej z piersi, a kiedy to zrobię, ty weź to — podał mi nasączony alkoholem zwitek gazy — i przyciśnij do miejsca odcięcia. Kiedy będę już dostatecznie mocno trzymał grot, każę ci pchać. Ja będę ciągnął, a ty pchaj z całej siły. Powinna w miarę łatwo wyjść.

— Ale może troszeczkę boleć? — zapytała słabym głosem Stevie Rae.

— Kapłanko — Darius położył jej na ramieniu swoją wielką dłoń — to będzie bolało o wiele bardziej niż troszeczkę.

— Po to właśnie ja tu jestem — wtrąciła Afrodyta. — Będę cię przytrzymywać, żebyś się nie rzucała i nie miotała, niwecząc plany Dariusa. — Zawahała się na moment, po czym dodała: — Musisz jednak wiedzieć, że jeśli zwariujesz z bólu i z n ó w mnie ugryziesz, to zostanie z ciebie mokra plama.

— Afrodyto, nie ugryzę cię. Znowu — obiecała Stevie Rae.

— Miejmy to już za sobą — zniecierpliwiłam się.

Nim Darius zabrał się za zdzieranie tego, co pozostało z koszuli Stevie Rae, uprzedził:

— Kapłanko, muszę obnażyć twoje piersi.

— Właśnie o tym myślałam, gdy zajmowałeś się moimi plecami. Jesteś czymś w rodzaju lekarza, prawda?

— Wszyscy Synowie Ereba są szkoleni w dziedzinie medycyny, by móc się opiekować rannymi braćmi. — Jego surowa twarz złagodniała na moment i rozjaśniła się w uśmiechu.

— Więc tak, możesz mnie uważać za lekarza.

— W takim razie nie przeszkadza mi, że zobaczysz moje cycki. Lekarze są nauczeni nie zwracać na to uwagi.

— Miejmy nadzieję, że nie nauczył się tego z b y t dobrze — mruknęła Afrodyta.

Darius mrugnął do niej, a ja udałam, że wymiotuję. Stevie Rae zachichotała i zaraz jęknęła z bólu. Usiłowała uśmiechnąć się do mnie pocieszająco, ale była zbyt blada i roztrzęsiona, żeby dać sobie z tym radę.

Wtedy naprawdę zaczęłam się martwić. Kiedy w Domu Nocy zmartwychwstały Stark, podporządkowując się wrednym rozkazom Neferet, strzelił w plecy Stevie z łuku, dziewczyna straciła tyle krwi, że cała ziemia wokół niej wyglądała, jakby krwawiła, co było spełnieniem tego durnego proroctwa o uwolnieniu równie durnego upadłego anioła Kalony z jego wielowiekowej niewoli pod ziemią. Stevie wyglądała, jakby cała jej krew wsiąkła w ziemię, i choć radziła sobie potem całkiem nieźle, chodząc, mówiąc i będąc w miarę przytomna, to jednak na naszych oczach coraz bardziej zmieniała się w widmową nicość.

— Gotowa, Zoey? — zapytał Darius tak nagle, że aż podskoczyłam.

Ze strachu szczękałam zębami tak mocno, że ledwie zdołałam wyjąkać:

— T...tak.

— Stevie Rae? — zwrócił się do niej łagodnie Darius. — Mogę zaczynać?

— Jestem tak gotowa, jak to tylko możliwe. Chociaż przyznaję, że wolałabym, aby takie rzeczy w końcu przestały mi się przydarzać.

— Afrodyto?

Na wezwanie Dariusa dziewczyna przyklękła na podłodze przy łóżku i mocno przytrzymała Stevie za obie ręce.

— Postaraj się za bardzo nie rzucać — powiedziała.

— Spróbuję.

— Jak powiem „trzy" — rzekł Darius, trzymając nożyce przy wieńczących tył strzały piórach. — Raz... dwa... trzy!

Wszystko rozegrało się błyskawicznie. Wojownik odciął końcówkę strzały, jakby to była cieniutka gałązka.

— Zakryj! — rozkazał mi, a ja przytknęłam gazę do fragmentu o długości mniej więcej cala, który wciąż wystawał spomiędzy piersi Stevie Rae. Darius przesunął się za plecy dziewczyny. Stevie miała zamknięte oczy i wciągała powietrze krótkimi, bolesnymi haustami. Na twarz wystąpił jej pot. — Kiedy policzę do trzech, zacznij pchać koniec strzały — kontynuował wojownik. Miałam ochotę puścić wszystko i zawołać „Przestań, owińmy ją czymś i spróbujmy zanieść do szpitala", ale on już zaczął liczyć: — Raz... dwa... trzy!

Naparłam na twardy koniec świeżo obciętej strzały, a Darius, odpychając się ręką od ramienia Stevie, jednym szybkim, straszliwym ruchem wyrwał całość z jej piersi.

Dopiero wtedy Stevie wrzasnęła. Podobnie jak ja. I Afrodyta.

Potem Stevie osunęła się w moje ramiona.

— Trzymaj gazę przyciśniętą do rany! — rzucił Darius, zręcznie i w pośpiechu oczyszczając odkrytą ranę w plecach Stevie.

— Będzie dobrze — powtarzałam w kółko jak papuga. — Będzie dobrze. Już po wszystkim.

Z perspektywy czasu przypominam sobie, że obie z Afrodytą łkałyśmy. Głowa Stevie była przyciśnięta do mojego ramienia, więc nie widziałam jej twarzy, ale czułam, jak po koszuli ścieka mi coś mokrego. Kiedy Darius łagodnie uniósł dziewczynę i położył na łóżku, by zabandażować ranę, przez którą weszła strzała, poczułam ukłucie paniki.

Nigdy dotąd nie widziałam nikogo tak bladego... Oczywiście mam na myśli żywych. Oczy Stevie były szczelnie zamknięte, choć po policzkach spływały jej różowawe łzy, pozostawiając smugi, które przerażająco kontrastowały z bielą skóry.

— Stevie Rae? Wszystko w porządku? — Widziałam, że jej pierś unosi się i opada, lecz Stevie nie otwierała oczu i nie wydawała żadnych dźwięków.

— Wciąż... tu... jestem... — wyszeptała, robiąc między słowami długie przerwy. — Ale... jakbym... się... unosiła... nad... wami.

— Nie krwawi — rzekła cicho Afrodyta.

— Bo straciła praktycznie całą krew — zauważył Darius, przymocowując gazę do klatki piersiowej Stevie.

— Strzała nie trafiła w serce — powiedziałam. — Nie miała zabić, tylko wykrwawić.

— Mamy szczęście, że adept nie trafił — dodał Darius.

Jego słowa długo krążyły mi po głowie, bo wiedziałam coś, czego nie wiedzieli pozostali: Stark nie potrafił chybiać. Otrzymał od Nyks dar polegający na tym, że zawsze trafiał w to, w co celował, nawet jeśli czasem miało to straszne konsekwencje. Nasza bogini sama mi kiedyś powiedziała, że gdy już coś daje, nigdy tego nie odbiera, więc kiedy Stark umarł i zmienił się w karykaturę dawnego siebie, mimo wszystko trafiłby Stevie w samo serce, gdyby taki był jego zamiar. Czy to znaczyło, że zostało w nim więcej człowieczeństwa, niż się zdawało? Rozpoznał mnie i zawołał po imieniu. Zadrżałam wtedy, na nowo odczuwając więź, która nas połączyła na krótko przed jego śmiercią.

— Kapłanko? Nie słyszysz?

Darius i Afrodyta gapili się na mnie.

— Ojej, przepraszam. Zamyśliłam się... — Nie chciałam im wyjawiać, że myślałam o chłopaku, który omal nie zabił mojej najlepszej przyjaciółki.

— Kapłanko, mówiłem, że jeśli Stevie Rae nie będzie mieć transfuzji krwi, jej rana może się okazać śmiertelna, choć strzała nie trafiła w serce. — Pokręcił głową, przyglądając się pacjentce. — Choć nawet jeśli otrzyma nową krew, nie mogę obiecać, że z tego wyjdzie. Jest wampirem nowego typu, więc nie wiem, jak jej organizm zareaguje, ale gdyby była jednym z naszych wojowników, bardzo bym się obawiał.

Wzięłam głęboki oddech i zebrałam się na odwagę.

— No dobra. Zapomnijmy o Bliźniaczkach i sprzęcie do transfuzji. Ugryź mnie — zwróciłam się do Stevie.

Zatrzepotała powiekami i jakimś cudem zdołała się leciutko uśmiechnąć.

— Ludzka krew, Zo — wyszeptała i znów zamknęła oczy.

— Chyba ma rację. Ludzka krew zawsze działa silniej niż krew adepta czy nawet wampira — przyznał Darius.

— W takim razie jednak pobiegnę po Bliźniaczki — powiedziałam, choć tak naprawdę nie miałam pojęcia, gdzie miałabym ich szukać.

— Świeża krew byłaby lepsza niż mdła mrożonka — dodał wojownik.

Nawet nie zerknął na Afrodytę, ale ona i tak załapała, o co chodzi.

— No co ty! Mam pozwolić się ugryźć? Znowu?

Zamrugałam, nie wiedząc, co powiedzieć. Na szczęście Darius przyszedł mi z odsieczą.

— Zadaj sobie pytanie, czego chciałaby od ciebie bogini — rzekł.

— Wygląda na to, że bycie po właściwej stronie to jeden wielki syf — mruknęła ponuro Afrodyta, patrząc na Stevie i marszcząc wymownie nos. Potem wstała i z westchnieniem podciągnęła rękaw swojej czarnej aksamitnej sukni. — Proszę bardzo. Gryź. Ale masz u mnie wielki dług wdzięczności. Po raz kolejny. I naprawdę nie wiem, czemu to ja ciągle ratuję ci tyłek. Przecież cię nawet nie... — Dalsze słowa zdławił gwałtowny okrzyk bólu.

Wolałabym nie musieć wspominać tego, co się stało później. Gdy Stevie Rae chwyciła Afrodytę za przedramię, jej twarz kompletnie się zmieniła. Z mojej słodkiej przyjaciółki przeobraziła się w obcą bestię. Jej oczy zalśniły ohydną ciemną czerwienią i z przerażającym sykiem wgryzła się głęboko w nadgarstek Afrodyty.

Wtedy okrzyki bólu przeszły w niepokojąco zmysłowe jęki i Afrodyta zamknęła oczy. Stevie przywarła do niej, bez trudu rozrywając skórę i upuszczając gorącą, tętniącą krew, którą moja najlepsza przyjaciółka zachłannie chłeptała i połykała niczym drapieżnik.

Wiem, to było obrzydliwe i straszne, lecz zarazem dziwnie erotyczne. Wiedziałam, że sprawia przyjemność obu stronom. Nie może być inaczej, gdy jest się wampirem. Nawet ugryzienie przez adepta sprawia, że i gryziony (człowiek), i gryzący (adept) zaznają bardzo realistycznej rozkoszy seksualnej. Dzięki temu możemy przetrwać. Stare mity o tym, jak to wampiry rozszarpują ludziom gardła i siłą przywłaszczają sobie ich krew, są kompletną bzdurą... chyba że ktoś się bardzo narazi wampirowi. Ale nawet wtedy, choć to najprawdopodobniej ostatnia chwila jego życia, gryziony odczuwa zapewne przyjemność.

Cóż — tacy jesteśmy. I patrząc na to, co się działo ze Stevie Rae i Afrodytą, nie miałam wątpliwości, że zachodzi właśnie opisane wyżej zjawisko. Afrodyta nawet wtuliła się zmysłowo w Dariusa, który otoczył ją ramieniem i pochylił się, by ją pocałować, podczas gdy Stevie nie przerywała spijania jej krwi z nadgarstka.

Pocałunek wojownika i dziewczyny był tak namiętny, że prawie zobaczyłam fruwające w powietrzu iskry. Darius trzymał Afrodytę ostrożnie, żeby Stevie nie musiała jej ciągnąć za rękę. Afrodyta objęła go wolnym ramieniem i przylgnęła do niego z kompletnym zaufaniem. Poczułam się jak podglądaczka, choć muszę przyznać, że było w tym niezaprzeczalnie erotyczne piękno.

— O rany. Co za wariactwo.

— Fakt. Wolałabym nigdy w życiu czegoś takiego nie widzieć.

Oderwałam wzrok od Stevie Rae i pozostałych i spojrzałam na stojące w drzwiach Bliźniaczki. Erin trzymała kilka opakowań z czymś, co bez najmniejszej wątpliwości było woreczkami krwi, a Shaunee butelkę czerwonego wina i zwyczajną szklankę do mrożonej herbaty.

Cesarzowa przepchnęła się obok nich i wbiegła do pomieszczenia, a za nią Jack.

— Ojejku, dziewczyny robią akcję, a facet korzysta — cmoknął.

— Ciekawe... że niektórych to naprawdę podnieca — mruknął Damien, wchodząc do środka za Jackiem z papierową torbą i patrząc na Stevie Rae, Afrodytę i Dariusa jak na jakiś eksperyment naukowy.

Darius zdołał przerwać pocałunek, po czym przygarnął Afrodytę do siebie i mocno przyciskał do piersi.

— Kapłanko, to ją upokorzy — rzekł do mnie cichym, ale natarczywym głosem. Nie traciłam czasu na zastanawianie się, którą „ją" miał na myśli. Nim zdążył skończyć zdanie, szłam już w stronę Bliźniaczek.

— Daj mi to — powiedziałam, biorąc z rąk Erin duży woreczek krwi. Całkowicie odwracając uwagę obu dziewczyn od sceny na łóżku, rozerwałam woreczek zębami jak torebkę dropsów, dbając o to, żeby na ustach pozostała mi odpowiednia ilość krwi. — Potrzymaj mi szklankę — poleciłam Shaunee, a ona to zrobiła, choć na jej twarzy malowało się obrzydzenie. Nie zwracając uwagi na jej minę, przelałam do szklanki większość krwi, celowo oblizując wargi z resztek czerwonego płynu. Potem przechyliłam woreczek, wychłeptałam resztkę i dopiero wtedy go odrzuciłam. Na koniec wzięłam od niej szklankę. — Teraz wino — zarządziłam. Butelka była już napoczęta, więc Shaunee musiała tylko wyciągnąć korek. Uniosłam szklankę. Była mniej więcej w trzech czwartych wypełniona krwią, więc dopełnianie jej winem poszło błyskawicznie. — Dzięki — rzuciłam energicznie, po czym odwróciłam się i podeszłam do łóżka.

Beznamiętnym gestem chwyciłam Afrodytę za ramię i pociągnęłam, wyrywając ją z zaskakująco łagodnego uścisku Stevie. Dyskretnie zasłoniłam sobą półnagie ciało mojej przyjaciółki przed wzrokiem gapiącego się tłumu, czyli Bliźniaczek, Damiena i Jacka.

Stevie patrzyła na mnie złowrogo rozjarzonymi oczami, obnażając ostre, czerwone od krwi zęby. Choć byłam wstrząśnięta jej potwornym wyglądem, mówiłam spokojnym, a nawet lekko zirytowanym głosem.

— Dość już tego. Teraz musisz się zadowolić tym.

Warknęła na mnie.

Co dziwniejsze, Afrodyta wydała podobny dźwięk. Co jest, kurde? Chciałam sprawdzić, co jej się stało, ale wiedziałam, że lepiej zrobię, nie odwracając się plecami do mojej groźnej przyjaciółki.

— Powiedziałam: dość! — fuknęłam cicho, by nie usłyszał mnie nikt inny. — Weź się w garść, Stevie Rae. Dosyć już wypiłaś krwi Afrodyty. Teraz. To. — Celowo rozdzieliłam dwa ostatnie słowa, by przydać im mocy, po czym wepchnęłam jej w ręce mieszankę krwi i wina.

Zmieniła się na twarzy, zamrugała i wyglądała na rozkojarzoną. Pomogłam jej unieść szklankę do ust, a kiedy tylko poczuła zapach, zaczęła pić duszkiem. Robiła to naprawdę zachłannie, więc pozwoliłam sobie wreszcie rzucić okiem na Afrodytę. Darius wciąż ją obejmował i wyglądało na to, że nic jej nie jest, choć była mocno oszołomiona i wpatrywała się w Stevie rozszerzonymi oczyma.

Na widok przerażenia na jej twarzy poczułam nieprzyjemny dreszcz, który okazał się trafną zapowiedzią całej serii wariackich zdarzeń. Szybko jednak przeniosłam wzrok na gapiącą się czwórkę.

— Damien — powiedziałam celowo ostrym tonem — Stevie Rae potrzebuje koszuli. Znajdziesz coś dla niej?

— W koszu na bieliznę są czyste ciuchy — wybełkotała między kolejnymi łykami Stevie. Jej głos brzmiał już bardziej normalnie. Drżącą ręką wskazała stertę ubrań, a Damien skinął głową i ruszył na drugi koniec pokoju.

— Pokaż ten nadgarstek — zwrócił się do Afrodyty Darius.

Bez słowa wyciągnęła do niego rękę, odwracając się plecami do ciekawskich Bliźniaczek i Jacka, więc tak naprawdę tylko ja widziałam, co się dzieje. Wojownik uniósł dłoń do ust i wciąż patrząc jej w oczy, wysunął język i zlizał z ran krople krwi. Afrodyta wstrzymała oddech i zadrżała, ale gdy tylko język Dariusa dotknął jej skóry, krew zaczęła krzepnąć. Przyglądałam się całej scenie dość uważnie, by dostrzec w oczach wojownika nagłe zdumienie.

— O kurczę — szepnęła do niego Afrodyta — a więc to prawda?

— Prawda. — Odpowiedź była tak cicha, że z całą pewnością przeznaczona tylko dla niej.

— Cholera! — mruknęła z wyraźnym niepokojem Afrodyta.

Darius uśmiechnął się i tym razem zobaczyłam w jego oczach błysk wesołości. Potem pocałował dziewczynę czule.

— Nie martw się — rzekł. — To nie będzie miało na nas wpływu.

— Obiecujesz? — szepnęła.

— Daję ci słowo. Postąpiłaś właściwie, najdroższa. Twoja krew uratowała jej życie.

Afrodyta na chwilę zapomniała o swej masce. Potrząsnęła lekko głową, uśmiechając się ze szczerym zdumieniem i sporą dozą sarkazmu.

— Naprawdę nie mam pojęcia, dlaczego wciąż muszę ratować Stevie Rae ten jej wieśniacki tyłek. Mogę tylko przyznać, że byłam naprawdę, ale to naprawdę wredna, więc muszę się teraz cholernie natrudzić, żeby to wyprostować. — Odkaszlnęła i drżącą dłonią otarła czoło.

— Przynieść ci coś do picia? — zapytałam, zastanawiając się, o czym oni do diabła gadali, lecz nie pytając, bo było oczywiste, że nie chcą tego zdradzać wszystkim obecnym.

— Tak — zaskoczyła mnie Stevie, odpowiadając zamiast Afrodyty.

— Oto koszula — odezwał się Damien, podchodząc do łóżka. Kiedy zobaczył, że Stevie, która już nie chłeptała, tylko popijała ze szklanki, jest półnaga, szybko odwrócił wzrok.

— Dzięki. — Rzuciłam mu szybki uśmiech, wzięłam koszulę i rzuciłam ją przyjaciółce. Potem spojrzałam na Bliźniaczki. Wypita krew zaczynała już krążyć mi w żyłach i wyczerpanie, które odczuwałam po przywołaniu pięciu żywiołów i kierowaniu nimi podczas ucieczki z Domu Nocy, w końcu na tyle osłabło, że znów mogłam w miarę jasno myśleć.

— No dobra, dajcie tu krew i wino. Macie drugą szklankę dla Afrodyty?

Nim zdążyły odpowiedzieć, odezwała się sama Afrodyta.

— Nie, nie chcę krwi. Mogę ją określić tylko jednym słowem: ohyda. Ale z chęcią napiję się alkoholu.

— Nie przyniosłyśmy drugiej szklanki — rzekła Erin.

— Będzie musiała pić z butelki jak jakaś wieśniara.

— Sorki — mruknęła nieszczerze Shaunee, podając Afrodycie wino. — Opowiesz nam, jak to jest być człowiekiem, któremu wampir spija krew?

— No właśnie, otwarte umysły bardzo chcą się tego dowiedzieć, bo wyglądałaś, jakby ci było dobrze, a jakoś nie słyszałyśmy, żebyś zmieniła orientację — dodała Erin.

— Mam rozumieć, że nie uważałyście na zajęciach z socjologii wampirskiej, Panny Zrosłomóżdżki? — zapytała Afrodyta, po czym przechyliła butelkę i napiła się.

— Ma rację — powiedział Damien. — Czytałem rozdział o fizjologii w podręczniku do wiedzy o adeptach. W ślinie wampira są koagulanty, antykoagulanty i endorfiny, które działają na ośrodki przyjemności w mózgu zarówno ludzkim, jak i wampirskim. Naprawdę powinnyście bardziej uważać na lekcjach. Szkoła nie służy wyłącznie do spotkań towarzyskich — zakończył wyniośle, a Jack entuzjastycznie pokiwał głową.

— Wiesz, bliźniaczko, biorąc pod uwagę całą tę masakrę, która się rozgrywa na górze, wypuszczenie upadłego anioła i jego zbirów oraz panikę w Domu Nocy, chyba przez jakiś czas będziemy musiały się obyć bez szkoły — zauważyła Shaunee.

— Doskonale, bliźniaczko — podchwyciła Erin. — A to oznacza, że królowa Damiena i jej mądrości do niczego nam się nie przydadzą.

— W takim razie może... no nie wiem, przytrzymamy ją i powyrywamy jej trochę włosów? Jak sądzisz? — nakręcała się Shaunee.

— Brzmi nieźle.

— Rewelacja. Piję tanie czerwone wino z gwinta, panna wieśniara znów mnie pogryzła, a teraz jeszcze mam być świadkiem wewnętrznych walk waszego baraniego stadka — jęknęła Afrodyta, z powrotem wcielając się w rolę wrednej jędzy. Westchnęła dramatycznie i klapnęła na skraj łóżka obok Dariusa. — Cóż, bycie człowiekiem oznacza przynajmniej, że prawdopodobnie zdołam się upić. Może dam radę pozostawać w tym stanie przez jakieś dziesięć najbliższych lat.

— Na to nie mam dość wina.

Wszyscy inni podnieśli głowy, by spojrzeć na wchodzącą do pokoju czerwoną adeptkę, ale ja przysłuchiwałam się sprzeczce (i szykowałam do tego, żeby wkroczyć i kazać wszystkim się zamknąć), więc zauważyłam, jak przez twarz Afrodyty przemknęło coś przypominającego kombinację zażenowania i zakłopotania. Szybko jednak się pozbierała i oznajmiła spokojnie:

— Baranki, przedstawiam wam Venus. Szajbuski nierozłączki i Damien powinni pamiętać moją byłą koleżankę z pokoju, która zmarła mniej więcej pół roku temu.

— Cóż, wygląda na to, że pogłoski o mojej śmierci były przedwczesne — stwierdziła lekkim tonem ładna blondynka. Potem stało się coś dziwnego: Venus zamarła i zaczęła niuchać w powietrzu. Całkiem dosłownie: uniosła brodę i wzięła kilka krótkich, gwałtownych wdechów, zwrócona w stronę Afrodyty. Pozostali czerwoni adepci stojący w zbitej gromadce za jej plecami zrobili to samo. Niebieskie oczy Venus się rozszerzyły. — No, no... a to niespodzianka — mruknęła z rozbawieniem.

— Venus, nie... — zaczęła Stevie Rae, lecz Afrodyta jej przerwała:

— Daj spokój. Po co robić z tego tajemnicę?

— Zaskakujące! — kontynuowała z wrednym uśmieszkiem blondynka. — Stevie Rae i Afrodyta się skojarzyły!

ROZDZIAŁ CZWARTY

Musiałam z całej siły zacisnąć szczęki, żeby nie krzyknąć ze zdumienia tak jak Bliźniaczki.

— Ojejku! Skojarzyły się! Serio? — wykrzyknął Jack.

Afrodyta wzruszyła ramionami.

— Na to wygląda.

Moim zdaniem powiedziała to stanowczo zbyt luzacko, zdecydowanie unikając spojrzenia w kierunku Stevie Rae, ale wszyscy inni w pokoju chyba dali się nabrać na jej pozorną obojętność.

— O w mordę jeża! — wyjąkała Shaunee.

— Raczej w mordę słonia, bliźniaczko! — poprawiła ją Erin i obie zaniosły się na wpół histerycznym chichotem.

— To rzeczywiście ciekawe — powiedział głośno Damien, przekrzykując chichoczące dziewczyny.

— Owszem, ciekawe — przyznał Jack — i kompletnie zwariowane.

— Wygląda na to, że przeznaczenie w końcu dopadło Afrodytę. — Venus uśmiechnęła się szydercza, co spowodowało, że jej ładna twarz nabrała gadziego wyrazu.

— Venus, ona przed chwilą uratowała mi życie. Znowu. Naprawdę nie powinnaś się z niej nabijać — skarciła ją Stevie Rae.

Afrodyta w końcu zdołała na nią spojrzeć.

— Nie zaczynaj.

— Nie zaczynać czego? — zapytała Stevie.

— Bronić mnie! To pieprzone Skojarzenie w zupełności mi wystarczy! Nie-życzę-sobie-żebyś-się-ze-mną-spoufalała — wycedziła każde słowo po kolei.

— Twoje wredne podejście tego nie zmieni — odparła Stevie.

— Słuchaj, zamierzam się zachowywać, jakby to się w ogóle nie zdarzyło. — Bliźniaczki znów zachichotały, a ona łypnęła na nie groźnie. — Szajbuski nierozłączki, jeśli nie przestaniecie się ze mnie nabijać, znajdę jakiś sposób na uduszenie was we śnie.

Shaunee i Erin oczywiście gruchnęły jeszcze głośniejszym śmiechem.

Afrodyta zwróciła się twarzą do mnie.

— No więc, jak już mówiłam, zanim mi wielokrotnie niegrzecznie przerwano: upierdliwa Venus, przedstawiam ci Zoey, cudowną adeptkę, o której zapewne wiele słyszałaś, i Dariusa, Syna Ereba, którego n i e b ę d z i e s z podrywać, oraz Jacka. On z kolei nie będzie podrywał ciebie, a to głównie dlatego, że jest stuprocentowym gejem. Jego druga połowa to Damien, który w tej chwili gapi się na mnie jak na jakiś pieprzony eksperyment naukowy. Bliźniaczki, które zaraz popękają ze śmiechu, już znasz.

Czując na sobie wzrok Venus, zdołałam oderwać oczy od Afrodyty (skojarzonej! ze Stevie Rae!) i przenieść go na jej dawną przyjaciółkę. Rzeczywiście gapiła się na mnie tak natrętnie, że od razu przyjęłam postawę obronną. Nim zdążyłam się zastanowić, czy moja negatywna reakcja na nią wynika z tego, że jest (niewątpliwie) wredną krową i że kręciła się po tunelach z Erikiem, czy z tego, że generalnie mam złe przeczucia co do czerwonych adeptów, Venus się odezwała:

— Spotkałam się już kiedyś z Zoey, ale nieoficjalnie. Gdy ją ostatnio widziałam, próbowała nas zabić.

Wsparłam rękę na biodrze i spojrzałam w jej zimne niebieskie oczy.

— Skoro już jesteśmy przy wspomnieniach, to pozwól, że poprawię ci pamięć. Nie próbowałam nikogo zabić. Próbowałam uratować nastolatka, którego wy chcieliście zjeść. W odróżnieniu od was zdecydowanie wolę spożywać naleśniki z czekoladą niż piłkarzy.

— To nie przywróci życia dziewczynie, którą zabiłaś — odparła Venus, a czerwoni adepci za jej plecami poruszyli się niespokojnie.

— Zo, ty naprawdę kogoś zabiłaś? — zdziwił się Jack.

Otworzyłam usta, żeby odpowiedzieć, ale Venus była szybsza.

— Owszem. Zabiła Elizabeth Bez Nazwiska.

— Musiałam — odparłam po prostu, zwracając się do Jacka, a ignorując Venus i jej czerwonych kumpli, choć ich obecność powodowała, że włoski na karku stawały mi dęba.

— Inaczej ani Heath, ani ja nie wyszlibyśmy stąd żywi.

— Potem spojrzałam znów na Venus. Miała w sobie jakieś lodowate piękno. Wyglądała elegancko i seksownie w obcisłych markowych dżinsach i prostym bezrękawniku z trupią czaszką z kryształków. Włosy miała długie i gęste, w złocistym odcieniu. Innymi słowy, była zdecydowanie dość atrakcyjna, by się kumplować z Afrodytą, a to mówi samo za siebie, bo Afrodyta to chodzący ideał urody. I Venus, tak samo jak ona, bez wątpienia była wredną francą, niekoniecznie dopiero po śmierci i zmartwychwstaniu. Zmrużyłam oczy.

— Mówiłam wam, żebyście się wycofali i wypuścili nas stąd. Nie zrobiliście tego. Zrobiłam to, co musiałam, żeby ochronić kogoś, na kim mi zależało. I lepiej, żebyście wiedzieli, że jeśli ponownie znajdę się w takiej sytuacji, znów to zrobię. — Przeniosłam wzrok na stojących za nią adeptów, tłumiąc w sobie chęć przywołania wiatru i ognia, by nadały moim słowom większą moc.

Venus gapiła się na mnie spode łba.

— Słuchajcie no, musicie się nauczyć współpracować. Zapomnieliście, że cały świat na zewnątrz może na nas polować, a jeśli nawet niecały, to przynajmniej panosząca się po nim horda potworów? — Stevie Rae miała zmęczony głos, ale w miarę przypominała dawną siebie. Usiadła, ostrożnie prostując swoją koszulkę z Dixie Chicks i powoli wspierając się na poduszkach, które ułożył za jej plecami Darius. — No więc, jak by powiedział Tim Gunn w *Project Runway*, do dzieła!

— Ojej, uwielbiam ten program! — rozpromienił się Jack.

Usłyszałam, jak niektórzy z czerwonych adeptów wydają pomruki aprobaty, i stwierdziłam, że Stevie Rae mogła mieć rację w jednej z naszych dyskusji na temat kiczowatych programów typu talk show: one naprawdę mogą poprawić świat i zaprowadzić pokój wśród ludzi.

— Zgadzam się. Do dzieła. — Choć mój wewnętrzny alarm wciąż ostrzegał, że czerwoni adepci nie są wcieleniami słodyczy i niewinności, uśmiechnęłam się do Stevie Rae, a ona odwzajemniła uśmiech. Najwyraźniej wierzyła, że znajdziemy jakiś sposób na pokojowe współistnienie. Może więc mój system alarmowy włączył się niepotrzebnie tylko dlatego, że Venus była wredna, a nie dlatego, że wszyscy oni byli wcielonym złem.

— Świetnie. W takim razie czy mogłabym prosić o dolewkę krwi i wina? Ze zdecydowaną przewagą krwi. — Stevie wyciągnęła pustą szklankę w kierunku Bliźniaczek, które z ulgą przesunęły się w stronę jej łóżka, oddalając się od czerwonych adeptów. Zauważyłam, że Damien i Jack, a także towarzysząca im Cesarzowa, również zdołali się zbliżyć do miejsca, w którym stałam. — Dzięki — kontynuowała

Stevie, gdy Erin wzięła od niej szklankę. — W szufladzie znajdziecie nożyczki, żebyście nie musiały otwierać woreczków zębami. — Przewróciła oczami w moim kierunku.

Gdy Erin i Shaunee zajęły się dolewaniem do szklanki wina i krwi, Stevie przyjrzała się grupce czerwonych adeptów.

— Słuchajcie, przecież już o tym rozmawialiśmy. Musicie się postarać być mili dla Zoey i pozostałych adeptów. — Zerknęła na Dariusa i poprawiła się: — To znaczy adeptów i wampirów.

— Hej, przepraszam. Przepuśćcie mnie.

Na dźwięk głosu Erika natychmiast stałam się czujna. Gdyby tylko ktoś (Venus) spróbował go ugryźć, ktoś (ja) skopałby temu komuś tyłek. Kropka.

Ignorując panujące w pokoju napięcie, Darius zwrócił się do Erika:

— I co mówią w radiu o wydarzeniach na górze?

Erik pokręcił głową.

— Nic nie złapałem. Poszedłem nawet na górę, do piwnicy, ale słychać tylko szum. Komórka też nie działa. Słyszałem parę grzmotów i widziałem potężne błyskawice. Wciąż pada i robi się coraz zimniej, więc wkrótce pewnie będziemy mieli gołoledź. Do tego zerwał się potworny wiatr. Nie byłem w stanie stwierdzić, czy to naturalne zjawisko pogodowe, czy też wywołał je Kalona i te ptaszyska. Tak czy owak, pewnie przez to radio i stacje przekaźnikowe nie mają łączności. Pomyślałem, że powinniście to wiedzieć, więc wróciłem. — Przeniósł wzrok z Dariusa na uwolnioną od strzały Stevie Rae i uśmiechnął się. — Wyglądasz lepiej.

— Afrodyta ją uratowała, pozwalając jej spijać swoją krew — poinformowała go Shaunee i zachichotała.

— I teraz są skojarzone — dokończyła szybko Erin, wtórując śmiechem przyjaciółce.

— No co wy?... Żartujecie? — zapytał, kompletnie oszo-
łomiony.

— Nie — odparła słodko Venus. — Nie żartują.

— O. Cóż. To bardzo ciekawe. — Widziałam, jak Erikowi drżą usta, gdy patrzył na Afrodytę, która całkowicie go
ignorując, jakby nigdy nic popijała wino prosto z trzymanej
w ręku butelki. Erik zamaskował serdeczny śmiech kaszlnię-
ciem i przeniósł wzrok na Venus. Oczy mu rozbłysły i powitał ją skinieniem głowy, wracając do swojej zwykłej roli
sympatycznego, uwielbianego luzaka. — Miło cię znowu widzieć, Venus.

— Erik... — mruknęła ze zwierzęcym uśmiechem, za
który miałam ochotę zgnieść ją jak robaka.

— Afrodyta miała rację: wszyscy musimy się poznać
— rzekła Stevie Rae i zanim ta zdążyła coś powiedzieć,
kontynuowała: — I wcale nie mówię tego z powodu naszego
Skojarzenia.

— Mogłabyś wreszcie przestać do tego wracać — burknęła Afrodyta.

Stevie mówiła dalej, jakby jej nie słyszała.

— Uważam, że uprzejmość to doskonała cecha, a prezen-
tacje zawsze są uprzejme. Znacie już Venus — powiedziała.
— Zacznę więc od Elliotta.

Rudzielec wystąpił naprzód. Będę szczera: śmierć i zmartwychwstanie ani trochę nie wyszły mu na dobre. Nadal
był pucołowaty i blady, z szopą skudlonych marchew-
kowych włosów sterczących pod najdziwniejszymi kąta-
mi.

— Elliott — przedstawił się.

Wszyscy skinęli mu głowami.

— Teraz Montoya — ciągnęła Stevie Rae.

Niski, groźnie wyglądający Latynos w spadających z tyłka portkach i z kolczykami w wielu miejscach kiwnął głową,
potrząsając ciemną czupryną.

— Cześć — powiedział z ledwo dosłyszalnym obcym akcentem i zaskakująco uroczym ciepłym uśmiechem.

— A to Shannon Compton — mówiła dalej Stevie, wypowiadając imię i nazwisko jednym tchem, tak że zabrzmiały jak Shannoncompton.

— Shannoncompton? Hej, to nie ty czytałaś główny fragment *Monologów waginy* na zeszłorocznym szkolnym przedstawieniu? — zapytał Damien.

Ładna twarz dziewczyny pojaśniała.

— Tak, ja.

— Pamiętam to, bo uwielbiam te monologi. Są takie inspirujące — rzekł entuzjastycznie Damien. — I wkrótce po występie... no cóż... — Umilkł nagle, wierćąc się niespokojnie.

— Umarłam? — podpowiedziała usłużnie.

— W istocie — przytaknął Damien.

— O rany. To fatalnie — wtrącił Jack.

Afrodyta westchnęła ciężko.

— Przecież ona zdążyła już ożyć, debile.

— A to jest Sophie — powiedziała szybko Stevie Rae, marszcząc brwi pod adresem wyraźnie już podpitej Afrodyty.

Z grona czerwonych adeptów wystąpiła wysoka brunetka, uśmiechając się nieśmiało, ale przyjaźnie.

— Cześć.

Pomachaliśmy jej i odpowiedzieli „cześć". Teraz, gdy czerwoni nabrali cech indywidualnych (i nie rzucali się na nas z zębami, przynajmniej chwilowo), zaczynali robić na mnie lepsze wrażenie.

— Następny jest Dallas. — Na dźwięk swojego imienia chłopak jakby się uwiesił na stojącej przed nim Venus i wymamrotał coś przypominającego „cześć". Wyglądałby zupełnie niepozornie, gdyby nie błysk inteligencji w oczach i flirciarski uśmiech posłany Stevie Rae. Aż zaczęłam się zastanawiać, czy przypadkiem ich coś nie łączy. — Urodził się w Houston, co w kontekście imienia bardzo nas wszystkich dziwi — kontynuowała Stevie.

Chłopak wzruszył ramionami.

— Ojciec lubi rozpowiadać jakąś żenującą historyjkę o tym, że starzy zrobili mnie w Dallas. Nigdy nie chciałem poznać szczegółów.

— Seks między rodzicami, ble! — rzuciła Shaunee.

— Ohyda! — poparła ją Erin.

Wśród czerwonych adeptów rozległ się cichy śmiech, jeszcze bardziej łagodząc napięcie między naszymi dwiema grupami.

— Teraz Anthony, na którego wszyscy mówią Ant.

Ant pomachał nam niezdarnie.

— Cześć — mruknął.

Nie miałam wątpliwości, dlaczego nazywają go Ant, czyli Mrówka. Był malutki. No wiecie, należał do tych, którzy mając czternaście lat, gdy powinni już być po mutacji, wciąż wyglądają na dziesięć.

Potem, jakby chciała nam zaoferować jak największy kontrast, Stevie wskazała następnego chłopaka.

— A to Johnny B.

Johnny B. był wysoki i dobrze zbudowany. Przypominał mi Heatha nie tylko z powodu atletycznej postury, ale też bijącej od niego swobody i pewności siebie.

— Hej — powiedział, błyskając białymi zębami i bez żenady przyglądając się Bliźniaczkom, które uniosły brwi i odpowiedziały podobnie zaciekawionymi spojrzeniami.

— Teraz Gerarty, najlepsza artystka, jaką w życiu znałam. Zabrała się już do dekorowania części tuneli. Będą wyglądały naprawdę super. — Stevie Rae uśmiechnęła się promiennie do kolejnej blondynki, tyle że tym razem ani wysokiej, ani podobnej do Barbie. Gerarty była ładna, lecz jej włosy miały raczej barwę mydlin niż platyny i były wycieniowane warstwowo w stylu lat 70. Skinęła nam głową, ale wyglądała na speszoną.

— I wreszcie Kramisha.

Z gromady wyłoniła się ciemnoskóra dziewczyna, żywy dowód na to, że byłam do tej pory całkowicie zaślepiona Venus, Afrodytą i Stevie Rae, bo tylko to tłumaczyło fakt, że nie dostrzegłam jej wcześniej. Miała na sobie dopasowaną jasnożółtą koszulę z dużym dekoltem, spod którego wyglądał czarny koronkowy stanik; do tego wysokie obcisłe dżinsy do łydek spięte szerokim skórzanym pasem i pasujące do nich masywne złote buty. Włosy miała geometrycznie obcięte, postawione w krótki czub i na połowie głowy ufarbowane na jaskrawy pomarańcz.

— Od razu wam mówię, że nie wpuszczam nikogo do swojego wyra — oznajmiła, kiwając czubem i wyglądając jednocześnie na znudzoną i wkurzoną.

— Kramisho, już milion razy ci mówiłam, żebyś nie robiła wielkiego halo z czegoś, co nie jest istotne — rzekła Stevie Rae.

— Chcę po prostu postawić sprawę jasno — odparła Kramisha.

— Dobrze. Już wszyscy wiedzą. — Stevie umilkła, po czym spojrzała na mnie wyczekująco.

— To wszystko, jeśli chodzi o moich ludzi.

— Zatem nie ma tu więcej czerwonych adeptów? — zapytał Darius, nim zaczęłam prezentację naszej grupy.

Stevie przygryzła policzek.

— Nie — powiedziała, nie patrząc mu w oczy. — Przedstawiłam całą swoją ekipę.

No jasne. Od razu poznałam tę jej minę, którą robiła zawsze, gdy nie mówiła całej prawdy. Kiedy jednak na mnie spojrzała, miała w oczach nieme błaganie, więc zrezygnowałam z dalszych pytań i postanowiłam milczeć, dopóki nie znajdziemy się sam na sam, a wtedy wydobyć z niej tę prawdę.

Odłożenie na później przepytania Stevie Rae nie oznaczało wcale, że po raz kolejny w mojej głowie nie odezwał się natarczywy alarm. Z czerwonymi adeptami zdecydowanie było coś nie tak. Coś bardzo, ale to bardzo nie tak.

Odkaszlnęłam.

— Zacznę od siebie. Jestem Zoey Redbird. — Starałam się mówić uprzejmie i zwyczajnie, choć w duchu daleko mi było do poczucia normalności.

— Opowiadałam wam o Zoey — wtrąciła Stevie Rae. — Ma dar komunikacji ze wszystkimi pięcioma żywiołami i to dzięki jej mocy przeszłam Przemianę, a my wszyscy odzyskaliśmy człowieczeństwo. — Zauważyłam, że mówiąc te słowa, Stevie patrzy prosto na Venus.

— Tak naprawdę to stało się nie tylko dzięki mnie. Bardzo przyczynili się do tego moi przyjaciele. — Wskazałam Afrodytę, która nadal popijała wino prosto z butelki. — Zapewne znacie Afrodytę. Wróciła do ludzkiej postaci, co nie znaczy, że stała się z w y c z a j n y m człowiekiem — powiedziałam, nie wdając się w szczegóły i całkowicie unikając wzmianki o jej niedawnym Skojarzeniu ze Stevie Rae.

Afrodyta prychnęła, ale powstrzymała się od komentarza.

— To Erin i Shaunee, Bliźniaczki. Erin ma dar komunikacji z wodą, a Shaunee z ogniem. — Bliźniaczki kiwnęły głowami i powiedziały „cześć". — Damien i Jack to para — kontynuowałam. — Damien komunikuje się z powietrzem. Jack jest specjalistą od sprzętu audiowizualnego.

— Cześć — rzekł Damien.

— Cześć wszystkim — dodał Jack, po czym uniósł torbę, którą trzymał w ręku. — Zrobiłem kanapki. Macie ochotę?

— Czy ktoś mógłby mi wyjaśnić, co tu robi ten pies? — zapytała Venus, kompletnie ignorując przyjacielskie zabiegi Jacka.

— Jest mój — powiedział Jack, pochylając się i głaszcząc miękkie uszy Cesy.

— Cesarzowa zostaje z Jackiem — wtrąciłam stanowczo, mierząc Venus chłodnym spojrzeniem i myśląc, że z radością udusiłabym ją smyczą. Potem przystąpiłam do dalszej prezentacji. — A to Erik Night.

— Pamiętam cię z zajęć teatralnych — wyrwała się Shannoncompton, natychmiast się rumieniąc. — Jesteś sławny!

— Cześć, Shannon — odparł Erik z sympatycznym uśmiechem. — Miło cię znów widzieć.

— Ja też cię pamiętam. Chodziłeś z Afrodytą — dodała Venus.

— To już przeszłość — rzuciła szybko Afrodyta, zerkając wymownie na Dariusa.

— Najwyraźniej. Nie jesteś już adeptem — zauważyła Venus jedwabistym głosem, w którym pobrzmiewało zdecydowanie nadmierne zainteresowanie. — Kiedy przeszedłeś Przemianę?

— Dopiero parę dni temu — powiedział. — Miałem jechać do europejskiej akademii teatralnej, ale Szechina poprosiła mnie o tymczasowe przejęcie zajęć w Domu Nocy po profesor Nolan.

— O kurczę, wiedziałam, że ta kapłanka kogoś mi przypomina. To naprawdę była ona! — wykrzyknęła Shannoncompton. — Zobaczyłam ją, zanim ruszyła w stronę tego gościa ze skrzydłami i... — Umilkła, skubiąc paznokciami wargę.

— I została zabita przez Neferet — dokończyłam bez ogródek.

— Jesteś tego pewna? — zapytał Darius.

— Szechina nie żyje. Widziałam, jak Neferet ją zabija. Myślę, że uczyniła to mocą umysłu — powiedziałam.

— Królowa Tsi Sgili — mruknął Damien. — A więc to prawda...

— Musicie mi to wszystko wyjaśnić — zażądał szorstko Darius.

— A to nasz Syn Ereba, Darius — przedstawiłam go.

— Racja — poparła Dariusa Stevie Rae. — Musicie nam wytłumaczyć, co właściwie się dzisiaj stało.

— Nie tylko dzisiaj — dodał wojownik, wpatrując się w naszą gromadkę. — Jeśli mam was chronić, potrzebuję informacji. Muszę wiedzieć o wszystkim, co się tu dzieje.

— Zgoda — podchwyciłam niesamowicie szczęśliwa, że mamy w swoim gronie doświadczonego Syna Ereba.

— Możemy rozmawiać przy jedzeniu — wtrącił Jack. Spojrzałam na niego, a on uśmiechnął się szeroko. — Wspólne jedzenie zawsze pomaga. Przy posiłku wszystko staje się lepsze.

— Chyba że samemu jest się posiłkiem — wymamrotała Afrodyta.

— Jack ma rację — rzekła Stevie Rae. — Weźcie sobie z kuchni skrzynie do siedzenia, czipsy i co tam chcecie. Pojemy i pogadamy.

— Czy „co tam chcecie" oznacza krew? — zapytała Venus.

— Owszem — przyznała spokojnie Stevie Rae, najwyraźniej nie chcąc robić z tego wielkiej sprawy.

— Dobra. Przyniosę trochę — zaoferowała się Venus.

— Jak będziesz brała krew, weź też dla mnie trochę wina — zażyczyła sobie Afrodyta.

— Wiesz, że nie przepadam za działalnością charytatywną, więc będziesz musiała mi je oddać — zauważyła Venus.

— Pamiętam — przyznała Afrodyta. — A ty powinnaś pamiętać, że spłacam długi.

— Cóż, kiedyś tak było, ale wygląda na to, że się zmieniłaś.

— No co ty? Czyżbyś właśnie zauważyła, że stałam się człowiekiem?

— Nie o to mi chodzi. Po prostu oddaj wino — ucięła Venus i wyszła.

— Hej, wy czasem nie mieszkałyście razem w pokoju? — zapytała Stevie Rae.

Afrodyta nie zareagowała. Miałam ochotę nią potrząsnąć i wrzasnąć: „To że nie będziesz z nią gadać ani na nią patrzeć, nie przełamie waszego Skojarzenia!".

— Owszem — przerwał ciszę Erik, tym samym przypominając mi o tym, że skoro był związany z Afrodytą, z pewnością też dobrze znał jej współmieszkankę. Być może za dobrze.

— Co z tego? Świat się zmienia. — Afrodyta w końcu odzyskała głos.

— Raczej ludzie — sprostowałam, odrywając wzrok od Erika.

Afrodyta spojrzała mi prosto w oczy, wykrzywiając usta w smutnym szyderczym uśmiechu.

— Cholernie dobrze powiedziane.

ROZDZIAŁ PIĄTY

— Mamy masło orzechowe i dżem, mortadelę i plaster-kowany przetworzony ser — oznajmił Jack, wypowiadając ostatnie trzy słowa tak, jakby niechętnie oferował do zje-dzenia robaki i błoto. — Do tego mój osobisty koktajl sze-fa kuchni: biały chleb z majonezem, masłem orzechowym i sałatą.

— Ohyda — podsumowała Shaunee.

— Odwaliło ci? — dodała Erin.

— Dziwak z tego małego gejaska — podsumowała Kra-misha, biorąc kanapkę z mortadelą i serem.

Bliźniaczki pokiwały głowami, chrząkając potakująco i siadając obok niej na najbliższej skrzyni.

Jack wyglądał na śmiertelnie obrażonego.

— Moim zdaniem jest bardzo smaczny. Powinniście go przynajmniej spróbować, zanim skrytykujecie.

— Ja spróbuję — powiedziała słodko Shannoncompton.

— Dzięki. — Jack z promiennym uśmiechem podał jej kanapkę owiniętą w serwetkę.

Przez dłuższą chwilę słychać było głównie szelest pa-pieru. Wszyscy tłoczyli się w pokoju Stevie, brali kanapki i podawali sobie paczki czipsów. Byłam zdumiona na widok takiej ilości jedzenia, przekąsek i coli (owszem, coli!), które dość surrealistycznie wyglądały w towarzystwie butelek czerwonego wina i woreczków krwi. Siedziałam na łóżku z Afrodytą, Dariusem i Stevie Rae, która z każdą minutą wyglądała lepiej. Słuchając mlaskania i gadania adeptów, nagle odniosłam wrażenie, że siedzimy w jakimś zrujnowanym budynku na terenie Domu Nocy, a nie w tunelu pod miastem, gdzie znaleźliśmy się w wyniku nieodwracalnych zmian w naszym życiu. Przez tę chwilę byliśmy po prostu grupą nastolatków spędzających razem czas.

— A teraz mówcie, co wiecie o istocie, która wyłoniła się spod ziemi, i o ptakach, które ze sobą przywiodła — zażądał Darius, natychmiast burząc moją wątłą fasadę bezpieczeństwa, która runęła jak domek z kart.

— Niestety niewiele o nich wiemy poza tym, co powiedziała nam moja babcia. — Przełknęłam ślinę, czując nagły ucisk w gardle. — A ona jest w śpiączce, więc nie może nam teraz zbytnio pomóc.

— Ojej, Zo! Tak mi przykro! Co się stało? — wykrzyknęła Stevie Rae, dotykając mojego ramienia.

— Według oficjalnej wersji miała wypadek samochodowy. W rzeczywistości spowodowały go Kruki Prześmiewcy, bo zbyt wiele o nich wiedziała — wyjaśniłam.

— Kruki Prześmiewcy... To te istoty, które wyłoniły się spod ziemi w ślad za skrzydlatym mężczyzną? — zapytał Darius.

Skinęłam głową.

— To jego dzieci zrodzone z gwałtów na kobietach z plemienia babci ponad tysiąc lat temu. Kiedy Kalona uwolnił się spod ziemi, odzyskały swoje ciała.

— Wiesz to wszystko dzięki czirokeskiej legendzie, w której występują? — zapytał Darius.

— W gruncie rzeczy wiemy to dzięki wizji, którą kilka dni temu miała Afrodyta. Zobaczyła coś, co naszym zdaniem było przepowiednią powrotu Kalony. Ponieważ spisano to charakterem pisma babci, zadzwoniłyśmy do niej i wszystko jej opowiedziałyśmy. Domyśliła się, o czym mowa, i przyjechała do Domu Nocy, żeby nam pomóc. — Umilkłam na chwilę, by wziąć się w garść. — I wtedy kruki ją zaatakowały.

— Szkoda, że nie mamy tu przepowiedni — rzekł Damien. — Teraz, gdy Kalona się uwolnił, chciałbym jeszcze raz do niej zajrzeć.

— Nie ma sprawy — odparła Afrodyta.

Pociągnęła długi łyk z butelki, czknęła lekko i wyrecytowała:

> *Przedwieczny śpi, czekając chwili swej*
> *Gdy ziemi moc czerwienią świętą lśni*
> *Zapłonie znak; królowa zbudzi go*
> *Tsi Sgili z łoża strząśnie deszczem krwi*
>
> *Swobodę wróci mu śmiertelna dłoń*
> *Straszliwe piękno, widok jak ze snu*
> *By nimi rządzić znów jak czarna moc*
> *Zastępy dam hołd będą składać mu*
>
> *Kalony pieśń ach jakże słodko brzmi*
> *Zimnego żaru rzeź i morze krwi.*

— Łał! Świetnie! — wykrzyknął Jack, klaszcząc w dłonie.

Afrodyta królewskim gestem pochyliła głowę.

— Dziękuję, dziękuję... Nie trzeba... — po czym wróciła do picia wina.

Zanotowałam sobie w głowie, żeby jej przypilnować z tym piciem. Zgoda, sporo się ostatnio stresowała, a ugryzienie (dwukrotne!) przez Stevie Rae i co dziwniejsze, skojarzenie się z nią także z pewnością nie wpływało zbyt dobrze na jej nerwy, lecz przemiana wizjonerki w wizjonerkę pijaczkę byłaby najgorszą rzeczą, jaka mogłaby nam się teraz przydarzyć.

Darius pokiwał głową w zamyśleniu.

— Przedwieczny to Kalona, ale z poematu nie wynika, czym on właściwie jest.

— Babcia mówiła, że najtrafniej będzie nazwać go upadłym aniołem, nieśmiertelnym stworzeniem, które chodziło po ziemi w zamierzchłych czasach. Podobno w mitologii różnych kultur, na przykład u Greków czy w Starym Testamencie, występują różne takie istoty.

— No właśnie. I jak przyjechali z nieba na wakacje czy jakoś tak, to stwierdzili, że kobiety są fajne, i zaczęli z nimi o b c o w a ć — dodała nieco bełkotliwie Afrodyta. — Obcowanie to eufemistyczne określenie na piep...

— Dzięki, Afrodyto. Pozwól, że ja dokończę — wtrąciłam. Cieszyłam się, że przestała się dąsać, choć nie byłam pewna, czy jej pijacki sarkazm jest dużo lepszy.

Damien w milczeniu podsunął mi kanapkę, wskazując głową Afrodytę. Podałam jej chleb.

— Zjedz coś. — I kontynuowałam opowieść: — No więc Kalona zaczął się spotykać z czirokeskimi kobietami i popadł w jakieś dziwne uzależnienie od seksu. Kiedy kobiety go odtrącały, gwałcił je, a mężczyzn z plemienia zmieniał w niewolników. Grupa mądrych kobiet zwanych Ghigua zbudowała z ziemi dziewczynę, która miała wciągnąć go w pułapkę.

— Co? — zdziwiła się Stevie Rae. — Lalkę z gliny?

— Tak, tyle że atrakcyjną. Każda z kobiet przekazała jej jakiś szczególny dar, a potem wspólnie tchnęły w nią życie i nadały jej imię A-ya. Kalona jej zapragnął, a ona zaczęła przed nim uciekać, wabiąc go daleko w głąb podziemnej jaskini. Choć zwykle unikał wszystkiego, co znajdowało się pod powierzchnią ziemi, tym razem dał się skusić i został tam uwięziony przez Ghigua.

— I dlatego sprowadziłaś nas do tych tuneli — domyślił się Darius.

Skinęłam głową.

— Mamy więc rozumieć, że Kalona to niebezpieczny nieśmiertelny, a Kruki Prześmiewcy to jego sługi? A kim jest ta druga istota wymieniona w proroctwie i wspomniana przez Damiena, królowa Tsi Sgili? — zapytał.

— Według babci Tsi Sgili to wstrętne czirokeskie wiedźmy. Nie jakieś fajne wiccanki czy inne kapłanki. Nie mają w sobie ani krzty dobroci. Bardziej przypominają demony, tyle że są śmiertelne i słyną z umiejętności oddziaływania na umysły. W szczególności potrafią zabijać samą siłą woli — wyjaśniłam. — Królową, o której mowa w proroctwie, jest Neferet.

— Ona jednak oznajmiła Domowi Nocy, że Kalona to Ereb, który zstąpił na ziemię, a zarazem jej małżonek. Jak gdyby stała się autentycznym wcieleniem Nyks — powiedział wolno Darius, jakby się głośno zastanawiał.

— Kłamie. W rzeczywistości odwróciła się od Nyks — powiedziałam. — Wiem o tym już od jakiegoś czasu, ale otwarte stawienie jej czoła było praktycznie niemożliwe. Pomyślcie o tym, co się stało dzisiejszej nocy. Wszyscy zobaczyli Stevie Rae i czerwonych adeptów, a jednak nie zwrócili się przeciw Neferet. Wszyscy z wyjątkiem Szechiny nawet nie mrugnęli, gdy kazała Starkowi strzelać.

— To dlatego Stark został przeniesiony z Domu Nocy w Chicago do Tulsy — rzekł Damien, a gdy wszyscy spojrzeli na niego z konsternacją, wytłumaczył: — Jego pełne nazwisko brzmi James Stark. To on zdobył na letnich igrzyskach złoty medal w łucznictwie. Neferet sprowadziła go tutaj, żeby go wykorzystać do zabicia Stevie Rae.

— Brzmi logicznie — przyznała Afrodyta. — Wiemy już, że Neferet ma coś wspólnego ze zmartwychwstawaniem adeptów. Wygląda na to, że chciała go wykorzystać i jej plan się powiódł, bo Stark z całą pewnością stał się nieumarłym i jest posłuszny jej woli. — Zadowolona ze swoich zdolności dedukcyjnych, przechyliła butelkę, by pociągnąć kolejny łyk.

— Chyba mam szczęście, że teraz, gdy umarł i powrócił, nie celuje już tak dobrze — zauważyła Stevie Rae.

— Nie w tym rzecz — wyrwało mi się, nim zdążyłam ugryźć się w język. — Specjalnie nie trafił w serce.

— Jak to? — zdziwiła się Stevie.

— Przed śmiercią zdradził mi, że otrzymał od Nyks szczególny dar. Nigdy nie chybia. Nie może. Zawsze trafia tam, gdzie celuje.

— Skoro więc celowo nie trafił w serce Stevie Rae, to znaczy, że Neferet nie do końca nad nim panuje — rzekł Damien.

— Wypowiedział twoje imię — wtrącił Erik, wwiercając się we mnie swoimi niebieskimi oczami. — Doskonale to pamiętam. Nim strzelił do Stevie, z całą pewnością cię rozpoznał. Powiedział nawet, że wrócił dla ciebie.

— Byłam przy nim, gdy umierał — odparłam, odwzajemniając spojrzenie Erika i starając się nie wyglądać na zbytnio zawstydzoną faktem, że pociągał mnie ktoś inny niż on, choć w głębi duszy tak właśnie się czułam. — Zanim zmarł, wyjawiłam mu, że adepci z naszego Domu Nocy powracają zza grobu. O to mu chodziło.

— Z całą pewnością między wami dwojgiem istnieje jakaś więź — rzekł Darius. — Prawdopodobnie to ona uratowała życie Stevie Rae.

— Ale Stark na sto procent nie był sobą — powiedziałam, odwracając wzrok od Erika. Minęło kilka dni, odkąd pocałowałam Starka, a potem on zmarł w moich ramionach, lecz miałam wrażenie, że upłynęły całe wieki. — Był pod wyraźnym wpływem Neferet, nawet jeśli próbował się opierać.

— No. Jakby rzuciła na niego czar czy coś — przyznał Jack.

— Chwila. To mi o czymś przypomina — wtrącił Damien. — Zauważyłem, że prawie wszyscy zachowywali się jak zauroczeni i nawet lekko zdezorientowani, gdy pojawił się Kalona.

Venus prychnęła niczym Afrodyta w swojej najbardziej sarkastycznej (i najmniej atrakcyjnej) wersji.

— Wszyscy oprócz nas. — Ogarnęła gestem całą grupę czerwonych adeptów. — My od pierwszej chwili wiedzieliśmy, że jest zły i kompletnie zakłamany.

— Skąd? — zapytałam odruchowo. — Skąd wiedzieliście? Wszyscy pozostali adepci, to znaczy wszyscy oprócz nas, padli przed nim na kolana. Nawet Synowie Ereba nie stawiali mu oporu. — Ja też odczułam jego przyciąganie, nie chciałam się jednak do tego przyznawać przed Venus.

Wzruszyła ramionami.

— To było oczywiste. Owszem, był przystojny i tak dalej, ale daj spokój! Wystrzelił spod ziemi zaraz po tym, jak Stevie się na nią wykrwawiła.

Przyglądałam jej się badawczo, myśląc o tym, że być może rozpoznała tkwiące w Kalonie zło dlatego, że cholernie dobrze je zna.

— No i miał skrzydła, a to chyba dziwne, nie? — odezwała się Kramisha, odciągając moją uwagę od Venus. — Mi tam mama zawsze gadała, żebym nie ufała żadnemu białasowi, nawet ładnemu. Ładny białas ze skrzydłami wyskakujący spod ziemi razem z bandą ohydnych ptaszysk jest chyba jeszcze gorszy, no nie?

— Racja — przyznał Jack, najwyraźniej zapominając, że sam jest ładnym białasem.

— Muszę coś wyznać — odezwał się Damien i wszyscy spojrzeliśmy na niego. — Gdybym się nie znajdował w środku pełnego i aktywnego kręgu otoczony przez was i gdyby

Afrodyta nie wrzeszczała na nas, żebyśmy się trzymali razem i uciekali stamtąd, być może sam padłbym na kolana.

Poczułam ukłucie niepewności.

— A wy? — zapytałam Bliźniaczki.

— Był naprawdę niezły — przyznała Shaunee.

— Jak cholera — dodała Erin i spojrzała na przyjaciółkę, a gdy ta pokiwała głową, mówiła dalej: — Nas też by omotał. Gdyby Afrodyta nie darła japy, żebyśmy trzymały krąg, to do tej pory tkwiłybyśmy w środku tego syfu.

— A to nie byłoby fajne — stwierdziła Shaunee.

— No właśnie — podsumowała Kramisha.

— Kolejny raz ratuję dupy baraniemu stadku — wybełkotała Afrodyta.

— Lepiej zjedz kanapkę — mruknęłam do niej, po czym zwróciłam się do Erika: — A ty? Też chciałeś...? — Urwałam, nie wiedząc, jak to ująć.

— Zostać i złożyć mu hołd? — dokończył, a ja kiwnęłam głową. — Cóż, poczułem jego moc. Pamiętaj jednak, że już wiedziałem, iż z Neferet jest coś nie tak. Uznałem, że skoro ona jest po jego stronie, to ja nie chcę mieć z nim nic wspólnego. Koncentrowałem się więc na innych rzeczach.

Skrzyżowaliśmy spojrzenia. Jasne, że Erik znał część prawdy o Neferet, bo podsłuchał moją kłótnię z nią. Poza tym już wcześniej się domyślił, że zdradziłam go z Mistrzem Poezji, Lorenem Blakiem, tylko dlatego, że Neferet kazała Lorenowi mnie uwieść i skłócić z przyjaciółmi.

— W takim razie Kalona nie wpływa na czerwonych adeptów tak jak na zwykłych — stwierdził Darius. — Wygląda też na to, że jeśli zwykli adepci są do tego zmuszeni, potrafią zneutralizować jego wpływ. To o czym mówi Erik, i moja własna reakcja wskazuje też, że wampiry mogą być mniej podatne na pokusę Kalony niż adepci. — Umilkł, patrząc na Jacka. — Miałeś ochotę zostać i czcić Kalonę?

Chłopak pokręcił głową.

— Nie. Ale nawet za bardzo na niego nie patrzyłem. No wiesz, strasznie się martwiłem o Stevie Rae, a potem skupiałem się na tym, żeby się nie rozdzielić z Damienem. Poza tym Cesa była strasznie zdenerwowana widokiem S-T-A-R-K-A — przeliterował, głaszcząc psa. — Musiałem się nią zająć.

— A dlaczego ty oparłeś się wpływowi? — zapytałam Dariusa.

Zauważyłam, jak zerka na Afrodytę, która pijacko skubała kanapkę.

— Miałem inne zmartwienia. — Urwał na chwilę. — Chociaż owszem, czułem jego przyciąganie. Pamiętaj też, że jestem w nieco innym położeniu niż reszta wojowników. Żaden z nich nie był tak blisko związany z waszą grupą. Kiedy Syn Ereba podejmuje się czyjejś ochrony, tak jak ja podjąłem się ochrony ciebie i Afrodyty, tworzy się między nimi silna więź. — Uśmiechnął się do mnie ciepło. — Często się zdarza, że najwyższą kapłankę przez całe życie chroni ten sam oddział wojowników. To nie przypadek, że otrzymaliśmy imię po Erebie, wiernym małżonku bogini Nyks.

Odwzajemniłam jego uśmiech, mając nadzieję, że Afrodyta nie okaże się francą i nie złamie jego szlachetnego serca.

— Jak myślicie, co się teraz dzieje tam, na górze? — zapytał nagle Jack.

Wszyscy spojrzeli na wygięty sufit naszego małego tunelowego pomieszczenia. Wiedziałam, że nie tylko ja cieszę się w tej chwili z grubej warstwy ziemi oddzielającej nas od „tam, na górze".

— Nie wiem — powiedziałam, woląc prawdę od jakiejś bezsensownej odpowiedzi w rodzaju „Na pewno wszystko będzie dobrze". Myślałam intensywnie, starannie dobierając słowa. — Wiemy, że pradawny nieśmiertelny uwolnił się z niewoli we wnętrzu ziemi. Wiemy, że przyprowadził ze sobą stworzenia podobne do demonów i że kiedy ostatnio chodził po ziemi, gwałcił kobiety i niewolił mężczyzn. Wiemy, że nasza najwyższa kapłanka... no cóż, z braku lepszego określenia powiem, że przeszła na ciemną stronę mocy.

Ciszę, która zaległa po moich słowach, przerwał Erik.

— Odniesienia do *Gwiezdnych wojen* zawsze się sprawdzają.

Wyszczerzyłam się do niego, szybko jednak spoważniałam.

— A oto czego nie wiemy — kontynuowałam. — Po pierwsze, jakie szkody wyrządzili w mieście Kalona i Kruki Prześmiewcy. Erik mówił, że na górze trwają jakieś wyładowania elektryczne z deszczem i lodem, ale nie jest powiedziane, że to nie może być zjawisko naturalne. Pogoda w Oklahomie bywa przecież nieprzewidywalna.

— Oooooo-klahoma! Burze piaskowe i zamiecie śnieżne, że aż strach — wybełkotała Afrodyta.

Stłumiłam westchnienie, starając się zignorować skojarzoną wizjonerkę w stanie upojenia.

— Z drugiej jednak strony wiemy, że tu, na dole, jesteśmy raczej bezpieczni. Mamy jedzenie, schronienie i różne inne rzeczy. — No cóż, przynajmniej miałam nadzieję, że jesteśmy bezpieczni. Poklepałam łóżko, na którym siedziałam, przykryte naprawdę fajną jasnozieloną pościelą. — A skoro mowa o „różnych innych rzeczach", to jak wam się udało przytaszczyć tu to wszystko? — zwróciłam się do Stevie Rae. — Nie chcę być złośliwa, ale to łóżko, wasz stół, lodówki i inne luksusy zdecydowanie nie przypominają brudnych szmat i innych obrzydliwości, które tu widziałam miesiąc temu.

Rzuciła mi słodki uśmiech dawnej Stevie Rae.

— Zawdzięczamy to głównie Afrodycie.

— Afrodycie? — zdziwiłam się, unosząc brwi i gapiąc się na nią wraz ze wszystkimi pozostałymi.

— Cóż mogę powiedzieć? Stałam się wzorem dobroczynności. Organizacje charytatywne powinny rozwieszać plakaty z moją podobizną. Dzięki Bogu jestem atrakcyjna — oznajmiła Afrodyta, po czym beknęła głośno. — Ups, *scusa* — wymamrotała.

— Scusa? — spytał Jack.

— To po włosku, tępaku — odparła. — Mógłbyś poszerzyć swoje gejowskie horyzonty.

— Co konkretnie Afrodyta ma wspólnego z rzeczami, które tu przytaszczyliście? — zapytałam szybko, by nie dopuścić do pyskówki.

— Kupiła to wszystko. W sumie to był jej pomysł — wyjaśniła Stevie Rae.

— *Scusa*? — zapytałam, nawet nie próbując powstrzymać uśmiechu.

— Spędziłam tu całe dwa dni. To co, miałam żyć w jakiejś norze? — rzekła Afrodyta. — Bez żartów. Od czego są karty kredytowe? Umiłowanie do dekoracji wnętrz wyssałam chyba z mlekiem matki, podobnie jak picie bardzo wytrawnego martini. Na Utica Square jest Pottery Barn. No wiecie, ten sklep meblowy. Z dostawą towaru. Jest tu też Home Depot, ale o tym musiał mi powiedzieć jeden z czerwonych świrów, bo osobiście nie robię zakupów w sklepach ze sprzętem AGD.

— To nie są żadne świry — powiedziała wymownie Stevie Rae.

— Ups, sorry — odparła Afrodyta. — Ugryź mnie.

— Już to zrobiła — zauważyła Venus.

Afrodyta spojrzała na nią sennym wzrokiem, lecz nim zdążyła wymyślić odpowiedź, odezwał się Dallas.

— Wiedziałem, że tam jest Home Depot — wszyscy spojrzeli na niego — bo jestem dobry w budowlance.

— Home Depot i Pottery Barn przywieźli wam tu towar? — zapytał Erik.

— No, niezupełnie — odpowiedziała Stevie Rae. — Ale nie mieli nic przeciwko przywiezieniu go do Tribune Lofts, które są zaraz obok. Po odrobinie... hm... przyjacielskiej perswazji zgodzili się przynieść rzeczy tutaj, a zaraz po wyjściu zupełnie o tym zapomnieli. No i proszę: mamy wszystko, czego nam było trzeba.

— Nadal nie rozumiem. Jak udało wam się nakłonić ludzi do przyjścia tutaj? — zapytał Darius.

Westchnęłam.

— Jest coś, co powinieneś wiedzieć o czerwonych wampirach...

— Adeptach także — przerwała mi Stevie Rae — tylko że ich zdolność nie jest tak silna.

— I czerwonych adeptach — poprawiłam się. — Potrafią sterować ludzkimi umysłami.

— Brzmi to wrednie, ale wcale takie nie jest — szybko zapewniła Dariusa Stevie. — Po prostu zmodyfikowałam tym facetom wspomnienia. Nie sterowałam nimi. Nie wykorzystujemy swoich zdolności do robienia żadnych podłych rzeczy. — Spojrzała wymownie na swoich adeptów. — Prawda?

— Prawda — wymamrotali, lecz zauważyłam, że Venus milczy, a Kramisha ucieka wzrokiem, jakby ją na czymś przyłapano.

— Potrafią sterować ludzkimi umysłami. Nie tolerują blasku słońca. Niewiarygodnie szybko odzyskują zdrowie. Potrzebują kontaktu z ziemią, by czuć się naprawdę dobrze — podsumował Darius. — Coś jeszcze?

— Owszem — odparła Afrodyta. — Gryzą.

ROZDZIAŁ SZÓSTY

— Wystarczy. Koniec z piciem — powiedziałam do Afrodyty, gdy czerwoni adepci wybuchnęli śmiechem.

— Ona była stuknięta nawet przed piciem i Skojarzeniem — stwierdziła Kramisha. — Ale się przyzwyczailiśmy.

— W każdym razie owszem — kontynuowałam w odpowiedzi na pytanie Dariusa. — Wszystkie te stwierdzenia o czerwonych adeptach są prawdziwe.

— I o jednej czerwonej wampirce — dodała Stevie Rae zmęczonym, lecz dumnym głosem. — Aha, i mogę wam jeszcze powiedzieć, że wschód słońca nastąpił dokładnie — urwała, przechylając głowę, jakby nasłuchiwała cykania świerszczy — sześćdziesiąt trzy minuty temu.

— Wszystkie dorosłe wampiry wiedzą, kiedy wschodzi słońce — odparł Darius.

— Założę się, że nie wszystkie stają się w tym momencie tak senne jak ja. — Stevie zakończyła swoją wypowiedź szerokim ziewnięciem.

Skoro już o tym wspomniała, to ja też byłam wykończona. Najwyraźniej wypita krew przestała działać. Rozejrzałam się po czerwonych i niebieskich adeptach i zobaczyłam wiele sinych worków pod oczami i tłumionych ziewnięć. Inwazja Kalony, problemy Domu Nocy oraz narastające uczucie, że coś jest nie tak z czerwonymi adeptami, wciąż mnie nurtowały, ale byłam zbyt zmęczona, by teraz się z tym borykać.

Żałując, że nie potrafię po prostu się rozpłakać, odkaszlnęłam, skoncentrowałam się i rzekłam:

— Może powinniśmy się trochę przespać? Jesteśmy tu raczej bezpieczni, a z tym, co dzieje się na górze, nie damy rady nic zrobić, póki jesteśmy tak skonani, że praktycznie zasypiamy na stojąco.

— Zgoda — rzekł Darius. — Myślę jednak, że powinniśmy ustawić straż przy wejściu do tunelu. Za twoją zgodą, kapłanko, na wszelki wypadek.

— Tak, to chyba dobry pomysł — przyznałam. — Stevie Rae, czy tunele mają jakieś inne wejścia oprócz tego pod dworcem?

— Zo, myślałam, że wiesz o tunelach łączących się ze starymi budynkami w centrum miasta — powiedziała Stevie. — Nasza sekcja jest ich częścią.

— Ale nikt oprócz was tu nie przychodzi i nie korzysta z tych konkretnych tuneli?

— No nie, z tej części nie, bo wszyscy myślą, że są stare, ohydne i opuszczone.

— Może dlatego, że faktycznie są stare, ohydne i opuszczone — wtrąciła drwiąco Afrodyta. Zauważyłam, że zignorowała mój zakaz i napoczęła drugą butelkę wina.

— Wcale że nie! Nie są ohydne ani opuszczone! — zaprotestowała Kramisha, patrząc na nią spode łba. — Bo my żeśmy tu przyszli i je odnawiamy. Powinnaś to wiedzieć, jakżeś nam pożyczyła tą swoją złotą kredytówkę bez limitu, żeby se pokupować te rzeczy.

— Wtedy też używałaś takiej nędznej gramatyki? — wybełkotała Afrodyta, spoglądając na nią mętnym wzrokiem zza Dariusa.

— Słuchaj no, wiem, że jesteś człowiekiem i się pechowo skojarzyłaś ze Stevie Rae, a poza tym uchlałaś w trupa, więc lepiej mnie nie zmuszaj, żebym użyła swoich darów i ci skopała tą kościstą dupę, bo jak jeszcze raz mi dosrasz, to nie wytrzymam! — wycedziła Kramisha.

— Czy moglibyśmy się skupić na złych gościach, którzy mogą spróbować nas pożreć, a nie na kłótniach między sobą? — zapytałam zmęczonym głosem. — Stevie Rae, czy pozostałe tunele łączą się z tymi?

— Tak, ale wejście jest zaplombowane, a przynajmniej tak to wygląda dla wszystkich z zewnątrz.

— A czy z tej części tuneli do publicznej istnieje tylko jedno przejście? — zapytał Darius.

— W każdym razie ja wiem o jednym. Jest zagrodzone bardzo grubymi metalowymi drzwiami. A wy? Znaleźliście jakieś inne? — zapytała Stevie Rae.

— Może — mruknął Ant.

— Jak to: może?

— Włóczyłem się i coś znalazłem, ale wejście było za małe nawet dla mnie, więc się nie przedostałem. Chciałem tam wrócić i użyć łopaty albo lepiej mięśni Johnny'ego B., tylko że nie zdążyłem.

Johnny B. wyszczerzył zębiska i napiął muskuły. Udałam, że nie widzę, Bliźniaczki jednak zachichotały z uznaniem.

— Więc mówicie, że poza wejściem przez dworzec istnieje tylko jedno potwierdzone, które prowadzi do reszty tuneli? — zapytałam.

— Tak jakby — odparła Stevie Rae.

— W takim razie radzę ci ustawić dwóch strażników, kapłanko — rzekł Darius. — Eriku, przejmiesz wartę po mnie? To najbardziej newralgiczne miejsce, więc powinny go strzec dorosłe wampiry.

Erik kiwnął głową.

— Zgoda.

— W takim razie Jack i ja bierzemy pierwszą zmianę przy zaplombowanym wejściu do głównych tuneli — rzekł Damien. — Jeśli oczywiście się zgadzacie.

— Możemy nawet w tym czasie zaplanować menu na następne dni i zrobić listę potrzebnych produktów — dodał Jack.

— Brzmi nieźle. — Uśmiechnęłam się do nich obu.

— Zgadzam się. Shaunee i Erin, weźmiecie drugą zmianę? — zapytał Darius.

Bliźniaczki wzruszyły ramionami.

— Nie ma sprawy — powiedziała Erin.

— Świetnie. Myślę, że lepiej zrobimy, nie stawiając na warcie czerwonych adeptów w dzień — rzekł Darius.

— Hej, my też potrafimy skopać komuś tyłek! — odezwał się Johnny B., nieźle napakowany i wyraźnie cierpiący na nadmiar testosteronu.

— Nie w tym rzecz — powiedziałam, odgadując, co miał na myśli Darius. — Musimy wam dać się wyspać w dzień, żebyście mogli czuwać w nocy, kiedy wasza moc jest największa. Dzięki temu można liczyć na to, że będziecie silniejsi od istot, które tu po nas przyjdą. — Przemilczałam fakt, że nawet gdyby Darius nie poruszył tej kwestii, ja sama opowiedziałabym się przeciwko stawianiu na warcie czerwonych adeptów. Nie chciałam być „chroniona" przez ludzi Stevie Rae, dopóki nie nabiorę do nich większego zaufania.

— Aha. No dobra. Niech tak będzie. Nie mam nic przeciwko ochronie kapłanki i jej zespołu — odparł Johnny B., mrugając do mnie zawadiacko.

Powstrzymałam się od przewrócenia oczami. Pomijając fakt, że był czerwonym adeptem, nie miałam najmniejszej ochoty na wikłanie się w bliższą znajomość z kolejnym mięśniakiem. Przeniosłam wzrok na Erika i omal nie podskoczyłam, czując się przyłapana. Owszem, przyglądał mi się. Super. Ignorował mnie prawie cały czas, odkąd zeszliśmy do tuneli, i musiał na mnie zwrócić uwagę akurat w momencie, gdy inny facet zaczął ze mną flirtować.

Jack podniósł rękę jak grzeczny uczeń.

— Mogę o coś spytać?

— Tak, Jack.

— Gdzie będziemy spać?

— Dobre pytanie — Odwróciłam się do Stevie Rae. — Gdzie będziemy spać?

Nim zdążyła otworzyć usta, odezwał się Johnny B.

— Jeśli o mnie chodzi, bardzo chętnie podzielę się z kimś łóżkiem. Mam bardziej szlachetne serce niż Kramisha.

— Już widzę, jak ci chodzi o serce — burknęła Kramisha.

— Nie gniewaj się, kochaniutka — rzucił Johnny B., bezskutecznie naśladując murzyński akcent.

Kramisha spojrzała na niego z politowaniem.

— Wariat z ciebie.

— Mamy parę śpiworów — wtrąciła Stevie Rae takim głosem, jakby lada moment miała zasnąć. — Venus, pokażesz Zoey i reszcie, gdzie je znaleźć? Niech śpią obojętne gdzie. — Umilkła i uśmiechnęła się słabo do Kramishy. — Tylko pamiętajcie, że Kramisha nie udostępnia łóżka.

— Ale możecie spać w moim pokoju — powiedziała tamta. — Nie ma sprawy. Byle nie na wyrku.

— Wszyscy macie swoje pokoje? — zapytałam, nie mogąc opanować zdumienia. Od mojej poprzedniej wizyty zaszła tu niewiarygodna zmiana. Wtedy adeptów można było nazwać co najwyżej humanoidami, a tunele były ciemne, brudne i straszne. Teraz siedzieliśmy w przytulnym pokoju oświetlonym mrugającymi lampami naftowymi i świecami, z ładnymi, niewątpliwie nowymi meblami i całkiem fajnymi, dopasowanymi kolorystycznie poduszkami. Wszystko wyglądało normalnie. Czyżbym tylko sobie ubzdurała, że z tymi adeptami jest coś nie tak, bo byłam potwornie zmęczona i nie potrafiłam jasno myśleć?

— Wszyscy, którzy chcieli je mieć — odpowiedziała mi Venus. — Nietrudno je zorganizować. W tej części tuneli jest mnóstwo ślepych uliczek. Zmieniamy je w pomieszczenia mieszkalne. Ja na przykład jak najbardziej mam swój pokój.

— Uśmiechnęła się do Erika, a ja musiałam sobie wbić do głowy, że wywołanie ognia, by spalił wszystkie włosy na jej nadmuchanym łbie, byłoby raczej nieetyczne.

— Prawdopodobnie w czasach prohibicji właśnie tu przechowywano większość nielegalnego alkoholu — zauważył Damien. — Wskazuje na to bliskość torów kolejowych, dzięki czemu bez problemu można było transportować towar.

— Ach, jakie to cudne i romantyczne — westchnął Jack. — Mam na myśli cały ruch wyzwolenia kobiet, szafy grające i gangsterów!

Damien uśmiechnął się do niego pobłażliwie.

— Muszę ci przypomnieć, że prohibicja w Tulsie trwała aż do 1957 roku.

— Ojej, no tak. To już mniej romantyczne. Bardziej przypomina sytuację gejów w południowych stanach. — Zachichotał. — Gejów!

— Uwielbiam cię za to, że jesteś taki zabawny i słodki — powiedział Damien, bez żenady całując go prosto w usta i wywołując tym radosne szczeknięcie Cesarzowej.

— Zaraz rzygnę — oświadczyła Afrodyta.

— Aha — odezwał się Jack, marszcząc brwi pod jej adresem — mam jeszcze jedno pytanie.

Znów zaczął podnosić grzecznie rękę.

— Tak, Jack? — zapytała. — O co chodzi?

— Gdzie mamy siusiać?

— Siusiać? Czy on naprawdę powiedział „siusiać"? — Afrodyta chichotała tak mocno, że aż się osmarkała. Demonstracyjnie ją zignorowaliśmy.

— Żaaaden proooblem — ziewnęła Stevie Rae. — Venus, pokażesz im?

— Macie łazienkę? — zapytałam zdziwiona.

Niby jak, kurczę? Czyżby w tych tunelach działała kanalizacja?

Venus rzuciła mi spojrzenie z cyklu „najwyraźniej jednak nie wiesz wszystkiego" i wyszczerzyła się wyniośle.

— Konkretnie rzecz biorąc, łazienki. Z prysznicami.

— I gorącą wodą? — wykrzyknął entuzjastycznie Jack.

— No pewnie. Nie jesteśmy jaskiniowcami — odparła Venus.

— Jak to zrobiliście? — zapytałam.

— Łazienki są w budynku dworca nad nami — wyjaśniła Stevie Rae. — Sporo po nim buszowaliśmy. Jest kompletnie zabity dechami, więc nikt się tam nie dostanie inaczej niż przez podziemia, a to oznacza, że mamy kontrolę nad tym, kto wchodzi i wychodzi.

— I nie wpuszczamy byle kogo — postraszyła nas Venus.

Szczerze wam powiem, że z każdą sekundą coraz mniej ją lubiłam. Tym razem nawet nie miało to związku z jej ślinieniem się do Erika.

— Pełna elegansssja. Mój styl — stwierdziła Afrodyta i czknęła.

— Tak czy owak — rzekła Stevie Rae, zerkając na nią z politowaniem — buszując na dworcu, znaleźliśmy dwie szatnie, męską i żeńską. Pewnie dla pracowników. Mają tam nawet siłownię. Reszta to zasługa Dallasa. — Wycieńczona klapnęła na poduszki, dając chłopakowi znak, żeby dokończył.

Dallas wzruszył niedbale ramionami, ale jego uśmiech zdradzał, że wie, jak fajną rzecz zrobił.

— Po prostu znalazłem przyłącze dworca do magistrali wodnej i odkręciłem. Rury wciąż są w dobrym stanie.

— To nie wszystko — mruknęła Stevie Rae.

Dallas uśmiechnął się do niej szeroko i zauważyłam, że coś między nimi iskrzy. No, no. Z całą pewnością muszę później przycisnąć Stevie, żeby mi wszystko opowiedziała.

— Wykombinowałem też, jak podłączyć prąd, dzięki czemu zaczęły działać bojlery, a dzięki karcie kredytowej Afrodyty zdobyliśmy superdługie przedłużacze i pociągnęliśmy prąd do starego systemu oświetlenia tuneli. Wystarczyło trochę popracować, żeby mieć na dole gorącą wodę i elektryczność.

— Rany — stwierdził Jack — to po prostu super!

— Robi wrażenie — przyznał Damien.

Dallas tylko się szczerzył.

— To jak, chcecie teraz skorzystać z łazienek? — zapytała Venus urażonym, a może raczej zgredowatym tonem.

— Jasne! — odparł radośnie Jack. — Zdecydowanie przyda mi się gorący prysznic przed rozpoczęciem warty.

— Hm... a jaka jest data ważności na waszych produktach do pielęgnacji włosów? — zapytała Shaunee.

— Daj spokój, zajęłam się tym, jak tylko odzyskałam rozum. Bez obaw, możesz ich spokojnie używać — odparła Kramisha, wstając i strzepując okruszki z obcisłych dżinsów.

— To świetnie — podsumowała Erin. — Idziemy.

Gdy wszyscy ruszyli do wyjścia, zostałam z tyłu.

— Hej, Zo, chcesz znów mieszkać ze mną w pokoju? — zapytała Stevie Rae, mimo wycieńczenia uśmiechając się w swoim dawnym stylu.

— Pewnie. — Przeniosłyśmy wzrok na Afrodytę, która wciąż siedziała na skraju łóżka, wsparta o Dariusa.

— Afrodyto, przynieś sobie śpiwór. Dla ciebie też znajdzie się tu miejsce.

— Słuchaj no, nie mam najmniejszego zamiaru z tobą spać! — odpysknęła Afrodyta, ze wszystkich sił starając się mówić wyraźnie. — Nasze Skojarzenie nie jest t e g o rodzaju. A nawet jakbym była lesbą, którą nie jestem, to i tak nie byłabyś w moim typie.

— Nie bądź głupia. Nie podwalałam się do ciebie — prychnęła Stevie Rae.

— Po prostu stawiam sprawę jasno. Chcę też, żebyś wiedziała, że zerwę to pieprzone Skojarzenie, gdy tylko zdołam wykombinować, jak to zrobić.

Stevie westchnęła.

— Nie rób czegoś, co zaboli nas obie. Za dużo się ostatnio nacierpiałam.

Przysłuchiwałam się ich rozmowie ze szczerym zaciekawieniem. No wiecie, sama byłam skojarzona z moim ludzkim chłopakiem, Heathem, więc wiedziałam co nieco na temat sprzężenia z człowiekiem poprzez magię krwi. Wiedziałam też co nieco o zrywaniu tej więzi, które rzeczywiście potrafiło być bardzo bolesne.

— Zoey, czy mogłabyś łaskawie przestać się na mnie gapić? — wybuchnęła Afrodyta, a ja podskoczyłam ze wstydu.

— Wcale się nie gapię — skłamałam.

— Nazywaj to, jak chcesz. Tylko przestań.

— Skojarzenia nie trzeba się wstydzić, moja śliczna — rzekł Darius, otaczając ją ramieniem.

— Tak czy owak jest dziwne — przyznała Stevie Rae.

Darius uśmiechnął się do niej życzliwie.

— Istnieje wiele rodzajów Skojarzenia.

— No cóż, nasze nie należy do tych z cyklu „chcę pić twoją krew i pieprzyć się z tobą" — zastrzegła Afrodyta.

— Oczywiście, że nie. — Darius ucałował ją w czoło.

— A to oznacza, że możesz tu spać i nie musisz się niczego obawiać — zauważyła Stevie Rae.

— Po raz kolejny mówię: nie i już. Poza tym idę z Dariusem. Będziemy razem pełnić wartę — oznajmiła zdecydowanie Afrodyta, salutując pijacko na wpół opróżnioną drugą butelką.

— Darius musi pilnować wejścia do tuneli. Nie może jednocześnie zajmować się twoim pijackim tyłkiem — zaprotestowała Stevie.

— Idę-z-Dariusem — powoli i uparcie powtórzyła Afrodyta.

— Może zostać ze mną — rzekł Darius, bezskutecznie próbując ukryć uśmiech. — Wezmę dla niej śpiwór. Nie sądzę, żeby mi przysporzyła wielu kłopotów, a lubię ją mieć blisko.

— Nie sądzisz, żeby ci przysporzyła wielu kłopotów? — zapytałam i obie ze Stevie uniosłyśmy brwi. Przysięgam, że jego wydatne, szlachetnie wyrzeźbione policzki lekko się zaróżowiły.

— On chyba myśli o jakiejś innej Afrodycie, której my nie znamy — mruknęła Stevie.

— Chodźmy — oznajmiła Afrodyta, wstając niezdarnie.

— Wiem, gdzie trzymają te durne śpiwory. Nie słuchaj ich.

— Wykonała komiczną próbę zmarszczenia brwi, zakończoną kolejnym męskim beknięciem, chwyciła Dariusa za rękę i wężykiem wyszła z pokoju przy wtórze śmiechu mojego i Stevie Rae.

Przed zniknięciem za kurtyną z koca Darius odezwał się przez ramię do Erika, o którego obecności prawie — ale tylko prawie — zapomniałam.

— Prześpij się trochę. Obudzę cię, gdy nadejdzie czas twojej zmiany.

— Brzmi nieźle. Będę... — Zawahał się.

— Dallas mieszka kawałek dalej wzdłuż tunelu. Na pewno chętnie cię przenocuje — podpowiedziała mu Stevie.

— No to załatwione. Będę u Dallasa — rzekł Erik.

Darius kiwnął głową.

— Kapłanko, zerkniesz na bandaże Stevie Rae? Gdyby trzeba je zmienić...

— Gdyby trzeba, zrobię to — przerwałam mu. Do diabła, skoro pomogłam wypchnąć jej strzałę z piersi, to chyba nie zacznę świrować podczas zmiany bandaża?

— Dobrze więc. Gdybyś mnie potrzebowała, wyślij adepta...

Urwał, bo Afrodyta pociągnęła go mocno za rękę, po czym sama wsadziła głowę w otwór drzwi i oznajmiła:

— Dobranoc-sranoc. Dajcie nam spokój.

Potem znikła.

— Całe szczęście, że to on, a nie ja — wymamrotał Erik, patrząc, jak koc opada i zasłania wejście. Nawet nie próbowałam powstrzymać uśmiechu. Cieszyłam się, że Afrodyta już go nie interesuje. Erik odwzajemnił moje spojrzenie i na jego wargach powoli wykwitł uśmiech.

ROZDZIAŁ SIÓDMY

— Idźcie, idźcie. Dogońcie pozostałych. Ja po prostu się prześpię — powiedziała Stevie Rae, ostrożnie kuląc się na boku.

Nagle rozległo się zrzędliwe „miauuu" i do pokoju wdreptała pulchna marchewkowa kuleczka futra, jakby nigdy nic wskakując na jej łóżko.

— Nala! — Stevie podrapała kotkę po czubku głowy. — Tęskniłam za tobą!

Nala kichnęła jej prosto w twarz i trzy razy okręciła się na poduszce obok jej głowy, po czym w końcu się położyła i zaczęła warkotać jak silnik. Stevie i ja wyszczerzyłyśmy się do siebie.

Tu warto przypomnieć jedną rzecz: Cesarzowa, beżowa labradorka Jacka, to wyjątek. Przywiózł ją ze sobą Stark, gdy go przeniesiono do naszej szkoły z Domu Nocy w Chicago. Potem umarł. Wtedy Jack adoptował Cesarzową. Następnie Stark zmartwychwstał, ale najwyraźniej nie był sobą, bo pierwszą rzeczą, jaką zrobił, było przeszycie Stevie Rae strzałą. Dlatego Cesarzowa wciąż była z Jackiem, który nawiasem mówiąc, zaczynał się chyba naprawdę do niej przywiązywać.

Kiedy uciekaliśmy z Domu Nocy, nasze koty i pies przybiegły tu za nami. Gdy teraz patrzyłyśmy, jak Nala mości się wygodnie na łóżku, obie ze Stevie poczułyśmy się całkiem jak w domu.

— No idźcie — powtórzyła Stevie Erikowi i mnie, kuląc się obok Nali. — My z Nalką się zdrzemniemy. Jak chcecie dogonić resztę, to skręćcie w lewo zaraz po wyjściu, a potem cały czas skręcajcie w prawo. Wejście na dworzec jest obok pokoju z lodówkami.

— Zaraz, Darius mówił, żebym obejrzała twoje bandaże — przypomniałam jej.

— Później. — Ziewnęła strasznie. — Są w porządku.

— Skoro tak mówisz... — Starałam się nie okazać, jaką czuję ulgę. Nie ma mowy, żebym kiedykolwiek zajęła się czymś w jakimkolwiek stopniu przypominającym pielęgniarstwo. — Prześpij się trochę. Niedługo wrócę — powiedziałam. Przysięgam, że nim Erik i ja zdążyliśmy przejść przez kraciastą zasłonę z koca, Stevie już spała.

Skręciliśmy w lewo i chwilę szliśmy w milczeniu. Tunele były mniej straszne, niż kiedy poprzednio w nich przebywałam, ale to nie znaczy, że od razu zrobiły się nieklaustrofobiczne, jasne i wesolutkie. Co parę jardów na wysokości oczu rozmieszczone były latarnie, osadzone w betonowych ścianach za pomocą czegoś przypominającego wkręty mocujące do szyn kolejowych, lecz i tak mrok był wszechobecny. Nie uszliśmy daleko, gdy nagle coś przykuło mój wzrok i zwolniłam, mrużąc oczy, by lepiej przeniknąć ciemność między latarniami.

— Co jest? — zapytał cicho Erik.

Strach ścisnął mi żołądek.

— Nie wiem. Coś... — Zamarłam gwałtownie, bo coś wystrzeliło na mnie z mroku. Otworzyłam usta, by wrzasnąć, wyobrażając sobie dzikich czerwonych adeptów albo co gorsza, grozę Kruków Prześmiewców. Erik otoczył mnie ramieniem i odciągnął z miejsca, przez które ułamek sekundy później przeleciało stado nietoperzy.

— Boją się ciebie tak samo jak ty ich — powiedział, puszczając mnie, gdy tylko odleciały.

Zadrżałam, próbując zmusić serce do regularnego bicia.

— Nie ma takiej możliwości, żeby bały się mnie tak jak ja ich. Matko, przecież to szczury ze skrzydłami!

Zaśmiał się i ruszyliśmy dalej.

— Myślałem, że to gołębie są skrzydlatymi szczurami.

— Nietoperze, gołębie czy kruki... teraz wszystkie są dla mnie tym samym. Fruwającymi, trzepoczącymi stworami, od których wolałabym się trzymać jak najdalej.

— Chyba cię rozumiem — odparł z uśmiechem, który bynajmniej nie pomógł mi wyregulować rytmu serca. Przysięgam, że wciąż czułam na ramionach ciepło jego ręki. Chwilę później dotarliśmy do odcinka tunelu, który tyleż nas zaskoczył, co zachwycił. Oboje przystanęliśmy i gapiliśmy się.

— Łał — powiedziałam. — Ale odlot!

— Fakt — przyznał mi rację Erik. — To musi być robota tej całej Gerarty. Zdaje się, że Stevie przedstawiła ją jako artystkę dekorującą tunele?

— Owszem, choć nie spodziewałam się czegoś takiego.

— Kompletnie zapominając o nietoperzach, przesunęłam dłonią po cudownie skomplikowanym wzorze przeplecionych misternie kwiatów, serc, ptaków i najróżniejszych zakrętasów tworzących jaskrawą mozaikę, która zdawała się tchnąć życie i magię w ten niewielki odcinek posępnych, klaustrofobicznych ścian.

— Ludzie i wampiry zapłaciliby fortunę za takie dzieło — rzekł Erik, nie dodając: „Gdyby świat mógł się kiedykolwiek dowiedzieć o czerwonych adeptach", lecz te niewypowiedziane słowa zawisły w powietrzu między nami.

— Miejmy nadzieję, że zapłacą — powiedziałam. — Fajnie by było, gdyby czerwoni adepci mogli się ujawnić reszcie świata. — Poza tym, dodałam w duchu, gdyby się ujawnili, może łatwiej byłoby uzyskać odpowiedź na dręczące mnie pytanie o ich zdolności i skłonności. — W każdym razie uważam, że stosunki między ludźmi i wampirami mogłyby być lepsze.

— Takie jak między tobą i twoim ludzkim chłopakiem? — zapytał cicho bez śladu sarkazmu.

Spojrzałam mu prosto w oczy.

— Nie jestem już z Heathem.

— Na pewno?

— Na pewno.

— Aha. To dobrze — odpowiedział tylko i ruszyliśmy dalej w milczeniu, każde zagubione w swoich myślach.

Wkrótce potem tunel skręcił lekko w prawo, co odpowiadało wskazówkom Stevie Rae, ale po lewej stronie zobaczyliśmy zasłonięte kocem łukowate wejście. Tym razem koc był z czarnego sztucznego welwetu z kiczowatym wizerunkiem Elvisa w białym dresie.

— To musi być pokój Dallasa — odgadłam.

Erik zawahał się na moment, po czym odsunął koc i zajrzał do środka. Pokój nie był zbyt duży i nie miał łóżka, jedynie kilka leżących jeden na drugim materacy; była za to jaskrawoczerwona kołdra i takie same poduszki (pod kołdrą widniało wielkie wybrzuszenie, które nie mogło być niczym innym jak śpiącym Dallasem), stół zasłany rzeczami, których w słabym świetle nie rozpoznałam, i kilka czarnych pufów. Na zaokrąglonej ścianie wisiał plakat... Zmrużyłam oczy, by lepiej widzieć.

— To Jessica Alba w *Sin City*. Chłopak ma świetny gust. Bardzo seksowna wampirska aktorka — mruknął cicho Erik, nie chcąc zbudzić Dallasa.

Zmarszczyłam brwi i opuściłam zasłonę z Elvisem.

— No co? Przecież to nie moja sypialnia — bronił się Erik.

— Lepiej dołączmy do reszty — powiedziałam i ruszyłam dalej.

— Hej — odezwał się Erik po paru minutach grobowej ciszy. — Jestem ci winien podziękowanie.

— Mnie? Za co? — zapytałam, patrząc na niego.

Spojrzał mi w oczy.

— Za uratowanie mnie z tego całego bałaganu.

— Ja cię nie ratowałam. Przyszedłeś tu z nami z własnej woli.

Pokręcił głową.

— Nie. Jestem całkowicie pewien, że mnie uratowałaś, bo bez ciebie w ogóle nie miałbym własnej woli.

Przystanął i dotknął mojego ramienia, łagodnie obracając mnie twarzą do siebie. Spojrzałam w jego błyszczące niebieskie oczy otoczone tatuażem dorosłego wampira: misternie wyrysowanym wzorem robiącym wrażenie maski, w której jego twarz zabójczo przystojnego Clarka Kenta Supermana nabierała tajemniczości Zorro i dosłownie zapierała dech w piersiach. Ale Erik był nie tylko przystojny. Był też utalentowany i po prostu fajny.

Nienawidziłam faktu, że się rozstaliśmy. Pomimo wszystkiego co się wydarzyło, znów chciałam z nim być. Chciałam, żeby jeszcze raz mi zaufał. Tak strasznie mi go brakowało...

— Brakuje mi ciebie! — powiedziałam na głos, uświadamiając to sobie, dopiero kiedy jego oczy zrobiły się większe, a seksowne usta wygięły w uśmiechu.

— Przecież tu jestem.

Poczułam, że się czerwienię aż po szyję, i wiedziałam, że wyglądam teraz jak brzydki, absolutnie nieatrakcyjny burak.

— No cóż, nie miałam na myśli samej twojej obecności — mruknęłam głupkowato.

Uśmiechnął się jeszcze szerzej.

— Nie chcesz wiedzieć, jak mnie ocaliłaś?

— Pewnie, że chcę. Żałowałam, że nie mogę się powachlować, żeby się pozbyć choć odrobiny tego ohydnego rumieńca.

— Dokonałaś tego, bo zamiast być zahipnotyzowany potęgą Kalony, myślałem o tobie.

— Serio?

— Czy ty w ogóle wiesz, jaka byłaś niesamowita podczas tworzenia tego kręgu?

Pokręciłam głową oszołomiona blaskiem jego niebieskich oczu. Nie miałam ochoty oddychać ani robić nic, co mogłoby zepsuć tę chwilę.

— Byłaś niewiarygodna... piękna, potężna i pewna siebie. Nie potrafiłem myśleć o niczym innym.

— Zraniłam cię w dłoń. — Tylko tyle zdołałam powiedzieć.

— Musiałaś. To stanowiło element ceremonii. — Uniósł rękę i obrócił wnętrzem dłoni do góry, żebym mogła zobaczyć cieniutką linię biegnącą wzdłuż mięsistej części pod kciukiem.

Leciutko przesunęłam po niej palcem.

— Byłam wściekła, że muszę to zrobić.

Ujął moją dłoń i obrócił, odsłaniając szafirowy tatuaż na spodzie. Potem, podobnie jak ja przed chwilą, lekko przebiegł palcem po skórze. Zadrżałam, ale nie cofnęłam ręki.

— Gdy to zrobiłaś, nie czułem najmniejszego bólu. Przepełniała mnie twoja obecność. Ciepło twojego ciała, zapach, wspomnienie trzymania cię w ramionach. To dlatego ten stwór mnie nie dosięgnął. Dlatego nie uwierzyłem Neferet. Wszystko dzięki tobie, Zoey.

— Mówisz tak po tym wszystkim, co się między nami wydarzyło? — Łzy napływały mi do oczu i musiałam szybko mrugać, by je powstrzymać.

Erik zaczerpnął głęboko powietrza. Wyglądał jak nurek szykujący się do skoku z wysokiego, niebezpiecznego urwiska. Potem na jednym oddechu powiedział:

— Kocham cię, Zo. Po tym co się wydarzyło, chciałem przestać, ale nie potrafiłem. — Otoczył dłońmi moją twarz. — Nie mogłem dać się omamić Neferet ani zahipnotyzować Kalonie, bo jestem już omamiony i zahipnotyzowany przez ciebie. Nadal chcę z tobą być, Zoey, jeśli tylko powiesz „tak".

— Tak — wyszeptałam bez chwili wahania.

Pochylił się i nasze wargi się zetknęły. Otworzyłam usta i przyjęłam jego znajomy pocałunek. Nie tylko smak, ale i dotyk Erika był taki, jaki pamiętałam. Otoczyłam rękoma jego szerokie ramiona i przywarłam do niego, nie mogąc uwierzyć, że mi przebaczył, że wciąż mnie pragnie. Że wciąż mnie kocha.

— Zoey... — wymamrotał, tylko trochę odsuwając usta od moich. — Mnie też ciebie brakowało.

Znów mnie pocałował i przysięgam, że aż zakręciło mi się w głowie. Czułam się inaczej, niż kiedy go całowałam przedtem, zanim jeszcze przeszedł Przemianę w dorosłego wampira. I zanim ja straciłam dziewictwo z innym. Teraz było tak, jakby on posiadł jakąś tajemnicę, ale ja też o niej wiedziałam. Bardziej czułam, niż słyszałam, jak stęka. Czułam też zimną twardość ściany za plecami, do której mnie przyciskał. Jedną rękę trzymał nisko na moich plecach, mocno przyciągając mnie do siebie, a drugą opuszczał coraz niżej wzdłuż eleganckiej sukni, którą włożyłam na ceremonię, a potem w dół uda, póki nie dotarł do rąbka. Wtedy jego palce rozpoczęły wędrówkę w przeciwnym kierunku, ogrzewając swym ciepłem moje nagie ciało...

Nagie ciało?

Wsparte plecami o ścianę tunelu?

Obmacywane w ciemnościach?

Wtedy uderzyła mnie najstraszniejsza możliwa myśl: czyżby Erik sądził, że skoro już (raz!) uprawiałam seks, to można teraz ze mną zrobić wszystko? Cholera jasna! Nie miałam zamiaru na to pozwolić. Nie tu. Nie tak. Do diabła, nie wiedziałam nawet, czy w ogóle jestem gotowa zrobić to ponownie. Tamten jedyny raz skończył się katastrofą i był największym błędem mojego życia. Co jak co, ale z pewnością nie przemienił mnie w jakąś puszczalską nimfomankę!

Odepchnęłam go i oderwałam wargi od jego warg. Wyglądał, jakby mu to nie przeszkadzało albo wręcz jakby tego nie zauważył. Nadal na mnie napierał, tyle że teraz całował mnie w szyję.

— Erik, przestań, proszę — wyszeptałam.

— Mmm, tak cudnie smakujesz...

Brzmiał tak seksownie i był tak napalony, że przez chwilę nie byłam pewna, czego naprawdę chcę. No wiecie, przecież chciałam znowu z nim być, był wspaniały, bliski i...

Mój opór zaczynał właśnie słabnąć, gdy nagle dostrzegłam coś ponad ramieniem Erika. Z przerażeniem wpatrywałam się w czerwone ślepia wyglądające z głębokiego, rozkołysanego oceanu ciemności, który zdawał się wić w powietrzu jak duch złożony wyłącznie z czerni.

— Erik, przestań! I to już! — Pchnęłam go mocno, a on zatoczył się o pół kroku w tył. Serce waliło mi jak szalone. Szybko się przesunęłam, by stawić czoło temu, co się czaiło za plecami Erika. Tym razem nie zobaczyłam czerwonych ślepi, ale przysięgam, że wśród panującego mroku dostrzegłam coś jeszcze czarniejszego. Zamrugałam, by wyostrzyć wzrok, a wtedy kształt zniknął, pozostawiając w czarnym milczącym tunelu tylko nas dwoje.

Nagle z przeciwnej strony dobiegł mnie stukot butów o betonową podłogę. Nabrałam głębokiego oddechu, przygotowując się do wezwania każdego żywiołu, jaki będzie mi potrzebny do walki z tym nowym niewidzialnym zagrożeniem, kiedy z ciemności wyłoniła się spokojnie Kramisha. Obrzuciła Erika długim, zamyślonym spojrzeniem.

— O ja pierdziu, robicie to w tunelu? Kurde, ale was trzasło!

Erik odwrócił się do niej, obejmując mnie protekcjonalnie. Nie musiałam na niego patrzeć, by wiedzieć, że się uśmiecha. Jest naprawdę świetnym aktorem. Twarz, którą pokazał Kramishy, była w pełni opanowana, z odpowiednią dozą rozbawionego zawstydzenia kogoś przyłapanego na gorącym uczynku.

— Cześć, Kramisho! — rzucił swobodnie.

Ja na odmianę z trudem trzymałam się na nogach, a głos kompletnie mi odebrało. Wiedziałam, że znów jestem czerwona jak burak, a moje usta są wilgotne i posiniaczone.

— Kramisho, widziałaś coś po tamtej stronie tunelu? — zapytałam, wskazując brodą ciemność za nami, gdy wreszcie zdołałam cokolwiek wykrztusić, choć nie do końca pozbyłam się zdyszanej chrypki w stylu gwiazdy porno.

— Nie, tylko was, jakżeście się tu lizali — odpowiedziała szybko. Zastanawiałam się, czy nie za szybko.

— O jeny! Erik i Zo się całowali? Jakie to słodkie! — Nie wiadomo skąd obok Kramishy pojawił się nagle Jack z pomrukującą i merdającą ogonem Cesarzową u boku.

— Zo, nie świruj. Pewnie znowu widziałaś nietoperze — mruknął Erik, ściskając mnie za ramię dla dodania odwagi. — Cześć, Jack. — Powitał chłopaka skinieniem głowy. — Myślałem, że rozkoszujesz się gorącym prysznicem.

— Zaraz to zrobi, ale na razie idzie ze mną po ręczniki i takie tam — wyjaśniła Kramisha. — A nietoperzy tu mamy od groma. Nie wchodzą nam w drogę, jak my im nie wchodzimy. — Potem ziewnęła i przeciągnęła się imponująco, wyglądając przy tym jak długi, smukły czarny kot. — Jak już tu jesteście, to może pomożecie Jackowi zanieść to wszystko do łazienek, a ja się trochę prześpię?

— Nie ma sprawy. Chętnie — powiedziałam, odzyskując normalny głos i czując się jak idiotka z powodu paniki, jaką wywołały we mnie nietoperze. Matko, muszę jak najszybciej położyć się spać! — Właśnie szliśmy do łazienki.

Kramisha obrzuciła nas przeciągłym spojrzeniem, które wcale nie stawało się mniej wymowne poprzez fakt, że była senna.

— Mhm. Tak właśnie wyglądaliście. Jakbyście szli do łazienki.

Znowu poczułam, że się czerwienię.

Odwróciła się, sprawiając wrażenie, jakby miała wejść prosto na ścianę, ale zamiast tego przeszła przez nią i znikła! Potem usłyszałam szelest zapalanej zapałki i po chwili migocząca lampka oświetliła wydrążoną wnękę niewiele większą od pokoju Dallasa. Kramisha powiesiła lampkę na haku i spojrzała na nas przez ramię.

— No co jest? Na co czekacie?

— Na nic — mruknęłam.

Cała nasza czwórka — Jack, Cesa, Erik i ja — stłoczyła się obok dziewczyny, zaglądając w głąb nowego pokoju. Był kwadratowy, z wbudowanymi w ściany półkami tworzącymi całkiem porządną szafkę. Gapiłam się na schludne stosy złożonych ręczników i co jeszcze dziwniejsze, obszernych grubych szlafroków, w których węszyła Cesarzowa.

— Pies jest czysty? — zapytała Kramisha.

— Damien mówi, że pysk psa jest bardziej higieniczny niż usta człowieka — powiedział Jack, poklepując labradorkę po głowie.

— My nie jesteśmy ludźmi — zauważyła Kramisha — więc czy mógłbyś łaskawie odsunąć ten jej wielki mokry nochal od towaru?

— Dobrze. Postaraj się jednak pamiętać, że przeżyła traumę i łatwo zranić jej uczucia.

Gdy Jack odciągał Cesarzową od szafy i prowadził z nią bardzo poważną rozmowę na temat niewtykania nosa w pewne rzeczy, ja gapiłam się na stosy leżących tam różności.

— O rany. Kto by pomyślał, że to wszystko tu jest?

— Afrodyta — rzekła Kramisha, wciskając nam w ręce ręczniki frotté. — Zapłaciła za to złotą kartą swojej mamusi. Nie uwierzycie, co można zamówić w Pottery Barn, jak się ma nieograniczony debet. Dzięki temu zdecydowałam, kim chcę być w przyszłości.

— Serio? Co chcesz robić? — zainteresował się Jack. Cesarzowa siedziała już grzecznie obok niego, więc wyciągnął ręce po ręczniki i szlafroki.

— Będę pisarką. Bogatą. Ze złotą kartą i nieograniczonym debetem. Wiecie, że ludzie zupełnie inaczej traktują kogoś, kto dostaje duży kredyt?

— Taaa, pewnie tak. Widziałem, jak niektóre sprzedawczynie umizgują się do Bliźniaczek — przyznał Jack. — Ich rodzice też są nadziani. — Ostatnie słowa wyszeptał, jakby były wielką tajemnicą, którą oczywiście nie były. Wszyscy wiedzieli, że rodzice Bliźniaczek są bogaci. No dobrze, nie tak bogaci jak rodzice Afrodyty, ale jednak. Na urodziny Bliźniaczki kupiły mi buty za prawie czterysta dolców. Jak dla mnie można tu mówić o bogactwie.

— No więc postanowiłam, że do mnie też się będą umizgać. A do tego potrzebna kasa. Dobra, na razie starczy tego gadania. Chodźcie. Odprowadzę was kawałek, tylko jak dojdziemy do mojego pokoju, to idę do wyra. Jack, trafisz do łazienki, no nie?

— Jasne — odparł.

Ruszyliśmy skręcającym w prawo tunelem. Następne pomieszczenie, do jakiego doszliśmy, było odgrodzone połyskującą zasłoną z fioletowego jedwabiu.

— Tu mieszkam. — Kramisha uśmiechnęła się, widząc, jak wpatruję się w niesamowity materiał. — To zasłona z Pier One. Nie dowożą towaru, ale złote karty przyjmują.

— Świetny kolor — powiedziałam, myśląc o tym, jak debilne z mojej strony było wyobrażanie sobie potworów czających się w każdym kącie miejsca, którego wyposażenie kupowano w luksusowych sklepach.

— Dzięki. Lubię kolory. To ważna część dekoracji, no nie? Chcecie zajrzeć do środka?

— Tak — odparłam.

— Pewnie! — przytaknął Jack.

Kramisha przeniosła wzrok na Cesarzową.

— Nie nasika?

— Skąd! — nastroszył się Jack. — Jest bardzo dobrze wychowana.

— Oby — mruknęła niechętnie Kramisha i odsunęła zasłonę, po czym zamaszystym gestem wskazała pokój. — Zapraszam do mojego królestwa.

Jej pokój był mniej więcej dwa razy większy od pokoju Stevie Rae. Paliły się w nim dwie latarnie i chyba z tuzin aromatyzowanych świec, dzięki którym świeża farba lekko pachniała cytrusami. Miała meble z ciemnego drewna — łóżko, toaletkę, stolik nocny i regał. Zamiast krzeseł rozsiane po pokoju były wielkie satynowe poduszki w wyrazistych różowych i fioletowych odcieniach współgrających z kolorem pościeli. Na łóżku leżało kilka książek z zakładkami albo otwartych, jakby Kramisha czytała je wszystkie naraz. Zauważyłam, że i one, i te stojące na regale mają na grzbietach naklejki biblioteczne. Dziewczyna podążyła za moim wzrokiem.

— Z Biblioteki Głównej w centrum miasta. W weekendy mają otwarte do późnego wieczora.

— Nie wiedziałem, że biblioteki pozwalają wypożyczać tyle książek jednocześnie — zdziwił się Jack.

Kramisha wierciła się niespokojnie.

— No, niezupełnie. Chyba że im się coś porobi z głową. Oddam książki, jak tylko będę mogła się zalogować na Borders i zamówić takie same.

Westchnęłam, dodając „kradzież biblioteczną" do swojej listy rzeczy, które należy wyperswadować czerwonym adeptom, ale jednocześnie poczułam wyrzuty sumienia. Kramisha wyglądała na szczerze zawstydzoną swoim czynem. Czy osoba mająca krwiożercze skłonności przejmowałaby się jakąś drobną kradzieżą? W życiu, powiedziałam sobie, instynktownie podchodząc do łóżka, by zerknąć na tytuły. Była tam wielka księga ze wszystkimi dziełami Szekspira, ilustrowana *Jane Eyre* w twardej oprawie, a pod nią coś zatytułowanego *The Silver Metal Lover* autorstwa Tanith Lee. Do tego *Jeźdźcy smoków* Anne McCaffrey, a dalej książki jakiegoś gościa o pseudonimie Noire: *Thug-A-Licious*, *Candy Licker* i *G-Spot*. Trzy ostatnie leżały otwarte i skierowane do góry obrzydliwymi na maksa okładkami. Zaciekawiona jak diabli odłożyłam stertę ręczników na jasnoróżową kołdrę, podniosłam *Thug-A-Licious* i zaczęłam czytać na otwartej stronie.

Przysięgam, że scena była tak mocna, aż zaczęły mnie palić siatkówki oczu.

— Pornosik. Niezły — rzekł Erik, czytając mi przez ramię.

— To do moich badań. — Kramisha szybko wyrwała mi książkę z rąk, zerkając wymownie na Erika. — Z tego co widziałam, nie potrzebujesz instrukcji.

Po raz kolejny poczułam, że się czerwienię, i westchnęłam.

— Hej, fajne wiersze! — odezwał się Jack.

Zadowolona z odwrócenia uwagi ode mnie podniosłam głowę i zobaczyłam, że chłopak wskazuje kilka plakatów przyklejonych starannie do zielonych ścian klejem typu hot glue. Na plakatach widniały wiersze napisane różnokolorowymi fluorescencyjnymi markerami tym samym okrągłym charakterem pisma.

— Podobają ci się? — spytała Kramisha.

— Pewnie, są świetne. Bardzo lubię poezję — podniecał się Jack.

— To moje. Sama je napisałam — rzekła z dumą dziewczyna.

— Żartujesz? Kurczę, myślałem że je przepisałaś z jakiejś książki czy coś. Jesteś naprawdę dobra! — powiedział.

— Dzięki. Już ci mówiłam, że będę pisarką. Sławną, bogatą i mającą wielką władzę w postaci złotej karty.

Gdzieś w tle słyszałam, jak do rozmowy dołącza Erik, ale jej treść już do mnie nie docierała, bo całą moją uwagę pochłonął jeden krótki wierszyk napisany czarnym kolorem na krwistoczerwonym plakacie.

— To też twoje? — zapytałam, nie przejmując się, że przeszkadzam im w dyskusji o tym, czy Robert Frost jest lepszy od Emily Dickinson.

— Wszystkie są moje — odparła. — Zawsze lubiłam pisać, a od czasu Naznaczenia piszę coraz więcej. Wiersze po prostu do mnie przychodzą. Mam nadzieję, że kiedyś dam radę napisać coś grubszego, bo chociaż wiersze są fajne, to forsy z nich nie będzie. Czytałam w bibliotece o życiu różnych ludzi. Długo mają otwarte, to skorzystałam. No i wychodzi na to, że poeci...

— Kramisho — przerwałam jej — kiedy napisałaś ten wiersz?

Zaschło mi w ustach, a żołądek dziwnie się zachowywał.

— Wszystkie napisałam w ostatnich dniach. No wiecie, jak już Stevie Rae przywróciła nam rozum. Wcześniej za wiele nie myślałam, chyba że o jedzeniu ludzi. — Uśmiechnęła się przepraszająco, unosząc jedno ramię.

— Więc ten wiersz, ten na czarno, napisałaś w ciągu ostatnich paru dni? — zapytałam, wskazując go.

> *Cienie wśród cieni*
> *On patrzy przez*
> *sny*
> *Skrzydła czarne jak Afryka*
> *Ciało twarde jak kamień*
> *Koniec czekania*
> *Kruki wzywają.*

Jack aż jęknął, dopiero teraz czytając wiersz.

— O bogini! — mruknął cicho Erik.

— No tak. Ten jest ostatni. Napisałam go wczoraj. Byłam... — I nagle zamilkła, pojmując naszą reakcję. — O w mordę! To o nim!

ROZDZIAŁ ÓSMY

— Jak to się stało, że go napisałaś? — zapytałam, nie mogąc oderwać wzroku od czarnych liter.

Kramisha klapnęła ciężko na łóżko, nagle sprawiając wrażenie niemal równie wyczerpanej jak Stevie Rae. Potrząsała głową w przód i w tył, a pomarańczowo-czarne włosy tańczyły jej na policzkach.

— Po prostu do mnie przyszedł, jak wszystko, co piszę. Słyszę to w głowie i tylko zapisuję.

— A co wtedy o nim myślałaś? Zastanawiałaś się, co znaczy? — zapytał Jack, łagodnie poklepując ją po ramieniu w sposób podobny do tego, jak poklepywał Cesarzową (która leżała skulona u jego stóp).

— W sumie nie. Przyszedł i już. One przychodzą, a ja je piszę. I tyle. — Urwała, spojrzała na plakat, a potem szybko odwróciła wzrok jakby przestraszona tym, co zobaczyła.

— Napisałaś to wszystko już po Przemianie Stevie Rae? — zapytałam, przenosząc uwagę na inne wiersze.

Kilka z nich miało formę haiku.

Oczy wciąż patrzą
Cienie wśród cieni czekają
Spada czarne pióro

Przyjęty, miłowany
Potem zdradzony
Zemsta słodka jak kulki.

— O wielka błogosławiona Nyks! — dobiegł zza moich pleców wstrząśnięty głos Erika, cichy, przeznaczony tylko dla moich uszu. — To wszystko o nim!

— Co to znaczy „zemsta słodka jak kulki"? — zapytał Jack.

— No wiesz, kulki lodowe. Uwielbiam lody — wyjaśniła Kramisha.

Oboje z Erikiem krążyliśmy po pokoju, czytając następne wiersze, a z każdym kolejnym supeł w moim żołądku zaciskał się mocniej.

Popełnili
Zło
Jak atrament z zepsutego pióra
Wyrzucony
By zrobić miejsce innemu
Zużyty
Ale wrócił
Przybrany w noc
Cudny jak król
Z królową swą
Zło
Naprawione
Tak bardzo.

— Kramisho, o czym myślałaś, gdy pisałaś ten wiersz? — zapytałam, wskazując ostatni z przeczytanych.

Ponownie wzruszyła jednym ramieniem.

— Chyba o tym, że jesteśmy poza Domem Nocy, chociaż nie powinniśmy. Znaczy wiem, że pod ziemią jest nam lepiej, ale nie było w porządku, że tylko Neferet o nas wie. Ona jest złą najwyższą kapłanką.

— Czy mogłabyś spisać dla mnie te wszystkie wiersze?

— Myślisz, że spieprzyłam sprawę, co?

— Nie. Wcale tak nie myślę — zapewniłam ją, mając nadzieję, że tym razem mogę zawierzyć swojej intuicji. — Sądzę, że otrzymałaś dar od Nyks. Chcę się tylko upewnić, że będziemy z niego korzystać w odpowiedni sposób.

— Moim zdaniem Kramisha jest materiałem na Mistrza Poezji, i to znacznie lepszego od poprzednika — stwierdził Erik.

Rzuciłam mu ostre spojrzenie, a on wzruszył ramionami, szczerząc zęby.

— To tylko luźna refleksja.

Szczerze mówiąc, chociaż wspomnienie Lorena nie było dla mnie miłe, zwłaszcza w świetle faktu, że to Erik je przywołał, w głębi duszy czułam, że ma rację, a to mówiło o prawdziwej naturze Kramishy więcej, niż mogła mi podpowiedzieć zmęczona głowa i najwyraźniej zbyt bujna wyobraźnia. Nyks z całą pewnością maczała w tej sprawie palce. Co u diabła, pomyślałam, w końcu jako jedyna najwyższa kapłanka w tym gronie mam prawo do nominacji.

— Kramisho — oświadczyłam — mianuję cię naszą pierwszą Mistrzynią Poezji.

— Coooo?! Jaja sobie robisz? Chyba nie gadasz serio, no nie?

— Całkiem serio. Jesteśmy nowym rodzajem wampirskiej społeczności. Cywilizowanej społeczności, a to oznacza, że potrzebujemy Mistrza Poezji. Ty nim będziesz.

— Hm, zgadzam się z tobą we wszystkim, Zo, ale czy do tego nie jest potrzebna zgoda rady? — zapytał Jack.

— Owszem. A moja rada jest tu ze mną. — Potem uświadomiłam sobie, że Jack miał na myśli Najwyższą Radę Nyks, której przywódczynią była Szechina i która zarządzała wszystkimi wampirami. Ja jednak miałam swoją własną radę, uczniowską radę starszych, zaaprobowaną przez szkołę i złożoną ze mnie, Erika, Bliźniaczek, Damiena, Afrodyty i Stevie Rae.

— Ja jestem za — rzekł Erik.

— No widzicie. Teraz wybór jest już prawie zatwierdzony — oznajmiłam.

— Hurrra! — triumfował Jack.

— Zwariowany pomysł, ale mi się podoba — rozpromieniła się Kramisha.

— W takim razie spisz dla mnie te wszystkie wiersze, zanim pójdziesz spać, dobra? — poprosiłam.

— OK, nie ma sprawy.

— Chodź, Jack. Nasza Mistrzyni Poezji musi się wyspać — rzekł Erik. — Gratulacje, Kramisho!

— Właśnie, gratki! — dołączył się Jack, obejmując dziewczynę.

— Spadajcie już. Mam robotę. Potem idę spać. Mistrzyni Poezji musi o wygląd dbać — zakończyła Kramisha swoją wypowiedź rymowanką.

Jack i Cesarzowa ruszyli w dalszą drogę, a Erik i ja poszliśmy w ich ślady.

— Ten wiersz naprawdę był o Kalonie? — zapytał Jack.

— Myślę, że wszystkie były o nim — odparłam. — A ty? — zapytałam Erika.

Pokiwał posępnie głową.

— O jeny! Co to znaczy? — jęknął Jack.

— Nie mam pojęcia. Ale to na pewno robota Nyks. Czuję to. Najpierw otrzymaliśmy proroctwo w formie wiersza, a teraz to. To nie może być przypadek.

— Jeśli to dzieło bogini, to musi istnieć jakiś sposób wykorzystania go dla naszego dobra — rzekł Erik.

— Też tak myślę.

— Musimy tylko wykombinować, co to za sposób.

— Do tego potrzebny jest tęższy mózg niż mój — mruknęłam.

Zaległa chwila ciszy, po której wszyscy jednocześnie wykrzyknęliśmy:

— Damien!

Idąc szybko tunelem wraz z Jackiem i Erikiem, na jakiś czas zapomniałam o strasznych cieniach, nietoperzach i swoich obawach dotyczących czerwonych adeptów.

— Tam jest wejście na dworzec. — Jack wprowadził nas przez zaskakująco przytulną kuchnię na zaplecze, które z całą pewnością było spiżarnią, choć miałam pewność, że przechowywano tu głównie płyny, a nie torby czipsów i pudła płatków wypełniające ją teraz. Wzdłuż całej ściany leżały elegancko zwinięte i poukładane jeden na drugim grube śpiwory i poduszki.

— Wejście na dworzec? Tu? — Wskazałam w kącie spiżarni spuszczane schodki prowadzące do otwartego włazu.

— Tak — odparł Jack.

Ruszył pierwszy, a ja za nim. Zajrzałam do rzekomo opuszczonego budynku i rzeczywiście zobaczyłam tylko kurz i ciemność przerywaną raz po raz nagłymi błyskami dobiegającymi zza zabitych deskami okien i drzwi. Gdy usłyszałam pomruk grzmotu, przypomniałam sobie słowa Erika o potężnej burzy, która nie była w Tulsie niczym niezwykłym nawet na początku stycznia.

Ponieważ jednak nie był to zwykły dzień, jakoś nie mogłam się oprzeć wrażeniu, że burza także nie jest zwykła.

Zanim zaczęłam się rozglądać, wyjęłam z torebki komórkę i otworzyłam. Brak zasięgu.

— Moja też nie działa, odkąd tu zeszliśmy — rzekł Erik.

— Moja się ładuje w kuchni, ale Damien sprawdził swoją, jak tu dotarliśmy, i też nie miał zasięgu.

— Taka pogoda może wpływać na stacje przekaźnikowe — powiedział Erik w odpowiedzi na moją prawdopodobnie szalenie zaniepokojoną minę. — Pamiętasz tę wielką zamieć sprzed miesiąca? Mój telefon nie działał przez całe trzy doby.

— Dzięki, że próbujesz mnie pocieszyć, ale ja po prostu... nie wierzę, że to naturalne zjawisko.

— Tak, wiem — odparł cicho.

Nabrałam głębokiego oddechu. Naturalne czy nie, musieliśmy jakoś z nim żyć, bo w tej chwili nie mieliśmy sposobu na przerwanie swojej izolacji. Na dworze szalała burza, której na razie nie byliśmy gotowi stawić czoła.

Wszystko po kolei. Wyprostowałam ramiona i rozejrzałam się. Weszliśmy do niewielkiego pomieszczenia odgrodzonego do połowy ścianą, a od połowy okienkami w stylu kasy bankowej z zaśniedziałymi prętami na przodzie. Szybko uznałam, że to sala sprzedaży biletów. Stamtąd przeszliśmy do wielkiego holu z marmurową podłogą, wyglądającą w ciemnościach na śliską i tłustą. Dziwniejsze były ściany — szorstkie i nagie do wysokości około stopy nad moją głową, a wyżej ozdobione dekoracjami zamazanymi przez kurz, czas i zaniedbanie, z rozpiętymi wszędzie pajęczynami (o matko, najpierw nietoperze, a teraz pająki!), zza których przebijały jednak kolorowe mozaiki ukazujące Indian, pióropusze, konie, skórę i frędzle.

Chłonęłam wzrokiem rdzewiejące piękno, myśląc: „To świetne miejsce na szkołę!". Hala była duża i równie urokliwa jak wiele budynków w centrum Tulsy — wszystko dzięki pieniądzom z ropy naftowej i modzie na art déco w latach dwudziestych ubiegłego wieku. Zagubiona w myślach o tym, co można by tu zrobić, przeszłam przez puste pomieszczenie, zaglądając w różne kąty i dostrzegając prowadzące do innych pokoi korytarze. Ciekawe, czy jest ich dość, żeby urządzić kilka klas... Weszliśmy w jeden z nich i dotarliśmy do szerokich dwuskrzydłowych szklanych drzwi. Jack wskazał je ruchem głowy.

— To siłownia.

Zajrzeliśmy do środka przez brudne szyby. W półmroku widziałam tylko niewyraźne kształty przywodzące na myśl wielkie śpiące bestie z umarłego świata.

— Tu jest męska szatnia — dodał Jack, wskazując drzwi po prawej stronie siłowni. — A tu żeńska.

— OK, to idę pod prysznic — oznajmiłam głupio. — Eriku, czy ty i Jack moglibyście opowiedzieć Damienowi o wierszach Kramishy? Jakby chciał ze mną o tym pogadać, będę w pokoju Stevie Rae. Mam nadzieję spać jak suseł przez najbliższe parę godzin. Jeśli sprawa może poczekać, to po odpoczynku zbierzemy się wszyscy i spróbujemy wyjaśnić, co to wszystko ma oznaczać. — Przerzuciłam stos ręczników i szlafroków na jedną rękę, by móc sennym ruchem otrzeć twarz.

— Musisz wypocząć, Zo. Nawet ty nie dasz rady funkcjonować bez snu po tych wszystkich przejściach — rzekł Erik.

— No. Gdyby nie to, że Damien będzie czuwał ze mną, bałbym się, że zasnę na warcie — przyznał Jack, ziewając dla podkreślenia swoich słów.

— Niedługo zmienią was Bliźniaczki. — Uśmiechnęłam się do niego. — Wytrzymaj do tego momentu. — Potem mój uśmiech objął także Erika. — To na razie. Wkrótce znów się widzimy. Wszyscy troje!

Zaczęłam się odwracać, ale Erik położył mi dłoń na ramieniu.

— Hej, znów jesteśmy razem, prawda?

Spojrzałam mu w oczy i zobaczyłam w nich obawę, którą próbował zamaskować pewnym siebie uśmiechem. Nie zrozumiałby, gdybym powiedziała, że muszę z nim pogadać o... no, o seksie, zanim zgodzę się znowu z nim być. Zraniłabym jego dumę i serce, wracając do punktu wyjścia, czyli do samotności i obwiniania się za nasze rozstanie.

— Tak — powiedziałam więc po prostu — jesteśmy razem.

Jego urocza bezbronność dała się odczuć w pocałunku, który złożył na moich wargach. Nie był zachłanny, zaborczy ani pożądliwy, tylko ciepły, łagodny i tak radosny, że całkiem się rozkleiłam.

— Prześpij się. Do zobaczenia wkrótce — szepnął.

Szybko ucałował mnie w czoło, po czym wraz z Jackiem zniknął w drzwiach męskiej szatni.

Postałam jeszcze chwilę, w zamyśleniu wpatrując się w zamknięte już drzwi. Czyżbym się myliła co do zmiany, jaka zaszła w Eriku? Czyżbym źle odczytała motywację towarzyszącą jego namiętności w tunelu? W końcu nie był już adeptem, lecz w pełni dojrzałym wampirem, mężczyzną, choć miał dopiero dziewiętnaście lat, nie więcej niż kilka dni temu przed Przemianą.

Być może wzrost napięcia seksualnego między nami był naturalny i wcale nie świadczył o tym, że teraz, gdy straciłam dziewictwo, Erik uważa mnie za dziwkę. Jest m ę ż c z y z n ą, powtórzyłam w myślach. Po katastrofie z Lorenem Blakiem wiedziałam już, że bycie z dojrzałym mężczyzną to coś zupełnie innego niż bycie z chłopakiem czy adeptem. Erik stał się w pełni przemienionym wampirem, takim samym, jakim wcześniej był Loren. Ta myśl wywołała we mnie niemiłe dreszcze. „Taki sam jak Loren" nie oznaczało nic dobrego. Ale przecież Erik był kimś zupełnie innym! Nigdy mnie nie wykorzystał ani nie okłamał. Mimo przejścia Przemiany wciąż był tym samym Erikiem, którego znałam i może nawet kochałam. Naprawdę nie powinnam się tym stresować. Sprawa seksu sama się rozwiąże. W porównaniu z polującym na nas nieśmiertelnym, Neferet trzymającą w swoich wrednych łapach całą szkołę, moimi obawami o to, czy czerwoni adepci coś kombinują, babcią w śpiączce i wściekłymi Krukami Prześmiewcami siejącymi chaos w Tulsie, zastanawianie się nad tym, czy Erik będzie nalegał na seks, było raczej odpoczynkiem od stresu, nieprawdaż?

— Zo! Jesteś wreszcie! Wchodzisz? — Z dziewczęcej szatni wyjrzała Erin. Za jej plecami ujrzałam wielką chmurę pary, a ona sama miała na sobie tylko stanik i majtki (oczywiście do kompletu, z Victoria's Secret).

Z trudem odsunęłam od siebie myśli o Eriku.

— Sorry, sorry, jasne, że wchodzę! — zapewniłam ją i szybko weszłam do szatni.

ROZDZIAŁ DZIEWIĄTY

Powiem szczerze — branie prysznica w towarzystwie dziewczyn mających dar komunikacji z wodą i ogniem było przeżyciem tyleż niezręcznym, co ciekawym i szalenie zabawnym.

Na początku było niezręcznie, bo... no cóż, choć wszystkie jesteśmy dziewczynami, to jednak nie przywykłyśmy do zbiorowych pryszniców. Te wprawdzie nie okazały się jakieś strasznie barbarzyńskie — było ich kilka, wszystkie lśniące i wyglądające na nowe (prawdopodobnie dzięki Kramishy, Dallasowi lub obydwojgu, a także popularnej złotej karcie Afrodyty), a każdy miał osobne stanowisko — tyle że nie posiadały żadnych drzwi ani zasłon. Nad każdym stanowiskiem znajdowała się szyna, co mogło znaczyć, że w lepszych czasach wisiały tam zasłonki, ale te czasy dawno minęły. (Dobrze, że chociaż kibelki posiadały drzwi, nawet jeśli nie zamykały się jak należy). Tak więc początkowo czułam się niezręcznie, stojąc nago w towarzystwie koleżanek, lecz w końcu wszystkie jesteśmy dziewczynami, i to heteroseksualnymi, więc żadna nie interesowała się cyckami innych ani nic z tych rzeczy, nawet jeśli chłopakom trudno byłoby w to uwierzyć, więc szybko się przyzwyczaiłyśmy. Poza tym całe pomieszczenie prysznicowe wypełniała gęsta para dająca pewną namiastkę prywatności.

Kiedy już wybrałam dla siebie stanowisko, wzięłam to, czego potrzebowałam, z szerokiego asortymentu produktów do pielęgnacji ciała i włosów, i zaczęłam się mydlić, uderzyło mnie, że para jest wyjątkowo gęsta. Nienaturalnie gęsta. Nienaturalność polegała na tym, ż e w s z y s t k i e prysznice, nawet nieużywane, strzelały strumieniami gorącej wody, powodując unoszenie się i wirowanie gorącej mgiełki, niemal tak gęstej jak dym.

Hm...

— Hej! — Wystawiłam głowę ponad ściankę, mrużąc oczy, by dostrzec Bliźniaczki. — Robicie coś z wodą?

— Co? — zdziwiła się Shaunee, ocierając pianę z oczu.

— To. — Machnęłam ramionami, wywołując senne kłębienie się gęstej mgły. — To raczej nie wygląda, jakby się działo bez pomocy pewnych osób, które wiedzą, jak manipulować ogniem i wodą.

— Masz na myśli nas? Pannę Ognistą i Pannę Wodnistą? — zapytała Erin. Poprzez parę ledwie dostrzegałam czubek jej jasnej czupryny. — O cóż jej może chodzić, bliźniaczko?

— Zoey chyba sugeruje, że wykorzystujemy swoje otrzymane od bogini dary w celu tak samolubnym jak tworzenie gęstej, ciepłej, słodko pachnącej mgły, która pomoże nam wszystkim się zrelaksować po okropnych przeżyciach ostatniej doby — oznajmiła z miną urażonego niewiniątka Shaunee.

— Czy my mogłybyśmy zrobić coś takiego, bliźniaczko? — zapytała Erin.

— Z całą pewnością, bliźniaczko — odparła Shaunee.

— Wstyd, bliźniaczko. Wstyd — rzekła z udawaną surowością Erin, po czym obie zaniosły się niepohamowanym śmiechem.

Przewróciłam oczami, ale jednocześnie uświadomiłam sobie, że Shaunee ma rację: mgła rzeczywiście słodko pachniała. Przywodziła na myśl wiosenny deszcz przesycony wonią kwiatów i trawy, a do tego była ciepła, wręcz gorąca, jak leniwy letni dzień spędzany na plaży. Dzięki temu mimo błyskawic oświetlających raz po raz pomieszczenie i szalejącej na zewnątrz burzy z wyjątkowo głośnymi grzmotami stworzona przez Bliźniaczki atmosfera była bardzo kojąca.

Wtedy zrobiło się naprawdę ciekawie. Uznałam, że nie ma nic złego w tym, że Bliźniaczki używają swoich darów po to, żebyśmy mogły się ogrzać, oczyścić i odprężyć. Dopiero co przeżyłyśmy koszmar — zostałyśmy wygnane z domu przez dziwaczne ptasio-ludzko-demoniczne stwory, musiałyśmy się schronić w starym budynku i tunelach pod nim, wokół szalała nienaturalnie gwałtowna burza, a jedyną możliwością kontaktu ze światem było wyjście na zewnątrz, na co żadna z nas nie miała ochoty. Dlaczego więc nie miałybyśmy sobie pozwolić na odrobinę luksusu?

— Wysyłacie jakąś część tego do szatni chłopaków? — zapytałam, myjąc włosy.

— Nie — odparła wesolutko Shaunee.

— Ani trochę — potwierdziła Erin.

Uśmiechnęłam się do nich.

— Fajnie być dziewczyną.

— Taaa, nawet jeśli musimy się razem rozbierać i kąpać w czymś, co wygląda jak rząd końskich boksów — dodała Erin.

Zachichotałam.

— Końskich boksów? W takim razie wy jesteście szkapami — zaśmiałam się.

— My szkapami? — zapytała Erin.

— O, nie! — jęknęła Shaunee. — Czyżbym się przesłyszała? Czy ona naprawdę nazwała nas szkapami?

— Na nią! — wrzasnęła Erin, wymachując rękami w moim kierunku i sprawiając, że ze wszystkich stron zaatakowała mnie woda.

Oczywiście nie zrobiło mi to krzywdy, więc tylko chichotałam jeszcze mocniej.

— Rozgrzeję ją, bliźniaczko! — oznajmiła Shaunee, pstrykając na mnie palcami, i nagle moja skóra zrobiła się bardzo, bardzo ciepła, a para w boksie podwójnie zgęstniała.

— Wietrze, przybądź — szepnęłam między chichotami. Natychmiast poczułam dotyk mocy i zakręciłam palcami we mgle. — Wietrze, odeślij to wszystko z powrotem do Bliźniaczek! — Wydęłam wargi i lekko dmuchnęłam w kierunku przyjaciółek, a wtedy z głośnym świstem mgła, żar i woda dwukrotnie zawirowały wokół mnie, by po chwili uderzyć prosto w Bliźniaczki, które najpierw pisnęły dziko, a potem próbowały się odgryźć.

Oczywiście nie mogły ze mną wygrać. Bez przesady — mam władzę nad wszystkimi pięcioma żywiołami. Wywiązało się coś na kształt groteskowej bitwy na poduszki, z której wyszłyśmy kompletnie wymęczone śmiechem.

W końcu zawarłyśmy rozejm. A bardziej konkretnie — zmusiłam Bliźniaczki do kilkakrotnego zawołania: „Poddajemy się! Poddajemy się!”, po czym łaskawie przyjęłam ich kapitulację. Cudownie było się okryć miękkimi szlafrokami frotté w poczuciu absolutnej czystości i obezwładniającej senności. Rozwiesiłyśmy ciuchy na boksach i raz jeszcze przywołałyśmy wodę i mgłę, by je oczyściły, a potem wezwałyśmy ogień i powietrze, by je osuszyły. Wreszcie wszystkie trzy wyszłyśmy i wróciłyśmy do tuneli, nie zwracając uwagi na dobiegającą z zewnątrz feerię błysków i huków, pewne, że w otoczeniu ziemi i pod ochroną wampirów nie musimy się bać, że ktoś nas tu dopadnie.

Powiedziałabym, że kiedy weszłam do pokoju, Stevie Rae spała jak zabita, ale przestraszyłam się tego określenia.

W końcu zbyt wiele razy jak na moje nerwy była nieżywa — lub prawie nieżywa. Przyznaję, że podeszłam do niej na palcach i stałam wpatrzona w nią, by się upewnić, że oddycha, a dopiero później przeszłam na swoją stronę łóżka i wśliznęłam się pod kołdrę. Nala podniosła głowę i kichnęła na mnie, wyraźnie niezadowolona, że przeszkadzam jej w wypoczynku, lecz zaraz przydreptała do mnie sennie i zwinęła się w kłębek na mojej poduszce, kładąc mi na policzku jedną z białych łapek. Uśmiechnęłam się do niej, czując się czysta, ogrzana i strasznie zmęczona, i w mgnieniu oka zapadłam w sen.

Wtedy przyśnił mi się ten koszmar, o którym opowiedziałam na początku. Miałam nadzieję, że przypomnienie sobie wszystkiego, co się działo przez ostatnich parę godzin, zadziała jak liczenie baranów i pomoże mi ponownie zapaść w sen, być może tym razem bez koszmarów. Nic z tego — byłam zbyt przerażona Kaloną i zbyt zaniepokojona tym, co powinnam zrobić.

Podniosłam swoją leżącą na nocnym stoliku komórkę, by sprawdzić czas: 14.05. Och, super, spałam aż trzy godziny. Nic dziwnego, że oczy mnie szczypały, jakbym miała w nich piasek. Cola. Definitywnie potrzebowałam coli.

Raz jeszcze zerknęłam na Stevie Rae, po czym wyszłam z pokoju, bardzo uważając, by jej nie zbudzić. Leżała skulona na boku, pochrapując lekko i wyglądając, jakby miała ze dwanaście lat. Trudno było ją sobie wyobrazić z czerwonymi ślepiami, warczącą groźnie i wgryzającą się w nadgarstek Afrodyty tak zachłannie, że doprowadziła do Skojarzenia. Westchnęłam, czując, że cały świat zwalił mi się na barki. Jak niby miałam sobie z tym wszystkim poradzić, zwłaszcza jeśli dobrzy ludzie czasem wydawali się źli, a źli byli tacy... hm... Przed oczami przebiegły mi wizerunki Starka i Kalony, wprawiając mnie w całkowitą konsternację i wzmagając stres.

„Nie — powiedziałam sobie stanowczo. — Owszem, pocałowałaś się ze Starkiem, gdy umierał, był jednak wtedy innym chłopakiem, nieskażonym przez manipulacje Neferet, i musisz o tym pamiętać. Kalona odwiedził cię we śnie i nic więcej. Kropka".

Upieranie się wyśnionego Kalony przy tym, że jestem A-yą, było jakimś wariactwem. No bo przecież nie mogło być prawdą. Owszem, w jakiś sposób Kalona mnie pociągał, ale przecież wszyscy inni czuli to samo. Poza tym ja byłam dziewczyną z krwi i kości, a nie ziemią, w którą kobiety Ghigua tchnęły życie i nadały jej szczególną moc. „Pewnie wyglądam jak ona, choć to trochę dziwne — pomyślałam. — Albo może nazwał mnie A-yą tylko po to, żeby mi namieszać w głowie". Wydawało się to całkiem prawdopodobne, zwłaszcza jeśli Neferet coś mu o mnie naopowiadała.

Nala przesiadła się na poduszkę Stevie Rae i pomrukiwała z zamkniętymi oczyma. Z całą pewnością nigdzie w pobliżu nie czaiły się żadne koszmarne monstra, bo kotka dostałaby już szajby. Zadowolona przynajmniej z tego, lekko poklepałam ją i Stevie Rae po głowach — żadna nie otworzyła oczu — i wyszłam na korytarz przez zasłonę z koca.

W tunelach panowała grobowa cisza. Dobrze, że chociaż lampy naftowe wciąż się paliły, bo w tamtym momencie raczej nie przepadałam za ciemnością. Muszę też przyznać, że choć wpatrywałam się w cienie pomiędzy lampami w obawie, że czyhają tam nietoperze lub coś gorszego, odczuwałam pewną ulgę na myśl, że jestem ukryta pod ziemią, z dala od jej powierzchni i oświetlonych księżycem łąk i drzew, za którymi kryły się widmowe cienie. Zadrżałam. Nie. Nie wolno mi o tym myśleć.

W drodze do kuchni przystanęłam przy drzwiach pokoju Kramishy i bezszelestnie zajrzałam do środka. Dojrzałam jedynie jej głowę pośrodku łóżka zagrzebaną wśród wybrzuszeń fioletowej kołdry i różowych poduszek. Bliźniaczki leżały w śpiworach pogrążone we śnie, a pomiędzy nimi spoczywał zwinięty w kłębek ich wredny kot Belzebub.

Cichutko opuściłam zasłonę, nie chcąc obudzić żadnej z dziewczyn, zanim nadejdzie pora ich warty. Tak naprawdę powinnam po wzięciu z kuchni coli udać się prosto do Damiena i Jacka, przejąć po nich dyżur i powiedzieć, żeby nie budzili Bliźniaczek. Ja i tak pewnie nie zasnę przez dłuższy czas... na przykład przez parę lat. No dobra, żartuję. Choć nie do końca.

W kuchni nikogo nie zastałam. Jedynym rozbrzmiewającym tam dźwiękiem był swojski cichy szum lodówek. Gdy otworzyłam pierwszą z brzegu, aż się zatoczyłam do tyłu ze zdziwienia. Cała lodówka była wypełniona zamkniętymi fabrycznie woreczkami z krwią. Calutka. Serio. I oczywiście ślinka od razu napłynęła mi do ust.

Szybko zatrzasnęłam drzwi.

Po namyśle znów je otworzyłam i zdecydowanym ruchem chwyciłam jeden z woreczków. W nocy prawie nie spałam. Byłam mocno zestresowana. Prześladował mnie durny i wredny nieśmiertelny upadły anioł, nazywając imieniem jakiejś martwej glinianej dziewczyny. Nie oszukujmy się: potrzebowałam czegoś znacznie mocniejszego od coli, żeby przeżyć ten dzień.

Znalazłam nożyczki w górnej szufladzie komody i nie czekając, aż się zawstydzę albo poczuję obrzydzenie do siebie, otworzyłam woreczek i przechyliłam go.

Wiem, wiem. Chłeptanie krwi jak soku z kartonika brzmi ohydnie, ale nie mogłam się oprzeć, bo smakowała naprawdę cudownie — nie jak krew, a przynajmniej nie tak, jak odbierałam smak krwi przed Naznaczeniem: jako miedziany i słonawy. Była pyszna i elektryzująca, jak unikatowy miód dla smakoszy zmieszany z winem (o ile się je lubi) i red bullem (tyle że smaczniejszym niż w rzeczywistości). Czułam, jak rozprzestrzenia się po całym ciele, dając mu zastrzyk energii, który do reszty rozwiał pozostałe po koszmarnym śnie przerażenie.

Zmięłam pusty woreczek i wrzuciłam go do stojącego w kącie wielkiego kubła. Dopiero potem wyjęłam butelkę coli i paczkę czipsów o smaku tortilli i sera, stwierdzając, że skoro już i tak mam śmierdzący oddech z powodu wypitej krwi, równie dobrze mogę zjeść na śniadanie czipsy.

Następnie uświadomiłam sobie, że: po pierwsze, nie wiem, gdzie są Damien i Jack, po drugie, muszę pilnie zadzwonić do siostry Mary Angeli i dowiedzieć się, jak się czuje babcia.

Tak, wiem — to dziwne, że chciałam dzwonić do zakonnicy. Brzmi nawet dziwniej niż to, że zawierzyłam jej życie mojej babci. Całkiem dosłownie. Ale gdy tylko spotkałam siostrę Mary Angelę, przeoryszę klasztoru benedyktynek w Tulsie, wszystkie moje stereotypy w tej kwestii straciły ważność. Oprócz zajmowania się tym, czym zwykle zajmują się siostry zakonne, czyli modlitwami i tak dalej, siostra i jej podwładne z opactwa prowadziły Kocią Budę, organizację opiekującą się bezpańskimi kotami. Tam właśnie ją poznałam, gdy wpadłam na pomysł, by adepci z Domu Nocy zaczęli się aktywniej udzielać w lokalnej społeczności. Rozumiecie, Dom Nocy w Tulsie istniał od ponad pięciu lat, ale przez cały ten czas sprawiał wrażenie odizolowanej wyspy. Kto ma choć odrobinę rozumu, wie, że izolacja w połączeniu z ignorancją to prosta droga do uprzedzeń — no jasne, czytałam *List z więzienia w Birmingham* Martina Luthera Kinga na początku drugiej klasy liceum. W każdym razie po ohydnym morderstwie dwojga wampirskich profesorów Szechina zgodziła się z moim pomysłem włączenia się w lokalną działalność charytatywną, o ile tylko będę pod odpowiednią ochroną. To wtedy Darius tak blisko związał się ze mną i moją paczką. Postanowiłam, że będziemy pomagać Kociej Budzie, bo wydawało się to logiczne, biorąc pod uwagę liczną kocią gromadkę w Domu Nocy.

Obie z siostrą Mary Angelą od pierwszej chwili poczułyśmy do siebie sympatię. Przeorysza jest bardzo sympatyczna, uduchowiona i mądra. Nigdy nikogo pochopnie nie ocenia. Uważa nawet, że Nyks to inna wersja Matki Boskiej (która jest dla benedyktynek niezmiernie ważną postacią). Można więc powiedzieć, że zaprzyjaźniłam się z siostrą Mary Angelą i to ją poprosiłam o czuwanie przy babci, gdy ta po ataku Kruków Prześmiewców zapadła w śpiączkę i wylądowała w szpitalu Świętego Jana. Kiedy w Domu Nocy rozpętało się piekło, Neferet zabiła Szechinę i zmusiła Starka do postrzelenia Stevie Rae, Kalona oswobodził się z niewoli, a kruki odzyskały powłokę cielesną, właśnie siostra Mary Angela bezpiecznie przetransportowała babcię pod ziemię.

Taki przynajmniej był plan. Siostra miała zadbać o to, by babcia i wszystkie benedyktynki znalazły się pod powierzchnią ziemi. Ostatnio rozmawiałam z nią poprzedniej nocy, na krótko przed tym, nim telefony przestały działać.

Zaczynając więc od najważniejszej rzeczy, musiałam zadzwonić do siostry Mary Angeli — zakładając oczywiście, że zdołam reanimować telefon — a potem się dowiedzieć, gdzie mogę znaleźć Damiena i Jacka, żeby ich zluzować na warcie. Dochodząc do wniosku, że być może uda mi się upiec dwie pieczenie przy jednym ogniu, ruszyłam tunelem z powrotem, w kierunku wyjścia z piwnicy, przy którym miał czuwać Darius. On będzie wiedział, jak dotrzeć do chłopaków, a do tego w piwnicy prawdopodobnie komórka zadziała, chyba że na górze rozegrała się apokalipsa, która na wieki wieków wyłączyła wszystkie komórki. Na szczęście po potężnej dawce krwi zaczęłam patrzeć na świat z nieco większą dozą optymizmu i nawet wyobrażenie sobie obrzydliwego (i w odróżnieniu od krwi bynajmniej nie kuszącego) świata w rodzaju tego z filmu *Jestem legendą* nie wydawało się aż tak bcznadzicjnc.

Spokojnie. Muszę robić wszystko po kolei. Najpierw się dowiem, co z babcią. Potem zluzuję Damiena i Jacka. Jeszcze później zacznę się zastanawiać, jak się uwolnić ze strasznego koszmaru, który mnie nawiedził.

Przypomniałam sobie głos mrocznego anioła i to, jak ból i rozkosz w pewien sposób splotły się w jedno, gdy mnie dotknął i nazwał ukochaną. Szybko się otrząsnęłam z tych myśli. Ból nie może się równać rozkoszy. To co czułam w tym śnie, pochodziło z niego, ze snu, a raczej koszmaru, a to oznacza, że nie było prawdziwe. Ja zaś z całą pewnością nie byłam ukochaną Kalony.

Mniej więcej wtedy sobie uświadomiłam, że jednak wciąż odczuwam pewien strach, ale jest to strach nie mający nic wspólnego z Kaloną. Zaprzątnięta koszmarem, zupełnie zlekceważyłam podświadome napięcie, które zawładnęło moim ciałem. Teraz, gdy to do mnie dotarło, serce zabiło mi szybciej, a żołądek fiknął koziołka. Miałam specyficzne przerażające uczucie, że ktoś mnie obserwuje.

Odwróciłam się gwałtownie, oczekując, że zobaczę co najmniej stado obrzydliwych nietoperzy, lecz nie było tam nic z wyjątkiem grobowej ciszy ciągnącego się w dal opuszczonego, oświetlonego latarniami tunelu.

— Kompletnie ci odwala — powiedziałam do siebie na głos.

Jak gdyby pod wpływem moich słów znajdująca się najbliżej mnie latarnia zgasła.

Przerażona zaczęłam się cofać w głąb tunelu, rozglądając się w poszukiwaniu czegokolwiek, co nie byłoby tylko dziełem mojej wyobraźni. Wtedy wpadłam na przymocowaną do ściany metalową drabinę prowadzącą do piwnicy dworca. Oszołomiona ulgą, że znalazłam wyjście, trzymałam puszkę coli w jednej ręce, a drugą hałaśliwie ścisnęłam wielką paczkę ze swoim czipsowym śniadaniem. Właśnie zaczęłam się wspinać po drabinie, gdy nade mną pojawiło się silne męskie ramię, omal nie doprowadzając mnie do zawału.

— Podaj mi colę i czipsy, bo sobie rozkwasisz tyłek, próbując ich nie zgubić i jednocześnie się wspiąć.

Podniosłam głowę i zobaczyłam uśmiechniętą twarz Erika. Szybko przełknęłam ślinę.

— Dzięki! — rzuciłam energicznie, po czym podałam mu obie rzeczy i już bez trudu pokonałam resztę szczebli.

W piwnicy było o kilka stopni zimniej niż w tunelach, co dobrze podziałało na moją zarumienioną z przerażenia twarz.

— Cieszę się, że wciąż się rumienisz na mój widok — powiedział Erik, głaszcząc mnie po rozgrzanym policzku.

Omal się nie wygadałam, że to ze strachu przed cieniami i jakimś niewidzialnym świństwem w tunelach, ale wyobraziłam sobie, jak by się ze mnie śmiał, oskarżając mnie o to, że znów wpadam w panikę na widok nietoperzy, i nie pisnęłam słowa. Może jestem po prostu nadwrażliwa z powodu niedawnego snu? Czy w ogóle naprawdę miałam ochotę rozmawiać w tej chwili z Erikiem — albo z kimkolwiek innym — o Kalonie?

Ani trochę.

— Zimno tu — powiedziałam więc. — Wiesz, że nienawidzę się rumienić.

— Fakt, temperatura gwałtownie spadła w ciągu ostatnich paru godzin. Na dworze pewnie jest mróz. A ty pięknie wyglądasz z tymi różowymi policzkami.

— Ty i moja babcia jesteście jedynymi ludźmi na świecie, którzy tak uważają — odparłam, uśmiechając się do niego z rozżaleniem.

— W takim razie znalazłem się w dobrym towarzystwie — zaśmiał się Erik, sięgając po czipsa, podczas gdy ja rozglądałam się po piwnicy. Tu też było bardzo cicho, ale nie tak przerażająco jak w tych durnych tunelach. Przy włazie do nich stało krzesło, które przyniósł sobie Erik, a obok niego kilka płonących jasno naftowych lamp, opróżniona do połowy litrowa butelka mountain dew (ohyda!), dalej zaś — co za niespodzianka — leżał *Drakula* Brama Stokera z zakładką mniej więcej w połowie. Zatrzepotałam rzęsami.

— No co? Pożyczyłem od Kramishy. — Erik uśmiechnął się z lekkim zażenowaniem, przez co wyglądał jak słodki berbeć. — Dobrze, przyznaję. Byłem ciekaw tej książki, odkąd powiedziałaś mi, że to jedna z twoich ulubionych. Dopiero jestem w połowie, więc nie mów mi, jak się skończy.

Uśmiechnęłam się od ucha do ucha dumna, że Erik czyta *Drakulę* wyłącznie z mojego powodu.

— Daj spokój — dokuczałam mu. — Przecież wiesz, jak się skończy. Wszyscy znają zakończenie. — Naprawdę zachwycało mnie, że Erik jest wielkim, wysokim, umięśnionym facetem, który czyta wszelkiego typu książki i ogląda stare filmy z cyklu *Gwiezdnych wojen*. Uśmiechnęłam się jeszcze szerzej. — No i jak? Podoba ci się?

— Owszem. Chociaż wcale się tego nie spodziewałem. — Odpowiedział identycznym uśmiechem. — No bo daj spokój, z tym przedstawieniem wampirów jako krwiożerczych potworów jest trochę staroświecka.

Natychmiast pomyślałam o Neferet, którą uważałam za potwora w pięknym przebraniu, i o swoich wątpliwościach dotyczących czerwonych adeptów, lecz szybko odsunęłam od siebie te myśli, nie chcąc, by w tę spędzaną z Erikiem chwilę wdarła się ciemność.

— Fakt — powiedziałam, skupiając się z powrotem na książce. — Drakula niby jest potworem i tak dalej, ale żal mi go.

— Żal ci go? — zapytał z wyraźnym zdumieniem chłopak. — Zo, przecież on jest wcielonym złem!

— Niby tak, ale jednak kocha Minę. Jak ktoś, kto jest wcielonym złem, może znać takie uczucie?

— Hej, tylko bez spojlerów! Jeszcze do tego nie dotarłem!

Przewróciłam oczami.

— Erik, przecież musisz wiedzieć, że Drakula ugania się za Miną i gryzie ją, a wtedy ona zaczyna się zmieniać. To przez nią hrabia zostaje wytropiony i w końcu...

— Przestań! — zawołał ze śmiechem Erik, chwytając mnie i zakrywając mi usta. — Nie żartowałem! Nie chcę, żebyś mi opowiadała zakończenie.

Choć jego dłoń zasłaniała mi usta, wiedziałam, że moje oczy uśmiechają się do niego.

— Jak wezmę rękę, obiecujesz, że będziesz grzeczna?

Kiwnęłam głową.

Powoli odkrył mi usta, ale się nie odsunął. Miło się stało tak blisko niego. Patrzył na mnie z błądzącym wciąż w kącikach ust lekkim uśmieszkiem. Pomyślałam o tym, jaki jest przystojny i jak bardzo się cieszę, że znów jesteśmy razem.

— Chcesz usłyszeć, jakie zakończenie ja bym napisała? — zapytałam.

Uniósł brwi.

— Jakie ty byś napisała? To znaczy, że nie zdradzisz mi prawdziwego zakończenia?

— Przysięgam — powiedziałam, odruchowo uderzając się pięścią w serce. Staliśmy tak blisko siebie, że grzbiet mojej dłoni otarł się o jego pierś.

— W takim razie mów — powiedział głębokim, zmysłowym głosem.

— W mojej wersji Drakula nie pozwala na to, żeby ktoś go oddzielił od Miny. Gryzie ją, sprawia, że staje się taka jak on, a potem zabiera ją ze sobą, żeby mogli być razem i żyć szczęśliwie po wsze czasy.

— Bo są sobie pisani — dodał Erik.

Spojrzałam w jego niesamowite niebieskie oczy i zobaczyłam, że ulotniło się z nich wszelkie rozbawienie.

— Tak, nawet jeśli w przeszłości zdarzały się między nimi złe chwile. Będą musieli sobie przebaczyć, ale sądzę, że to możliwe.

— A ja w i e m, że to możliwe. Myślę, że jeśli dwojgu ludziom dostatecznie na sobie zależy, nie ma rzeczy niewybaczalnych.

Oczywiście ani on, ani ja nie mówiliśmy o postaciach z książki. Mówiliśmy o nas, badając siebie nawzajem, by sprawdzić, czy rzeczywiście wszystko da się naprawić.

Ja musiałam wybaczyć Erikowi to, że tak podle mnie potraktował po tym, jak mnie przyłapał z Lorenem. Był naprawdę okropny, ale w rzeczywistości ja zraniłam go o wiele bardziej, i to nie tylko poprzez związek z Lorenem. Gdy zaczęłam się spotykać z Erikiem, wciąż kontynuowałam znajomość z moim ludzkim chłopakiem Heathem. Erik był wściekły, że spotykam się z nimi dwoma jednocześnie, lecz wierzył, że w końcu pójdę po rozum do głowy i zrozumiem, że Heath należy do mojego dawnego świata, dawnego życia, i nie pasuje do mojej przyszłości tak jak on.

Miał trochę racji. Rozumiałam to teraz, gdy Skojarzenie z Heathem zostało przełamane, o czym byłam na sto procent przekonana, bo zrobił mi bardzo nieprzyjemną scenę, gdy natknęłam się na niego parę dni wcześniej w Charlie's Chicken (jakby nie było lepszych miejsc). Idiotyczny błąd w postaci przespania się z Lorenem wywołał efekt domina, gmatwając bardzo wiele spraw w moim życiu. Jednym z jego następstw było bolesne zerwanie mojego Skojarzenia z Heathem, który podczas wspomnianego spotkania wyraźnie oświadczył, że nie chce mnie więcej widzieć. Oczywiście ostrzegłam go o niebezpieczeństwie ze strony Kruków Prześmiewców i Kalony, każąc mu zabrać rodzinę i poszukać bezpiecznego schronienia, ale między nami wszystko było skończone, podobnie jak wcześniej między mną a Lorenem (jeszcze przed jego śmiercią). I tak właśnie być powinno.

Patrzyliśmy sobie z Erikiem w oczy.

— Więc podoba ci się moja wersja Drakuli?

— Podoba mi się zakończenie, w którym oboje są wampirami i żyją szczęśliwie po wsze czasy, zwłaszcza dzięki temu, że potrafili wybaczyć sobie dawne błędy.

Nie przestając się uśmiechać, Erik pochylił się do pocałunku. Jego wargi były miękkie i ciepłe, a smakował czipsami i mountain dew, co wcale nie było takie obrzydliwe, jak mogłoby się wam zdawać. Otoczył mnie ramionami i przyciągnął do siebie, nasze pocałunki stały się głębsze. Cudownie się czułam w jego objęciach. Tak cudownie, że w pierwszej chwili zdołałam wyłączyć dzwoneczki alarmowe rozbrzmiewające w racjonalnej części umysłu, gdy ręce Erika ześlizgiwały się po moich plecach i zatrzymały na pośladkach. Gdy jednak jeszcze mocniej przygarnął mnie do siebie, dosłownie przygniatając, urocza ciepła mgiełka, którą we mnie wywołał, zaczęła się rozwiewać. Podobał mi się jego dotyk, ale nie wtedy, gdy stawał się nagle zbyt agresywny, zbyt natarczywy, jakby mówił: „Ona jest moja, pragnę jej i zaraz będę ją miał".

Chyba poczuł, że sztywnieję, bo puścił mnie i uśmiechnął się swobodnie.

— A tak w ogóle co tu robisz? — zapytał.

Zamrugałam zaskoczona nagłą zmianą w jego zachowaniu. Odsunęłam się o krok, podniosłam colę z krzesła, na którym wcześniej ją postawiłam, i pociągnęłam długi łyk, by dać sobie czas na pozbieranie się.

— Mmm... — wybąkałam w końcu — ...przyszłam pogadać z Dariusem i sprawdzić, czy moja komórka będzie tu działać. — Wyłowiłam telefon z kieszeni i idiotycznym gestem uniosłam w górę. Potem spojrzałam na nią i zobaczyłam, że świecą się trzy kreski. — Jest! Chyba działa!

— Zawierucha już ustała, grzmotów też od jakiegoś czasu nic nie słyszę — rzckł Erik. — Jcśli pogoda za chwilę znów się nie zepsuje, jest szansa, że telefony pozostaną sprawne. Miejmy nadzieję, że to dobry znak.

— Racja. Spróbuję zaraz zadzwonić do siostry Mary Angeli i sprawdzić, co z babcią. — Teraz mówienie nie sprawiało mi już takiej trudności. Przyglądałam się Erikowi. Wydawał się bardzo miły i zwyczajny, taki, jaki zwykle bywał. Czyżbym znów przesadziła w interpretacji tego pocałunku? Czy jestem przewrażliwiona z powodu tego, co przeżyłam z Lorenem? Uświadomiłam sobie, że zapadła niezręczna cisza i że Erik patrzy na mnie pytająco, więc szybko się odezwałam: — A gdzie Darius?

— Zluzowałem go wcześniej. Obudziłem się i nie mogłem na nowo zasnąć, więc doszedłem do wniosku, że lepiej będzie dać mu odpocząć, skoro w gruncie rzeczy jest naszą całą armią.

— Afrodyta wciąż była pijana?

— Padła jak kawka. Darius musiał ją stąd wynieść. Będzie miała potwornego kaca, gdy się zbudzi. — Sprawiał wrażenie uradowanego tą perspektywą. — Poszedł spać do pokoju Dallasa. Całkiem niedawno, więc może jeszcze nie zasnął.

— Chcę się tylko dowiedzieć, jak znaleźć Damiena i Jacka. Ja też nie mogłam spać, więc pomyślałam, że przejmę po nich wartę, a Bliźniaczkom pozwolę odpoczywać.

— W takim razie nie musisz fatygować Dariusa. Sam ci powiem, jak do nich dotrzeć. Są niedaleko wejścia na dworzec, przez które już przechodziliśmy.

— To dobrze, bo nie chciałabym niepotrzebnie zawracać Dariusowi głowy. Masz rację, nasza armia musi się porządnie wyspać. — Umilkłam na moment, po czym dodałam stanowczo zbyt luzackim tonem: — Hej, nie zauważyłeś czasem w tunelach czegoś... no wiesz, czegoś dziwnego?

— Dziwnego? W jakim sensie?

Nie chciałam mówić „ciemności", bo to chyba normalne, że w tunelach jest ciemno, a poza tym, jak już wcześniej sobie wyobraziłam, na pewno złośliwie przypomniałby mi, jak spanikowałam przed nietoperzami.

— Na przykład gasnących nagle latarni — wykrztusiłam więc.

Wzruszył ramionami i pokręcił głową.

— Nie, ale gdyby nawet, wcale nie byłoby to aż takie dziwne. Jestem pewien, że czerwoni adepci muszą dosyć często dolewać nafty, a założę się, że ostatnie wypadki mocno zakłóciły rozkład ich zajęć.

— Taaa, brzmi sensownie — mruknęłam, bo rzeczywiście tak było. Przez chwilę czułam ulgę, choć w głębi duszy wiedziałam, że nie jest szczera. Uśmiechnęłam się do Erika, a on odpowiedział tym samym i tak szczerzyliśmy się do siebie. Znów pomyślałam, jak fajnie mi z nim było i jak to dobrze, że z powrotem jesteśmy razem. No bo przecież cieszyłam się z tego, prawda? Czy nie mogłam poprzestać na tej radości, nie dopuszczając do tego, żeby naszą sielankę zepsuły moje idiotyczne obawy o to, że Erik może chcieć ode mnie więcej, niż w tej chwili jestem w stanie mu dać?

Jeszcze dalej w głąb umysłu zepchnęłam wspomnienie pocałunku Starka, sennych odwiedzin Kalony i tego, że wzbudził we mnie uczucia, których nigdy wcześniej nawet w przybliżeniu nie wzbudził żaden mężczyzna.

Wstałam tak gwałtownie, że omal nie przewróciłam krzesła.

— Muszę zadzwonić do siostry Mary Angeli!

Erik spojrzał na mnie dziwnie, lecz powiedział tylko:

— Dobra, przejdź kawałek w tę stronę, ale nie podchodź za blisko drzwi. Jeśli ktoś się kręci na zewnątrz, lepiej, żeby cię nie usłyszał.

Kiwnęłam głową i uśmiechnęłam się do niego, mając nadzieję, że nie dostrzeże w tym uśmiechu poczucia winy. Potem odeszłam nieco dalej w głąb piwnicy. Zauważyłam, że ona też nie wygląda już tak obrzydliwie jak wtedy, gdy tu byłam poprzednio. Stevie Rae i jej paczka najwyraźniej zabrali się serio do sprzątania, zaczynając od wyrzucenia rzeczy kloszardów, które wcześniej zagracały to miejsce. No i nie wyczuwałam już zapachu moczu, co zdecydowanie poprawiło mój komfort.

Wybrałam numer siostry Mary Angeli i czekałam, modląc się w duchu, żeby odebrała. A telefon dzwonił... dzwonił... dzwonił... Jeden, drugi, trzeci sygnał. Nim odebrała, zdążył mnie rozboleć brzuch. Wreszcie usłyszałam jej głos. Połączenie było beznadziejne, ale przynajmniej się słyszałyśmy.

— Och, Zoey! Tak się cieszę, że dzwonisz! — powiedziała.

— Siostro, wszystko w porządku? Co z babcią?

— Wszystko dobrze... Dobrze... Jesteśmy... — Co rusz uciekał mi zasięg.

— Słabo siostrę słyszę. Gdzie jesteście? Czy babcia jest przytomna?

— Bab... przytom... Jesteśmy pod opactwem, ale... — Przez chwilę słyszałam tylko szum, po czym nagle siostra odezwała się całkiem wyraźnie: — Czy to ty zmieniasz pogodę, Zoey?

— Ja? Nie! Co z babcią? Jesteście bezpieczne w podziemiach opactwa?

— ...brze. Nie martw się, jes...

W tym momencie połączenie się przerwało.

— Cholera! Co za gówniany zasięg! — Przez chwilę przechadzałam się nerwowo w tę i we w tę, usiłując dodzwonić się do siostry po raz drugi. Nic z tego. Komórka działała, lecz za każdym razem słyszałam jedynie komunikat operatora, że abonent jest niedostępny. Po kilku próbach zauważyłam, że nie tylko nici z połączenia, ale w dodatku komórka zaraz mi się rozładuje. — Cholera! — powtórzyłam.

— Co mówiła? — zapytał zza moich pleców Erik, podchodząc bliżej.

— Nie za dużo, bo połączenie się urwało i nie mogę się na nowo dodzwonić. Zdążyła mi przekazać, że nic jej nie jest i że z babcią też wszystko w porządku. Chyba wreszcie odzyskała przytomność.

— To doskonale! Nie martw się, wszystko będzie dobrze. Siostry zabrały ją w bezpieczne miejsce, pod ziemię, prawda?

Kiwnęłam głową, czując się idiotycznie bliska łez bardziej z powodu frustracji niż z obawy o babcię. Całkowicie ufałam siostrze Mary Angeli, więc skoro powiedziała, że babcia czuje się dobrze, nie miałam powodu w to nie wierzyć.

— Ciężko tak żyć, nie wiedząc, co się dzieje. Nie tylko z babcią. W ogóle tam, w górze. — Wskazałam kciukiem sufit.

Erik stanął przy mnie, zamykając moją dłoń w ciepłym uścisku swojej. Obrócił mnie twarzą do siebie, a potem łagodnie przesunął kciukiem wzdłuż nowych tatuaży pokrywających wnętrze dłoni.

— Hej, damy sobie radę. Pamiętaj, że pomaga nam Nyks. Wystarczy, że spojrzysz na swoją dłoń, by zobaczyć dowody jej łaski. Owszem, nie ma nas wielu, ale jesteśmy silni i wiemy, że stoimy po właściwej stronie.

W tym momencie mój telefon wydał krótki pisk sygnalizujący nadejście esemesa.

— O, super. Może to od siostry. — Otworzyłam klapkę i gapiłam się na wiadomość, nie mogąc jej ogarnąć.

WSZYSCY ADEPCI I WSZYSTKIE WAMPIRY MAJĄ NATYCHMIAST WRÓCIĆ DO DOMU NOCY.

— Co jest, kurde? — zapytałam w końcu, nie odrywając oczu od wyświetlacza.

— Pokaż — rzekł Erik. Pokazałam mu wiadomość, a on pokiwał wolno głową, jakby to co zobaczył, potwierdzało jego przypuszczenia. — To od Neferet. I choć sprawia wrażenie typowego szkolnego komunikatu, założę się, że zwraca się bezpośrednio do nas.

— Jesteś pewien, że to od niej?

— Jasne. Rozpoznaję numer.

— Dała ci swój numer? — Starałam się nie okazywać irytacji, którą odczuwałam, ale wątpię, czy mi się udało.

Wzruszył ramionami.

— Tak, przed moim wyjazdem do Europy. Powiedziała, że gdybym kiedykolwiek czegoś potrzebował, mam śmiało dzwonić.

Prychnęłam, a on się uśmiechnął.

— Zazdrosna?

— Skąd! — skłamałam. — Po prostu na myśl o tej podłej manipulatorce dostaję furii.

— No cóż, bez wątpienia wpakowała się w jakieś niezłe gówno razem z tym całym Kaloną.

— Nie ma mowy, żebyśmy wrócili do Domu Nocy. Przynajmniej na razie.

— Chyba masz rację. Musimy się najpierw więcej dowiedzieć o tym, co się tam wydarzyło, a dopiero potem planować kolejne ruchy. Poza tym jeśli intuicja ci podpowiada, że mamy się trzymać z dala od szkoły, to nie mam innych pytań.

Podniosłam na niego wzrok. Uśmiechnął się pokrzepiająco i odgarnął mi z twarzy kosmyk włosów. Oczy miał ciepłe i życzliwe, a nie opętane seksem i pożądaniem. O matko, musiałam się wreszcie wziąć w garść. Przy Eriku czułam się bezpieczna. Wierzył w to, co mówił. Wierzył we mnie.

— Dzięki — powiedziałam. — Za to, że wciąż we mnie wierzysz.

— Nigdy nie przestanę w ciebie wierzyć, Zoey — odparł.

— Nigdy. — Otoczył mnie ramionami i pocałował.

W tym momencie drzwi na zewnątrz otworzyły się gwałtownie, wpuszczając słabe światło burzliwego popołudnia i silny podmuch lodowatego powietrza. Erik błyskawicznie się odwrócił, osłaniając mnie swoim ciałem. Poczułam przypływ przemożnego dzikiego strachu.

— Biegnij na dół! Sprowadź Dariusa! — zawołał Erik, ruszając naprzód, by stawić czoło postaci widocznej na tle szarego światła dnia.

Ruszyłam biegiem w stronę drabiny wiodącej do tuneli, ale zatrzymał mnie znajomy głos:

— Zo, to ty?

ROZDZIAŁ DZIESIĄTY

— Heath!

Dosłownie wrzasnęłam z ulgi, że to on, a nie jakiś straszliwy Kruk Prześmiewca albo co gorsza, przedwieczny nieśmiertelny o oczach jak nocne niebo i głosie jak zakazany sekret. Od razu pobiegłam w stronę drzwi.

— Heath? — Erik nawet w połowie nie wyglądał na tak zadowolonego jak ja. Chwycił mnie za ramię i zatrzymał w miejscu, gdy próbowałam go minąć. Zmarszczył brwi, nadal zasłaniając mnie własnym ciałem. — To twój ludzki chłopak?

— Były chłopak — powiedzieliśmy jednocześnie Heath i ja.

— Hej, a ty czasem nie jesteś tym Erikiem? Tym adeptem, z którym swego czasu chodziła? — zapytał Heath i zamiast normalnie pokonać trzy schodki prowadzące do piwnicy, zeskoczył lekko, wyglądając w każdym calu jak gwiazda futbolu, którą oczywiście był (co najmniej sześć stóp wzrostu, lekko kręcone płowe włosy, słodkie oczy i jeszcze słodsze dołeczki w kącikach ust). Owszem, przyznaję bez bicia, że mój chłopak z liceum był stereotypowy, lecz nie czyniło go to mniej uroczym.

— Nie swego czasu — odparł lodowato Erik. — I nie adeptem, lecz wampirem.

— Oj. Pogratulowałbym ci ponownego zejścia się z Zoey i tego, że nie zadławiłeś się własną krwią, ale byłoby to wyjątkowo nieszczere z mojej strony. Wiesz, co mam na myśli, stary? — zapytał, podchodząc do Erika i chwytając mnie za przegub, lecz nim zdążył mnie objąć na powitanie, zauważył nowe tatuaże. — Łał, rewelka! Bogini wciąż ci pomaga?

— Tak — odparłam.

— Cieszę się — powiedział, obejmując mnie wreszcie. — Cholera, martwiłem się o ciebie! — Odsunął mnie na odległość ramienia. — Cała jesteś?

— Nic mi nie jest — odparłam lekko zdyszana.

Rozumiecie, nie widziałam Heatha od czasu, gdy demonstracyjnie ze mną zerwał. Poza tym gdy mnie przytulał, poczułam jego zapach. Pachniał cudownie, mieszanką domu, mojego dzieciństwa i czegoś słodkiego, ekscytującego i wołającego do mnie z każdego miejsca, w którym zetknęła się nasza skóra. Wiedziałam, co mnie tak przyzywa — jego krew. A to namieszało mi nie tylko w głowie.

— To świetnie. — Heath puścił moją rękę, a ja zrobiłam niewielki szybki krok w kierunku Erika. Zobaczyłam w oczach Heatha błysk bólu, ale już w następnej sekundzie chłopak uśmiechnął się nonszalancko i wzruszył ramionami, jakby go to nie dotknęło, bo tylko się ze mną przyjaźni.

— Taaa, tak właśnie myślałem. Że nic ci nie jest. Znaczy, tak mi się zdawało, że nawet jeśli to przymierze krwi między nami jest zerwane, to i tak bym czuł, gdyby coś ci się stało. — Słowa „przymierze krwi" wypowiedział z erotycznym naciskiem, na który Erik wyraźnie się wzdrygnął. — Ale musiałem sam sprawdzić. Poza tym chciałem cię zapytać, o co, kurde, chodziło w tym twoim dziwacznym telefonie wczorajszej nocy?

— Telefonie? — zapytał Erik, patrząc na mnie nieprzeniknionym wzrokiem.

— Owszem, telefonie. — Uniosłam dumnie brodę. Erik mógł sobie być moim facetem, lecz nie miałam najmniejszego zamiaru znosić jego zaborczości i idiotycznej zazdrości. Przemknęła mi przez głowę myśl, że może on już nigdy nie będzie umiał całkowicie mi zaufać po tym, co się między nami wydarzyło, i że będę jednak musiała znosić jego obsesyjną zazdrość. W jakimś sensie sama sobie na to zasłużyłam. Mimo wszystko powiedziałam spokojnie: — Zadzwoniłam do Heatha, żeby go ostrzec przed Krukami Prześmiewcami i poprosić o znalezienie bezpiecznego schronienia dla swojej rodziny. To że nie jesteśmy razem, nie znaczy, że chcę, aby mu się coś stało.

— Krukami Prześmiewcami? — mruknął pytająco Heath.

— Co się dzieje na zewnątrz? — zapytał urzędowym tonem Erik.

— Co się dzieje? Ale w jakim sensie? Chodzi ci o tę okropną zawieruchę, która trwa mniej więcej od północy, czy o tę gangsterską jatkę? Co to za Kruki Prześmiewcy?

— Gangsterską jatkę? A konkretnie? — zapytał Erik.

— Nic z tego. Nie powiem ani słowa, póki nie odpowiecie na moje pytanie.

— Kruki Prześmiewcy to demonopodobne stwory z czirokeskiej legendy — wyjaśniłam. — Mniej więcej do północy wczorajszego dnia były tylko złymi duchami, ale się przeobraziły, gdy ich tatuś, nieśmiertelny o imieniu Kalona, uwolnił się z więzienia w głębi ziemi i na nową siedzibę wybrał sobie Dom Nocy w Tulsie.

— Naprawdę uważasz, że to dobry pomysł mówić mu o tym? — spytał Erik.

— Słuchaj no, może byś łaskawie pozwolił Zoey decydować, co chce mi powiedzieć, a czego nie? — Heath się nastroszył, jakby marzył o tym, by rzucić się na Erika.

Erik też się nastroszył.

— Jesteś c z ł o w i e k i e m. — Wypowiedział to słowo jak nazwę jakiejś choroby wenerycznej. — Nie możesz się zajmować tym, czym my się zajmujemy. Spróbuj sobie przypomnieć, jak musiałem pomóc w ratowaniu twojego durnego ludzkiego tyłka z rąk wampirskich duchów parę tygodni temu.

— To Zoey mnie uratowała, a nie ty! Poza tym z a j - m u j ę   s i ę Zoey już z milion lat dłużej, niż ty w ogóle ją znasz.

— Czyżby? Ile razy znalazła się w niebezpieczeństwie z powodu twojej głupoty od czasu swego Naznaczenia?

To otrzeźwiło Heatha.

— Słuchaj, nie narażam jej na żadne niebezpieczeństwo, przychodząc tu. Chciałem się tylko upewnić, że nic jej nie jest. Parę razy dzwoniłem, ale są problemy z siecią.

— Heath, nie chodzi o to, że narażasz mnie na niebezpieczeństwo, przychodząc tu, tylko że narażasz siebie — powiedziałam, komunikując Erikowi wzrokiem, żeby nie ważył się nic mówić.

— Taaa, wiem już o tych ohydnych adeptach, którzy próbowali mnie zeżreć, gdy tu poprzednio byłem. Nie pamiętam za dobrze, co się tu działo, ale jednak pamiętam dość, żeby przynieść to. — Sięgnął do kieszeni swojej kurtki moro i wyjął groźnie wyglądającą czarną krótkolufową spluwę. — To ojca — oznajmił z dumą. — Mam przy sobie dodatkowe magazynki. Stwierdziłem, że jakby mnie znowu chcieli zeżreć, to będę strzelał do tych, których tobie się nie uda załatwić.

— Heath, nie mów mi, że nosisz w kieszeni naładowany pistolet — powiedziałam.

— Zo, jest zabezpieczony, a pierwszą komorę ma pustą. Nie jestem kompletnym debilem.

Erik prychnął drwiąco, a Heath spojrzał na niego zmrużonymi oczyma.

Powietrze było gęste od testosteronu. Lada chwila zaczęliby się prać po pyskach, więc szybko powiedziałam:

— Adepci już nie jedzą ludzi, Heath, więc nie będziesz musiał do nikogo strzelać. Gdy mówiłam, że obawiam się o twoje bezpieczeństwo, miałam na myśli zagrożenie ze strony Kruków Prześmiewców.

— Odpowiedziała na twoje pytanie, więc teraz ty mów, o co chodzi z tą gangsterską jatką.

Heath wzruszył ramionami.

— Gadają o tym we wszystkich wiadomościach. Oczywiście prąd ciągle siada, a głupia kablówka cały dzień nie działa, nie mówiąc już o problemach z komórkami. Ale mówili, że jakiś gang wczoraj około północy nieźle się zabawił. Chodziło o jakiś noworoczny rytuał inicjacyjny. Chera Kimoko z Fox News nazwała to krwawą łaźnią. Gliny późno zareagowały z powodu burzy. Zabito parę osób w Midtown, co doprowadza wszystkich do histerii, bo gangi zwykle tam nie operują, więc paru bogatych białasów dosłownie potraciło głowy. Jak ostatnio oglądałem wiadomości, wrzeszczeli coś o wezwaniu Gwardii Narodowej, chociaż gliny mówią, że wszystko jest już pod kontrolą. — Zamilkł nagle i dosłownie widziałam, jak trybiki obracają mu się w głowie. — O kurde, Midtown! Przecież właśnie tam jest Dom Nocy! — Przeniósł wzrok na Erika, a potem z powrotem na mnie. — Więc to nie był żaden gang, tylko te całe kruki!

— Geniusz z ciebie — mruknął Erik.

— Tak, to Kruki Prześmiewcy. Zaatakowały, gdy uciekaliśmy z Domu Nocy — powiedziałam, nie czekając, aż znowu zaczną się napinać. — W wiadomościach nie mówili nic o dziwnych stworzeniach atakujących ludzi?

— Nie. Mówili, że gang zabił parę osób, rozszarpując im gardła. Tak robią te Kruki Prześmiewcy?

Przypomniałam sobie, jak jeden z nich zaatakował mnie w Domu Nocy, próbując mi rozedrzeć gardło i prawie doprowadzając do spełnienia się jednej z dwóch wizji Afrodyty traktujących o mojej śmierci. A to było, jeszcze zanim w pełni odzyskały fizyczne powłoki. Zadrżałam.

— Tak, wygląda na to, że taką właśnie mają metodę, ale nie wiem o nich zbyt wiele. Więcej wie babcia, tyle że kruki wpakowały ją w wypadek samochodowy.

— Co? Babcia miała wypadek? Cholera, strasznie mi przykro. Wyjdzie z tego? — Heath naprawdę się zaniepokoił. Uwielbiał moją babcię i mnóstwo razy był ze mną na jej lawendowej farmie.

— Wyjdzie. No przecież musi — powiedziałam stanowczo. — Teraz opiekują się nią benedyktynki w podziemiach pod swoim opactwem na skrzyżowaniu Lewis i Dwudziestej Pierwszej.

— W podziemiach? Siostry? Nie powinna raczej być w szpitalu?

— Była tam, zanim Kalona się uwolnił, a kruki odzyskały swoje pół ludzkie, pół ptasie ciała.

— Pół ludzkie, pół ptasie? — zapytał ze ściągniętą twarzą. — Brzmi okropnie.

— Jest gorsze, niż możesz sobie wyobrazić. W dodatku te stwory są wielkie. I wredne. Posłuchaj mnie, Heath: Kalona jest nieśmiertelnym upadłym aniołem.

— Mówiąc „upadłym", masz na myśli to, że nie jest już dobrym aniołkiem, który lata i gra na harfie?

— Ma skrzydła. Wielkie i czarne — rzekł Erik. — Ale nie jest dobry i o ile wiemy, nigdy nie był.

— Kiedyś tak — powiedziałam odruchowo, choć wcale nie zamierzałam.

Obaj wlepili we mnie gały. Uśmiechnęłam się nerwowo.

— No, według mojej babci Kalona był kiedyś aniołem, więc przynajmniej zakładałam, że był dobry. Kiedyś, dawno temu.

— Moim zdaniem powinniśmy zakładać, że jest zły. Na wskroś zły — stwierdził Erik.

— Ostatniej nocy ucierpiało sporo osób. Nie wiemy, ile dokładnie zginęło, ale było źle. Jeśli stoi za tym ten Kalona, to raczej do dobrych nie należy — przytaknął Heath.

— Fakt — przyznałam. — Pewnie macie rację.

Co mi, u diabła, odbiło? Lepiej niż wszyscy inni wiedziałam, jak nikczemny jest Kalona! Poczułam jego mroczną moc. Wiedziałam, że Neferet została przez niego zmanipulowana do tego stopnia, że odwróciła się od Nyks. Wszystko to dobitnie i jednoznacznie kojarzyło się ze Z Ł E M.

— Chwila. Omal nie zapomniałem. — Erik ruszył z powrotem w kierunku krzesła, a Heath i ja podążyliśmy za nim. Wyciągnął ukrytą w mroku wielką wieżę stereo. — Może w końcu coś złapię. — Zaczął kręcić wielkimi srebrnymi gałkami i dosyć szybko złapał potwornie trzeszczący Kanał 8. Spiker czytał szybko, z wielką powagą w głosie:

Departament policji w Tulsie zapewnia, że nie należy się obawiać powtórki wydarzeń z ostatniej nocy, kiedy w dzielnicy Midtown zaatakował młodzieżowy gang. Sytuacja jest pod kontrolą. Posłuchajmy, co ma do powiedzenia naczelnik miejscowej policji: „Mieliśmy do czynienia z rytuałem inicjacyjnym nowego gangu, który przyjął nazwę Prześmiewcy. Jego przywódcy zostali aresztowani i obywatelom Tulsy nic już nie zagraża". Rzecz jasna — kontynuował spiker — z powodu niebezpieczeństwa wystąpienia kolejnej silnej burzy, która może potrwać do jutrzejszego wieczora, odradzamy wszystkim podróżowanie z wyjątkiem przypadków absolutnej konieczności. Spodziewamy się, że spadnie jeszcze co najmniej sześć cali marznącego deszczu, co może zakłócić wysiłki energetyków zmierzające do przywrócenia prądu w wielu gospodarstwach domowych. Za pół godziny, w wia-

domościach o godzinie siedemnastej, kolejny raport oraz szczegółowa prognoza pogody.

Mamy jeszcze jeden komunikat: cały personel i wszyscy uczniowie Domu Nocy powinni natychmiast wrócić do szkoły z powodu spodziewanego załamania pogody. Powtarzam: cały personel i wszyscy uczniowie Domu Nocy są proszeni o natychmiastowy powrót do szkoły. Wkrótce kolejny raport.

— W Midtown nie było żadnego gangu — stwierdziłam. — To największa brednia, jaką w życiu słyszałam.

— Ona to załatwiła. Spreparowała wiadomości i prawdopodobnie także namieszała ludziom w głowach — mruknął posępnie Erik.

— Czy „ona" to ta kapłanka, która skasowała mi pamięć? — zapytał mnie Heath.

— Nie — rzekł Erik.

— Tak — odpowiedziałam jednocześnie i zmarszczyłam brwi. — On musi znać prawdę, by móc się obronić.

— Im mniej wie, tym lepiej dla niego — zaoponował Erik.

— Nie. Kiedyś też tak myślałam. Właśnie dlatego wszyscy byli na mnie tak wściekli. I dlatego popełniłam parę poważnych błędów. — Przeniosłam wzrok z Erika na Heatha. — Gdybym nie miała tylu tajemnic i zaufała przyjaciołom, być może mówiłabym więcej, a psuła mniej.

Erik westchnął.

— OK, rozumiem twoje stanowisko. — Spojrzał na Heatha. — Nazywa się Neferet. Jest najwyższą kapłanką w Domu Nocy. Jest potężna. Bardzo potężna. I jest telepatką potrafiącą oddziaływać na cudze umysły.

— Tak, wiem już, co potrafi zrobić. Doświadczyłem tego na własnej skórze. Skasowała mi pamięć o pewnych wydarzeniach. Dopiero teraz zacząłem sobie przypominać.

— Boli cię od tego głowa? — zapytałam, pamiętając ból, jaki sama odczuwałam po przerwaniu blokady pamięci nałożonej mi przez Neferet.

— Tak, boli, ale z każdą chwilą jest lepiej. — Rzucił mi znajomy przebaczający uśmiech, a mnie aż się serce ścisnęło.

— Neferet jest czymś w rodzaju partnerki Kalony — kontynuował Erik.

— Więc jest całkowicie zła — mruknął Heath.

— Zła i niebezpieczna. Nie zapominaj o tym — przestrzegłam go. — Poza tym Kalona nie może znieść przebywania pod ziemią. Nie lubił schodzić poniżej jej powierzchni, jeszcze zanim został uwięziony przez czirokeskie kobiety, a teraz, po ucieczce, pewnie będzie się tego jeszcze bardziej wystrzegał. Pamiętaj, pod ziemią nic ci nie grozi.

— A Kruki Prześmiewcy?

Pokręciłam głową.

— Nie wiemy. Na razie żaden się tu nie zjawił, ale to jeszcze nic nie znaczy. — Pomyślałam o ciemności w tunelach poniżej i o dziwnym przeczuciu, jakie we mnie wywoływała, lecz nie miałam pojęcia, co naprawdę się pod nim kryje. Czerwoni adepci? Kruki? Jakaś inna bezkształtna istota, którą wysłał przeciwko nam Kalona? Czy też może po prostu zbyt bujna wyobraźnia? Wiedziałam natomiast, że nie chcę wyjść na kompletną idiotkę, która panikuje i bredzi trzy po trzy o jakimś niezidentyfikowanym niebezpieczeństwie, więc postanowiłam na razie trzymać gębę na kłódkę.

— Jest sobota — mówił tymczasem Heath — ale do środy trwają ferie, a jeśli będzie taka burza, jaką zapowiadają, to może i do końca tygodnia odwołają lekcje. Powinno być łatwo siedzieć w bezpiecznym miejscu, nawet jeśli kruki znowu zaatakują, i to tym razem nie w Midtown, tylko w Broken Arrow.

Żołądek ścisnął mi się ze strachu.

— To niewykluczone. Neferet wie, że stamtąd pochodzę i że wciąż żyją tam ludzie, na których mi zależy.

— Więc może wysłać kruki do Broken Arrow tylko po to, żeby cię zgnębić? — zapytał Heath.

Skinęłam głową.

— Zwłaszcza jeśli ja i moja paczka zignorujemy wezwanie do powrotu do szkoły.

— Chwila, Zo... przecież musisz być w szkole, w otoczeniu wampirów, bo inaczej ty i pozostali adepci się rozchorujecie, no nie?

— Wystarczy, że ja tu jestem — odezwał się Erik. — A oprócz mnie drugi dorosły wampir. Nie wspominając o Stevie Rae.

— Stevie Rae? Czy to nie ta odrażająca zombiara? — zdziwił się Heath.

— Już nie — powiedziałam. — Przeszła Przemianę w inny rodzaj wampira, taki z czerwonymi tatuażami. A wszyscy odrażający adepci, którzy próbowali cię pożreć, teraz są po prostu czerwonymi adeptami, wcale nie tak odrażającymi.

— Hm... — mruknął Heath. — No to się cieszę, że twoja przyjaciółka doszła do siebie.

— Ja też — odparłam i uśmiechnęłam się.

— Więc trzy dorosłe wampiry wystarczą, żebyście się nie rozchorowali? — zapytał.

— Musimy wystarczyć. Heath, idź już stąd — rzekł Erik.

Oboje spojrzeliśmy na niego. Ja uświadomiłam sobie, że wciąż się uśmiecham do Heatha i bardzo się cieszę, że znów ze sobą gadamy.

— Burza! — kontynuował Erik. — Lepiej, żeby tu nie utknął, a tak się stanie, jeśli będzie tu tkwił do zachodu słońca. — Urwał na chwilę, po czym dodał: — Który nastąpi za jakieś pół godziny. Ile ci zabrała podróż z Broken Arrow?

Heath zmarszczył brwi.

— Prawie dwie godziny. Kiepskie warunki.

Przy normalnej pogodzie dojazd z jego domu do dworca trwałby tylko pół godziny. Erik miał rację, Heath musiał wracać. Nie dość, że nie mieliśmy pojęcia, jak groźny może być Kalona, to jeszcze nie mogliśmy być całkiem pewni, że czerwoni adepci nic nie zmalują. Nie licząc moich wątpliwości co do tego, kim teraz są (lub kim nie są), Heath był w stu procentach człowiekiem z mnóstwem smacznego mięsa i świeżej, seksownej, tętniącej krwi (starałam się nie zwracać uwagi na to, że na samą myśl o niej ślinka napłynęła mi do ust), więc nie potrafiłam jednoznacznie ocenić, czy wystarczy im silnej woli.

— Erik ma rację. Nie możesz tu utknąć w nocy, zwłaszcza tak blisko Midtown. Nie licząc burzy, nie wiemy, co się dzieje z Krukami Prześmiewcami.

Heath spojrzał na mnie takim wzrokiem, jakbyśmy byli sami.

— Martwisz się o mnie.

Poczułam suchość gardle. Bardzo, ale to bardzo nie miałam ochoty na taką rozmowę w obecności Erika.

— Jasne, że się martwię. Przyjaźnimy się od wielu lat. — Czułam na sobie wzrok Erika. Z trudem się powstrzymałam od nerwowego wiercenia. — Przyjaźń zobowiązuje — dodałam głupio.

Na twarzy Heatha powoli wykwitł poufały uśmiech.

— Fakt. Przyjaźń.

— Idź już, Heath — ponagliłam go szybko.

On jednak jeszcze przez parę długich sekund patrzył mi w oczy.

— Dobra, nie ma sprawy — mruknął. Potem odwrócił się do Erika. — Więc jesteś teraz prawdziwym wampirem?

— Tak.

Heath zlustrował go wzrokiem od stóp do głów. Byli podobnej postury — Erik nieco wyższy, Heath za to bardziej umięśniony. Obaj wyglądali na ludzi, którzy dobrze sobie radzą w walce. Wstrzymałam oddech. Czyżby mieli się pobić?

— Podobno wampirscy faceci są gotowi na wszystko, by bronić swoich kapłanek. To prawda?

— Prawda — przyznał Erik.

— Świetnie. W takim razie liczę na to, że Zoey będzie bezpieczna.

— Dopóki ja żyję, nie spadnie jej włos z głowy — zapewnił Erik.

— Lepiej o to zadbaj. — Głos Heatha utracił swój zwykły uroczy, swobodny ton. Stał się twardy i groźny. — Bo jeśli pozwolisz, żeby coś jej się stało, znajdę cię i skopię ci dupę. Nieważne, czy jesteś wampirem czy nie.

ROZDZIAŁ JEDENASTY

Szybko wmaszerowałam między nich.

— Dość! — zawołałam. — Mam za dużo problemów, żeby jeszcze musieć was rozdzielać. I wy udajecie dojrzałych? — Obaj wciąż mierzyli się wściekłym wzrokiem ponad moją głową. — Powiedziałam: dość! — zawołałam, uderzając obu w pierś. Zamrugali i przenieśli wzrok na mnie. Wtedy to ja zmierzyłam ich po kolei gniewnym spojrzeniem.

— Wiecie co? Żałośni jesteście z tym stroszeniem się, testosteronem itepe. Mogłabym przywołać żywioły i skopać tyłki wam o b u.

Heath przestąpił z nogi na nogę z zawstydzoną miną, a potem wyszczerzył się do mnie jak uroczy chłopczyk, którego właśnie skrzyczała mamusia.

— Sorki, Zo. Zapomniałem, że dysponujesz potężną mocą.

— Fakt, sorry — przytaknął Erik. — Wiem, że nie mam się czego obawiać, jeśli chodzi o ciebie i niego — dodał z szyderczym uśmiechem pod adresem Heatha.

Heath spojrzał na mnie, jakby oczekiwał, że powiem: „Hm, tak naprawdę to jednak masz się czego obawiać, bo on wciąż mi się podoba", ale tego nie zrobiłam. Nie mogłam. Niezależnie od tego co się działo między Erikiem a mną,

133

Heath był częścią mojego dawnego świata i bardziej pasował do przeszłości niż do teraźniejszości czy przyszłości. To że był w stu procentach człowiekiem, oznaczało, że jest o sto procent bardziej narażony na odniesienie poważnych obrażeń, jeśli coś nas zaatakuje.

— No dobra. To spadam — zagłuszył niezręczną ciszę, po czym obrócił się na pięcie i ruszył do drzwi prowadzących na zewnątrz. Gdy już prawie do nich dotarł, przystanął i spojrzał na mnie. — Ale najpierw muszę z tobą pogadać, Zo. W cztery oczy.

— Nie ruszę się stąd na krok — oświadczył Erik.

— A czy ktoś cię o to prosi? — zapytał Heath. — Zo, wyjdziesz ze mną na chwilę na zewnątrz?

— W życiu — sprzeciwił się Erik, podchodząc do mnie protekcjonalnie. — Nigdzie z tobą nie wyjdzie.

Zmarszczyłam brwi i już miałam powiedzieć Erikowi, że nie jest moim szefem, kiedy on zrobił coś, co całkowicie, totalnie, absolutnie mnie rozwścieczyło. Nie uwierzycie: złapał mnie za nadgarstek i pociągnął ku sobie, chociaż nie zrobiłam nawet kroku w stronę Heatha.

Odruchowo wyszarpnęłam rękę.

Zmrużył gniewnie swoje niebieskie oczy i przez chwilę wyglądał na wściekłego i wrednego, jakby z mojego chłopaka przeistoczył się w kogoś całkiem obcego.

— Nigdzie z nim nie wyjdziesz — powtórzył.

Dostałam furii. Nienawidzę być tyranizowana. Między innymi dlatego od początku nie dogadywałam się z nowym mężem mamy, który nie był niczym innym jak wielkim tyranem. Teraz nagle dostrzegłam u Erika to samo nastawienie. Wiedziałam, że później złamie mi to serce, ale na razie mój gniew był zbyt wielki, żeby pozostawić miejsce na jakąkolwiek łagodzącą emocję.

Nie wrzasnęłam. Nie uderzyłam go, choć miałam na to wielką ochotę. Zamiast tego tylko pokręciłam głową i najbardziej lodowatym tonem, na jaki było mnie stać, powiedziałam:

— Dość tego, Erik. To że znów jesteśmy razem, nie oznacza, że możesz mi rozkazywać.

— Czyżby nie oznaczało także, że nie zdradzasz mnie znowu ze swoim byłym? — zapytał ostro.

Gwałtownie wciągnęłam powietrze, odsuwając się od niego, jakby dał mi w twarz.

— Jakim prawem mówisz mi coś takiego? — Tak mnie ścisnęło w żołądku, że omal nie zwymiotowałam, lecz starając się nie zwracać na to uwagi, odpowiedziałam na gniewny wzrok Erika lodowatym spojrzeniem. — Jako swoją dziewczynę po prostu mnie wkurzyłeś. Jako swoją najwyższą kapłankę obraziłeś. A jako kogoś o sprawnie działającym mózgu skłoniłeś do pytania, czy do reszty postradałeś rozum. Niby co twoim zdaniem zrobię w ciągu tej minuty, którą spędzę z Heathem na parkingu w marznącym deszczu? Położę się na cemencie i dam przelecieć? Za taką dziewczynę mnie uważasz?

Nie odpowiedział — jedynie gapił się na mnie wściekle.

W napiętej ciszy chichot Heatha zabrzmiał wyjątkowo drwiąco.

— Eriku, pozwól, że dam ci pewną radę co do Zoey. Ona bardzo, bardzo, ale to bardzo nie cierpi, jak ktoś próbuje jej mówić, co ma robić. Taka jest od... no nie wiem, gdzieś tak od trzeciej klasy. Na długo zanim dostała od swojej bogini jakąś moc, nienawidziła tyranii. — Wyciągnął do mnie rękę. — To jak, wyjdziesz ze mną na chwilę na dwór, żebyśmy mogli pogadać bez świadków?

— Tak. Wyjdę. Muszę odetchnąć świeżym powietrzem — odpowiedziałam, po czym ignorując mordercze spojrzenie Erika i wyciągniętą rękę Heatha, podeszłam do metalowej bramki, która wydawała się znacznie bardziej szczelna i bezpieczna, niż była, pchnęłam ją niecierpliwym gestem i wyszłam na paskudny zimowy wieczór. Podmuch zimnego wilgotnego powietrza przyjemnie schłodził mi twarz. Oddychałam głęboko, usiłując się uspokoić i nie wrzeszczeć w ciemnoszare niebo z bezsilnej wściekłości na Erika.

W pierwszej chwili sądziłam, że pada deszcz, szybko jednak spostrzegłam, że z góry spadają niewielkie odłamki lodu. Nie były gęste, ale regularne, a cały parking, tory kolejowe i ściana starego dworca zaczynały już przybierać dziwny baśniowy wygląd, pokryte połyskującą warstewką przezroczystej substancji.

— Mój wóz stoi tam. — Heath wskazał swojego pikapa zaparkowanego na skraju pustego placu pod drzewem, które z całą pewnością kiedyś miało zdobić chodnik otaczający dworzec. Lata bez pielęgnacji i przycinania zrobiły jednak swoje i teraz zamiast idealnie pasować do okrągłego otworu w cemencie, drzewo rozrosło się o wiele bardziej, niż powinno, a jego korzenie przebiły chodnik. Śliskie od lodowej pokrywy konary kołysały się niebezpiecznie blisko granitowej budowli; niektóre wręcz wspierały się na dachu. Przerażał mnie sam widok tego monstrualnego drzewa: jeszcze trochę lodu i biedactwo pewnie rozpadnie się na milion kawałków.

— Chodź. — Heath osłonił moją głowę połą kurtki. — Schowamy się przed tą nawałnicą w samochodzie.

Rozejrzałam się po szarym rozmokłym krajobrazie, ale nie zobaczyłam nic groźnego, a już na pewno nic przypominającego obrzydliwego pół człowieka, pół ptaka. Było po prostu mokro, zimno i pusto.

— No dobra — powiedziałam, pozwalając Heathowi zaprowadzić się do samochodu. Pewnie nie powinnam się zgadzać, żeby trzymał mi nad głową kurtkę i przyciskał mnie do siebie, ani trzymać się go w obawie przed upadkiem na śliskim chodniku, lecz było to tak znajome i swojskie, że nawet się nie zawahałam. Spójrzmy prawdzie w oczy: Heath był obecny w moim życiu od podstawówki i przy nikim nie czułam się bardziej swobodnie, no może nie licząc babci. Niezależnie od tego co było — lub czego nie było — między nami, traktowałam go jak członka rodziny. W gruncie rzeczy był lepszy od zdecydowanej większości moich najbliższych i naprawdę nie potrafiłam sobie wyobrazić, że miałabym go traktować jak kogoś obcego. W końcu przyjaźniliśmy się, zanim jeszcze został moim chłopakiem. „Ale już nigdy nie będziemy przyjaciółmi; zawsze będzie nas łączyło coś więcej" — szepnęło moje sumienie, a ja zignorowałam jego głos.

Dotarliśmy do pikapa i Heath otworzył mi drzwi. Poczułam znajomy zapach płynu do mycia tapicerki (Heath ma fioła na punkcie swojego wozu; przysięgam, że z tych foteli dosłownie można by jeść). Zamiast wsiąść, zawahałam się jednak: siedzenie obok niego w szoferce byłoby zbyt intymne, zbyt mocno przywodzące na myśl czasy, gdy byliśmy razem. Odsunęłam się więc nieco i na wpół przysiadłam, na wpół oparłam się o fotel pasażera, wystarczająco, by częściowo się schronić przed zlodowaciałym deszczem. Heath uśmiechnął się do mnie smutno, jakby rozumiał, że robię co w mojej mocy, by zwalczyć pokusę powrotu do niego, po czym oparł się plecami o wewnętrzną stronę otwartych drzwi.

— No dobra, to o czym chciałeś ze mną gadać?

— Nie podoba mi się, że tu jesteś. Nie wszystko pamiętam, ale przypomniałem sobie dość, by wiedzieć, że w tych tunelach nie kryje się nic przyjemnego. Wiem, że według ciebie tamte zombiaki się zmieniły, i tak jednak nie podoba mi się, że się z nimi zadajesz. To mi nie wygląda na bezpieczne — powiedział z poważną i zaniepokojoną miną.

— Cóż, nie winię cię za myślenie, że na dole jest obrzydliwie, ale tam naprawdę zaszły wielkie zmiany. Adepci też się zmienili. Odzyskali człowieczeństwo. Poza tym w tej chwili jest to dla nas najbezpieczniejsze schronienie.

Heath długo przyglądał się mojej twarzy. Potem westchnął ciężko.

— To ty jesteś kapłanką i tak dalej, więc pewnie wiesz, co robisz. Tyle że mnie się to wydaje jakieś dziwne. Jesteś pewna, że nie powinnaś wrócić do Domu Nocy? Może ten cały upadły anioł nie jest taki zły, jak ci się zdaje?

— On jest bardzo zły, Heath. Zaufaj mi w tej kwestii. A Kruki Prześmiewcy to potwornie groźne stworzenia. Powrót do szkoły nie byłby bezpieczny. Nie byłeś przy tym, jak Kalona wydostał się spod ziemi. Potrafi rzucać urok na adeptów i wampiry. Na samo wspomnienie o tym przeszywa mnie dreszcz. Znasz już potęgę Neferet, więc powiem ci tylko, że moim zdaniem Kalona jest jeszcze potężniejszy.

— No to dupa — zgodził się w końcu Heath.

— Właśnie.

Pokiwał głową w milczeniu. Po prostu stał i patrzył na mnie, a ja patrzyłam na niego i jakoś dałam się zahipnotyzować tym jego słodkim orzechowym oczom. Po chwili takiego siedzenia i patrzenia zaczęłam nagle intensywnie odczuwać jego obecność. Czułam jego zapach: przyjemny, mydlany. Zapach Heatha, obok którego dorastałam. Stał tak blisko, że czułam też ciepło jego ciała.

Powoli, bez słowa, Heath ujął moją dłoń i obrócił, by móc się przyjrzeć zawiłym tatuażom, przesuwając po nich jednym palcem.

— Naprawdę niesamowite, że właśnie tobie się to przydarzyło — powiedział miękko, nie odrywając wzroku od mojej ręki. — Czasem kiedy budzę się rano i nie pamiętam, że zostałaś naznaczona i mieszkasz w Domu Nocy, pierwsza rzecz, jaka przychodzi mi do głowy, to pytanie, czy będziesz w piątek na moim meczu. Albo myśl, że nie mogę się doczekać chwili, kiedy zobaczę cię przed lekcjami kupującą bułeczki z kiełbasą i colę w Daylight Donuts. — Oderwał wzrok od mojej dłoni i znów spojrzał mi w oczy. — A potem całkiem się budzę i przypominam sobie, że nie będzie cię w żadnym z tych miejsc. Kiedy byliśmy skojarzeni, nie było tak źle, bo wciąż czułem, że jest nadzieja. Że jakaś część ciebie nadal do mnie należy. Ale teraz nie mam nawet tego.

Gdzieś w środku przeszedł mnie dreszcz.

— Przykro mi, Heath. Nie wiem, co jeszcze mogłabym powiedzieć. Tego wszystkiego nie da się już zmienić.

— Da się! — Uniósł moją dłoń i przycisnął wnętrzem do swojej czarnej koszulki piłkarskiej Broken Arrow Tigers, nieco powyżej serca. — Czujesz, jak bije? — szepnął.

Kiwnęłam głową. Biło mocno, miarowo, choć trochę szybko. Przypomniało mi, jak niesamowicie słodka krew płynie w jego żyłach i jak cudownie byłoby wypić jej choć łyk... I wtedy moje serce zaczęło bić dwa razy szybciej.

— Gdy się ostatnio widzieliśmy, powiedziałem, że miłość do ciebie sprawia mi zbyt wielki ból. Myliłem się. Prawda jest taka, że zbyt mocno cierpię, n i e kochając cię — wyznał.

— Nie, Heath. Nie możemy — powiedziałam głosem ochrypłym z pożądania, które starałam się zwalczyć.

— Oczywiście, że możemy, kochana. Jesteśmy dobrzy w byciu razem. Mamy sporą praktykę. — Zrobił krok naprzód, oderwał moją dłoń od swojej piersi i lekko przesunął kciukiem po wypielęgnowanym paznokciu palca wskazującego. — To prawda, że wasze paznokcie potrafią przebić skórę?

Skinęłam głową. Wiedziałam, że powinnam odejść i wrócić do tuneli, do życia, które tam na mnie czekało, ale nie mogłam. Heath też był moim życiem, też czekał, i niezależnie od tego czy było to słuszne, w tej chwili praktycznie nie potrafiłam od niego odejść.

Heath uniósł mój palec tak, że paznokieć dotykał miękkiego miejsca na styku szyi i ramienia.

— Przetnij mnie, Zo. Napij się znów mojej krwi — powiedział głębokim, szorstkim z pożądania głosem. — Jesteśmy sobie bliscy i zawsze będziemy, więc przywróć Skojarzenie, które jest nam pisane.

Przycisnął sobie do szyi mój paznokieć. Oboje dyszeliśmy ciężko. Kiedy paznokieć przebił skórę, powodując leciutkie zadrapanie, jak zahipnotyzowana wpatrywałam się w cieniutką wstążeczkę szkarłatu widoczną na tle bladej skóry.

Wtedy dopadł mnie zapach — tak dobrze znajomy zapach krwi Heatha. Krwi, którą kiedyś naznaczyłam jako swoją. Nic nie może się równać z zapachem świeżej ludzkiej krwi: ani krew innego adepta, ani nawet wampira nie jest tak pociągająca, tak nieodparcie kusząca. Poczułam, że pochylam się ku niemu.

— Tak, najdroższa, tak. Pij, Zo. Pamiętasz, jakie to cudne uczucie? — szeptał Heath, obejmując mnie w talii i przyciągając do siebie.

Czy nie mogłam wypić choć paru kropli? Co z tego, że możemy się znów skojarzyć? Nie tyle możemy, ile na pewno się skojarzymy, ale czy to aż takie złe? Pamiętałam, jak było wspaniale, gdy Skojarzenie trwało. Heath też to uwielbiał, dopóki...

Dopóki nie zerwałam Skojarzenia i nie złamałam mu serca, być może już na zawsze czyniąc spustoszenie w jego duszy.

Odepchnęłam go i wyskoczyłam z szoferki jak oparzona. Lodowaty deszcz przyjemnie chłodził mi twarz i osłabiał żądzę krwi.

— Muszę wracać, Heath — powiedziałam, usiłując odzyskać oddech i uspokoić serce, które waliło mi w piersi jak oszalałe. — Ty też musisz wracać tam, gdzie twoje miejsce. Ono nie jest tu.

— Zoey, co się stało? — Zrobił krok w moją stronę, a ja cofnęłam się o taki sam krok. — Co zrobiłem?

— Nic. Tu nie chodzi o ciebie, Heath. — Odgarnęłam z twarzy mokre włosy. — Ty jesteś świetny. Zawsze byłeś świetny i naprawdę cię kocham. Właśnie dlatego to nie może się znowu zdarzyć. Skojarzenie ze mną nie byłoby dla ciebie dobre, zwłaszcza teraz.

— Czemu nie pozwolisz mi samemu decydować, co jest dla mnie dobre, a co nie?

— Bo nie potrafisz trzeźwo myśleć, gdy chodzi o nas! — wykrzyknęłam. — Pamiętasz, jak bolesne było przełamanie Skojarzenia? Pamiętasz, jak mówiłeś, że czułeś się, jakbyś chciał umrzeć?

— Więc nie przełamuj go znowu.

— To nie takie proste. Moje życie już dawno przestało być proste.

— Może sama je sobie komplikujesz. Jesteś ty, jestem ja. Kochamy się od dzieciństwa, więc powinniśmy być razem. I tyle — powiedział.

— Życie to nie bajka, Heath! Nie ma gwarancji szczęśliwego zakończenia — zniecierpliwiłam się.

— Nie potrzebuję gwarancji. Wystarczy, że będę miał ciebie.

— Dość tego, Heath. Nie będziesz mnie miał. Nie możesz. Już nie. — Pokręciłam głową i uniosłam rękę, by go powstrzymać, gdy znów zaczął coś mówić. — Nie! Nie mogę teraz tego zrobić. Chcę, żebyś natychmiast wsiadł do samochodu i wrócił do Broken Arrow. A ja wracam do tuneli. Do swoich przyjaciół i wampirskiego chłopaka.

— Och, daj spokój! Do tego palanta? Nie pozwolę ci znosić jego chamstwa, Zo.

— Tu nie chodzi tylko o Erika. Ty i ja po prostu nie możemy być razem, Heath. Musisz o mnie zapomnieć i dalej żyć swoim życiem. L u d z k i m życiem. — Odwróciłam się plecami do niego i zmusiłam, by ruszyć przed siebie. Nie oglądałam się, choć słyszałam, że za mną idzie. — Nie!!! — wrzasnęłam tylko. — Masz stąd odjechać, Heath, i nigdy nie wracać. Nigdy.

Wstrzymałam oddech i usłyszałam, że kroki ustały. Nadal się nie odwracałam — ze strachu, że jeśli to zrobię, pobiegnę z powrotem do niego i rzucę mu się w ramiona.

Byłam już niemal przy starej metalowej bramie, gdy po raz pierwszy usłyszałam krakanie i stanęłam jak wryta. Odwróciłam się. Heath stał w lodowatym deszczu pod drzewem, o kilka stóp od swojego pikapa. Tylko na niego zerknęłam, po czym uniosłam wzrok i zaczęłam lustrować ciemne konary oblodzonego drzewa.

Kłębiła się tam jakaś znajoma ciemność. Mrugnęłam, by lepiej widzieć. Próbowałam sobie przypomnieć, z czym kojarzy mi się ta scena, ale zanim zdążyłam, kształt zamigotał i zmienił się w... Neferet! Krzyknęłam zdumiona na widok kapłanki przywierającej do grubego śliskiego konara wspartego o dach dworca. Jej oczy błyszczały szkarłatem, a włosy trzepotały szaleńczo, jakby uderzył w nie gwałtowny podmuch wichru.

Uśmiechnęła się do mnie. Jej twarz wyrażała tak absolutną nienawiść, że nie byłam w stanie ruszyć się z miejsca.

Potem na moich przerażonych oczach jej sylwetka zafalowała, zmieniając się, i w miejsce karykaturalnej najwyższej kapłanki pojawił się olbrzymi Kruk Prześmiewca. Stwór siedzący na skraju dworcowego dachu nie był ani człowiekiem, ani zwierzęciem, tylko potwornie zmutowaną kombinacją obu. Gapił się na mnie ludzkimi oczami koloru krwi. Jego ludzkie ramiona i nogi były nagie i wyglądały obrzydliwie perwersyjnie, wyrastając z ciała gigantycznego kruka. Dostrzegałam jego rozszczepiony język i połyskującą ślinę, która kapała pożądliwie z obrzydliwego dzioba.

— Zoey, co się dzieje? — zapytał Heath. Zanim zdążyłam odpowiedzieć, podążył za moim spojrzeniem ku wspartym o dach zlodowaciałym konarom. — Co to, kur...

— Umilkł i w jego oczach pojawiło się zrozumienie. Nim

zdążył zareagować, ptak przeniósł swoje czerwone oczyska z Heatha na mnie.

— Zzzzoey? — wysyczał moje imię dziwnym matowym, całkowicie nieludzkim głosem. — Szszszszukaliśmy cię.

Nadal nie mogłam się poruszyć. „Szukali mnie!" — wołał mój umysł, ale usta milczały. Nie byłam w stanie ostrzec Heatha nawet histerycznym dziewczęcym piskiem, który uwiązł mi w gardle.

— Ojciec ssssię bardzo ucieszszszszy, gdy mu cię przed-ssssstawię — wysyczał kruk, rozpościerając skrzydła, jakby się szykował do sfrunięcia i pochwycenia mnie.

— Po moim trupie! — wrzasnął Heath.

ROZDZIAŁ DWUNASTY

Oderwałam przerażony wzrok od Kruka Prześmiewcy i spojrzałam na Heatha, który stał o kilka stóp ode mnie, trzymając w ręku pistolet wymierzony prosto w siedzącą wśród konarów bestię.

— Żżżżałosny człowieczku! — zaskrzeczał stwór. — Myśliszszszsz, żżżże powsssstrzymaszszszsz Przedwiecznego?

Od tego momentu wszystko się rozegrało jakby w przyspieszonym tempie. Stwór skoczył z drzewa, a ja w tym samym momencie odzyskałam władzę w nogach i rzuciłam się naprzód. Widziałam, jak Heath naciska spust, i usłyszałam ogłuszający huk wystrzału, ale Kruk Prześmiewca poruszał się z nieludzką szybkością. Uchylił się w ostatniej chwili i kula przeszyła ze świstem powietrze, po czym utknęła w oblodzonym pniu drzewa. Wtedy monstrum rzuciło się na Heatha, zakrzywiając postrzępione szpony, a ja przypomniałam sobie, że nawet w niematerialnej formie jedno z takich stworzeń omal nie rozszarpało mi gardła. Teraz, gdy kruki odzyskały fizyczną powłokę, nie było wątpliwości — jeśli natychmiast czegoś nie zrobię, Heath zginie.

Z wrzaskiem strachu i furii rzuciłam się na chłopaka i odepchnęłam go na bok w momencie, gdy kruk go dopadał. Zamiast w niego stwór uderzył więc we mnie. W pierwszej chwili nie poczułam bólu, tylko dziwny nacisk na skórę, zaczynający się u szczytu lewego ramienia i przechodzący przez tułów ponad piersiami aż do prawego. Siła uderzenia zakręciła mną i obróciła tak, że gdy kruk przeleciał obok nas i opadł na ziemię, stając na swoich potwornych ludzkich nogach, wciąż byłam zwrócona twarzą do niego.

Spojrzał na mnie i jego krwawe oczy się zaokrągliły.

— Nie! — zawołał głosem, który nie mógł należeć do żadnej zdrowej na umyśle istoty. — On chce cię żżżżywą!

— Zoey! O Boże, Zoey! Schowaj się za mną! — zawołał rozpaczliwie Heath, usiłując się podnieść, lecz ślizgał się po zlodowaciałej nawierzchni, która jakimś cudem przybrała barwę niezakrzepłej krwi. Upadł z hukiem.

Zerknęłam na niego i pomyślałam, że to dziwne: choć był tuż obok, jego głos brzmiał, jakby dochodził z głębi długiego tunelu.

Nie rozumiałam, dlaczego ugięły się pode mną kolana i osunęłam się na chodnik. Potworny furkot wielkich skrzydeł Kruka Prześmiewcy znów przyciągnął mój wzrok: kreatura rzeczywiście rozpostarła skrzydła, bez wątpienia szykując się do ataku na mnie. Uniosłam rękę. Była ciężka i ciepła. Spojrzałam na nią i ze zdumieniem spostrzegłam, że cała jest we krwi. Krew? To ona pokrywa chodnik? Dziwne. Wzruszając w duchu ramionami i wypierając myśli o czerwonej kałuży u stóp, zawołałam:

— Wietrze, przybądź do mnie!

Cóż, w każdym razie wydawało mi się, że wołam, bo tak naprawdę z moich ust wydobył się zaledwie szept. Na szczęście wiatr najwyraźniej ma dobry słuch, ponieważ powietrze wokół mnie natychmiast zawirowało.

— Przygwoźdź tę istotę do ziemi! — zakomenderowałam. Wiatr posłuchał bez ociągania, tworząc urocze minitornado wokół groteskowego ptakoczłowieka i uniemożliwiając mu lot. Kruk z odrażającym skrzeczeniem napinał bezużyteczne skrzydła, wlokąc się w moją stronę z głową pochyloną w obronie przed wiatrem.

— Zoey! Cholera jasna, Zoey! — Heath nagle znalazł się obok, otaczając mnie silnym ramieniem, co okazało się bardzo przydatne, bo byłam bliska omdlenia.

Uśmiechnęłam się do niego, nie rozumiejąc, dlaczego płacze.

— Chwila. Muszę dokończyć. — Podniosłam zmęczony wzrok na Kruka Prześmiewcę. — Ogniu, potrzebuję cię. — Otaczające mnie powietrze rozgrzało się i zafalowało. Uniosłam zakrwawioną rękę, którą wciąż trzymałam wyprostowaną, i wskazałam palcem zbliżającego się stwora. — Spal go! — zażądałam.

Otaczające mnie ciepło zintensyfikowało się, przechodząc w słup zabójczego płomienia, który podążył w kierunku wskazywanym przez mój palec, uderzył w kruka i otoczył go gniewnym żółtym płomieniem. Powietrze wypełnił obrzydliwy fetor palącego się mięsa i pierza. Myślałam, że zwymiotuję.

— Uch. Ogniu, dziękuję ci. Wietrze, zanim się oddalisz, czy mógłbyś rozwiać ten ohydny smród?

To naprawdę było dziwne: wydawało mi się, że mówię bardzo głośno, a tymczasem z mojego gardła wydobywał się tylko słabiutki szept. Mimo to żywioły mnie posłuchały — i całe szczęście, bo w tym momencie dostałam potwornych zawrotów głowy i opadłam bezwładnie w ramiona Heatha.

Starałam się zrozumieć, co jest ze mną nie tak, ale myśli miałam mętne i szybko popadałam w apatię, aż w końcu przestało mnie w ogóle obchodzić, co się dzieje.

Gdzieś daleko usłyszałam tupot kroków i podniosłam oczy na zapłakaną twarz Heatha.

— Pomocy! — wołał. — Tutaj! Zoey potrzebuje pomocy!

Nagle obok Heatha pojawił się Erik. „Super — pomyślałam. — Zaraz zaczną na siebie warczeć". Ale nie. Szczerze mówiąc, reakcja Erika na mój widok spowodowała, że zaczęłam się trochę niepokoić, choć nadal się czułam, jakbym patrzyła na to wszystko z bardzo daleka.

— Szlag!... — zaklął Erik i zrobił się strasznie blady. Nie mówiąc nic więcej, zdarł z siebie koszulę (a było to fajne czarne polo z długim rękawem, które miał na sobie podczas naszej ostatniej ceremonii), aż guziki strzelały na prawo i lewo. Mrugałam zdziwiona, myśląc, że świetnie wygląda w samym podkoszulku. Nie żartuję. Erik jest naprawdę apetyczny.

Opadł na kolana obok mnie.

— Wybacz, to może boleć — powiedział, zwijając koszulę w kłąb i przyciskając mi do piersi.

Rzeczywiście przeszył mnie taki ból, że aż stęknęłam.

— O bogini! Przepraszam, Zo, przepraszam — powtarzał w kółko Erik.

Spuściłam wzrok, by sprawdzić, co sprawia mi taki ból, i z wielkim zdumieniem zobaczyłam, że całe moje ciało spływa krwią.

— C...co... — Usiłowałam sformułować pytanie, ale ból połączony z narastającym odrętwieniem uniemożliwiał mi mówienie.

— Musimy ją zanieść do Dariusa. On będzie wiedział, co robić — rzekł Erik.

— Ja ją poniosę. Prowadź do tego Dariusa — polecił mu Heath.

Erik skinął głową.

— Jazda.

— Muszę cię podnieść, Zo — powiedział Heath, patrząc na mnie. — Wytrzymaj, dobra?

Próba kiwnięcia głową zakończyła się kolejnym stęknięciem. Heath podniósł mnie i przyciskając do piersi jak przerośnięte niemowlę, ślizgając się i chwiejąc, ruszył biegiem.

Powrót do tuneli był koszmarem. Heath pędził przez piwnicę za Erikiem. Gdy dotarli do metalowej drabinki prowadzącej do plątaniny tuneli, zatrzymali się tylko na chwilę.

— Podam ci ją — rzekł Heath.

Erik skinął głową i zniknął w otworze. Heath podszedł do jego skraju.

— Wybacz, najdroższa — powiedział. — Wiem, że to musi być dla ciebie straszne. — Pocałował mnie lekko w czoło, przykucnął i jakoś podał mnie stojącemu poniżej Erikowi.

Mówię „jakoś", bo sama byłam zajęta wrzeszczeniem z bólu i nie zwracałam zbytniej uwagi na szczegóły ich posunięć.

Potem nagle znalazłam się w rękach Erika. Heath opadł lekko na podłogę tunelu i Erik podał mu mnie z powrotem.

— Pobiegnę przodem i znajdę Dariusa. Idź dalej głównym tunelem. Nigdzie nie skręcaj. Trzymaj się najbardziej oświetlonych miejsc. Wrócę po was z Dariusem.

— Kim jest ten Darius? — zapytał Heath, lecz odpowiedziała mu cisza, bo Erik już zdążył się oddalić.

— Jest znacznie szybszy, niż sądziłam — próbowałam powiedzieć, ale z moich ust wydobył się jedynie słaby niezrozumiały szept. Zauważyłam, że latarnia, która na pewno zgasła przed moim wyjściem z tunelu, znów świeci. — To dziwne — chciałam powiedzieć, jednakże poprzez pulsującą mi w uszach krew dosłyszałam tylko cichy bełkot brzmiący mniej więcej jak „tosifne".

— Ciii... — uspokajał mnie Heath, ruszając znów naprzód jak najszybciej, ale uważając, by nie szarpać mną tak mocno, że znów zaczęłabym wrzeszczeć. — Zostań ze mną, Zo. Nie zamykaj oczu. Patrz na mnie. Nie odchodź. — Gadał i gadał, co było dość denerwujące, biorąc pod uwagę fakt, że bardzo bolało mnie w piersi i miałam ochotę tylko zamknąć oczy i odpłynąć w sen.

— Muszę odpocząć — wymamrotałam.

— Nie! Nie wolno! Hej, udawajmy, że jesteśmy w tym filmie o Titanicu, który kiedyś w kółko oglądałaś. Wiesz, tym z Gejonardem DiCaprio.

— Leonardem — wyszeptałam zirytowana, że po tylu latach Heath wciąż jest zazdrosny o moje dziecinne zauroczenie aktorem, którego lubiłam nazywać „moim chłopakiem Leo".

— Jak sobie chcesz — odparł. — Pamiętasz, jak mówiłaś, że gdybyś była Rose, nigdy nie pozwoliłabyś mu odejść? No to odegrajmy małą scenkę. Ja jestem gejowatym DiCaprio, a ty Rose. Musisz mieć otwarte oczy i patrzeć na mnie, bo inaczej odpłynę i zmienię się w wielki gejowaty lód na patyku.

— Debil — zdołałam wymamrotać.

Wyszczerzył się.

— Po prostu nie pozwól mi odejść, Rose. Zgoda?

Jasne, wiem, że to było idiotyczne, ale przyznaję, że do mnie trafił. Ta sprawa doprowadzała mnie do szału, odkąd pierwszy raz zobaczyłam *Titanica* (i ryczałam jak bóbr — serio, ryczałam na maksa, ze smarkami i tak dalej). Głupia Rose mówi, że nigdy nie pozwoli mu odejść, a potem to robi. Niby czemu nie mogła się posunąć i zrobić Leo/Jackowi miejsca na tej swojej desce? Przecież by się zmieścili! Kiedy mój mętny umysł odgrywał w kółko tę rozdzierającą scenę z jednego z ulubionych filmów, Heath trzymał mnie mocno w ramionach i biegł.

Za łagodnym łukiem tunelu wpadliśmy na Erika zmierzającego w naszą stronę z Dariusem u boku. Dopiero gdy Heath się zatrzymał, usłyszałam, jak ciężko oddycha. O kurczę. Przemknęło mi przez głowę pytanie, czy nie powinnam się wstydzić, że tyle ważę.

Darius tylko na mnie zerknął i rzucił rozkazującym tonem w stronę Erika:

— Zabieram ją do pokoju Stevie Rae, ale ten człowiek będzie mi tam potrzebny. Zaprowadź go. Potem zawiadom Bliźniaczki i Damiena. Zbudź Afrodytę. Ona też może nam się przydać. — Po czym zwrócił się do Heatha: — Ja wezmę Zoey.

Heath się zawahał. Czułam, że nie chce wypuścić mnie z rąk. Kamienne spojrzenie Dariusa złagodniało.

— Nie obawiaj się. Jestem Synem Ereba i daję ci słowo, że zawsze będę ją chronił.

Heath niechętnie podał mnie wojownikowi, a ten przyjrzał mi się ponuro.

— Będę się poruszał bardzo szybko. Pamiętaj, że musisz mi zaufać.

Kiwnęłam słabiutko głową i choć wiedziałam, co się zaraz stanie, i tak byłam zdumiona, gdy Darius ruszył przed siebie w tempie, przy którym ściany tunelu zmieniły się w plamę, a w głowie mi zawirowało. Już raz miałam okazję poznać z bliska niesamowitą zdolność wojownika do czegoś, co było niemal teleportacją. Tym razem było równie niesamowicie.

Minęło chyba zaledwie parę sekund, nim Darius zatrzymał się gwałtownie przed zasłoniętymi drzwiami pokoju Stevie Rae, po czym wniósł mnie do środka. Stevie siedziała na łóżku, przecierając oczy i patrząc na nas nieprzytomnym wzrokiem, lecz na mój widok rozdziawiła usta z wielkiego zdumienia i zeskoczyła na podłogę.

— Zoey! Co się stało?

— Kruk Prześmiewca — wyjaśnił Darius. — Pozabieraj te rzeczy ze stołu.

Stevie po prostu zrzuciła wszystko ze stolika stojącego obok jej łóżka. Chciałam jej powiedzieć, że niepotrzebnie robi taki bałagan — byłam przekonana, że zbiła przynajmniej jedną szklankę i rozsypała po całym pokoju płyty DVD, ale nie dość, że głos odmówił mi posłuszeństwa, to jeszcze całą energię musiałam poświęcić na to, żeby nie zemdleć z potwornego bólu, który przeszył górną część mojego ciała, gdy Darius kładł mnie na stoliku.

— Co możemy zrobić? Co możemy zrobić? — powtarzała Stevie Rae.

Pomyślałam, że wygląda jak zagubiona mała dziewczynka, i zauważyłam, że płacze.

— Weź ją za rękę. Mów do niej. Rób wszystko, żeby zachowała przytomność — rzekł Darius, po czym odwrócił się i zaczął wyrzucać zawartość apteczki.

— Zoey, słyszysz mnie? — usłyszałam jej głos i poczułam, że bierze mnie za rękę, ale wszystkie te doznania były jakieś przytłumione.

— Tak — wyszeptałam, choć potwornie dużo mnie to kosztowało.

Stevie mocniej ścisnęła moją dłoń.

— Wszystko będzie dobrze. Rozumiesz? Nic ci się nie może stać, bo nie wiem, co bym zrobiła, jakby... — Głos uwiązł jej w gardle zastąpiony przez szloch, opanowała się jednak i mówiła dalej: — Nie możesz umrzeć, bo zawsze we mnie wierzyłaś, a ja starałam się być taka, za jaką mnie uważałaś. Bez ciebie... no wiesz, bez ciebie to chyba całe dobro we mnie umrze i poddam się ciemności. No i poza tym jest tyle rzeczy, o których jeszcze muszę ci powiedzieć. Ważnych rzeczy.

Chciałam ją ochrzanić, żeby nie była głupia, bo gada bez sensu, a ja przecież nigdzie się nie wybieram, tyle że przez cały mój ból i odrętwienie zaczęło przebijać jeszcze inne, dziwne uczucie. Nie potrafię opisać go inaczej niż jako poczucia, że stało się — dzieje się — ze mną coś niewłaściwego. I właśnie to coś, nie tylko widok krwi czy przerażenia na twarzach przyjaciół, mówiło mi, że jest naprawdę, ale to naprawdę źle i że... może jednak się dokądś wybieram.

Wtedy ból począł się cofać, a ja pomyślałam, że jeśli tak ma wyglądać śmierć, to lepiej już umrzeć, niż żyć i tak strasznie cierpieć.

W tym momencie do pokoju wparował Heath. Podbiegł prosto do mnie i ujął mnie za drugą rękę. Na Stevie Rae ledwie zerknął i nie poświęcając jej więcej uwagi, odgarnął mi włosy z twarzy.

— Jak się czujesz, najdroższa? Dajesz radę?

Usiłowałam się do niego uśmiechnąć, ale wydawał się tak odległy, że nie byłam w stanie go dosięgnąć.

Wkrótce do pomieszczenia wbiegły Bliźniaczki, a zaraz za nimi Kramisha.

— O, nie! — jęknęła Erin, zatrzymując się kilka stóp ode mnie i zakrywając usta dłonią.

— Zoey? — Shaunee wyglądała na skonsternowaną. Mrugnęła parę razy, zlustrowała mnie wzrokiem od stóp do głów i wybuchnęła płaczem.

— Za fajnie to nie wygląda — stwierdziła Kramisha. — Wcale a wcale. — Potem przeniosła wzrok na Heatha, który był tak skupiony na mnie, że nie zauważyłby chyba nawet, gdyby w pokoju pojawił się ogromny biały słoń tańczący w sukience baletnicy. — To czasem nie ten ludzki chłopak, co już raz tu był?

Nie wiem dlaczego, ale nie licząc ciała, które zdawało się już wcale do mnie nie należeć, zaczęłam nagle bardzo wyraźnie odbierać wszystko, co się wokół mnie działo. Bliźniaczki trzymały się za ręce i zanosiły się takim płaczem, że aż smarki leciały im z nosa. Darius wciąż grzebał w apteczce. Stevie Rae poklepywała mnie po dłoni i bezskutecznie starała się powstrzymać łzy. Heath szeptał głupkowate poszatkowane fragmenty zdań z *Titanica*. Inaczej mówiąc, wszyscy byli skupieni na mnie. Wszyscy z wyjątkiem Kramishy, która wpatrywała się żarłocznym wzrokiem w Heatha. W moim umyśle odezwały się ostrzegawcze dzwoneczki. Zaczęłam walczyć o odzyskanie władzy nad ciałem. Musiałam ostrzec Hcatha, żcby uważał. Musiałam mu powicdzicć, żcby stąd uciekał, zanim przytrafi mu się coś złego.

— Heath... — zdołałam wyszeptać.

— Jestem tu, kochanie. Nigdzie się nie wybieram.

Przewróciłam w duchu oczami. Był naprawdę uroczy z tym swoim bohaterstwem, ale obawiałam się, że jak tak dalej pójdzie, to czerwoni adepci po prostu go zeżrą.

— Hej, ty czasem nie jesteś tym ludzkim chłopakiem, co już raz tu był? Tym, za którym przyszła Zoey? — zapytała Kramisha, podchodząc bliżej niego. Jej oczy przybrały czerwonawą barwę będącą wielkim znakiem ostrzegawczym, którego oczywiście nie widział nikt oprócz mnie. Podobnie jak tego, że Kramisha dosłownie pożerała Heatha wzrokiem.

— Darius!... — wyjąkałam wreszcie.

Na szczęście nasz wojownik podniósł wzrok znad apteczki i spojrzał na mnie, a potem podążył za moim wzrokiem w kierunku dziewczyny, która dosłownie się śliniła na widok Heatha, i ujrzałam w jego oczach zrozumienie.

— Kramisho, natychmiast wyjdź z pokoju! — zakomenderował.

Zawahała się, później przeniosła czerwonookie spojrzenie z Heatha prosto na mnie.

— Wyjdź! — powiedziałam bezgłośnie.

Jej oczy nie zmieniły koloru, ale skinęła głową i szybko opuściła pomieszczenie.

W tym momencie Afrodyta zamaszyście odsunęła wiszący w drzwiach koc i wkroczyła majestatycznie do środka. Rozejrzała się z powagą po zebranych i skrzywiła.

— Cholera jasna, jakie to Skojarzenie jest upierdliwe! Stevie Rae, nie mogłaś jakoś ogarnąć tych swoich emocjonalnych pierdół i okazać odrobiny szacunku tym, którzy wciąż mają kaca, jaki zabiłby przeciąt... — W końcu zdołała zogniskować swój mętny wzrok na mojej osobie, a wtedy jej i tak już blada twarz z podkrążonymi oczami stała się dosłownie trupia. — O bogini, Zoey! — Ruszyła w moją stronę, potrząsając głową w przód i w tył, w przód i w tył. — Nie, Zoey, nie. Nie widziałam tego — przemawiała do mnie z powagą. — Nigdy tego nie widziałam. Pokonałaś moją pierwszą wizję swojej śmierci. W drugiej też nie widziałam cię pociętej. Tonęłaś. Nie, to nie tak miało być!

Próbowałam coś powiedzieć, ale ona atakowała już Heatha.

— Ty! Co ty tu, do kurwy nędzy, robisz?

— Przy... przyszedłem sprawdzić, czy nic jej nie jest — wyjąkał, wyraźnie przerażony jej agresją.

Znów potrząsnęła głową.

— Nie. Ciebie nie powinno tu być. Nie tak miało być. — Umilkła, wlepiając w niego zmrużone oczy. — Ty to spowodowałeś, prawda?

Patrzyłam, jak oczy Heatha wypełniają się łzami.

— Tak — powiedział. — Chyba tak.

ROZDZIAŁ TRZYNASTY

W następnej kolejności do pokoju wpadli Damien, Jack i Erik, a w ślad za nimi Cesarzowa. Jack tylko rzucił na mnie okiem, pisnął jak dziewczyna i zemdlał. Damien zdążył go złapać, nim się osunął i uderzył głową o ziemię. Położył go na łóżku Stevie Rae. Biedna skołowana Cesarzowa ze skomleniem spoglądała to na niego, to na Jacka, to na mnie. Damien dołączył do pozostałych, którzy (z Erikiem włącznie) stali stłoczeni wokół mnie. Darius wkroczył pomiędzy nich jak jakiś wampirski Mojżesz, przed którym rozstępuje się Morze Czerwone... to znaczy morze czerwonych adeptów.

— Muszą utworzyć krąg i przywołać do Zoey uzdrawiającą moc żywiołów — rzekł do Afrodyty.

Skinęła głową, lekko dotknęła mojego czoła i ochoczo zabrała się do rozkazywania moim przyjaciołom.

— Wszystkie baranki na miejsca! Tworzymy krąg.

Shaunee i Erin gapiły się na nią jak sroka w gnat.

— N...nie wiem, gdzie jest wschód — powiedział Damien głosem niskim od powstrzymywanych łez.

Stevie Rae raz jeszcze ścisnęła mnie za rękę, po czym puściła.

— Ja wiem. Zawsze wiem, gdzie jest północ, więc mogę ci też powiedzieć, gdzie jest wschód — zwróciła się do Damiena.

— Utwórzcie krąg wokół stołu — rzekł Darius — i dajcie mi prześcieradło z łóżka.

Nie przestając uspokajać Jacka, który już się ocknął i płakał, Damien chwycił leżące na łóżku prześcieradło i podał je Dariusowi.

— Nie opuszczaj mnie, kapłanko — powiedział do mnie wojownik, po czym zerknął na Heatha i Erika. — Przemawiajcie do niej. Obaj.

Erik ujął mnie za rękę, którą przed chwilą uwolniła Stevie Rae.

— Jestem tu, Zo. — Splótł swoje palce z moimi. — Musisz to przetrwać. Potrzebujemy cię... — Urwał i spojrzał na mnie swoimi cudnie błękitnymi oczyma. — Ja cię potrzebuję i bardzo mi przykro z powodu tego, co się wcześniej zdarzyło.

Wtedy Heath uniósł do ust moją drugą dłoń i ucałował ją lekko.

— Hej, Zo, mówiłem ci już, że od ponad dwóch miesięcy nic nie piłem?

To było naprawdę dziwaczne mieć obok siebie ich obu. Cieszyłam się, że tak się licytują, który ma do mnie prawo, ale rozumiałam, że to nie może oznaczać nic dobrego: najwyraźniej moja rana była jeszcze poważniejsza, niż dotąd sądziłam.

— Fajnie, co? Kompletnie rzuciłem picie! — podkreślił Heath.

Usiłowałam się do niego uśmiechnąć. Pewnie, że fajnie. Zerwałam z nim krótko przed swoim Naznaczeniem właśnie z powodu picia, które zupełnie wymknęło mu się spod kontroli i...

Darius oderwał zwiniętą koszulę Erika od mojej piersi i szybko rozdarł na pół górę sukni. Poczułam na zakrwawionej skórze chłodne powietrze tuneli.

— O bogini, nie! — jęknął Erik.

— Cholera! — Heath potrząsał głową w przód i w tył.

— Jest źle. Naprawdę źle. Nikt nie jest w stanie przeżyć z...

— Nikt spośród l u d z i nie jest w stanie przeżyć z taką raną, ale ona nie jest człowiekiem, a ja nie zamierzam pozwolić jej umrzeć — przerwał Heathowi Darius, zakrywając (na szczęście) moje nagie cycki prześcieradłem.

Wtedy popełniłam błąd — spojrzałam w dół. Może i dobrze, że nie miałam dość energii, by wrzasnąć. Długa, głęboka, poszarpana rana biegła od czubka lewego ramienia przez całą szerokość ciała kilka cali nad piersiami i kończyła się na prawym ramieniu. Skóra na jej skraju zwisała luźno, odsłaniając połacie mięśni, tłuszczu i głębszych warstw, których nigdy w życiu nie powinnam oglądać. Z całej tej strasznej rany sączyła się krew, choć nie było jej tyle, ile mogłabym oczekiwać. Czyżbym straciła już taką jej ilość, że niemal doszczętnie się wykrwawiłam? Cholera jasna! Pewnie tak. Mój oddech przybrał postać krótkich, histerycznych sapnięć.

— Zoey, popatrz na mnie! — zażądał Erik. Ja jednak wciąż gapiłam się w dół, na ranę, do której Darius przyciskał grube zwitki gazy. W końcu Erik łagodnie ujął mnie za brodę i uniósł mi głowę, zmuszając, bym spojrzała na niego.

— Wyjdziesz z tego. Nic ci nie będzie.

— Właśnie, Zo. Po prostu na to nie patrz — dodał Heath.

— Pamiętasz, co mi zawsze mówiłaś, gdy się poobijałem, grając w piłkę? „Jak nie będziesz patrzył, to nie będzie tak bardzo bolało".

Erik puścił moją brodę, a ja zdołałam skinąć głową. Gdybym mogła mówić, powiedziałabym im obu: „Nie, do diabła, nie mam zamiaru znów na to patrzeć". Byłam już wystarczająco przerażona. Nie potrzebowałam powtórki.

— Twórzcie krąg — zażądał Darius.

— Jesteśmy gotowi — rzekł Damien.

Rozejrzałam się (zdecydowanie unikając widoku swojej rany) i zobaczyłam, że on, Stevie Rae i Bliźniaczki zajęli już miejsca wokół nas.

— No to jazda! — pogonił ich Darius.

Zaległa krótkotrwała cisza, po czym odezwała się Erin:

— To Zoey zawsze tworzy kręgi. My jeszcze nigdy nie próbowaliśmy.

— Ja to zrobię. — Afrodyta wkroczyła do wnętrza kręgu i podeszła do Damiena, który spojrzał na nią wzrokiem pełnym zwątpienia doskonale widocznego nawet z mojego miejsca. — Nie trzeba być adeptem czy wampirem, by utworzyć krąg. Wystarczy, że jest się związanym z Nyks. A ja jestem — oznajmiła stanowczo dziewczyna. — Ale potrzebuję waszego poparcia. Jesteście ze mną?

Damien spojrzał mi w oczy, a ja resztką sił zdołałam skinąć lekko głową. Wtedy on się uśmiechnął i odpowiedział podobnym skinieniem.

— Jestem z tobą — rzekł do Afrodyty.

Wtedy ona przeniosła wzrok na Bliźniaczki.

— My też — powiedziała w imieniu obu Erin.

W końcu Afrodyta spojrzała na Stevie Rae, która otarła łzy i rzuciła mi szeroki, pewny uśmiech.

— Dwa razy uratowałaś mi życie — powiedziała do Afrodyty. — Wierzę, że potrafisz zrobić to samo dla Zoey.

— No to do dzieła — stwierdziła Afrodyta. — On jest pierwszym żywiołem, tym, który wszyscy chłoniemy od pierwszego po ostatni nasz oddech. Wietrze, przyzywam cię do kręgu! — I rzeczywiście zauważyłam, jak włosy jej i Damiena zaczynają falować pod wpływem nagłej bryzy. Z wyrazem wielkiej ulgi na twarzy Afrodyta ruszyła w kierunku zgodnym z ruchem wskazówek zegara, zatrzymując się przy Shaunee.

Wtedy przestałam zwracać uwagę na to, co się dzieje w kręgu — a raczej to moja uwaga zaczęła się zawężać, jakbym patrzyła przez lornetkę, w dodatku zabrudzoną.

— Zoey, jesteś wciąż z nami? — zapytał Darius, przyciskając mi do piersi kolejny zwój gazy.

Nie mogłam odpowiedzieć. Głowę miałam lekką, za to reszta ciała stała się niewiarygodnie ciężka, jakby jakiś idiota zaparkował na mnie ciężarówkę.

— Zo? — słyszałam głos Erika. — Zo, spójrz na mnie!

— Zoey? Kochanie? — odezwał się Heath. Wyglądał, jakby znów miał się rozpłakać.

Naprawdę chciałam coś powiedzieć, żeby poprawić im samopoczucie, ale nie mogłam i już. Nie miałam władzy nad swoim ciałem. Stałam się biernym widzem, który mógł tylko obserwować toczącą się wokół niego grę. Mogłam patrzeć, lecz nie mogłam grać.

— Przywołaliśmy wszystkie żywioły z wyjątkiem ducha — oznajmiła Afrodyta, stając obok Dariusa. — Zoey zawsze go uosabiała i dziwnie się czuję, wzywając go zamiast niej.

— Wzywaj — polecił jej Darius, odrywając ode mnie wzrok i rozglądając się po kręgu. — Zogniskuj moc żywiołu na Zoey. Myśl o tym, jak wypełnia się siłą, ciepłem i życiem.

Jak przez mgłę słyszałam Afrodytę przywołującą ducha, choć nie czułam uniesienia, jakie zwykle towarzyszyło jego przybyciu. Tylko na moment zrobiło mi się nieco cieplej i miałam wrażenie, że czuję zapach deszczu i skoszonej trawy, ale wszystko to szybko przeminęło, a szarość przed oczyma gęstniała.

— To ty jesteś tym człowiekiem, z którym Zoey była skojarzona? — zapytał Heatha Darius. Słyszałam jego głos, nie potrafiłam jednak zbytnio się wczuwać w to, co mówi.

— Tak — odparł Heath.

— Świetnie. Twoja krew będzie dla niej nawet lepsza niż Afrodyty.

— To pierwsza dobra wiadomość, jaką słyszałam od wieków — mruknęła Afrodyta, przecierając oczy grzbietem dłoni.

— Pozwolisz Zoey napić się swojej krwi?

— Pewnie! — rzekł Heath. — Powiedz tylko, co mam robić.

— Usiądź tu. Trzymaj jej głowę na kolanach. A potem podaj mi rękę — poinstruował go Darius.

Heath przysiadł na skraju stołu i z pomocą Erika i Dariusa ułożył moją głowę na swoich kolanach, ciepłych niczym żywa poduszka. Wyciągnął rękę do Dariusa, który chwycił ją mocno. Miałam w głowie zbyt wielki mętlik, żeby zrozumieć, o co im chodzi, póki Darius nie sięgnął za plecy, nie wyjął z apteczki wielofunkcyjnego scyzoryka, nie otworzył go i nie przycisnął ostrza do miękkiej skóry po wewnętrznej stronie umięśnionego ramienia Heatha.

Aromat krwi otoczył mnie niczym urocza mgła.

— Przyciśnij ranę do jej ust — rzekł Darius. — Niech pije.

— Chodź, kochanie. Napij się. Będzie ci lepiej.

Przyznaję — racjonalna część mojego umysłu miała świadomość, że obok stoi Erik, obserwując to wszystko razem z resztą moich przyjaciół. W normalnych okolicznościach nigdy w życiu bym czegoś takiego nie zrobiła, choćby nie wiadomo jak cudownie, niesamowicie i kusząco pachniała krew Heatha.

Ale okoliczności nie były nawet w przybliżeniu normalne, więc kiedy Heath przycisnął krwawiącą rękę do moich ust, otworzyłam je, zatopiłam głęboko zęby i zaczęłam ssać.

Heath jęknął i otoczył mnie drugim ramieniem, ukrywając twarz w moich włosach. Świat natychmiast się skurczył — pozostał tylko on, ja i jego krew eksplodująca wewnątrz mojego ciała. Gdy już się trochę nasyciłam, wróciła świadomość, a wraz z nią ból tak przejmujący, że natychmiast oderwałabym wargi od ręki Heatha, gdyby nie przycisnął mnie mocniej, szepcząc mi do ucha:

— Nie! Nie możesz przestać! Jeśli ja jestem w stanie to znieść, to ty też, Zo.

Oczywiście wiedziałam, że nie tylko sprawiam mu wyjątkową rozkosz, bo przecież picie przez wampira ludzkiej krwi zwykle obojgu jej dostarcza, ale także powoduję natychmiastowe ponowne Skojarzenie. Nawet będąc w tak fatalnej formie, wyraźnie to czułam. Wraz z krwią Heatha wypełniała mnie cała jego świadomość — byliśmy teraz związani magiczną nierozerwalną więzią łączącą człowieka z wampirem, pradawną potężną więzią Skojarzenia. Spożywałam nie tylko jego krew: zachłannie karmiłam się naturalnym instynktem przetrwania, podczas gdy Heath poprzez tę samą więź odbierał mój ból, strach i pragnienie — wszystko, co przygasło we mnie, gdy ciało zapadło w niemal śmiertelne odrętwienie. Jego krew to zmieniła, ożywiając mnie, wyrywając z szoku i rzucając wprost w objęcia rozdzierającego bólu i świadomości, że byłam o włos od śmierci.

Jęczałam z rozkoszy, a jednocześnie czułam się podle, wiedząc, jak musi się czuć Heath.

On oczywiście także wiedział, co ja czuję, więc nie było dla niego żadną tajemnicą, że jest mi przykro z powodu bólu, jaki mu sprawiam.

— Wszystko w porządku, kochanie. Nie martw się. To naprawdę nic takiego — szeptał mi do ucha przez zaciśnięte zęby, z wielkim wysiłkiem znosząc wybuchową mieszankę cierpienia i pożądania.

Nie wiem, ile minęło czasu, nim sobie uświadomiłam, że choć rana na piersi boli jak diabli, rozgrzałam się i czuję pieszczotę łagodnej bryzy niosącej ze sobą zapach wiosennego deszczu i wypełnionej sianem łąki. Mój duch też zdecydowanie się ożywił. Wiedziałam, że krew Heatha dała mi dość energii, bym mogła sięgnąć po uzdrawiającą moc żywiołów pokrzepiających duszę i kojących ciało.

Równocześnie jednak zauważyłam, że Heath przestał do mnie przemawiać. Otworzyłam oczy i podniosłam wzrok. Chłopak wyglądał na bezwładnego i nie osunął się tylko dzięki temu, że Darius mocno trzymał go za ramiona. Oczy Heatha były zamknięte, a twarz blada.

Natychmiast oderwałam wargi od jego ręki.

— Heath!

Czyżbym go zabiła? Ogarnięta paniką usiłowałam usiąść, ale powstrzymał mnie atak porażającego bólu.

— Nic mu nie jest, kapłanko — uspokoił mnie Darius.

— Zasklep mu ranę, żeby nie stracił więcej krwi.

Instynktownie przesunęłam językiem po wąskim rozcięciu na ręce Heatha i większym rozdarciu po moich zębach, myśląc: „Ulecz się... nie krwaw już", a kiedy tym razem oderwałam usta, zobaczyłam, że rana od noża i ślady zębów całkowicie znikły i krew przestała płynąć.

— Możesz rozwiązać krąg — rzekł Darius do Afrodyty, która przyglądała mi się z nieskrywaną ciekawością.

Miałam ochotę jej powiedzieć: „No widzisz, są różne rodzaje Skojarzeń. To, które łączy mnie z Heathem, z całą pewnością jest odmienne od tego, które łączy ciebie ze Stevie Rae". Nie potrafiłam jednak wykrzesać z siebie dość energii, by wygłosić te słowa. Szczerze mówiąc, niezbyt chętnie zapatrywałam się na miliony pytań, które musiałyby w tym momencie paść z jej ust. Nim Afrodyta odwróciła się do Stevie Rae i zaczęła dziękować żywiołom, a potem je uwalniać, zauważyłam, jak posyła Dariusowi zalotny obiecujący uśmiech, i przypomniałam sobie, że moje pierwsze Skojarzenie z Heathem zostało przełamane, gdy kochałam się z Lorenem. Wtedy zrozumiałam, że to nie ja, lecz Darius będzie musiał odpowiadać na jej pytania. Biorąc pod uwagę

pełen zażyłości uśmiech, jaki posłał jej w odpowiedzi, prawdopodobnie jej pytania będą mu się podobały o wiele, wiele
bardziej, niż mogłyby kiedykolwiek podobać się mnie.
No ale skończmy już z tymi obrzydliwościami.
Gdy wyszczerzona od ucha do ucha Afrodyta rozwiązy-
wała krąg, Darius ponownie spojrzał na Heatha i mnie.

— Eriku, pomóż mi przenieść go na łóżko — powiedział.

Erik z kamienną twarzą podniósł moją głowę z kolan
Heatha, po czym razem z Dariusem przeniósł go na stojące
tuż obok łóżko i ułożył jego nieruchome ciało na miejscu dopiero co opuszczonym przez Jacka, który teraz z rozszerzonymi oczyma przyglądał się temu wszystkiemu z drugiego
końca pokoju, nie przestając nerwowo głaskać Cesarzowej.

— Przynieś coś do jedzenia i picia. Aha, i znajdź jeszcze
trochę tego wina Venus — powiedział Darius do Jacka. —
Ale nie pozwól czerwonym adeptom tu wchodzić — dodał,
zanim chłopak skinął głową i oddalił się szybko z labradorką
przy nodze.

— Nie zaatakują Heatha — powiedziała Stevie Rae, podchodząc do mnie i biorąc mnie za rękę. — Zwłaszcza teraz,
gdy znów się skojarzył z Zoey. Jego krew ma niewłaściwy
zapach.

— Nie mam czasu sprawdzać, czy to znowu zrobią czy
nie — rzekł Darius, zbliżając się do łóżka i lustrując wzrokiem moją ranę. — Jest dobrze. Już wcale nie krwawisz.

— Chyba uwierzę ci na słowo. Jakoś nie mam ochoty
znów na to patrzeć — stwierdziłam zadowolona jak diabli,
że wreszcie odzyskałam głos, nawet jeśli wciąż był słaby
i mocno drżący. — Dzięki za krąg — powiedziałam do swoich przyjaciół, którzy uśmiechnęli się do mnie i stłoczyli wokół stołu.

— Nie! — Darius uniósł rękę, powstrzymując ich en-
tuzjazm. — Potrzebuję miejsca do pracy. Afrodyto, znajdź

163

w apteczce parę tych plastrów ze skrzydełkami i przynieś mi.

— Hej, już przestałam umierać? — zapytałam go.

Podniósł wzrok znad mojej rany i nasze spojrzenia się spotkały. Zobaczyłam w jego oczach ulgę, która wyraźnie dała mi do zrozumienia, jak bliska byłam odejścia z tego świata.

— Przestałaś... — Chciał powiedzieć coś jeszcze, lecz się powstrzymał.

— Ale? — pociągnęłam go za język.

— Ale nic — wtrąciła szybko Stevie Rae. — Przestałaś umierać i już. Kropka.

Nie odwróciłam jednak wzroku od Dariusa, więc w końcu odpowiedział:

— Żeby w pełni wydobrzeć, potrzebujesz bardziej profesjonalnej pomocy, niż ja jestem w stanie ci dać.

— Jak to: profesjonalnej pomocy? — zapytała Afrodyta, podchodząc do niego z garścią plastrów w zaciśniętej dłoni.

Westchnął.

— Zoey jest bardzo poważnie ranna. Ludzka krew uratowała jej życie, zastępując tę, którą straciła, i wzmacniając jej organizm do tego stopnia, że mogła przyjąć energię żywiołów, ale nawet Zoey nie da rady wyleczyć się z tak silnych obrażeń sama. Wciąż jest tylko adeptką, a nawet gdyby była wampirką po pełnej Przemianie, trudno by jej było z tego wyjść bez pomocy.

— Przecież już lepiej wygląda! — zauważył Damien. — I rozmawia z nami!

— Fakt. I nie czuję się już, jakby mnie tu wcale nie było — dodałam.

Darius pokiwał głową.

— To świetnie, ale żeby ta rana naprawdę się zabliźniła, potrzebujesz wielu szwów.

— A to? — Afrodyta podała mu opakowania plastrów. — Myślałam, że właśnie do tego mają ci posłużyć.

— To tylko tymczasowe rozwiązanie. Tu konieczne są prawdziwe szwy.

— W takim razie mnie zszyj. — Starałam się mówić pewnie, choć sama myśl o Dariusie szyjącym mi skórę sprawiała, że miałam ochotę rzygać, płakać albo jedno i drugie.

— W apteczce nie ma nici chirurgicznych — powiedział.

— A nie możemy ich jakoś zdobyć? — zapytał Erik. Zauważyłam, że patrzy wszędzie, tylko nie na mnie. — Mógłbym pojechać samochodem Heatha do apteki Świętego Jana, a Stevie Rae przećwiczyłaby na tamtejszych farmaceutach swoją sztuczkę z kontrolą umysłu. Przywieziemy wszystko co trzeba i będziesz mógł ją zszyć.

— Właśnie, możemy tak zrobić — zapaliła się do pomysłu Stevie. — Jeśli chcesz, mogę nawet przywieźć tu lekarza, a potem, jak już go wypuścimy, wymazać mu pamięć.

— Dzięki za propozycję, Stevie — mruknęłam trochę przestraszona, że moja przyjaciółka tak ochoczo planuje porwanie i pranie mózgu. — Ale naprawdę nie uważam tego za dobry pomysł.

— Tak czy owak niełatwo rozwiązać ten problem — rzekł Darius.

— W takim razie wyjaśnij go w łatwy sposób — rzekł Heath, wspierając się na łokciach i wyglądając jak półtora nieszczęścia mimo słodkiego uśmiechu, jakim mnie obdarzył.

— Zoey potrzebuje czegoś więcej niż tylko opieki lekarskiej. Musi przebywać w towarzystwie dorosłych wampirów, żeby uszkodzenia, jakich doznało jej ciało, nie okazały się śmiertelne.

— Chwila moment. Przed chwilą mówiłeś, że już nie umieram — zaoponowałam.

— Nie umierasz już od tej konkretnej rany, ale jeśli nie trafisz do siedliska wampirów, a mam tu na myśli miejsce, w którym jest ich więcej niż dwoje czy troje, to spustoszenie poczynione w twoim organizmie spowoduje zużycie rezerw siły i zaczniesz odrzucać Przemianę. — Darius urwał, czekając, aż to do nas dotrze. — I to cię zabije. Być może do nas wrócisz, jak Stevie Rae i reszta czerwonych adeptów, lecz nie możemy być tego pewni.

— Możesz też wrócić jako kopia tego durnego Starka i rzucić się na nas jak ten palant — dodała Afrodyta.

— Po prostu nie masz wyboru — podsumował Darius. — Musisz wrócić do Domu Nocy.

— No to zimna dupa — mruknęłam.

ROZDZIAŁ CZTERNASTY

— Przecież ona nie może wrócić! — zaoponowała Erin. — Kalona tam jest!

— Nie wspominając o Krukach Prześmiewcach — dodała Shaunee.

— Jeden z nich jej to zrobił — zauważył Erik. — Prawda, Heath?

— Tak. Był obrzydliwy — przyznał Heath, na przemian siorbiąc colę z puszki, którą podał mu Jack, i wpychając sobie do ust czipsy Doritos. Cieszyłam się, że wygląda już znacznie lepiej i zaczyna być podobny do siebie, co tylko dowodziło, że czipsy i cola są zdrowe.

— Jeśli ją tam zawieziemy, zaraz zostanie zaatakowana, więc trudno mówić o ratunku — zauważył Erik. — Po prostu stworzymy im okazję do dokończenia dzieła.

— Może nie — przyznałam niechętnie. — Kruk tak naprawdę mnie nie zaatakował, to znaczy nie zrobił tego celowo. Rzucił się na Heatha, a ja po prostu znalazłam się na jego drodze. — Uśmiechnęłam się przepraszająco do Heatha. — Kruk wręcz się przeraził, gdy zobaczył, że mnie zranił.

— Mówił, że jego ojciec cię szuka — dodał Heath. — Pamiętam. Jak zobaczył, że cię zranił, to praktycznie zwariował. Zoey, kochanie, tak mi przykro, że przeze mnie omal nie zginęłaś.

— Przecież ci mówiłam, do kurwy nędzy! — dosłownie warknęła na niego Afrodyta. — To wszystko przez ciebie! Po coś tu przyjechał?

— Daj spokój, Afrodyto — powiedziałam i zaczęłam podnosić ręce, żeby uspokoić ją gestem, ale Darius rzucił mi spojrzenie z cyklu „nie ruszaj się". Poza tym każdy większy ruch powodował naprawdę silny ból. Zrezygnowałam więc z gestów, wybierając zamiast nich słowa, choć dziwnie się z tym czułam. — Już wcześniej obwiniałaś Heatha. O co tu chodzi?

Spojrzała na mnie i przysięgam, że zaczęła się nerwowo wiercić. Nie żartuję.

Zmarszczyłam brwi.

— Gadaj, co się tu dzieje.

Ponieważ nadal milczała, Stevie Rae w końcu westchnęła.

— Nasza wszechwiedząca panna wizjonerka tym razem nic nie przewidziała.

— Przestań mi mieszać w głowie! — wrzasnęła na nią Afrodyta.

— Więc jej odpowiedz. Nie ma jeszcze dość siły, żeby ci to wydrzeć z gardła — odcięła się Stevie.

Afrodyta odwróciła się do niej plecami.

— Po prostu spodziewałam się, że jeśli będziesz miała umrzeć, to najpierw zostanę o tym uprzedzona — rzekła w końcu.

— Że co? — zdziwiłam się w imieniu wszystkich zebranych, którzy mieli teraz zamiast twarzy wielkie znaki zapytania.

Afrodyta przewróciła oczami.

— Halo! Miałam dwie wizje twojej śmierci, więc chyba logiczne, że spodziewałam się dostać cynk, gdybyś miała umrzeć albo być groteskowo bliska śmierci. Tyle że Nyks nie zaszczyciła mnie żadną wizją, więc doszłam do wniosku, że ten tu piłkarzyk poważnie namieszał, bo nasza bogini się nie spodziewała, że będzie się kręcił tam, gdzie nie powinien. — Obrzuciła Heatha pogardliwym spojrzeniem i z niesmakiem pokręciła głową. — No daj spokój! Jesteś jakimś dzieckiem specjalnej troski czy co? Dobrze pamiętam, że już raz omal tu nie zginąłeś?

— Owszem, ale Zo mnie uratowała, więc pomyślałem, że jeśli sprawy potoczą się w złym kierunku, ona znowu odegra superbohaterkę i wszystko się dobrze skończy — odparł Heath. Potem jego urocza głupia minka ustąpiła miejsca spojrzeniu kogoś, kogo spotkała właśnie straszna niesprawiedliwość. — Ale nie sądziłem, że przeze mnie Zoey będzie o krok od śmierci.

— A mówią, że piłkarze nie są błyskotliwi. Ciekawe, skąd się wzięła taka opinia — zakpiła Afrodyta.

— Wystarczy już — przerwałam im. — Heath, nie przez ciebie byłam o krok od śmierci, tylko przez tego idiotycznego Kruka Prześmiewcę. Myślisz, że z własnej woli bym z nim poszła? W życiu!

— Ale... — zaczął.

Nie pozwoliłam mu skończyć.

— Heath, gdyby tu nie przyszedł, i tak w końcu musiałabym wystawić głowę spod ziemi. Ten przebrzydły stwór mówił, że mnie szukają, więc prędzej czy później by mnie znaleźli i musiałabym z nimi walczyć. Koniec, kropka. A co do ciebie, Afrodyto: to że miewasz wizje, nie znaczy, że wiesz wszystko. Czasem dzieją się rzeczy, których nawet ty nie jesteś w stanie przewidzieć. Przyzwyczaj się do tego i przestań być taka wredna. Poza tym tu nie chodzi tylko o kruki. Zanim to stworzenie nas zaatakowało, wyglądało jak Neferet — dokończyłam pospiesznie.

— Co? — zdziwił się Damien. — Jakim cudem mogło wyglądać jak Neferet?

— Nie mam zielonego pojęcia, ale przysięgam, że gdy podniosłam wzrok, zobaczyłam właśnie ją. Uśmiechnęła się do mnie przerażającym, karykaturalnym uśmiechem. Mrugnęłam i wtedy zniknęła, a w jej miejsce pojawił się okropny Kruk Prześmiewca. Nic więcej nie wiem. — Miałam świadomość, że umknęło mi coś ważnego, jakiś istotny szczegół tamtego zdarzenia, lecz mój skołowany zbolały umysł odmówił współpracy. Osunęłam się wyczerpana.

— Musimy ją zawieźć do Domu Nocy — rzekł Darius.

— I oddać prosto w łapy Neferet? To nie brzmi zbyt mądrze — zauważył Heath.

— Nie ma innego wyjścia.

Spojrzałam na Dariusa.

— To naprawdę konieczne?

— Niestety tak, jeśli chcesz żyć — odparł.

— Cóż, w takim razie Zoey musi wracać do szkoły — stwierdził Damien.

— No po prostu rewelka! — zdenerwowała się strasznie Afrodyta. — Żeby kruki i Neferet dostały ją na tacy?

Spojrzałam na nią i pod maską nienawiści, którą nosiła jak zbroję, zobaczyłam szczerą troskę o mnie. Poza tym Afrodyta była potwornie wystraszona i nie mogłam jej za to winić. Ja też się bałam — o siebie, o przyjaciół. Do diabła, bałam się o cały ten cholerny świat!

— Oni chcą mnie tam mieć, ale żywą — powiedziałam z powagą. — A to oznacza, że zanim zrobią cokolwiek innego, wyleczą mnie.

— Nie zapominasz, że uzdrowicielką w Domu Nocy jest Neferet? — zapytał Damien.

— Jasne, że nie — odparłam rozdrażniona. — Po prostu liczę na to, że Kalonie zależy na moim życiu bardziej niż jej na mojej śmierci.

— A co, jeśli ona najpierw cię uleczy, a potem zrobi ci coś strasznego? — zapytała Afrodyta.

— Będziecie musieli przyjść i wydostać mnie stamtąd — odpowiedziałam.

— Ojej, Zoey — wtrącił Damien — mówisz to tak, jakbyś myślała, że będziesz tam sama. Nic z tych rzeczy.

— Właśnie — przytaknęła Erin. — Nie ma mowy.

— Nie spuścimy cię z oczu — dodała Shaunee.

— Gdzie ty, tam i my — dołączył Jack.

— Zgadza się. Siedzimy w tym wszyscy razem — powiedziała Shaunee. — Pamiętaj, że jedyna rzecz, jaka łączy obie wizje Afrodyty o twojej śmierci, to ta, że byłaś w nich sama. Więc nie możemy cię zostawić na pastwę losu.

— Nie możemy wszyscy tam z nią wrócić — zaoponował stanowczo Erik.

— Słuchaj no — zakpiła Afrodyta — rozumiemy, że jesteś zazdrosny i że widok twojej dziewczyny ssącej innego faceta pewnie nie przypadł ci do gustu, ale będziesz chyba musiał nauczyć się sobie z tym radzić.

Erik całkowicie ją zignorował. Zamiast odpowiadać, spojrzał mi w oczy, znów sięgając do swojego ukrytego orszaku postaci i przeobrażając się w nieznajomego. Przyglądając mu się, nie dostrzegałam ani śladu faceta, który tak bardzo mnie pragnął, że jego namiętność nabrała przerażających rozmiarów; ani odrobiny zaborczego neandertalczyka, który chciał skopać Heathowi tyłek, a mnie rozstawiać po kątach. Ukrył obie te wersje siebie wraz z ich emocjami tak skutecznie, że zaczęłam się zastanawiać, kim właściwie jest prawdziwy Erik.

— Stevie Rae nie może iść tam z tobą. Jeśli to zrobi, kto tu zostanie, żeby pilnować czerwonych adeptów? Afrodyta też nie może, bo jest zwykłym człowiekiem i chociaż bardzo bym sobie życzył, żeby ją coś pożarło, sądzę, że Nyks wolałaby raczej zachować ją przy życiu.

— Zanim on powie jeszcze jedno pieprzone słowo, chcę, żebyś wiedziała, że choćby nie wiem co, ja idę z tobą — wtrącił Heath.

Erik nawet nie mrugnął.

— Jasne. Dostaniesz kopa w ten swój durny ludzki tyłek i pewnie zginiesz jeszcze szybciej, niż udałoby się to Afrodycie. A oprócz siebie prawdopodobnie zgubisz też Zoey, tym razem na amen. Ona musi wracać, bo inaczej umrze. Jedyną osobą, która powinna jej towarzyszyć, jest Darius. Dla wszystkich innych to zbyt wielkie ryzyko. Z pewnością zostaliby uwięzieni w Domu Nocy, a może nawet zabici.

Gdy tylko skończył swoją beznamiętną wypowiedź, wszyscy oczywiście zaczęli się na niego wydzierać.

— Hej... hej... — Usiłowałam coś powiedzieć, lecz brakowało mi sił, by ich przekrzyczeć.

— Cisza! — zawołał Darius i wszyscy w końcu się przymknęli.

— Dzięki — powiedziałam do niego, a potem popatrzyłam na pozostałych. — Erik chyba ma rację. Kto pójdzie ze mną, będzie ryzykował, a ja nie chcę nikogo z was stracić.

— Ale czy wasza piątka nie jest silniejsza w kupie? — zapytał Heath.

— Owszem — odparł Damien.

Heath skinął głową.

— Tak myślałem. Więc chyba ci, co mają ten specjalny kontakt z żywiołami, powinni jednak iść z tobą, Zo?

— Dar komunikacji z żywiołem — uściślił Damien. — Tak się to nazywa. Zgadzam się z Heathem, krąg powinien pozostać pełny.

— Nie może — wtrącił Darius. — Stevie Rae musi tu być z czerwonymi adeptami. Jeśli zostanie uwięziona w campusie albo co gorsza zginie, nie wiadomo, czy obecność Erika, jedynego wampira po pełnej Przemianie, wystarczy, żeby pozostali zdrowi i pod kontrolą. Jeśli tylko Zoey i ja to zauważyliśmy, informuję was, że Kramisha sprawiała wrażenie, jakby miała bardzo poważny problem z panowaniem nad sobą w obecności Heatha. Nieobecność Stevie Rae mogłaby mieć katastrofalne skutki. Słowem, krąg nie może pozostać nieprzerwany.

— Hm, może jednak... — mruknęła Afrodyta.

— Niby że co? — zapytałam.

— Ja nie mogę już reprezentować ziemi. Dar wrócił do Stevie po jej Przemianie, a gdy jeden jedyny raz próbowałam przywołać żywioł, dostałam od niego niezłego kopa.

Kiwnęłam głową, przypominając sobie, jak bardzo cierpiała, kiedy myślała, że Nyks ją opuściła, co potem okazało się nieprawdą. Tak czy inaczej, z całą pewnością nie potrafiła już przywoływać ziemi.

— Ale Zoey może przecież przywołać ziemię, tak samo jak każdy inny żywioł, prawda? — kontynuowała Afrodyta.

Znów kiwnęłam głową.

— Prawda.

— A ja dopiero co bez problemu przywołałam ducha. Więc może po prostu się zamienimy? Zoey uosabia ziemię, a ja wołam ducha. Skoro przed chwilą się udało, to myślę, że uda się ponownie, jeśli tylko Zoey będzie w pobliżu i pomoże skierować ducha w moją stronę.

— Ma trochę racji — stwierdziła Stevie Rae. — Dzięki temu krąg może być pełny nawet beze mnie. Naprawdę bardzo chciałabym być z wami, ale Darius ma rację. Nie mogę się narażać na to, że nie uda mi się wrócić do moich adeptów.

— Wszyscy zapominacie o drugim powodzie, dla którego reszta spośród was nie może wrócić tam z Zoey — rzekł Darius. — Neferet, a może także Kalona potrafi czytać w myślach. A to oznacza, że wszystko co wiecie o czerwonych adeptach i tej kryjówce, przestanie być tajemnicą.

— Hej, ludzie, mam pomysł! — odezwał się nagle Heath.

— Dobra, wiem, że się nie znam na tych waszych sprawach, więc mogę się kompletnie mylić, ale czy każde z was nie mogłoby poprosić swojego żywiołu o pomoc w... no nie wiem, w stworzeniu jakiejś blokady umysłu?

Zamrugałam zdziwiona, wybałuszając na niego gały, a potem się uśmiechnęłam.

— Coś w tym może być. Jak sądzisz, Damien?

Wyglądał na zelektryzowanego.

— Co z nas za idioci, że sami o tym nie pomyśleliśmy!

— Uśmiechnął się do Heatha. — Świetny pomysł!

Heath wzruszył ramionami i zrobił uroczą minkę.

— Nie ma sprawy. Czasem potrzeba kogoś z zewnątrz, żeby rozwiązać problem.

— Naprawdę wierzysz, że to może się udać? — zapytał Darius.

— Powinno — odparł Damien. — Przynajmniej dla tych z nas, którzy mają prawdziwą więź z żywiołem. Bliźniaczki i ja już wcześniej je przywoływaliśmy, żeby nas chroniły i osłaniały. Nie sądzę, żebyśmy mieli trudności ze skłonieniem ich do utworzenia bariery wokół naszych umysłów.

— Po chwili wahania spojrzał na Afrodytę. — Ale czy ty dasz radę to zrobić? O ile mi wiadomo, nie masz przecież prawdziwej więzi z duchem. Nie chcę być niemiły, lecz to, że staniesz na miejscu Zoey i przywołasz żywioł do środka kręgu, nie znaczy, że potrafisz zupełnie sama sprowadzić go do siebie.

— Nie muszę sprowadzać ducha, by osłonić swój umysł — powiedziała. — Neferet nie jest w stanie czytać mi w myślach, odkąd zostałam naznaczona, podobnie jak nie jest w stanie czytać w myślach Zoey. I muszę powiedzieć, że zaczyna mnie już cholernie męczyć to wasze wciskanie mi kitów tylko z powodu tego, że z powrotem zmieniłam się w człowieka!

— Już dobrze, masz rację z tym czytaniem w myślach. Wybacz — rzekł Damien. — Myślę jednak, że powinniśmy się upewnić, czy duch naprawdę będzie współpracował z Afrodytą, zanim jeszcze wparujemy z powrotem do Domu Nocy.

— Właśnie, Afrodyto — poparł go Jack. — Wcale cię nie oceniamy w oparciu o to, że jesteś człowiekiem czy coś w tym stylu. Po prostu chcemy wiedzieć, czy twoja moc przywoływania ducha działa.

Niespodziewanie mnie olśniło.

— Nieważne, czy Afrodyta potrafi zmaterializować żywioł poza kręgiem, bo ja potrafię to zrobić. Duchu — rzekłam cicho — przybądź do mnie. — Z łatwością, z jaką bierze się oddech, przywołałam żywioł i poczułam jego cudowną obecność. — A teraz idź do Afrodyty. Chroń ją i służ jej. — Znużonym gestem pstryknęłam palcami w jej kierunku i poczułam, że duch odlatuje. Chwilę później duże niebieskie oczy Afrodyty się rozszerzyły, a na jej twarzy wykwitł uśmiech.

— Hej, to działa! — zawołała.

— Jak długo możesz to utrzymać? — zapytał mnie Erik.

Rozgniewana kompletnym brakiem emocji w jego głosie wybuchnęłam:

— Ile będzie trzeba!

— W takim razie krąg pozostaje nietknięty — rzekł Damien.

— Tak jest! Wszyscy wracamy z Zo do szkoły! — podsumowała Erin.

— Razem. Całą piątką — przytaknęła Shaunee.

— Czuję się jak jeden z tych debilnych muszkieterów — mruknęła Afrodyta, ale nie potrafiła ukryć uśmiechu.

— W takim razie wszystko już ustalone — rzekł Darius. — Wasza piątka i ja wracamy, a Stevie Rae, Erik, Jack i Heath zostają tutaj.

— Nie ma mowy, on tu nie zostanie! — fuknął Erik, w końcu okazując jakieś emocje.

— Gościu, nie masz w tej sprawie nic do powiedzenia. Zresztą i tak nie zamierzam tu zostawać. Idę z Zoey.

— Nie możesz, Heath. To zbyt niebezpieczne — zaprotestowałam.

— Afrodyta jest człowiekiem, a jednak idzie. Więc ja też — upierał się.

— Po pierwsze, może i jestem człowiekiem, głupiutki piłkarzyku, ale jestem także kimś szczególnym. Po drugie, nie możesz iść z nami, bo wykorzystaliby cię, żeby się dobrać do Zoey. Znów się skojarzyliście, więc jeśli cię zranią, zranią też ją. Okaż choć odrobinę rozsądku i zabieraj swój tyłek z powrotem na przedmieścia.

— O!... Nie myślałem o tym w ten sposób — przyznał Heath.

— Musisz wracać do domu, Heath. Pogadamy, jak już sytuacja się uspokoi.

— A nie powinienem pozostać tu, bliżej ciebie? Żebyś mogła szybciej do mnie dotrzeć w razie potrzeby?

Chciałam się zgodzić, nawet mając świadomość kamiennego spojrzenia Erika i wiedząc, że najlepsze dla Heatha byłoby nigdy więcej mnie nie zobaczyć. Nasze Skojarzenie było niewiarygodnie silne — nawet silniejsze niż za pierwszym razem. Czułam jego bliskość, jego słodycz i swojskość i mimo przekonania, że to nie jest dobre i że nie powinnam tego robić, chciałam zatrzymać go przy sobie. Potem jednak przypomniałam sobie, jak patrzyła na niego Kramisha. Wyglądała, jakby chciała mu odgryźć kawałek ciała. Wiedziałam, że jego krew dziwnie by smakowała innym adeptom czy wampirom z powodu Skojarzenia ze mną, ale nie miałam pewności, że to ich powstrzyma przed chęcią jej skosztowania. Sama myśl o tym, że ktoś inny mógłby pić krew Heatha, doprowadzała mnie niemal do furii.

— Nie, Heath — nalegałam — musisz wracać do domu. Pozostawanie tu nie jest dla ciebie bezpieczne.

— Nie obchodzi mnie własne bezpieczeństwo. Obchodzi mnie bycie z tobą — odparł.

— Wiem, ale mnie obchodzi twoje bezpieczeństwo. Wracaj do domu. Zadzwonię do ciebie, gdy tylko będę mogła.

— Dobra. Jak tylko to zrobisz, w try miga tu będę — obiecał.

— Odprowadzić go do wyjścia? — zapytała Stevie Rae. — Tunele są trochę zagmatwane i można się zgubić, jeśli się ich dobrze nie zna.

„Poza tym mogę powstrzymać każdego adepta, który chciałby go chapnąć" — pomyślała zapewne, choć oczywiście nie powiedziała tego na głos.

— Dobra. Dzięki, Stevie Rae — powiedziałam.

— Erik, podtrzymaj Zoey, a ty, Afrodyto, dokończ owijanie jej tym tu bandażem — rzekł Darius. — Ja na wszelki wypadek też pójdę z Heathem.

— Kruk Prześmiewca siedział na drzewie nad jego samochodem wsparty o dach dworca — poinformowałam go.

— Będę czujny, kapłanko — odparł. — Chodź, chłopcze. Musisz jechać do domu.

— Zaraz wracamy, Zo — obiecała Stevie Rae. Zamiast jednak ruszyć za nią i Dariusem do wyjścia, Heath podszedł do mnie i położył mi dłoń na policzku.

— Unikaj niebezpieczeństw, dobra, Zo?

— Postaram się. Ty też — odpowiedziałam. — No i dzięki za uratowanie mi życia, Heath!

— Zawsze do usług. Serio: zawsze. — Po czym jakbyśmy byli zupełnie sami, a nie w towarzystwie moich przyjaciół (i chłopaka), którzy gapili się na nas, Heath się pochylił i pocałował mnie. Pachniał czipsami, colą i sobą, ale poprzez to wszystko czułam też specyficzny zapach jego krwi; krwi naznaczonej przeze mnie i dzięki temu najcudowniejszej, najsmaczniejszej w świecie.

— Kocham cię, najdroższa — szepnął i jeszcze raz mnie pocałował. Wychodząc z pomieszczenia, pokiwał do moich przyjaciół. — Na razie! — powiedział.

Byłam tylko troszeczkę zdziwiona, że Jack i Damien rzucili „cześć", a Bliźniaczki posłały mu całuski. Heath jest naprawdę słodki. Słodki jak diabli.

Nim zanurkował pod zasłaniający drzwi koc, zwrócił się do Erika:

— Słuchaj, stary, jeśli coś jej się stanie, odpowiadasz przede mną osobiście. — Potem rzucił mu swój uroczy krzywy uśmieszek. — A jak chcesz jeszcze bardziej ułatwić mi zadanie, możesz ją trochę porozstawiać po kątach, gdy mnie nie będzie. — Po tych słowach zachichotał i wyszedł.

Afrodyta parsknęła śmiechem, bezskutecznie maskując go udawanym kaszlem.

— Ten twój eks jednak ma jaja — stwierdziła Shaunee.

— Jak wyżej, bliźniaczko — poparła ją Erin. — Że nie wspomnę o zgrabnym tyłeczku.

— Czy ktoś oprócz mnie czuje się zażenowany? — zapytał Jack.

ROZDZIAŁ PIĘTNASTY

Bliźniaczki szybko wymamrotały przeprosiny, rzucając Erikowi zawstydzone spojrzenia. On jednak z kamienną twarzą zwrócił się do Afrodyty:

— Podniosę ją trochę, a ty owiń ją dookoła bandażem.

— Dobra — odpowiedziała.

Nie patrząc mi w oczy, Erik wsunął mi ręce pod ramiona i łagodnie uniósł ze stołu mój tułów. Zacisnęłam zęby, by pokonać ból, a Afrodyta zaczęła mnie bandażować. Zachodziłam w głowę, co się do diabła dzieje między Erikiem a Heathem. Niby zeszłam się znowu z Erikiem, lecz po scenie, którą mi zrobił w piwnicy, nie byłam w stu procentach przekonana, że powinniśmy być razem. Owszem, twierdził, że mnie kocha, więc niby wszystko było w najlepszym porządku, ale czy ktoś, kto kocha, musi automatycznie stawać się zaborczym palantem? A poza tym czy to co nas łączyło, było dość silne, by mogło znieść kolejne Skojarzenie z Heathem, zwłaszcza że tym razem nie było ono już pojęciem abstrakcyjnym? Czy mogliśmy pozostać razem po tym, jak Erik widział mnie z Heathem?

Podniosłam na niego wzrok. Chyba poczuł, że go obserwuję, bo też na mnie spojrzał. Nie wyglądał już jak ktoś wykuty z kamienia. Był po prostu smutny. Bardzo smutny. Czy naprawdę wciąż chciałam z nim być? Im dłużej patrzyłam w te jego niebieskie oczy, tym bardziej myślałam, że może tak. W takim razie co z Heathem? Wróciłam do sytuacji, w której byłam, kiedy spotykałam się z nimi oboma, dopóki nie zdradziłam ich z Lorenem, który podstępem pozbawił mnie cnoty.

W tamtym trójkącie czułam się źle, a teraz jeszcze gorzej. Ale co ja, u diabła, miałam zrobić? Prawda była taka, że zależało mi na obu.

O rany, bycie mną to naprawdę wyczerpujące zajęcie.

Gdy Afrodyta skończyła mnie bandażować, Erik poprosił Jacka, by mu przyniósł z łóżka poduszkę, po czym ostrożnie położył mnie z powrotem, podkładając mi ją pod głowę i ramiona.

— Lepiej się szykujcie do drogi — rzekł do Bliźniaczek, Damiena i Afrodyty. — Darius na pewno będzie chciał natychmiast zabrać Zoey do Domu Nocy.

— No to musimy wziąć torebki z pokoju Kramishy — powiedziała Shaunee.

— Przecież nie zapomniałabym swojej nowej wypasionej zimowej torebeczki z Hardy'ego! — ofuknęła ją Erin.

— Jasne, że nie, bliźniaczko. Mówię tylko... — Ich głosy ucichły, oddalając się w głąb korytarza.

— Chcę iść z wami — powiedział Jack. Wyglądał, jakby zaraz miał się rozpłakać.

— Ja też bym chciał, żebyś poszedł — odparł Damien. — Ale to zbyt niebezpieczne. Musisz tu zostać z Erikiem i Stevie Rae, dopóki nie dowiemy się dokładnie, z czym walczymy.

— Mój umysł to rozumie, ale serce mówi coś innego — wyznał Jack, kładąc mu głowę na ramieniu. — Po prostu... Po prostu... — Wziął głęboki oddech i wyrzucił z siebie płaczliwie: — Po prostu to jest taka gówniana sytuacja!

— Wyjdziemy stąd na chwilę — rzekł Damien, otaczając go ramieniem. — Jak Darius będzie gotowy, niech głośno mnie zawoła.

Wyszli z pokoju, a za nimi powlokła się smutna Cesarzowa.

— Poszukam swojej kotki — powiedziała Afrodyta. — Może przy okazji znajdę twojego rudzielca.

— Nie sądzisz, że lepiej będzie je tu zostawić? — zapytałam.

Uniosła jasną brew.

— Od kiedy to kotom można mówić, co mają robić?

Westchnęłam.

— Racja. I tak za nami pójdą, a potem będą nam latami wypominać, że chciałyśmy je zostawić.

— Powiedz Dariusowi, że zaraz wracam — rzuciła i zniknęła za kocem.

Zostałam sam na sam z Erikiem, który nie patrząc na mnie, ruszył w kierunku wyjścia, mówiąc:

— Zaraz...

— Erik, zostań. Nie możemy chwilę pogadać?

Zatrzymał się, wciąż zwrócony do mnie plecami. Głowę miał spuszczoną, ramiona oklapnięte. Wyglądał na kompletnie pokonanego.

— Erik, proszę...

Odwrócił się gwałtownie i zobaczyłam, że oczy ma szkliste od łez.

— Jestem tak cholernie wściekły, że nie wiem, co robić! A co gorsza — urwał, wskazując szeroki bandaż elastyczny zakrywający moją wielką ranę — tak naprawdę sam jestem winien.

— Winien?

— Gdybym wtedy w piwnicy nie zachowywał się jak zaborczy palant, nie wyszłabyś z Heathem. Chciałaś go odesłać do domu, ale ja oczywiście musiałem przegiąć pałę i tak cię wkurzyć, że z nim wyszłaś. — Przeczesał palcami gęste czarne włosy. — Wszystko przez to, że jestem o niego tak potwornie zazdrosny! Znacie się od dziecka. Ja po prostu... — Zawahał się, zaciskając zęby, a potem je rozluźniając. — Po prostu nie chciałem cię znów stracić, więc zachowałem się jak debil i właśnie przez to omal nie umarłaś, a w dodatku i tak cię straciłem!

Zamrugałam. A więc zachowywał się, jakby był z kamienia, nie dlatego, że mu nie zależało albo że był na mnie zły. Skrywał emocje, bo uważał, że to wszystko jego wina. O rany — nawet mi to nie przyszło do głowy!

Wyciągnęłam do niego rękę.

— Eriku, podejdź do mnie.

Podszedł powoli i chwycił moją dłoń.

— Zachowywałem się jak ostatni idiota — powiedział.

— Fakt. Ale ja powinnam się wykazać odrobiną rozsądku i nie wychodzić z Heathem na zewnątrz.

Patrzył na mnie przez długą chwilę.

— Trudno mi było patrzeć na was razem — rzekł w końcu. — Patrzeć, jak spijasz jego krew.

— Żałuję, że nie było innego sposobu — odparłam. Naprawdę żałowałam i to nie tylko dlatego, że patrzenie na to było dla Erika bolesne. Kochałam Heatha, lecz podjęłam decyzję, że nie wrócę do niego i że nigdy więcej się z nim nie skojarzę. Wiedziałam, że najlepsze dla nas obojga, a zwłaszcza dla niego, byłoby definitywne rozstanie, i planowałam kompletnie zniknąć z jego życia. Niestety, los bardzo rzadko bierze pod uwagę moje plany. Westchnęłam i spróbowałam wyrazić część tego, co czułam. — Nie mogę przestać go kochać. Od bardzo dawna jest częścią mojego życia, a teraz, gdy znów się skojarzyliśmy, w sensie dosłownym nosi w sobie część mnie, choć wcale nie chciałam, by tak się stało.

— Nie wiem, do jakiego stopnia jestem w stanie znieść twojego ludzkiego chłopaka — rzekł Erik.

Wytrzymałam jego spojrzenie. Miałam ochotę zawołać: „A ja nie wiem, do jakiego stopnia jestem w stanie znieść twoją zaborczość!", ale byłam zbyt znużona. Postanowiłam z tym poczekać, aż będę miała więcej czasu i energii, by wszystko spokojnie przemyśleć. Powiedziałam więc tylko:

— Nie jest moim chłopakiem. Jest człowiekiem, z którym się skojarzyłam. To duża różnica.

— Partner — mruknął gorzko. — Ktoś taki jest nazywany ludzkim partnerem najwyższej kapłanki. Wiele kapłanek ma takich partnerów. Często więcej niż jednego.

Zamrugałam zdumiona. Najwyraźniej nie dotarłam jeszcze do tego na zajęciach z socjologii wampirskiej. Zresztą czy te kwestie w ogóle są opisane w podręczniku? Pomyślałam, że będę musiała go dokładniej przestudiować. Pamiętałam, że Darius wspominał coś o tym, jak trudne życie ma człowiek związany z najwyższą kapłanką. Powiedział o tym w dniu, kiedy Heath oficjalnie ze mną zerwał, i z całą pewnością użył słowa „partner" w odniesieniu do człowieka.

— O. Czy to oznacza, że najwyższa kapłanka nie posiada wampirskiego... hm, partnera?

— Małżonka — poprawił cicho. — Człowiek, który skojarzył się z kapłanką, jest nazywany partnerem, a skojarzony z nią wampir nosi tytuł małżonka najwyższej kapłanki. A odpowiadając na twoje pytanie: nie, nie jest tak, że kapłanka nie może mieć obu.

Dla mnie brzmiało to jak dobra wiadomość. Dla Erika oczywiście nie za bardzo, ale ja zaczynałam przynajmniej wierzyć, że inne kapłanki przede mną doświadczały podobnych stresów związanych z facetami. Może udałoby mi się poczytać coś na ten temat albo taktownie podpytać Dariusa, gdy już uda nam się rozwiązać kwestię końca świata. Chwilowo jednak postanowiłam odłożyć tę sprawę i jej następstwa na później. O ile będzie jakieś później.

— W porządku, Eriku. Nie wiem, co zrobię z Heathem. Na razie nie mam siły się tym zajmować, mając na głowie tyle innych rzeczy. Do diabła, nie wiem nawet, co mam zrobić z tobą!

— Jesteśmy razem — powiedział miękko — i chcę, żeby tak zostało.

Otworzyłam usta, by mu powiedzieć, że wcale nie jestem taka przekonana do tego pomysłu, ale on się pochylił i pocałował mnie łagodnie w usta, nie dopuszczając do głosu. Wtedy usłyszałam chrząknięcie. Spojrzeliśmy w stronę wejścia i zobaczyliśmy tam bladego i wyraźnie wściekłego Heatha.

— Heath! Co ty tu robisz? — rzuciłam ochrypłym zawstydzonym głosem, który doprowadzał mnie do szału. Zastanawiałam się gorączkowo, ile z naszej rozmowy usłyszał.

— Darius mnie odesłał, żebym ci powiedział, że sytuacja na drogach jest fatalna i nie ma szans, żebym dzisiaj dotarł do Broken Arrow. On i Stevie Rae poszli szukać czegoś z napędem na cztery koła, żeby dostarczyć ciebie i resztę adeptów do Domu Nocy. — Urwał. Rozpoznałam ton, który słyszałam w jego głosie zaledwie kilka razy. Był naprawdę wściekły, ale też zraniony. Ostatnim razem mówił tak, gdy mi oznajmiał, że zabiłam część jego duszy, kiedy kochałam się z Lorenem i przełamałam nasze Skojarzenie. — Nie przeszkadzajcie sobie. Udawajcie, że mnie tu nie ma, tak jak do tej pory. Nie miałem zamiaru wam przeszkadzać.

— Heath... — zaczęłam, lecz w tym momencie do pokoju weszła Afrodyta, a za nią orszak kotów, wśród których był należący do niej wściekły pers, słusznie zwany Diaboliną, a także moja Nala.

— Kolejna żenująca scena — mruknęła Afrodyta, spoglądając znacząco na Heatha, Erika i mnie.

Westchnęłam. Głowa zaczynała mnie boleć prawie równie mocno jak rana na piersi. Ale nie miałam czasu użalać się nad swoim losem, bo do pomieszczenia wkroczyły Bliźniaczki i Kramisha.

— Ups — mruknęła Shaunee.

— Co tu robi były? — zapytała Erin.

— Złe warunki na drogach. Nie może jechać do domu — wyjaśniłam.

— Więc tu zostanie? — zapytała Kramisha, mierząc go przeciągłym spojrzeniem.

— Będzie musiał. Jest tu bezpieczniejszy niż w Domu Nocy — powiedziałam, przyglądając jej się bacznie i myśląc, że wcale nie jestem tego taka pewna. — Znów się skojarzyliśmy — dodałam na wszelki wypadek.

Wydęła usta.

— No wiem. Czuję twój zapach w jego krwi. Nie nadaje się już do niczego oprócz bycia twoją zabawką.

— On nie jest... — zaczęłam, lecz Heath przerwał mi ostro:

— Ona ma rację. Tylko tym jestem.

— Nie tak o tobie myślę, Heath — powiedziałam.

— Taaa, dobra, nie będę już nic na ten temat gadał. Jestem twoim dawcą krwi i niczym więcej. — Odwrócił się do mnie plecami, chwycił butelkę wina, którą ktoś postawił przy łóżku, i pociągnął solidny łyk.

W drzwiach pojawili się Damien, Jack (ze spuchniętymi oczami) i Cesarzowa, na której widok wszystkie koty z wyjątkiem Nali zaczęły syczeć jak zwariowane.

— O, Heath — mruknął Jack. — Myślałem, że jesteś w drodze do domu.

— Nie mogę jechać. Wygląda na to, że będę musiał tu zostać razem z tobą i resztą porzuconych.

Jack się skrzywił, jakby znów miał wybuchnąć płaczem.

— Damien mnie nie porzuca. Po prostu... po prostu nie mogę teraz z nim iść.

— Właśnie. Będziemy znów razem tak szybko, jak tylko się da — przytaknął Damien, otaczając go ramieniem.

— Niechętnie przerywam tę gejowską telenowelę, ale jak się obudziłam, napisałam parę wierszy i chcę, żebyście je zobaczyli — oznajmiła Kramisha.

To przykuło moją uwagę wystarczająco, by ją odwrócić od problemu Heatha i Erika.

— Pewnie. Muszę je zobaczyć — powiedziałam. — Damien, zdążyłeś wyjaśnić Jackowi, o co chodzi z tymi wierszami?

— Tak. Spisałem nawet wiersze, zanim Kramisha poszła spać, i przeczytałem je podczas naszej warty — odparł.

— O czym wy w ogóle gadacie? — zdziwiła się Afrodyta.

— Jak byłaś pijana i niegrzeczna, Zo odkryła wiersze wywieszone na ścianach pokoju Kramishy — wyjaśniła Erin.

— Kramisha je napisała, ale wszystkie wyglądają, jakby były o Kalonie. Kompletny szok — dodała Shaunee.

— Sprawiają wrażenie, jakby odbierała jakieś abstrakcyjne obrazy na jego temat — rzekł Damien. — Wydaje mi się, że rozwieszenie ich w pokoju miało przykuć naszą uwagę, a to oznacza, że musimy monitorować wszystko, co pisze Kramisha.

— O, super. Tego właśnie nam trzeba — mruknęła Afrodyta. — Jeszcze więcej posępnej mrocznej poezji.

— Skoro już o tym mowa, to mam dwa nowe — wtrąciła sama poetka i próbowała mi podać kilka kartek z wierszami, ale ledwo poruszyłam ręką, żeby je wziąć, jęknęłam z bólu.

— Daj.

Erik zabrał od niej kartki i obrócił je tak, żebyśmy wszyscy — Damien, Bliźniaczki, Afrodyta, Jack i ja — mogli je czytać jednocześnie. Pierwszy wiersz był zaskakujący:

To co go krępowało
Odegna
Siedlisko mocy — pięcioro razem

Noc
Duch
Krew
Człowieczeństwo
Ziemia

Złączone po to, by poskromić
Nie pokonać
Noc wiedzie do Ducha
Krew wiąże Człowieczeństwo
A Ziemia dopełnia.

— Zaraz mi głowa pęknie — jęknęła Afrodyta. — I nie tylko od kaca. Nie jestem w stanie wyrazić, jak bardzo nienawidzę poezji.

— Wiesz, o co tu może chodzić? — zapytałam Damiena.

— Myślę, że to wskazówki, jak możemy odegnać Kalonę. To znaczy zmusić go do ucieczki.

— Wiemy, co znaczy odegnać, panie Słownikowski — obruszyła się Erin.

— Trochę dołujące, że piszą tam o poskromieniu, a nie o zabiciu — zauważył Jack.

— Kalony nie można zabić — wtrąciłam instynktownie. Jest nieśmiertelny. Można go jedynie uwięzić albo przepędzić, choć nie mam zielonego pojęcia, co trzeba by zrobić, żeby go zmusić do ucieczki. Ale zabić z pewnością go nie można.

— Tych pięć rzeczy razem w siedlisku mocy spowoduje jego ucieczkę — powiedział Jack.

— Czymkolwiek jest to siedlisko i te rzeczy — mruknęłam.

— Chodzi o ludzi uosabiających tych pięć zjawisk. A przynajmniej taka była moja pierwsza myśl. Zauważyliście, że są pisane dużą literą? Zwykle piszemy tak nazwy własne. Albo imiona — rzekł Damien.

— To imiona — wtrąciła Kramisha.

— Wiesz na ten temat coś więcej? Możesz nam powiedzieć, o kogo chodzi? — zapytał.

Pokręciła głową, wyraźnie sfrustrowana.

— Nie. Tylko jak powiedziałeś, że to o ludziach, zaraz poczułam, że masz rację.

— Przeczytamy następny? — zaproponował Damien.

— Może rzuci jakiś światło na ten.

Przeniosłam wzrok na drugą kartkę. Wiersz nie był długi, ale na jego widok ciarki przebiegły mi po plecach.

Ona powraca
Przez krew we krwi
Powraca zraniona
Głęboko jak ja
Człowieczeństwem zbawiona
Czy i mnie zbawi?

— Co myślałaś, gdy to pisałaś? — zapytałam Kramishę.

— Nic. Prawie spałam. Po prostu przyszły do mnie te dwa teksty, no to je zapisałam.

— Nie podoba mi się to — stwierdził Erik.

— Cóż, jedno jest pewne: ten wiersz nie pomoże nam zrozumieć poprzedniego. Szczerze mówiąc, sądzę, że dotyczy Zoey — rzekł Damien. — Moim zdaniem jest przepowiednią twojej rany i powrotu do Domu Nocy.

— Ale kto przemawia przez te wiersze? Kim jest ten „ja", który chce być zbawiony? — Z każdą chwilą czułam się słabsza, a długa rana na piersi pulsowała boleśnie w rytm uderzeń mojego serca.

— Może Kalona — powiedziała Afrodyta. — Pierwszy wiersz dotyczy jego.

— Nawet nie mamy pewności, czy Kalona kiedykolwiek miał w sobie jakieś człowieczeństwo, które mógłby utracić — zauważył Damien.

Przezornie milczałam, choć w pierwszym odruchu miałam ochotę powiedzieć, że moim zdaniem Kalona nie zawsze był taki jak teraz.

— Z drugiej strony — kontynuował Damien — wiemy, że Neferet odwróciła się od Nyks, co może znaczyć, że ona także zatraciła siebie czy też swoje człowieczeństwo. Wiersz może się więc także odnosić do niej.

— Okropność — mruknęła Erin.

— Neferet z całą pewnością straciła rozum — dodała Shaunee.

— A czy nie myślicie, że to najbardziej pasuje do tego nowego nieumarłego chłopaka? — zapytał w zamyśleniu Erik.

— Coś w tym może być — odparł Damien i niemal widziałam, jak obracają się trybiki w jego głowie. — Słowa „zraniona głęboko jak ja" mogą być metaforą jego śmierci. Rana Zoey jest potencjalnie śmiertelna, poza tym oboje wrócili lub wrócą do Domu Nocy z powodu krwi.

— A on utracił człowieczeństwo. Tak jak reszta czerwonych adeptów — dodała Afrodyta.

— Nie wiem, o kim ty gadasz. Ja tam mam w sobie pełno człowieczeństwa — zaprotestowała z oburzeniem Kramisha.

— Ale nie miałaś go zaraz po zmartwychwstaniu, prawda? — zapytał Damien.

Powiedział to tak rzeczowym tonem, że dziewczyna natychmiast się uspokoiła.

— Nie. Fakt. Na początku byłam kompletnie przymulona. Jak my wszyscy.

— To może być dobry trop, jeśli chodzi o ostatni wiersz — kontynuował Damien. — A ponieważ mamy Kramishę po swojej stronie, jej dar słowa pozwala nam odkryć możliwą przyszłość. Co do pierwszego wiersza... nie wiem. Zastanowię się nad tym. Musimy poświęcić więcej czasu na dywagacje nad możliwymi znaczeniami. Tyle że teraz czasu nie mamy. Nieważne; i tak trzeba docenić wkład Kramishy.

— Nie ma sprawy — odparła wspaniałomyślnie dziewczyna. — Jak się jest Mistrzem Poezji, to się tak ma.

— Kim? — zdziwiła się Afrodyta.

Kramisha rzuciła jej ostre spojrzenie.

— Zoey zrobiła ze mnie wampirską Mistrzynię Poezji.

Afrodyta otworzyła usta, ale ja byłam szybsza.

— Wiecie co, zróbmy szybkie głosowanie rady starszych na temat tego, czy Kramisha powinna być naszą nową Mistrzynią Poezji. — Spojrzałam na Damiena. — Jesteś za czy przeciw?

— Jasne, że za — odparł.

— Ja też — przytaknęła Shaunee.

— Jak wyżej. Wreszcie jakaś dziewczyna w tej roli — dodała Erin.

— Ja już mówiłem, że popieram wybór — rzekł Erik.

Przenieśliśmy wzrok na Afrodytę.

— Taaa, taaa, spoko — machnęła ręką.

— A ja wam przyrzekam, że Stevie Rae też będzie za — powiedziałam. — W takim razie wybór jest już zatwierdzony.

Wszyscy uśmiechnęli się do Kramishy, która wyglądała na całkowicie zadowoloną z siebie.

— Podsumujmy — rzekł Damien. — Jesteśmy mniej więcej zgodni, że pierwszy wiersz opowiada o sposobie na wygnanie Kalony, choć nie rozumiemy dokładnie szczegółów. W drugim wierszu mowa o tym, że powrót Zoey do Domu Nocy może w jakiś sposób uratować Starka.

— Tak to brzmi — przyznałam, podając kartki z wierszami Afrodycie. — Włożysz mi je do torebki? — Kiwnęła głową, złożyła starannie kartki i wsunęła je do mojej uroczej torebeczki. — Szkoda, że nie podali więcej szczegółów — dodałam.

— Myślę, że powinnaś zwracać szczególną uwagę na Starka — rzekł Damien.

— A przynajmniej zachować ostrożność w jego obecności — dodał Erik. — Wiersz wspomina o ranie, która w tej chwili jest czymś znacznie więcej niż poetycką metaforą.

Damien odmruknął coś potakująco. Odwróciłam wzrok od przeszywającego spojrzenia Erika i spojrzałam w smutne brązowe oczy Heatha.

— Niech no zgadnę. Stark to twój kolejny facet, tak? — zapytał.

Milczałam. Heath pociągnął kolejny długi łyk wina z butelki.

— Słuchaj, Heath — odezwał się w końcu Jack siedzący obok niego z zatroskaną miną. — Stark to adept, który... no nie wiem, tak jakby się zaprzyjaźnił z Zoey, zanim umarł i zmartwychwstał. Był nowy, więc żadne z nas za dobrze go nie znało.

— Ale ty wiedziałaś o nim rzeczy, których nie wiedział nikt inny — zauważył Damien. — Na przykład o tym darze od Nyks, który polegał na tym, że chłopak nigdy nie chybiał celu. Prawda?

— Tak. Wiedziałam o nim rzeczy, których nie wiedział nikt oprócz Neferet i innych nauczycieli — odparłam, starając się nie patrzeć, jak Heath demonstracyjnie żłopie wino, i unikając ostrego spojrzenia Erika.

— Ja nie wiedziałem o jego darze, choć jestem nauczycielem — wtrącił Erik.

Zamknęłam oczy i opadłam ciężko na poduszki.

— Więc być może była to kolejna rzecz, którą Neferet zachowała dla siebie — mruknęłam znużonym głosem.

— Skoro to była taka tajemnica, dlaczego tobie ją wyjawił? — drążył temat Erik.

Milczałam wściekła, że robi mi przesłuchanie. Pod zamkniętymi powiekami z łatwością przywołałam z pamięci obraz słodkiego zawadiackiego uśmiechu Starka i chwili, w której poczułam nagle, że jest mi bliski, a nawet go pocałowałam, gdy konał w moich ramionach.

— Hm, zastanówmy się. Może po prostu Stark powiedział Zo o swoim darze, bo była ważną adeptką i chciał, żeby znała prawdę o nim? — zniecierpliwiła się Afrodyta. — Nie widzicie, do cholery, że zamęczacie ją tymi wszystkimi pytaniami?

Gdy moi przyjaciele — a przynajmniej wszyscy z wyjątkiem mojego „partnera" i kandydata na mojego „małżonka" — mamrotali przeprosiny, ja, wciąż nie otwierając oczu, zastanawiałam się, jak bardzo właściwie chcę zostać całkowicie uleczona, bo znów znalazłam się w kłopotliwej sytuacji z udziałem trzech facetów. Nie licząc oczywiście Kalony.

A niech to szlag...

ROZDZIAŁ SZESNASTY

Na szczęście wszelkie spekulacje na temat Starka przerwał powrót Stevie Rae.

— Dobra, mam wam przekazać, żeby Erik przyniósł Zoey, a reszta niech się trzyma blisko nich. Darius jest na parkingu zaraz przy wyjściu.

— Przecież wszyscy nie zmieścimy się do auta Heatha — zauważyłam, zmuszając się do otwarcia oczu.

— Nie będziecie musieli. Znaleźliśmy coś lepszego — powiedziała Stevie. Zanim zdążyłam o cokolwiek zapytać, ciągnęła: — Darius mówi też, że Zo powinna jeszcze raz ugryźć Heatha i trochę się z niego napić, zanim ruszymy. Na pewno już bardzo osłabła.

— Nie — zaoponowałam szybko. — Czuję się dobrze. Możemy iść. — W rzeczywistości czułam się beznadziejnie, ale nie miałam zamiaru znów gryźć Heatha. Nie chcę przez to powiedzieć, że nie miałam na to ochoty. Po prostu uważałam, że naprawdę nie powinnam, zwłaszcza biorąc pod uwagę, jak bardzo był w tej chwili na mnie wściekły.

— Zrób to i już — powiedział Heath, który nagle znalazł się przy mnie, wciąż trzymając w ręku butelkę z winem. Nawet na mnie nie spojrzał. Zamiast tego utkwił wzrok w Eriku.

Wyciągnął do niego ramię.

— Tnij.

— Z przyjemnością — odrzekł Erik.

— Nie, nie potrzeba — protestowałam nadal.

Jednym oślepiająco szybkim ruchem Erik przeciął przedramię Heatha. Uderzył mnie zapach jego krwi. Zamknęłam oczy, broniąc się przed pragnieniem, które narastało we mnie z każdym oddechem. Ktoś podniósł mnie ostrożnie i po chwili moja głowa spoczęła na twardym ciepłym udzie Heatha, który otoczył mnie ramieniem, podstawiając mi ranę pod nos. Otworzyłam oczy i nie zwracając uwagi na palące pragnienie, spojrzałam na niego. Patrzył niewidzącym wzrokiem gdzieś w pustkę.

— Heath — powiedziałam — nie mogę wziąć od ciebie niczego, czego nie masz ochoty mi dać.

W końcu na mnie spojrzał i zobaczyłam na jego wyrazistej twarzy kilka różnych emocji, wśród których najbardziej się wyróżniał potworny smutek.

— Nie ma nic, czego nie miałbym ochoty ci dać, Zo — powiedział, sprawiając wrażenie równie zmęczonego jak ja.

— Kiedy wreszcie to zrozumiesz? Chciałbym tylko, żebyś pozostawiła mi choć trochę dumy.

Jego słowa złamały mi serce.

— Kocham cię, Heath. Wiesz o tym.

Jego twarz złagodniała. Uśmiechnął się lekko.

— Miło to słyszeć. — Potem przeniósł wzrok na Erika. — Słyszałeś to, wampirze? Kocha mnie. I zapamiętaj, że choćbyś był nie wiem jak wielki i zły, nigdy nie będziesz mógł zrobić dla niej t e g o. — Uniósł rękę, przyciskając do moich warg wykonane przez Erika krwawe nacięcie.

— Tak, widzę, co potrafisz dla niej zrobić. Może i muszę to znieść, ale nie muszę patrzeć na przedstawienie, które z tego robisz na mój użytek. — Po tych słowach gniewnym gestem odsunął koc na wejściu i wymaszerował z pokoju.

— Nie myśl o nim — rzekł Heath łagodnie, głaszcząc mnie po włosach. — Po prostu pij ze mnie i koncentruj się na tym, żeby się lepiej poczuć.

Oderwałam oczy od wejścia i napotkałam jego słodki wzrok. Wtedy wreszcie z cichutkim jękiem poddałam się wszechogarniającej żądzy. Piłam, wraz z krwią wysysając z niego energię i życie, pasję i pożądanie. Znowu zamknęłam oczy, tym razem z powodu bezbrzeżnej rozkoszy. Słyszałam jęki Heatha odpowiadające echem na moje, i czułam, jak do mnie przywiera, mocniej przyciskając rękę do moich ust i szepcząc cudowne, choć nie w pełni zrozumiałe słowa.

Gdy wreszcie ktoś wyrwał jego ramię z mojego uścisku, kręciło mi się w głowie. Czułam się silniejsza, chociaż rana paliła, jakby w piersi wybuchł mi pożar. Ale czułam się także oszołomiona i miałam nieodpartą ochotę wybuchnąć głupkowatym śmiechem.

— Hej, ona jakoś dziwnie wygląda — zauważyła Kramisha.

— Za to czuję się lepiej... Czy lepszej, jak to się mówi, Damien? — Zachichotałam, lecz zaraz zakłuło mnie w piersi, więc mocno ścisnęłam wargi, by się opanować.

— Co jej jest? — zapytał Jack.

— Z całą pewnością dzieje się coś niewłaściwego — mruknął Damien.

— Ja wiem co — stwierdziła Stevie Rae. — Upiła się.

— No co ty! Ja w ogóle nie lubię alko... — Przerwałam, bo wyrwało mi się ciche beknięcie. — Ups, sorry.

— Chłopak jest pijany — zauważyła Shaunee — a ona napiła się jego krwi.

— I też się nawaliła — podsumowała Erin, razem z przyjaciółką biorąc Heatha pod ramiona i prowadząc w stronę łóżka.

— Hej, nie jestem pijany. Jeszcze — zaoponował Heath, po czym osunął się na pościel.

— Nie wiedziałam, że wampiry mogą się upić ludzką krwią — wtrąciła Afrodyta. — To bardzo ciekawe. — Podała mi moją torebkę, lustrując mnie wzrokiem jak preparat pod mikroskopem.

— Nie wiem, czy byłoby to dla ciebie takie ciekawe, gdybyś zjadła pijaka, a potem przez wiele dni miała zabójczego kaca i bekała tanim winem — odparła Stevie Rae. — Mogę ci tylko powiedzieć, że to o-brzyd-li-we.

Afrodyta, Bliźniaczki, Damien, Jack i ja wlepiliśmy w nią wzrok.

— Stevie Rae — zdołałam w końcu wykrztusić — proszę, nie jedz już więcej ludzi. To naprawdę niep... niep... niepoko...jące — zająknęłam się.

— Na pewno nie zeżre następnego pijaka. Tamten był naprawdę ohydny — stwierdziła Kramisha.

— Przestań ją denerwować! — ofuknęła ją Stevie Rae. — Nikt tu już nikogo nie zjada. Użyłam tylko przykładu z bardzo dawnych czasów, żeby pokazać, skąd wiem, że mogła się upić krwią pijanego Heatha. — Poklepała mnie po ramieniu. — Nie bój się, dobra? Nic nam się tu nie stanie. Kloszardom też nie. Tylko się już nie stresuj. Dojdź do siebie i tyle.

— Jasne. — Przewróciłam oczami. — Zero stresu.

— Hej, obiecuję ci to! Nikogo nie zjemy, jak cię nie będzie. — Stevie Rae z poważną miną uderzyła się w serce. — Niech umrę, jeśli kłamię!

„Niech umrę"! Jezuniu, naprawdę miałam wielką nadzieję, że nikt z nas nie będzie musiał umrzeć. Znowu. Nagle rozjaśniło mi się w głowie, alkoholowe zamroczenie trochę ustąpiło i wiedziałam, co muszę zrobić. Celowo uśmiechnęłam się pijacko do Afrodyty.

— Cze, Afro! Słuchajcie, może wyjdziecie już do Dariusa? Muszę podać Stevie jeden telefon i zaraz do was przyjdę.

— Dobra. Spotkamy się na zewnątrz. Tylko nigdy więcej nie nazywaj mnie Afro. — Obrażona ruszyła do wyjścia, prowadząc za sobą Bliźniaczki, Damiena, Jacka i całe stadko zniecierpliwionych kotów.

Gdy wyszli, do środka wrócił Erik. Stanął w milczeniu pod ścianą, skrzyżował ramiona i patrzył na mnie, a ja wykorzystałam upojenie jako pretekst do ignorowania go.

— Hej, dasz radę się skupić? — zapytała Stevie. — Chcesz, żebym zapisała sobie w telefonie jakiś numer?

— Nie — upierałam się. — Muszę go zapisać na kartce.

— Dobra, dobra — powiedziała szybko, wyraźnie nie chcąc drażnić pijanej.

Rozglądała się za czymś do pisania, póki nie podeszła do niej Kramisha i nie podała jej kartki i długopisu.

— Masz.

Stevie Rae pokręciła głową, sprawiając wrażenie kompletnie skołowanej.

— Zo, na pewno nie możesz mi po prostu podykto...

— Nie! — fuknęłam.

— W porzo, wyluzuj! — Stevie włożyła mi w ręce kartkę i długopis. Wciąż czułam na sobie wzrok Erika, który podszedł teraz bliżej mojego stołu. Zmarszczyłam pijacko brwi.

— Nie podglądaj!

— Dobrze już, dobrze! — Uniósł ręce w geście poddania i podszedł do Kramishy. Słyszałam, jak rozmawiają o tym, że strasznie głupio się zachowuję po pijaku.

Bardzo trudno było się skupić, będąc pod wpływem przekazanego mi przez Heatha alkoholu, lecz ból wywoływany ruchem rąk trochę mnie otrzeźwiał. Napisałam numer komórki siostry Mary Angeli, a pod nim dodałam szybko: „Plan B: bądź gotowa przenieść wszystkich do opactwa, ale nic nie mów! Nikt nie wie, gdzie jesteście = Neferet nie wie".

— Dobra. — Stevie próbowała mi wyjąć kartkę z ręki, mocno ją jednak trzymałam, więc zniecierpliwiona podniosła na mnie wzrok. Odwzajemniłam jej spojrzenie, starając się wyglądać najtrzeźwiej, jak tylko potrafiłam w tych okolicznościach, i szepnęłam:

— Jak powiem, że macie się przenieść, to zaraz się przenoście.

Spuściła wzrok na napisany przeze mnie liścik i zrobiła wielkie oczy. Potem szybko podniosła wzrok na mnie i niemal niedostrzegalnie skinęła głową. Przepełniona ulgą zamknęłam oczy i poddałam się zamroczeniu.

— Skończyłyście już z tymi tajemniczymi telefonami? — zapytał Erik.

— Tak. Jak tylko zapiszę ten numer w komórce, zniszczę dowód — zażartowała Stevie Rae.

— Albo sam się zniszczy — wybełkotał z łóżka Heath.

Otworzyłam oczy i spojrzałam na niego.

— Hej!

— Co? — zapytał.

— Jeszcze raz dzięki! — powiedziałam.

Wzruszył ramionami.

— Nie ma za co.

— Właśnie że jest — upierałam się. — Uważaj na siebie, dobra?

— A jest po co?

— Jest. Ale następnym razem wolałabym, żebyś nie pił. — Znów beknęłam i skrzywiłam się, bo zakłuło mnie w piersi.

— Postaram się o tym pamiętać — powiedział Heath, ponownie przysuwając butelkę do ust.

Westchnęłam.

— Zabierajcie mnie stąd — mruknęłam do Stevie Rae i zamknęłam oczy, przyciskając do siebie torebkę i dwa wiersze o nieodgadnionym znaczeniu.

— To twoje zadanie, Erik — zwróciła się do niego Stevie.

Od razu znalazł się obok mnie.

— Będzie bolało. Przykro mi z tego powodu, ale naprawdę musisz wrócić do Domu Nocy.

— Wiem. Zamknę oczy i będę udawać, że jestem gdzie indziej, dobra?

— Brzmi nieźle — przyznał.

— Odprowadzę was, co? — zaproponowała Stevie Rae.

— Nie! — rzuciłam gwałtownie. — Zostań z Heathem. Jeśli pozwolisz komuś go zjeść, nieźle się wkurzę. Serio.

— Wszystko słyszałam! — odezwała się Kramisha.

— Nie mam zamiaru zjadać twojego chłopaka. Smak mu się zepsuł.

— Zo ma inne zdanie! — wybełkotał Heath, unosząc niemal pustą butelkę, jakby wznosił toast.

Zignorowałam ich oboje, wciąż patrząc na Stevie Rae.

— Nie bój się, Heathowi nic się nie stanie. Zajmę się nim. — Stevie przytuliła mnie i ucałowała w policzek. — Uważaj na siebie — dodała.

— Pamiętaj, co napisałam — szepnęłam, a ona skinęła głową.

— No to ruszajmy — powiedziałam do Erika, zaciskając mocno powieki.

Podniósł mnie najłagodniej, jak potrafił, lecz i tak przeszedł mnie tak potworny ból, że nie mogłam nawet krzyknąć. Nie otwierając oczu, starałam się płytko oddychać, a on niósł mnie szybko tunelem, powtarzając: „Wszystko będzie dobrze... to już niedaleko...".

Kiedy dotarliśmy do żelaznej drabiny prowadzącej do piwnicy, Erik rzekł:

— Wybacz, ale to będzie bolało jak diabli. Wytrzymaj, Zo. Jeszcze tylko trochę. — Potem chwycił mnie mocniej i podniósł, by podać Dariusowi wyciągającemu z góry ręce.

Wtedy zemdlałam.

Niestety, ocknęłam się wkrótce pod wpływem uderzającego mnie w twarz lodowatego deszczu i wiatru.

— Spokojnie, nie szamocz się, bo tylko pogorszysz sytuację — usłyszałam głos Dariusa.

Trzymał mnie w ramionach, a obok niego szedł Erik, przyglądając mi się zaniepokojonym wzrokiem. Zmierzaliśmy w stronę stojącego na parkingu wielkiego czarnego hummera. Obok drzwi otwartych na szerokie tylne siedzenie stał Jack. Na przednim fotelu pasażera dostrzegłam Afrodytę, a w części bagażnikowej Bliźniaczki z bandą kotów. Na tylnej kanapie siedział Damien.

— Przesuń się i pomóż mi ją położyć — polecił mu Darius.

Jakoś udało im się przenieść mnie na tylne siedzenie hummera i położyć moją głowę na kolanach Damiena. Niestety tym razem nie było mi dane zemdleć. Nim Darius zamknął drzwi, Erik ścisnął mnie za kostkę.

— Musisz wyzdrowieć, zrozumiano?

— Jasne — udało mi się wyszeptać.

Kiedy Darius zamknął drzwi i wskoczył na fotel kierowcy, podjęłam świadomą decyzję, że będę unikać całego problemu związanego z Erikiem i Heathem, dopóki moje życie trochę się nie uspokoi i nie będę dość silna, by się tym zająć. Przyznaję, że ogarnęła mnie wówczas ulga, choć nie byłam wolna od poczucia winy.

Przez większość czasu jazda była równie mroczna i cicha jak spowite lodem miasto. Darius musiał walczyć o utrzymanie hummera na pokrywającym ulice lodzie, a Afrodyta odzywała się tylko od czasu do czasu, gdy trzeba było uważać na leżącą gałąź albo skręcić. Napięty i milczący Damien podtrzymywał mnie na swoich kolanach, a Bliźniaczki, choć to niewiarygodne, nie trajkotały. W moje ciało znów zaczęło się wkradać niepokojąco znajome odrętwienie. Tym razem je zauważyłam, wiedząc, jak niebezpiecznie byłoby mu się poddać, choćby nie wiem jak kusiło obietnicą odpoczynku. Odrętwienie było maską śmierci. Zmusiłam się do brania głębszych oddechów, choć po każdym przez moje ciało przebiegały impulsy przenikliwego bólu.

Ból jest dobry, myślałam. Skoro boli, to znaczy, że wciąż żyję.

Otworzyłam oczy i odchrząknęłam, by wydobyć z siebie głos. Alkoholowa mgiełka wyparowała, pozostawiając jedynie wyczerpanie i udrękę.

— Musimy pamiętać, w co się pakujemy. To nie jest nasz dawny Dom Nocy — powiedziałam. Głos był słyszalny, ale brzmiał ochryple i obco. — Poza oddaniem się pod opiekę żywiołów powinniśmy moim zdaniem trzymać się jak najbliżej prawdy, ilekroć ktoś nas o coś spyta.

— Brzmi logicznie — przyznał Damien. — Jeśli wyczują, że mówimy prawdę, nie będą tak bardzo chcieli drążyć głębiej w naszych umysłach.

— Zwłaszcza jeśli te umysły są pod ochroną żywiołów — dodała Erin.

— Możemy też udać, że w ogóle nic nie wiemy, a Neferet znów nas nie doceni — podsunęła Shaunee.

— Więc wracamy, bo wezwali nas do szkoły esemesem — podsumował Damien. — I dlatego, że Zoey jest ranna.

Afrodyta skinęła głową.

— Właśnie. A uciekliśmy tylko dlatego, że się baliśmy.

— Co akurat jest cholernie prawdziwe — stwierdziła Erin.

— Jak diabli — przytaknęła Shaunee.

— Po prostu pamiętajcie, żeby mówić prawdę, kiedy to tylko możliwe, i cały czas mieć się na baczności — powiedziałam.

— Nasza najwyższa kapłanka ma rację. Wkraczamy do obozu wroga i nie możemy o tym zapominać, nawet jeśli znajome otoczenie będzie próbowało uśpić naszą czujność — poparł mnie Darius.

— Mam przeczucie, że nie dostaniemy szansy, żeby o tym zapomnieć — zauważyła Afrodyta.

— A konkretnie jakiego rodzaju przeczucie? — zapytałam.

— Sądzę, że cały świat się zmienił — powiedziała. — A właściwie nie tyle sądzę, co wiem. Im bardziej zbliżamy się do szkoły, tym bardziej czuję, że dzieje się coś niewłaściwego. — Odwróciła się i spojrzała na mnie przez ramię. — Ty tego nie czujesz?

Pokręciłam lekko głową.

— Jedyne co czuję, to ból w piersi.

— A ja owszem — stwierdził Damien. — Mam wrażenie, że włoski na karku stają mi dęba.

— Mi też — stwierdziła Shaunee.

— A mnie się przewraca w żołądku — poskarżyła się Erin.

Wzięłam kolejny głęboki wdech i mrugałam mocno, żeby tylko zachować przytomność.

— To Nyks. Ostrzega was poprzez te uczucia. Pamiętacie, jak pojawienie się Kalony podziałało na pozostałych adeptów?

Afrodyta przytaknęła.

— Zoey ma rację. Nyks sprawia, że tak podle się czujemy, żebyśmy się przypadkiem nie poddali temu typowi. Musimy walczyć z tym, co sprawia, że inni adepci idą za nim jak w dym.

— Nie możemy przejść na ciemną stronę — mruknął ponuro Damien.

Darius minął skrzyżowanie Utica i Dwudziestej Pierwszej.

— Okropny widok — mruknęła Erin. — Utica Square pogrążony w kompletnej ciemności.

— Okropny, potworny i niewłaściwy — przyznała Shaunee.

— Nigdzie nie ma prądu — rzekł Darius. — Nawet w szpitalu Świętego Jana ledwo widać jakieś światła. Pewnie pracują na własnym generatorze.

Darius jechał dalej wzdłuż Utica Street.

— Okropne — jęknął nagle Damien. — To jedyne oświetlone miejsce w Tulsie.

Zrozumiałam, że widać już Dom Nocy.

— Podnieś mnie. Muszę to zobaczyć — poprosiłam.

Uniósł mnie z wielką ostrożnością, ale i tak musiałam zacisnąć zęby, by nie krzyknąć. Niesamowity widok Domu Nocy sprawił jednak, że na moment zapomniałam o bólu. Szkoła jarzyła się migoczącymi lampami olejnymi, odcinając się na tle mroku jak jakieś zamczysko. Odbite od pokrytej lodem powierzchni światło sprawiało, że cała bryła wyglądała jak jeden wielki fasetowany diament. Darius sięgnął do kieszeni, wyjął małego pilota, skierował go na żelazną bramę szkoły i pstryknął, a wtedy brama otworzyła się ze zgrzytem, zasypując podjazd odłamkami lodu.

— Wygląda jak zamek z tych starych makabrycznych baśni, w których ktoś rzucił na wszystko lodowy czar — zauważyła Afrodyta. — W środku leży księżniczka otruta przez złą wiedźmę, czekając na przystojnego księcia, który przyjdzie i ją uratuje.

Przez chwilę wpatrywałam się w coś, co było jednocześnie bliskie i nieznajome.

— Nie zapominajmy, że księżniczki strzeże zawsze straszliwy smok — powiedziałam.

— Jakaś potworna istota w stylu Balroga — dodał Damien. — Jak we *Władcy pierścieni*.

— Obawiam się, że twoje demoniczne odwołanie jest bardziej prawdziwe, niżbyśmy chcieli — rzekł Darius.

— A to co? — zapytałam i nie mogąc ruszyć ręką, wskazałam brodą coś z przodu, na lewo od naszej trasy.

Nie musiałam się zresztą odzywać, bo już po kilku sekundach stało się jasne, co dostrzegłam. W mgnieniu oka mrok ponad nami zaczął się kotłować, wypluwając Kruki Prześmiewców, które opadały w kucki przed naszym hummerem. Potem zza ich pleców wyszedł wielki, pokryty bliznami wojownik, którego nie rozpoznałam. Wyglądał ponuro i groźnie.

— To musi być jeden z moich braci, Synów Ereba — rzekł cicho Darius. — Stoi ramię w ramię z wrogiem...

— A to oznacza, że Synowie Ereba też są przeciwko nam — zauważyłam.

— Kapłanko, muszę się z tobą zgodzić przynajmniej w odniesieniu do tego jednego — odparł.

ROZDZIAŁ SIEDEMNASTY

Darius wysiadł z samochodu pierwszy. W jego spojrzeniu malowała się siła i pewność siebie, ale nie dało się w nim odnaleźć żadnych emocji. Ignorując gapiące się na niego swoimi okropnymi oczami kruki, zwrócił się do stojącego pomiędzy nimi wojownika.

— Bądź pozdrowiony, Aristosie — rzekł. Zauważyłam, że choć zasalutował, przykładając pięść do serca, nie skłonił się. — Przywiozłem kilkoro adeptów, wśród nich młodą kapłankę. Jest poważnie ranna i potrzebuje natychmiastowej pomocy medycznej.

Nim Aristos zdążył odpowiedzieć, największy z Kruków Prześmiewców przechylił głowę na bok i zapytał:

— Która z kapłanek wraca do Domu Nocy?

Nawet siedząc wewnątrz hummera, zadrżałam na dźwięk tego głosu. Wydawał się bardziej ludzki niż głos istoty, która mnie zaatakowała, ale czyniło go to jeszcze bardziej przerażającym.

Powoli, z namysłem Darius przeniósł wzrok z Aristosa na potworną kreaturę, która nie była ani ptakiem, ani człowiekiem, lecz kombinacją obu.

— Istoto, nie znam cię.

Kruk wlepił w niego swoje czerwone oczyska.

— Synu człowieka, możesz mnie nazywać Rephaimem.

Darius nawet nie mrugnął.

— Nadal cię nie znam.

— Poznasz — wysyczał Rephaim, otwierając dziób tak, że nawet ja zobaczyłam jego wnętrze.

Ignorując go, Darius ponownie zwrócił się do Aristosa:

— Wiozę ciężko ranną kapłankę i kilkoro adeptów, którzy potrzebują odpoczynku. Przepuścisz nas?

— Czy to Zoey Redbird? — zapytał Aristos. — To ona jest z tobą?

Na dźwięk mojego nazwiska kruki jak jeden mąż przeniosły wzrok z Dariusa na nasz samochód. Furkocząc skrzydłami, z karykaturalnymi kończynami drżącymi od tłumionej energii, ptaszyska wpatrywały się w hummera. Nigdy dotąd nie byłam taką wielbicielką przyciemnianych szyb.

— Tak — odparł krótko Darius. — Przepuścisz nas? — powtórzył.

— Oczywiście — odparł Aristos. — Wszystkim adeptom nakazano powrót do campusu. — Wskazał kompleks budynków szkolnych. Ruch głowy sprawił, że pobliskie światło na moment rozjaśniło bok jego szyi i zobaczyłam ciągnącą się w poprzek cienką czerwoną kreskę, jakby niedawno go zraniono.

Darius skinął lekko głową.

— Zaniosę kapłankę do skrzydła szpitalnego. Nie może chodzić.

Gdy ruszył z powrotem do samochodu, zatrzymał go głos Rephaima:

— Czy Czerwona jest z tobą?

Wojownik obejrzał się za siebie.

— Nie wiem, co masz na myśli, mówiąc „Czerwona" — rzekł beznamiętnie.

Rephaim momentalnie rozpostarł wielkie czarne skrzydła i wskoczył na maskę hummera. Trzask uginającego się pod jego ciężarem metalu zagłuszyło kolektywne syczenie rozdrażnionych kotów. Rephaim przykucnął tam, zawijając swoje ludzkie dłonie jak szpony. Wyglądał, jakby miał zaraz skoczyć na Dariusa.

— Nie okłamuj mnie, sssynu człowieka! Wiesz, żżże mówię o czerwonej wampirce! — W miarę narastania gniewu jego głos stawał się coraz mniej ludzki.

— Przygotujcie się do przywołania żywiołów — powiedziałam, starając się odeprzeć ból i mówić spokojnie i wyraźnie, choć czułam się tak słaba i oszołomiona, że nie byłam pewna, czy zdołam przywołać ducha dla Afrodyty, nie mówiąc już o tym, że miałabym pomóc pozostałym kontrolować i ukierunkować żywioły. — Jeśli ten stwór zaatakuje Dariusa, rzucamy w niego wszystkim, co mamy, wciągamy Dariusa do środka i odjeżdżamy pędem.

Ale Darius wcale nie wyglądał na zdenerwowanego. Przyglądał się kreaturze spokojnym wzrokiem.

— Masz na myśli czerwoną wampirską kapłankę Stevie Rae?

— Właśśśnie — wysyczał stwór.

— Nie ma jej tu ze mną. Przywiozłem tylko niebieskich adeptów. Jak już mówiłem, obecna wśród nich kapłanka potrzebuje natychmiastowej pomocy. — Darius przez cały czas spokojnie wpatrywał się w monstrum, które wyglądało jak żywcem wyjęte z koszmaru. — Po raz ostatni pytam: czy nas przepuścicie?

— Oczywiśśście — wysyczał mutant. Nie sfrunął z hummera, ale odchylił się do tyłu, robiąc odrobinę miejsca i ledwie pozwalając Dariusowi otworzyć przednie drzwi.

— Wyjdź tędy. — Wojownik dał znak Afrodycie, by prześlizgnęła się na jego stronę, i wyciągnął rękę, żeby się go schwyciła. — Trzymaj się blisko — szepnął do niej, a ona szybko skinęła głową. Ramię w ramię podeszli do drzwi, za którymi leżałam. Darius pochylił się i spojrzał w oczy każdemu z nas po kolei. — Gotowi? — zapytał cicho. To było jedno proste słowo, lecz mieściło w sobie dużo, dużo więcej.

— Tak — odpowiedzieli jednocześnie Damien i Bliźniaczki.

— Gotowa — potwierdziłam.

— Wy też trzymajcie się blisko — szepnął Darius.

Potem z pomocą Damiena wziął mnie na ręce (oczywiście nie obyło się bez bólu). Patrząc w milczeniu spode łba na kruki, wszystkie obecne w samochodzie koty wyśliznęły się i jakby rozpłynęły w lodowatej nocy. Westchnęłam z ulgą, widząc, że żadna z potwornych istot nie rzuca się na Nalę. *Proszę, ochroń nasze koty* — posłałam modlitwę do Nyks. Bardziej czułam, niż widziałam obecność wokół Dariusa i mnie Afrodyty, Damiena i Bliźniaczek. Niczym jeden organizm oddaliliśmy się od hummera, wchodząc głębiej na teren szkoły.

Kruki Prześmiewcy, wśród nich Rephaim, wzbiły się w niebo, a Aristos poprowadził nas do pobliskiego, pierwszego w campusie budynku, gdzie mieściły się mieszkania nauczycieli i szpital.

Gdy Darius przenosił mnie przez łukowate wejście z drewnianą framugą, która zawsze wydawała mi się czymś, co powinno się znajdować za fosą, i wnosił do znajomego wnętrza, przypomniałam sobie, jak kilka miesięcy temu obudziłam się tu, nie mając pojęcia o czekającej mnie przyszłości, gdy przywieziono mnie ranną i nieprzytomną. Ciekawe, że znów znalazłam się w bardzo podobnym położeniu.

Zerknęłam na twarze pozostałych. Wszyscy wyglądali spokojnie i pewnie. Tylko dzięki temu, że tak dobrze ich znałam, rozpoznałam strach w wąskiej kresce zaciśniętych warg Afrodyty i pięściach Damiena zaciśniętych, by ukryć drżenie rąk. Bliźniaczki szły po mojej prawej stronie, tak blisko, że Shaunee ocierała się ramieniem o Erin, a ona z kolei o Dariusa, jakby dotyk mógł im dodać odwagi.

Darius skręcił w znajomy korytarz. Ponieważ niósł mnie w ramionach, poczułam, jak nagle się spina, i zrozumiałam, że ją zobaczył, nim jeszcze usłyszałam jej głos. Oderwałam zmęczoną głowę od jego ramienia i rzeczywiście — w drzwiach szpitala stała Neferet. Pięknie się prezentowała w długiej obcisłej sukni z fluorescencyjnej czarnej tkaniny, połyskującej ciemnofioletowo przy każdym ruchu. Ciemne włosy opadały jej do pasa gęstymi lśniącymi falami, a zielone jak mech oczy skrzyły się od emocji.

— Czyżby wróciła córa marnotrawna? — zapytała melodyjnym, nieco rozbawionym głosem.

Natychmiast oderwałam od niej wzrok i szepnęłam gorączkowo do przyjaciół:

— Wasze żywioły!

Tylko przez jedno mgnienie oka bałam się, że mogli nie usłyszeć lub nie zrozumieć. Zaraz potem poczułam łagodny dotyk ogrzanego przez ogień wiatru i zapach wiosennego deszczu. Choć wiedziałam, że Neferet nie potrafi czytać w umyśle Afrodyty, mruknęłam: „Potrzebuję cię, duchu" i poczułam, jak żywioł porusza się we mnie. Nie czekając, aż zmienię zdanie i samolubnie zatrzymam go dla siebie, rozkazałam: „Idź do Afrodyty!" i usłyszałam, jak dziewczyna gwałtownie wciąga powietrze, najwyraźniej przepełniona żywiołem. Mając już pewność, że moi przyjaciele są pod najlepszą możliwą ochroną, przeniosłam uwagę na naszą najwyższą kapłankę, która stała się zdrajczynią. Otworzyłam usta, by zauważyć, że biblijne odwołanie w jej wydaniu jest dość ironiczne, ale nagle kilka stóp dalej w głębi korytarza otworzyły się drzwi i stanął w nich o n.

Darius zatrzymał się tak gwałtownie, jakby skończyła mu się smycz.

— O! — wykrztusiła Shaunee.

— Kuuurde — westchnęła przeciągle Erin.

— Nie patrzcie mu w oczy! — usłyszałam szept Afrodyty. — Wpatrujcie się w jego pierś!

— Nietrudno — mruknął cicho Damien.

— Trzymajcie się mocno — rzekł Darius.

Wtedy czas jakby przestał płynąć.

„Trzymaj się mocno — powtarzałam sobie. — Trzymaj
się mocno". Ale nie czułam się mocna. Raczej wyczerpana,
zraniona i kompletnie pokonana. Neferet mnie przytłaczała.
Była absolutnie olśniewająca i potężna. Kalona uświadamiał
mi moją nijakość. Oboje niemal wgniatali mnie w ziemię.
W głowie huczało mi od kakofonii myśli. Byłam zwykłą na-
stolatką. Nawet nie ukończyłam Przemiany. Jak mogłam się
łudzić, że stawię czoło tym dwu zdumiewającym istotom?
I czy w ogóle chciałam walczyć z Kaloną? Czy mieliśmy stuprocentową pewność, że jest zły? Mrugnęłam, by rozjaśnić
wzrok, i wpatrzyłam się w niego. Bynajmniej nie wyglądał
na złego. Miał na sobie spodnie wyglądające na zrobione
z tej samej beżowej jeleniej skóry, z której robiono prawdziwe
mokasyny. Jego stopy były bose, a pierś odkryta. Na pewno
uznacie za głupie, że stał w holu szkoły półnagi, lecz wtedy
wcale mi się tak nie wydawało. Wszystko wyglądało jak najbardziej w porządku, a on sam był po prostu niewiarygod-
ny! Skórę miał gładką, pozbawioną jakichkolwiek defektów,
opaloną na kolor, o jakim zawsze marzą białe dziewczyny,
smażąc się w solariach, nie są jednak w stanie go uzyskać.
Jego włosy były czarne i gęste, długie, ale nie do tego stopnia, by wyglądał w nich śmiesznie, trochę rozczochrane
i ładnie kręcone. Im dłużej im się przyglądałam, tym dokładniej wyobrażałam sobie, że przeczesuję je palcami. Nie
przejmując się ostrzeżeniem Afrodyty, spojrzałam mu prosto
w oczy, które rozszerzyły się na znak rozpoznania, i poczułam coś na kształt wyładowania elektrycznego, które odebrało mi resztkę i tak już niemal nie istniejącej siły. Osunęłam

się w ramiona Dariusa tak słaba, że ledwo potrafiłam unieść głowę.

— Jest ranna! — zagrzmiał w holu glos Kalony, pod którego wpływem nawet Neferet się skuliła. — Dlaczego nikt się nią nie zajął?

Usłyszałam obrzydliwy furkot skrzydeł, po czym z pomieszczenia, gdzie wcześniej znajdował się Kalona, wyszedł Rephaim. Zadrżałam, uświadamiając sobie, że Kruk Prześmiewca musiał podfrunąć do okna i wpełznąć do środka. Czyżby nie istniało miejsce, do którego te potworne mutanty nie mogłyby się dostać?

— Ojcze, nakazałem wojownikowi przynieść kapłankę do szpitala, żeby mogła otrzymać należytą opiekę. — Nienaturalny głos Rephaima w zestawieniu z majestatyczną mową Kalony brzmiał jeszcze bardziej karykaturalnie.

— Bzdury! — Kompletnie oszołomiona rozdziawiłam usta i wlepiłam wzrok w Afrodytę, która odrzuciwszy do tyłu gęste blond włosy, wyszczerzyła się do Kruka Prześmiewcy najbardziej szyderczo i wrednie, jak tylko umiała. — Ptasi synek trzymał nas na lodowatym deszczu i w kółko bredził coś o jakiejś czerwonej kapłance. Darius przyniósł ją tutaj pomimo jego p o m o c y — dodała, rysując w powietrzu znak cudzysłowu przy ostatnim słowie.

W korytarzu zaległa grobowa cisza. Potem Kalona odchylił swoją piękną głowę i zaśmiał się.

— Zapomniałem, jak zabawne potrafią być ludzkie kobiety. — Po tych słowach skinął z gracją na Dariusa. — Przynieś młodą kapłankę tutaj, a zostanie uleczona.

Poczułam, że ciało wojownika znów się napręża, ale wykonał polecenie Kalony. Moi przyjaciele nie odstępowali nas na krok. Dotarliśmy do Neferet stojącej w drzwiach sali w tym samym momencie co demon.

— Twoja służba tutaj dobiegła końca, wojowniku — rzekł Kalona. — Teraz kapłanką zajmiemy się Neferet i ja.

Rozwarł ramiona, jakby oczekiwał, że Darius mu mnie poda, a wtedy pokryte kruczymi piórami ogromne skrzydła, do tej pory złożone na plecach, zatrzepotały i rozwarły się do połowy.

Miałam ochotę wyciągnąć rękę, by ich dotknąć, i cieszyłam się, że brak mi na to sił. Mogłam się jedynie gapić.

— Moja służba nie dobiegła końca — odparł Darius głosem równie spiętym jak jego ciało. — Przysięgałem troszczyć się o tę młodą kapłankę i muszę pozostać u jej boku.

— Ja też zostaję — dodała Afrodyta.

— I ja — powiedział słabym, drżącym głosem Damien, ale zauważyłam, że jego zwieszone wzdłuż tułowia dłonie wciąż są zaciśnięte w pięści.

— My też — rzekła Erin, a Shaunee pokiwała posępnie głową.

Tym razem to Neferet wybuchnęła śmiechem.

— Chyba nie myślicie, że będziecie mogli towarzyszyć Zoey podczas mojego badania? — Potem rozbawienie zniknęło z jej głosu. — Dość tej komedii! Dariusie, wnieś ją do sali i połóż na łóżku. Jeśli chcesz, możesz zaczekać na nią w korytarzu, choć sądząc po twoim wyglądzie, powinieneś raczej coś zjeść i odświeżyć się. Przyniosłeś Zoey do domu, w którym jest bezpieczna, więc wykonałeś zadanie. Pozostali niech zaraz wracają do pokojów. Co z tego, że burza sparaliżowała ludzką część miasta? My nie jesteśmy ludźmi i nasze życie toczy się zwykłym trybem, więc nie widzę powodu, żeby szkoła nie miała funkcjonować. — Urwała i spojrzała na Afrodytę tak nienawistnie, że jej twarz stała się zbyt bezwzględna, by zachować choćby odrobinę urody. — Ale ty jesteś teraz człowiekiem, nieprawdaż, Afrodyto?

— Owszem — odparła dziewczyna i choć była bardzo blada, podniosła głowę, spoglądając w zimne oczy kapłanki.

— Zatem powinnaś być tam. — Neferet niedbałym gestem wskazała gdzieś w dal.

— Nie — wtrąciłam. Kiedy skoncentrowałam się na jej osobie, czar rzucony na mnie przez Kalonę ustąpił. Ledwo rozpoznawałam własny głos: brzmiał jak głos słabiutkiej staruszki, ale Neferet bez trudu mnie usłyszała i przeniosła na mnie wzrok. — Afrodyta wciąż doznaje wizji zsyłanych przez Nyks. Jej miejsce jest tutaj — udało mi się wychrypieć, choć musiałam szybko mrugać, żeby odgonić przysłaniające mi wzrok szare plamy.

— Wizje? — przeciął powietrze głęboki głos Kalony. Tym razem powstrzymałam się od spojrzenia na niego, choć stał tak blisko, że czułam bijący od jego ciała specyficzny chłód. — Jakiego rodzaju?

— Ostrzeżenia przed katastrofami — odparła Afrodyta.

— A to ciekawe — mruknął przeciągle. — Neferet, moja królowo, nic mi nie mówiłaś o tym, że macie w Domu Nocy wieszczkę. — Nim kapłanka zdążyła się odezwać, demon kontynuował: — Wyśmienicie, wyśmienicie. Wieszczka może nam się przydać.

— Ale ona nie jest adeptką ani wampirką, więc nie ma dla niej miejsca w Domu Nocy. Uważam, że powinna odejść.

W głosie Neferet pobrzmiewała dziwna nuta, której w pierwszej chwili nie mogłam zidentyfikować, lecz gdy wzrok wyostrzył mi się dostatecznie, bym mogła lepiej się przyjrzeć całej jej postaci — była niemal uwieszona na Kalonie — stwierdziłam z lekkim zdumieniem, że po prostu się dąsa!

Potem niczym zahipnotyzowana patrzyłam, jak Kalona wyciąga rękę i głaszcze kapłankę po policzku, przesuwa dłonią wzdłuż jej długiej gładkiej szyi, ramienia, wreszcie pleców. Neferet zadrżała pod jego dotykiem i oczy zaszły jej mgłą, jakby ten kontakt ją upajał.

— Moja królowo, wieszczka z pewnością nam się przyda — argumentował demon.

Skinęła głową, nie odrywając od niego wzroku.

— Zostajesz, mała wieszczko — rzekł do Afrodyty Kalona.

— Owszem — odpowiedziała. — Zostaję z Zoey.

Muszę przyznać, że kompletnie się po niej tego nie spodziewałam. No dobrze, byłam ciężko ranna i prawdopodobnie w sporym szoku, więc mogę się łudzić, że urok, jaki na mnie rzucał Kalona, był w istocie wynikiem mojej fizycznej niedyspozycji, ale wszyscy inni także znajdowali się pod jego większym lub mniejszym wpływem. Wszyscy oprócz Afrodyty, która zachowywała się równie złośliwie jak zawsze. Nie mogłam tego pojąć.

— Wieszczko — zapytał demon — otrzymujesz ostrzeżenia o przyszłych katastrofach?

— Tak — odparła.

— W takim razie powiedz mi, jaka czekałaby nas przyszłość, gdybyśmy teraz odesłali stąd Zoey?

— Nie miałam wizji na ten temat, ale wiem, że Zoey musi tu pozostać. Jest bardzo ciężko ranna — rzekła Afrodyta.

— Pozwól zatem, że cię zapewnię, iż ja również doznaję wizji — oznajmił Kalona. Jego głos, dotąd tak cudowny i głęboki, że nie marzyłam o niczym z wyjątkiem tego, by zwinąć się w kłębek i słuchać go w nieskończoność, teraz począł się zmieniać. Początkowo była to subtelna różnica tembru, lecz w miarę wypowiadania przez demona kolejnych słów czułam narastający strach. Kalona był tak zły, że nawet Darius zrobił krok w tył, odsuwając się od niego.

— I przysięgam ci, że jeśli nie podporządkujesz się mojej woli, twoja kapłanka nie przeżyje kolejnej nocy. Natychmiast nas zostaw!

Jego słowa chrzęściły w moim ciele, wywołując jeszcze większe zawroty głowy. Przywarłam do Dariusa.

— Rób, co każe — powiedziałam Afrodycie. Urwałam, by złapać oddech, i dodałam: — Ma rację. Bez pomocy nie dożyję rana.

— Podaj mi kapłankę. Drugi raz nie poproszę — zwrócił się Kalona do Dariusa, sięgając po mnie.

Afrodyta zawahała się tylko na moment, po czym wyciągnęła do mnie dłoń.

— Będziemy tu, gdy poczujesz się lepiej.

Ścisnęła moje palce i nagle wypełniło mnie znajome uczucie wnikającego w moje ciało ducha.

Chciałam jej powiedzieć, żeby tego nie robiła, bo sama potrzebuje ochrony żywiołu, ale ona już się odwróciła do Damiena i pchnęła go w moją stronę, mówiąc:

— Pożegnaj się z Zoey i z całych sił życz jej zdrowia.

Damien rzucił jej szybkie spojrzenie, a ona nieznacznie kiwnęła głową. Wtedy chwycił mnie za rękę i ścisnął.

— Trzymaj się, Zo — powiedział, a gdy puścił, poczułam wokół siebie powiew słodkiej bryzy.

— Wy też — zwróciła się do Bliźniaczek Afrodyta.

Shaunee wzięła mnie za jedną rękę, Erin za drugą.

— Trzymamy kciuki, Zo — powiedziała Erin, a gdy obie się odwróciły, pozostało ze mną ciepło lata i świeżość oczyszczającego deszczu.

— Koniec tych sentymentów. Zabieram ją, i to już. — Nim zdążyłam wziąć kolejny oddech, Kalona wyjął mnie z ramion Dariusa. Przyciśnięta do jego nagiej piersi, zamknęłam oczy i kurczowo trzymałam się żywiołów, jednocześnie drżąc pod wpływem cudownie zimnego żaru jego ciała.

— Zaczekam tutaj — usłyszałam głos Dariusa, nim drzwi przerażająco i z nieodpartym wrażeniem ostateczności zadudniły na pożegnanie, a ja zostałam sam na sam z wrogiem, upadłym aniołem, i potwornym ptaszyskiem zrodzonym z jego żądzy.

Wtedy zrobiłam coś, co przydarzyło mi się wcześniej tylko dwa razy w życiu: zemdlałam.

ROZDZIAŁ OSIEMNASTY

Pierwszą rzeczą, jaką sobie uświadomiłam po odzyskaniu przytomności, był chłód wykrochmalonej pościeli na moim ciele, co znaczyło, że leżę w szpitalnym łóżku naga.

Kolejną rzeczą było przemożne przeczucie, że najlepiej zrobię, nie otwierając oczu i oddychając głęboko. Innymi słowy, musiałam udawać, że wciąż śpię.

Zachowując maksymalny bezruch, starałam się ocenić stan swojego ciała. Okropna długa rana na piersi bolała teraz znacznie mniej, niż zanim straciłam przytomność. Uruchamiając wszystkie zmysły (oczywiście z wyjątkiem wzroku), poczułam obecność ducha, powietrza, wody i ognia. Żywiołom brakowało wyrazistości, jakby nie były w pełni wykształcone, ale i tak koiły i wzmacniały — a oprócz tego budziły we mnie okropną obawę o przyjaciół. *Wracajcie do pozostałych*! — rozkazałam im bezgłośnie i poczułam, że po chwili ociągania oddalają się. Wszystkie, tylko nie duch. Miałam ochotę westchnąć i przewrócić oczami, lecz tylko skoncentrowałam się mocniej. *Duchu, idź do Afrodyty i nie odstępuj jej*. Niemal natychmiast potężny żywioł zniknął. Gdy to poczułam, chyba mimowolnie się wzdrygnęłam, bo gdzieś w pobliżu moich stóp rozległ się głos Neferet.

— Poruszyła się. Nie wątpię, że wkrótce odzyska przytomność. — Zamilkła, po czym usłyszałam odgłosy oznaczające prawdopodobnie przechadzanie się w tę i we w tę. — Nadal uważam, że nie powinnam była jej uzdrawiać. Gdy ją tu przywieziono, była prawie martwa, więc nie mielibyśmy problemu z wytłumaczeniem jej zgonu.

— Jeśli mówiłaś prawdę o tym, że Zoey posiada władzę nad wszystkimi pięcioma żywiołami, to jest zbyt potężna, by pozwolić jej umrzeć — odparł Kalona, którego także słyszałam, jakby stał w nogach mojego łóżka.

— Mówiłam świętą prawdę — powiedziała Neferet. — Ona kontroluje wszystkie żywioły.

— Zatem możemy ją wykorzystać. Dlaczego nie mielibyśmy jej włączyć do naszej nowej wizji przyszłości? Przekabaci wszystkich członków rady, którzy nie zechcą mi się od razu podporządkować.

Nowa wizja przyszłości?... Przekonanie członków rady?... Czyżby miał na myśli Najwyższą Radę Nyks? A niech to szlag...

Odpowiedź Neferet była spokojna i pewna:

— Nie będzie nam potrzebna, najdroższy. Nasz plan się powiedzie. Powinieneś zresztą wiedzieć, że Zoey nigdy nie użyje swej mocy, by nam pomóc. Jest stanowczo zbyt zauroczona swoją boginią.

— Ależ można to zmienić. — Głęboki głos Kalony przywodził na myśl płynną czekoladę. Choć w głowie mi huczało od zasłyszanych właśnie wieści, ciało było jak zahipnotyzowane. Samo słuchanie tego głosu wzbudzało rozkosz. — Zdaje mi się, że przypominam sobie inną kapłankę, której zauroczenie boginią zostało przełamane.

— Ona jest młoda i nie dość mądra, by otworzyć oczy na bardziej intrygujące możliwości, tak jak było ze mną. — Ich głosy dobiegały niemal z tego samego punktu, więc domyśliłam się, że Kalona trzyma Neferet w ramionach. — Zoey może być dla nas jedynie kolejnym wrogiem. Sądzę, że nadejdzie dzień, kiedy któreś z nas będzie musiało ją zabić.

Kalona parsknął śmiechem.

— Urocza jest ta twoja żądza krwi. Jeśli młoda kapłanka nie przyniesie nam korzyści, oczywiście będziemy musieli w końcu się jej pozbyć. Na razie jednak zbadam, co da się zrobić w sprawie zerwania krępujących ją więzów.

— Nie. Masz się trzymać od niej z daleka! — fuknęła Neferet.

— Czy przypadkiem nie zapominasz, kto tu jest panem? Nie pozwolę, by mną rządzono lub pomiatano ani też by mnie uwięziono. Nigdy więcej. Nie jestem też twoją bezradną boginią. Będę dawał i brał w myśl swoich zachcianek.

— Zmysłowa jedwabistość ulotniła się z jego głosu, ustępując miejsca potwornemu chłodowi.

— Nie gniewaj się — ukorzyła się natychmiast skruszona Neferet. — Po prostu nie mogę znieść myśli o tym, że musiałabym się tobą dzielić.

— W takim razie nie drażnij mnie! — huknął, ale już ze znacznie mniejszym gniewem.

— Wyjdź ze mną z tej sali, a obiecuję, że nie będę — zaproponowała kusicielsko Neferet, po czym usłyszałam obrzydliwe wilgotne odgłosy ich pocałunków. Przez to zdyszane stękanie kapłanki omal mnie nie zemdliło.

— Idź do swojego pokoju — powiedział w końcu Kalona po stanowczo zbyt wielu ohydnych efektach dźwiękowych rodem z filmu o lekkim zabarwieniu erotycznym. — Przygotuj się na moje przyjęcie. Wkrótce do ciebie dołączę.

Już sobie wyobrażałam wołanie Neferet: „Nie! Chodź ze mną teraz!", ale zaskoczyła mnie, mówiąc słodkim, zmysłowym głosem:

— Przyjdź do mnie szybko, mój mroczny aniele!

Potem rozległ się szelest jej sukni i odgłos zamykających się drzwi.

Ona autentycznie nim manipulowała! Zastanawiałam się, czy Kalona jest tego świadom. Z pewnością nieśmiertelna istota powinna bez trudu przejrzeć gierki umysłowe (i cielesne — a fe!) wampirskiej najwyższej kapłanki... Później jednak przypomniałam sobie widmowy obraz Neferet, który zauważyłam przy dworcu. Jak udało jej się osiągnąć taki efekt? Może przejście na ciemną stronę pozwoliło jej uzyskać nowe umiejętności? Może nie była jedynie upadłą wampirską kapłanką? Kto wie, co naprawdę niesie ze sobą rola królowej Tsi Sgili? Przeraziła mnie ta myśl.

Z zamyślenia wyrwały mnie jakieś szmery przy łóżku. Leżałam nieruchomo. Miałam ochotę wstrzymać oddech, ale wiedziałam, że jeśli chcę uchodzić za śpiącą, muszę oddychać głęboko i miarowo. Przysięgam, że czułam na sobie wzrok Kalony i byłam niezmiernie szczęśliwa, że moje piersi są zasłonięte prześcieradłem szczelnie otulającym ciało.

Poczułam znajomy chłód. Demon musiał stać bardzo blisko, przy samym łóżku. Usłyszałam złowróżbny szum piór i wyobraziłam sobie, jak rozpościerają się piękne czarne skrzydła. Pewnie się szykował, by mnie podnieść w ramionach i owinąć tymi skrzydłami, tak jak zobaczyłam we śnie.

I to był koniec. Nieważne, co nakazywała mi intuicja — po prostu nie mogłam już dłużej utrzymać zamkniętych oczu. Przekonana, że zaraz spojrzę w niewiarygodnie piękną twarz Kalony, otwarłam je i... zobaczyłam zmutowanc oblicze Rephaima. Kruk Prześmiewca pochylał się nade mną i tylko kilka cali dzieliło mnie od jego straszliwego dzioba, który w dodatku był otwarty, z wysuniętym w moją stronę językiem.

Zareagowałam natychmiast, instynktownie. Jednocześnie wydarzyło się kilka rzeczy: krzyknęłam najbardziej przeraźliwie, jak tylko potrafiłam, przycisnęłam do piersi prześcieradło i odsunęłam się tak gwałtownie, że uderzyłam głową o zagłówek łóżka; odrażający Kruk Prześmiewca syknął i rozłożył skrzydła, jakby miał się zaraz na mnie rzucić; otworzyły się drzwi i do sali wpadł Darius. Rzucił okiem na unoszącego się nade mną złowrogiego mutanta i jednym zwinnym, śmiercionośnym ruchem wydobył ze skórzanej kurtki nóż, wyjął z pochwy i rzucił. Ostrze trafiło Rephaima w górną część klatki piersiowej. Kruk krzyknął i zatoczył się do tyłu, zaciskając palce na wyłożonej masą perłową rękojeści.

— Masz czelność atakować mego syna! — Kalona w dwóch krokach dopadł wojownika i z siłą godną półboga schwycił go za gardło, unosząc z ziemi. Był tak wysoki, a ramiona miał tak długie i umięśnione, że po prostu cisnął Dariusem o sufit i przytrzymał go tam, spazmatycznie wierzgającego nogami i bezskutecznie uderzającego pięściami o masywne ręce demona.

— Przestań! Nie krzywdź go! — Zwlokłam się z łóżka i owinięta prześcieradłem podeszłam do nich chwiejnie, z opóźnieniem uświadamiając sobie, jak słaba wciąż jestem. Czarne skrzydła Kalony były rozpostarte, więc musiałam zanurkować pod nimi, by dobiec do Dariusa. Zeskakując z łóżka, nie miałam pojęcia, co chcę zrobić. Nawet gdybym była w pełni sobą, nie została ciężko ranna i nie straciła sił, nie mogłabym stawić czoła tej nieśmiertelnej istocie, a teraz, chociaż wydzierałam się na nią i uderzałam ją w bok, czułam, że moje ciosy są dla niej czymś na kształt drażniących ukąszeń komara — niczym więcej. Ale osiągnęłam przynajmniej jedno. Gdy podniosłam wzrok na Kalonę, zobaczyłam jego rozognione bursztynowe oczy i zęby obnażone w bestialskim uśmiechu i zrozumiałam, że demon rozkoszuje się powolnym odbieraniem Dariusowi życia.

W tym momencie objawiło mi się jego prawdziwe ja. Nie był niezrozumianym bohaterem czekającym na miłość, która odsłoni jego jasną stronę. On nie miał jasnej strony. Nieważne, czy tak było od zawsze czy nie. Ważne, że stał się czystym złem. Rzucony na mnie czar prysł jak bańka mydlana i miałam rozpaczliwą nadzieję, że nigdy więcej nie uda się go na nowo poskładać.

Wzięłam głęboki oddech i uniosłam ręce, rozłożyłam je, nie troszcząc się o to, że prześcieradło ze mnie opada.

— Wietrze i ogniu, przybądźcie! — zaapelowałam resztkami sił i natychmiast poczułam obecność obu żywiołów, a także Damiena i Shaunee. W krótkim przebłysku dostrzegłam ich oboje, skoncentrowanych, z zamkniętymi oczyma, starających się siłą woli wzmocnić potęgę odpowiadających im żywiołów. To wystarczyło. Opuściłam powieki, przywołując pod swoje rozkazy wszystko, czym dysponowałam.

— Zmuście skrzydlatą istotę, by puściła Dariusa! — Machnęłam rękami w stronę Kalony, nadając żywiołom kierunek, a jednocześnie myśląc o tym, że ogień i wiatr już kilka razy uratowały mnie z poważnych tarapatów po atakach Kruków Prześmiewców, więc powinny sobie poradzić także z ich ojczulkiem.

Uderzenie gorącego powietrza podziałało natychmiast — naparło na rozpostarte skrzydła Kalony, odrzucając go w tył i ciskając nim w górę. Gdy rozgrzane powietrze dotknęło nagiej skóry, rozległo się dziwaczne skwierczenie i w powietrzu wokół demona utworzyła się mgiełka.

Darius opadł ciężko na podłogę, spazmatycznie łapiąc powietrze i usiłując wstać, by mnie odgrodzić od Kalony i Rephaima. Ja mogłam jedynie próbować uspokoić oddech i mocno mrugać, by się pozbyć sprzed oczu dziwnych plamek, tym razem jasnych. Teraz, gdy ogień i wiatr mnie opuściły, ledwo trzymałam się na nogach.

Dostrzegłam jakiś ruch na skraju pola widzenia, spojrzałam w otwarte drzwi i jęknęłam na widok Starka, który wbiegł do sali z naciągniętym już łukiem gotowym do wypuszczenia śmiercionośnej strzały. Uniósł go, wycelował w Dariusa, zawahał się, potrząsnął głową, jakby próbował oczyścić umysł, i wlepił wzrok we mnie.

W pierwszym momencie poczułam gwałtowny przypływ radości. Stark znów przypominał dawnego siebie! Jego oczy nie jarzyły się czerwienią. Nie wyglądał na oszołomionego, nie miał zapadniętych policzków i nie przywodził na myśl kościotrupa. Potem się zorientowałam, że stoję naguteńka i oboje wpatrujemy się w siebie. Schwyciłam owijające mi stopy prześcieradło i szybko się nim okryłam, jakby to był ręcznik kąpielowy. Mimo całego zamieszania i stresu poczułam, że policzki płoną mi ze wstydu. Powinnam coś powiedzieć, cokolwiek, ale świadomość, że Stark właśnie zobaczył mnie całkiem nagą, kompletnie zmroziła mi umysł.

Stark doszedł do siebie szybciej niż ja i ponownie uniósł łuk, napinając strzałę i mierząc w Dariusa.

— Stark! Nie strzelaj do niego! — krzyknęłam. Nawet nie próbowałam zasłonić Dariusa: gdyby strzelił, i tak by trafił, bo przecież nie umiał chybiać. W odróżnieniu od Kalony moja bogini nie odbierała darów, które raz ofiarowała.

— Jeśli zamierzasz zabić osobę, która rzuciła mną przez całą salę, to twoja strzała trafi w kapłankę, a nie w wojownika — oświadczył Kalona, który zdążył się podnieść i mówił już całkiem naturalnie. Twarz miał spokojną, ale jego naga pierś była czerwona i nieco dziwna, jakby nagle przypaliło go słońce. Z odsłoniętej skóry wciąż unosiły się leniwie niewielkie smużki dymu, choć obu żywiołów dawno już nie było w sali. — A ja nie jej śmierci pragnę. Zabij wojownika.

Nim Stark zdołał wypuścić śmiercionośną strzałę, spojrzałam Kalonie w twarz.

— Darius tylko mnie chronił — rzekłam błagalnie. — To dzieło Kruka Prześmiewcy. — Wskazałam długą szramę na swojej piersi, która nie była już obrzydliwie rozwarta, za to tworzyła równie obrzydliwą poszarpaną czerwoną krechę. — Kiedy Darius usłyszał mój krzyk i zobaczył pochylającego się nade mną Rephaima, trudno się dziwić jego reakcji. Sądził, że znów mnie zaatakowano.

Kalona uniósł rękę, nakazując Starkowi, by się wstrzymał. Słuchał mnie teraz bardzo uważnie.

— Darius poprzysiągł mnie chronić — kontynuowałam. — On po prostu wykonywał swoje zadanie. Proszę, nie zabijaj go za to.

Na długą chwilę wstrzymałam oddech. Kalona wpatrywał się we mnie, a ja w niego. Dziwne hipnotyczne przyciąganie, którym wcześniej mnie kusił, nie powróciło. Mimo to i tak był najprzystojniejszym facetem, jakiego kiedykolwiek widziałam. I dopiero po chwili się zorientowałam, co właściwie rozgrywa się przed moimi oczyma.

Kalona młodniał!

Kiedy się wydostał z podziemnej niewoli, był absolutnie przystojny, lecz był mężczyzną — no dobrze, wprawdzie nienaturalnie wielkim i z ogromnymi czarnymi skrzydłami, ale jednak mężczyzną. W nieokreślonym wieku — równie dobrze mógł mieć trzydzieści, jak pięćdziesiąt lat. Teraz się zmienił. Gdybym miała zgadywać, oszacowałabym go na osiemnastkę. W każdym razie z pewnością nie przypominał kogoś, kto ukończył dwadzieścia jeden lat.

Idealny partner dla mnie...

W końcu oderwał ode mnie wzrok i powoli odwrócił się do Rephaima, który kucał w kącie sali, wciąż zaciskając palce na wystającym z jego ptasiej piersi nożu.

— Czy to prawda, synu? Czy jedno z moich dzieci zadało tę ranę?

— Nie wiem, ojcze. Nie wszyscy wartownicy wrócili — wysapał Rephaim.

— To prawda — rzekł Darius.

— To ty tak twierdzisz, wojowniku — zaszydził Kalona. — Cóż innego mógłbyś powiedzieć?

— Jako Syn Ereba daję ci moje słowo, że to prawda. Zresztą widziałeś ranę Zoey. Z pewnością potrafisz rozpoznać obrażenia zadane przez szpony jednego z twoich synów.

Z radością stwierdziłam, że Darius nie napina się jak durny nastolatek i nie rzuca na Kalonę, jak by zapewne uczyniliy Heath i Erik. Potem zrozumiałam: on nadal próbował mnie ratować! Wiedział, że jeśli Kalona się dowie, iż jeden z Kruków Prześmiewców niemal mnie zabił, pozna całą historię i zrozumie, że stało się to przez przypadek, może przynajmniej nie dopuści do tego, żebym została sam na sam z którymś z jego potwornych synalków i każe im się trzymać ode mnie z daleka. O ile oczywiście będzie chciał zachować mnie przy życiu.

Widząc, że się do mnie zbliża, natychmiast przerwałam dywagacje i stałam w bezruchu, gapiąc się prosto przed siebie, na jego nagą pierś. Zatrzymał się o włos ode mnie. Później jednym palcem przesunął powoli po mojej skórze, właściwie jej nie dotykając, choć mimo to czułam dobiegający od niego chłód. Musiałam mocno zacisnąć zęby, by się nie cofnąć z odrazą, ale też nie spojrzeć mu w oczy i nie pochylić się naprzód, by poczuć jego zimny dotyk na swoim rozgrzanym ciele.

— To znak jednego z moich synów — przyznał. — Stark, na razie nie zabijaj wojownika. — Zdążyłam wydać długie westchnienie ulgi, nim dodał: — Oczywiście nie mogę puścić mu płazem, że zranił mego ukochanego syna. Ale ukaraniem go zajmę się osobiście.

Mówił tak spokojnym i urzędowym tonem, że nie zrozumiałam znaczenia tych słów, póki nie zaatakował jak kobra. Darius zdążył jedynie przyjąć postawę obronną, gdy Kalona okręcił się błyskawicznie, wydobył nóż z piersi Rephaima i jednym ruchem przeciął bok twarzy wojownika.

Siła uderzenia zwaliła Dariusa z nóg. Wszędzie wokół mnie tryskała krew, zraszając niewielką salkę ciężkim szkarłatnym deszczem. Wrzasnęłam i próbowałam podbiec do rannego, lecz na moim nadgarstku zacisnęła się lodowata dłoń Kalony, który przyciągnął mnie do siebie. Podniosłam wzrok na nieśmiertelnego, pragnąc, by moje przerażenie i gniew przedarły się przez jego potworny czar.

I nie czułam żadnego przyciągania! Jego urok nie działał! Mając pełną świadomość młodości i nieziemskiej urody demona, wciąż widziałam w nim potężnego wroga. Chyba dostrzegł w moich oczach wyraz triumfu, bo jego gniewne oblicze nagle uległo przeobrażeniu i wykwitł na nim powolny uśmiech zrozumienia. Pochylił się do mnie.

— Pamiętaj, moja mała A-yo — szepnął mi do ucha — wojownik może cię strzec przed wszystkimi z wyjątkiem mnie. Nawet moc twoich żywiołów nie powstrzyma mnie przed sięgnięciem po to, co w końcu i tak znów będzie moje.

— Potem przycisnął wargi do moich. Jego szalony smak był jak zamieć zagarniająca całe ciało, krusząca opór i mrożąca duszę zakazanym pragnieniem, które całkowicie mną zawładnęło. Pocałunek Kalony zmroził we mnie wszystkie myśli i wszystkie wspomnienia. Stark, Darius, nawet Erik i Heath po prostu przestali istnieć.

Gdy mnie puścił, nogi ugięły się pode mną i osunęłam się na podłogę, a on, zanosząc się śmiechem, opuścił salę w towarzystwie kuśtykającego ukochanego syna.

ROZDZIAŁ DZIEWIĘTNASTY

Pochlipując, podczołgałam się do Dariusa. Kiedy do niego dotarłam, usłyszałam dobiegający od strony drzwi potworny odgłos. Uniosłam oczy i zobaczyłam Starka, który w jednej ręce ściskał łuk, a drugą trzymał się framugi tak mocno, że zbielały mu knykcie i — przysięgam — pod naciskiem jego palców w drewnie porobiły się dołki. Oczy chłopaka płonęły czerwienią. Zgiął się nieznacznie, jakby go bolał żołądek.

— Stark, co się stało? — Otarłam oczy wierzchem dłoni, próbując oczyścić je z łez.

— Krew... nie mogę... muszę... — Przerywał niemal po każdym słowie, a potem gwałtownie wyrzucał z siebie kolejne, aby wreszcie jakby wbrew swojej woli chwiejnym krokiem wtoczyć się do pokoju.

Darius tymczasem podniósł się na kolana, wziął z podłogi odrzucony przez Kalonę nóż i spojrzał na Starka.

— Wiedz, że dzielę się swoją krwią tylko z tymi, których zaprosiłem do jej skosztowania — powiedział silnym, opanowanym głosem. Gdybym na niego nie patrzyła, nigdy bym się nie domyśliła, że z potwornego rozcięcia na jego twarzy płynie szeroki strumień krwi. — A tobie, chłopcze, takiego zaproszenia nie udzieliłem. Cofnij się, nim sytuacja jeszcze bardziej się skomplikuje.

Toczący się w Starku ciężki bój odzwierciedlał się w całym jego wyglądzie: oczy mu płonęły chorobliwą czerwienią, na ustach wykwitł zwierzęcy grymas, a całe ciało było napięte do ostateczności, jakby lada chwila miało eksplodować.

A ja właśnie w tym momencie poczułam, że mam tego wszystkiego dosyć. Stwierdzenie, że pocałunek Kalony doprowadził mnie na skraj paniki, byłoby zdecydowanym niedopowiedzeniem. Wszystko mnie bolało. W głowie mi się kręciło. Byłam tak słaba, że nie wygrałabym siłowania się na ręce nawet z... no nie wiem, na przykład z Jackiem. Nie miałam pojęcia, jak poważna jest rana Dariusa. Po tylu przejściach równie dobrze można by wbić we mnie widelec i ogłosić, że jestem ugotowana.

— Stark, wynoś się stąd i już! — zaatakowałam go i ucieszyłam się, że mój głos okazał się znacznie silniejszy niż reszta mojej osoby. — Nie chcę wybijać ci z głowy tych bzdur ogniem, ale jeśli zrobisz jeszcze jeden krok naprzód, to przysięgam, że przypalę ci tyłek!

Wreszcie udało mi się zwrócić jego uwagę. Wlepił we mnie swoje czerwone ślepia. Sprawiał wrażenie wściekłego i niebezpiecznego. Otaczało go coś na kształt mrocznej aureoli, na której tle te okropne oczy jeszcze bardziej się jarzyły. Wstałam i uniosłam ręce, ciesząc się, że tym razem owinięte wokół ciała prześcieradło trzyma się mocno.

— Nie zmuszaj mnie do tego. Obiecuję ci, że jeśli stracę cierpliwość, nie będzie ci przyjemnie.

Stark mrugnął parę razy, jakby próbował zogniskować wzrok. Szkarłat w jego oczach pojaśniał, otaczająca go ciemność się rozproszyła. Przetarł twarz drżącą ręką.

— Zoey... — powiedział niemal normalnym głosem.

Darius zrobił krok w moją stronę, przyjmując bojową postawę. Stark warknął na niego — dosłownie warknął, jakby był raczej zwierzęciem niż człowiekiem — po czym obrócił się na pięcie i wybiegł z pomieszczenia.

Jakoś udało mi się dowlec do drzwi i zatrzasnąć je. Potem przesunęłam stojące przy łóżku krzesło i podstawiłam pod klamkę, tak jak robią w filmach. Dopiero wtedy wróciłam do Dariusa.

— Cieszę się, że jesteś po mojej stronie, kapłanko — rzekł.

— No cóż, ma się ten charakter. — Udawałam, że nie jestem bliska omdlenia, i zgrywałam się na Christiana z *Project Runway*. Darius pewnie nawet się nie domyślał, że cytuję bohatera programu o modzie, a nie jakiegoś eposu, ale się roześmiał. Pomogliśmy sobie nawzajem dowlec się do łóżka, na którym on usiadł ciężko, a ja stanęłam nad nim, wkładając całą energię w to, żeby się nie kołysać jak pijana. Bo moje upojenie, niestety, odeszło już w przeszłość.

— Tam powinny być artykuły pierwszej pomocy. — Wskazał ciągnącą się wzdłuż połowy przeciwległej ściany długą szafkę z nierdzewnej stali z wbudowanym zlewem i mnóstwem strasznych szpitalnych narzędzi (ostrych i wyglądających na jak najbardziej nierdzewne) poukładanych starannie w pojemnikach obok niego.

Ignorując ostre przedmioty, zaczęłam zmęczonymi rękoma przeszukiwać szuflady i przegrody. Właśnie wtedy się zorientowałam, że ręce trzęsą mi się jak szalone.

— Zoey! — zawołał Darius. Obejrzałam się na niego przez ramię. Wyglądał okropnie. Cała lewa strona jego twarzy była krwawą plamą. Rozcięcie ciągnęło się od skroni aż po dolną szczękę, psując wyrazisty geometryczny wzór tatuażu. Ale w oczach miał uśmiech. — Nic mi nie będzie — powiedział. — To tylko draśnięcie.

— Duże jak na draśnięcie — mruknęłam.

— Afrodyta pewnie się rozgniewa — rzekł.

— Co? — zdziwiłam się.

Próbował się uśmiechnąć, lecz zakończyło się to grymasem bólu, a z rany popłynęła kolejna strużka krwi. Wskazał swoją twarz.

— Nie spodoba jej się blizna.

Wróciłam do niego z pękiem bandaży, wacików nasączonych alkoholem, gazy i tym podobnych.

— Jeśli powie choć słowo na ten temat, kopnę ją w tyłek. Oczywiście jak już wypocznę. — Gapiłam się na okropne „draśnięcie", ignorując słodki aromat krwi i ciężko przełykając ślinę, by nie zwymiotować.

Wiem, że to brzmi jak całkowita sprzeczność: z jednej strony uwielbiam smak i zapach krwi, a z drugiej widok jej wyciekającej z ciała któregoś z moich przyjaciół wzbudza we mnie obrzydzenie. Ej, no, chwila! Może to wcale nie jest sprzeczność. W końcu nie zjadam swoich przyjaciół. Przypomniał mi się Heath i postanowiłam poprawić tę deklarację: nie zjadam swoich przyjaciół w normalnych okolicznościach i bez ich pozwolenia.

— Mogę to oczyścić — rzekł Darius, sięgając po wacik, który zaciskałam w pięści.

— Nie — zaprotestowałam, po czym powtórzyłam bardziej stanowczo, usiłując się pozbyć zawrotów głowy poprzez potrząsanie nią: — Nie, zwariowałeś? Jesteś ranny. Wystarczy, że będziesz mi mówił, co trzeba zrobić. — Urwałam na chwilę. — Darius, musimy się stąd wydostać!

— Wiem — odparł z powagą.

— Ale nie znasz pełnej przyczyny. Podsłuchałam rozmowę Kalony z Neferet. Mówili, że planują jakąś nową przyszłość, która będzie wymagała „przekabacenia" członków rady.

Oczy Dariusa rozszerzyły się ze zdumienia.

— Rady Nyks? Najwyższej Rady Wampirów?

— Nie wiem! Nic więcej nie powiedzieli. Mogli też mieć na myśli radę naszego Domu Nocy.

Przyjrzał się bacznie mojej twarzy.

— Ale nie sądzisz, że to o nią chodziło?

Powoli pokręciłam głową.

— Na słodką Nyks! To nie może się stać!

Zmarszczyłam brwi, żałując, że intuicja podpowiada mi coś innego.

— Obawiam się, że może. Kalona jest potężny i ma ten cały magiczny dar przyciągania ludzi do siebie. W każdym razie nie możemy dać się tu uwięzić i czekać z założonymi rękami, aż Neferet i to ptaszysko wprowadzą w życie swój wstrętny plan, niezależnie od tego, czego dokładnie on dotyczy. — Szczerze mówiąc, bałam się, że już wprowadzili go w życie, ale mówienie tego na głos mogło z niego zrobić samospełniające się proroctwo. — Może po prostu doprowadzimy cię do porządku, pójdziemy po Afrodytę, Bliźniaczki i Damiena i wszyscy razem wrócimy do tuneli? — Czułam się niebezpiecznie bliska łez. — Już mi znacznie lepiej i myślę, że warto zaryzykować udławienie się własną krwią, byle tylko wydostać się stąd.

— Zgoda. Myślę, że Neferet uzdrowiła cię w wystarczającym stopniu, żeby przestało ci zagrażać odrzucenie Przemiany, nawet kiedy będziesz przebywała poza wampirską społecznością.

— Masz dość siły, by uciekać?

— Już ci powiedziałem, że nic mi nie jest, i była to święta prawda. Oczyśćmy tę ranę, a potem wynośmy się stąd.

— Wolę tunele. — Zaskoczyłam samą siebie, wypowiadając na głos własne myśli, ale Darius skinął poważnie głową.

— Bo tam czujesz się bezpieczna — rzekł — a tutaj nie możesz już się tak czuć.

— Zwróciłeś uwagę na Neferet? — zapytałam.

— Masz na myśli to, że jej moc jakby się wzmogła? Tak, zauważyłem to.

— Super. Już bym wolała, żeby to były moje halucynacje — mruknęłam.

— Masz świetną intuicję. Od dawna ostrzegała cię przed Neferet. — Umilkł na chwilę. — Kalona posiada niezwykły talent hipnotyczny. Nigdy wcześniej niczego takiego nie czułem.

— Fakt — przyznałam, ocierając mu krew z twarzy.

— Chyba jednak udało mi się przełamać czar, którym mnie omotał. — Nie chciałam się przyznać nawet przed sobą, że mimo wydostania się spod władzy czaru bardzo silnie zareagowałam na pocałunek demona. — Słuchaj, czy według ciebie Kalona się zmienił?

— Zmienił? Niby jak?

— Odmłodniał. Wygląda teraz, jakby nie miał nawet tyle lat co ty. — Przypuszczałam, że Darius ma niewiele ponad dwadzieścia, góra dwadzieścia pięć. Na tyle przynajmniej wyglądał w moich oczach.

Długo przyglądał mi się w zamyśleniu.

— Nie, wyglądał tak samo jak wtedy, gdy widziałem go po raz pierwszy. Trudno ocenić jego wiek, ale z pewnością w niczym nie przypominał nastolatka. Być może potrafi zmieniać swój wygląd zgodnie z twoimi preferencjami.

Chciałam zaprzeczyć, lecz przypomniałam sobie, jak mnie nazwał przed złożeniem na moich ustach pocałunku. Tym samym imieniem zwrócił się do mnie we śnie. „Reaguję na niego niemal instynktownie, jakby rozpoznawała go moja dusza" — podpowiedział mi zdradziecko mój własny umysł, a przez ciało przebiegł potworny dreszcz, podnosząc włoski na karku.

— Nazywa mnie A-ya — wyznałam.

— Brzmi znajomo. Co oznacza to słowo?

— Tak miała na imię dziewczyna stworzona przez kobiety Ghigua, by zwabić Kalonę w zasadzkę.

Darius westchnął głęboko.

— Cóż, teraz przynajmniej wiemy, dlaczego tak mu zależy na tym, by nic ci się nie stało. Myśli, że jesteś dziewczyną, którą pokochał.

— To była raczej obsesja niż miłość — zaoponowałam szybko, nie mając ochoty nawet przez chwilę rozważać przypuszczenia, że Kalona mógł kochać A-yę. — Poza tym musimy pamiętać, że to ona zwabiła go w pułapkę i spowodowała, że przez ponad tysiąc lat tkwił uwięziony pod ziemią.

Darius pokiwał głową.

— Więc jego pożądanie mogłoby się bardzo łatwo zmienić w nienawiść.

Poczułam ucisk w żołądku.

— Może chodzi mu właśnie o to, żeby się zemścić na A-yi. Nie mam pojęcia, co tak naprawdę chce ze mną zrobić. Neferet nalegała, żeby mnie zabić, ale on ją powstrzymał. Powiedział, że może wykorzystać moją moc.

— Tylko że ty nigdy się nie odwrócisz od Nyks, by przejść na jego stronę — stwierdził Darius.

— Kiedy to zrozumie, nie wyobrażam sobie, żeby dalej chciał mnie trzymać — zauważyłam.

— Będzie w tobie widział potężnego wroga, który znów może znaleźć sposób, żeby go uwięzić.

— No dobrze — przerwałam te rozważania. — Powiedz, co mam robić, żeby doprowadzić cię do porządku, znajdźmy pozostałych i spadajmy stąd.

Idąc za jego wskazówkami, dokonałam naprawdę obrzydliwego zabiegu oczyszczenia długiej ciętej rany, musiałam przy tym dosłownie lać alkohol w rozciętą skórę, żeby jak to wyraził Darius, „wypłukać potencjalne infekcje spowodowane kontaktem z krwią Kruka Prześmiewcy". Zupełnie zapomniałam, że ten sam nóż tkwił wcześniej w piersi Rephaima i że z całą pewnością miał na sobie pełno krwi tego odrażającego mutanta. W każdym razie oczyściłam ranę, a potem wspólnie znaleźliśmy dziwaczny, ale fajny materiał o nazwie Dermabond, lepiej znany jako płynne szwy, który musiałam wycisnąć i rozprowadzić wzdłuż całej rany, złączyć oba jej końce i abrakadabra! — jeśli nie liczyć długiej niezagojonej szramy, Darius był jak nowy. Przynajmniej on tak twierdził. Ja byłam nieco bardziej sceptyczna, lecz (jak nie omieszkał mi przypomnieć) jako pielęgniarka cechowałam się małą wiarygodnością.

Później przeszukaliśmy szafki w poszukiwaniu czegoś, w co mogłabym się ubrać. Co jak co, ale nie zamierzałam nigdzie wychodzić owinięta prześcieradłem. Nie uwierzycie, na jakie koszmarne, cienkie jak papier szpitalne wdzianka z gołymi plecami natknęliśmy się w jednej z szuflad. Zupełnie nie rozumiem, dlaczego pacjentów, którzy i bez tego czują się podle, zmusza się w szpitalach do noszenia tak brzydkich, uwłaczających i niczego nie zasłaniających ciuchów. W końcu udało nam się znaleźć zielony dwuczęściowy strój lekarski, który wprawdzie był na mnie nieco za duży, ale co tam. I tak był sto razy lepszy od prześcieradła. Uzupełniłam kreację wysokimi papciami. Potem zapytałam Dariusa, czy nie widział gdzieś mojej torebki, a on odpowiedział, że została w hummerze. Pewnie jestem płytka, lecz parę następnych minut poświęciłam głównie na zamartwianie się, że ktoś ją ukradł i że będę musiała sobie załatwić nowe prawko i komórkę, nie mówiąc o zakupie wspaniałego błyszczyka do ust, którego dokładnego odcienia mogłam nawet nie pamiętać.

Kiedy już włożyłam ubranie (Darius w tym czasie dyskretnie odwrócił wzrok) i pomartwiłam się trochę o swoją torebkę, uświadomiłam sobie, że siedzę na łóżku, gapiąc się w pustkę, i jestem bliska zaśnięcia.

— Jak się czujesz? — zapytał Darius. — Wyglądasz... — Urwał nagle, a ja byłam przekonana, że chciał powiedzieć „jak pół dupy zza krzaka", tylko nie przeszło mu to przez gardło.

— Jak półtora nieszczęścia? — podsunęłam uprzejmie.

Skinął głową.

— Właśnie.

— A wiesz, to ciekawy, acz niezupełnie zaskakujący zbieg okoliczności, bo tak właśnie się czuję.

— Może powinnaś trochę poczekać i...

— Nie! — przerwałam mu. — Mówiłam ci przecież, że chcę się stąd wynieść. Poza tym chyba sobie nie wyobrażasz, że zasnę w tym miejscu. Nie czuję się tu ani trochę bezpieczna.

— Zgoda — ustąpił. — Nie jesteś tu bezpieczna. Żadne z nas nie jest.

Gdzieś w powietrzu wisiało niewypowiedziane zdanie, że nawet jeśli zdołamy się wydostać z Domu Nocy, nadal nie będziemy bezpieczni, ale dla naszego morale lepiej było to przemilczeć.

— Chodźmy po pozostałych — powiedziałam.

Zerknęłam na ścienny zegar: niedawno minęła czwarta nad ranem. Byłam wstrząśnięta, widząc, ile upłynęło czasu. Musiałam leżeć nieprzytomna przez parę godzin, chociaż nie czułam się ani trochę wypoczęta. W normalnych okolicznościach adepci skończyliby już lekcje i...

— Słuchaj — rzekłam do Dariusa — to pora obiadowa. Może wszyscy będą w jadalni.

Kiwnął głową, przesunął blokujące klamkę krzesło i powoli otworzył drzwi.

— Korytarz pusty — oznajmił cicho.

Gdy wyglądał na zewnątrz, zlustrowałam go od stóp do głów i zamiast wyjść za nim, chwyciłam go za rękaw i przytrzymałam. Spojrzał na mnie pytająco.

— Wiesz, myślę, że jednak powinniśmy znaleźć jakieś inne ciuchy, zanim wparujemy do jadalni albo nawet do mojego pokoju. Co tu dużo mówić, ty jesteś trochę pokrwawiony, a ja mam na sobie coś, co przypomina wielki zielony worek na śmieci. Raczej nie należymy do osób nie rzucających się w oczy.

Spojrzał w dół, na powalaną krwią marynarkę i koszulę. Na szczęście szybko się ze mną zgodził, że to ubranie i świeża cięta rana na twarzy oraz mój zielony kombinezon niespecjalnie pasują do kogoś, kto pragnie pozostać niezauważony.

— Wejdźmy po schodach na wyższe piętro, do kwater Synów Ereba. Przebiorę się, a potem szybko zaniosę cię do twojego pokoju, żebyś się tego pozbyła. — Wskazał mój strój. — Jeśli dopisze nam szczęście, zastaniemy w internacie Afrodytę i Bliźniaczki, a wtedy pozostanie nam tylko znaleźć Damiena i możemy się ewakuować.

— Brzmi nieźle. Nigdy nie myślałam, że kiedykolwiek będę miała ochotę wracać do tych tuneli, ale w tej chwili to chyba najlepsze miejsce dla nas.

Darius tylko coś odmruknął. Uznałam, że to męski odpowiednik aprobaty, i wyszłam za nim na korytarz, który rzeczywiście był pusty. Szybko dotarliśmy do schodów, lecz wspinaczka po nich niemal mnie wykończyła. Wsparłam się ciężko na ramieniu Dariusa i zobaczyłam w jego oczach błysk niepokoju świadczący o tym, że poważnie rozważa wzięcie mnie na ręce, i pewnie by to zrobił (mimo moich protestów), gdybyśmy właśnie nie dotarli na górne piętro.

— Zawsze tu tak cicho? — wysapałam.

— Nie — odparł ponuro. — Zwykle nie.

Minęliśmy wspólne pomieszczenie z lodówką, dużym płaskoekranowym telewizorem, paroma wygodnymi kanapami i różnymi męskimi zabawkami w rodzaju ciężarków, tarczy do darta i stołu bilardowego. Nie spotkaliśmy żywej duszy. Z nieprzeniknioną twarzą Darius poprowadził mnie do jednych z wielu drzwi w korytarzu.

Jego pokój wyglądał mniej więcej tak, jak sobie wyobrażałam sypialnię Syna Ereba — czysty i prosty, bez żadnych udziwnień. Owszem, dostrzegłam trofea z zawodów w rzucie nożem i pełną kolekcję książek Christophera Moore'a w twardej oprawie, ale żadnych oprawionych zdjęć przyjaciół czy rodziny. Jedynymi obrazami na ścianach były pejzaże Oklahomy, które prawdopodobnie stanowiły standardowe wyposażenie pokoju. Aha, podobnie jak Afrodyta, Darius miał do dyspozycji minilodówkę, co mnie odrobinę wkurzyło: jeszcze trochę i okaże się, że oprócz mnie wszyscy ją mają. Podeszłam do wielkiego okna z pojedynczą szybą, odsunęłam skraj ciężkiej kotary i wyjrzałam, żeby Darius mógł się spokojnie przebrać, nie ryzykując, że zazdrosna Afrodyta wypatroszy jedno z nas.

O tej porze w Domu Nocy zwykle panował ruch. Lekcje się pokończyły i uczniowie przechodzili z edukacyjnej części campusu do internatów, sali rekreacyjnej czy jadalni albo po prostu kręcili się po terenie jak zwykłe nastolatki. Teraz jednak zobaczyłam tylko kilka osób prześlizgujących się po zlodowaciałym chodniku w kierunku tego czy innego budynku.

Choć intuicja mi podpowiadała, że problem leży nie tylko w pogodzie, uparcie trzymałam się nadziei, że jest inaczej. Ciemne niebo wciąż wypluwało sopelki lodu i choć doskonale rozumiałam powszechną niechęć do biegania po dworze w takiej aurze, nie uszło mojej uwagi, jak magiczne i urzekające wrażenie wywołuje pokrywająca wszystko warstewka lodu. Drzewa pochylały się pod krystalicznym ciężarem, który spoczął na ich konarach, łagodne żółte światło lamp gazowych migotało na śliskich ścianach i chodnikach, ale najlepsza ze wszystkiego była skuta lodem trawa, stercząca wszędzie w formie nastroszonych kryształków, jak gdyby z ziemi wyrastały diamenty.

— Łał — mruknęłam bardziej do siebie niż do Dariusa. — Wiem, że gołoledź jest upierdliwa, za to jaka piękna! Wszystko wygląda jak wzięte z innego świata.

Darius dołączył do mnie przy oknie, wkładając bluzę na świeżutką koszulkę z krótkim rękawem. Zmarszczył brwi, sygnalizując, że dostrzega raczej upierdliwy aspekt gołoledzi niż jej magię.

— Nie widzę ani jednego wartownika — mruknął, uświadamiając mi, że jego mina nie dotyczyła wyłącznie pogody, lecz i okalającego szkołę muru, który także był widoczny z okna. — Powinniśmy stąd widzieć co najmniej dwóch lub trzech wojowników, a nie ma żadnego.

I nagle zastygł.

— Co jest?

— Odezwałem się zbyt pochopnie, a ty miałaś rację. To j e s t inny świat. Wartownicy stoją na swoich posterunkach, tyle że nie są nimi moi bracia. — Wskazał jakiś punkt na murze po naszej prawej stronie, na łuku za świątynią Nyks, dokładnie naprzeciwko naszego budynku. Pomiędzy cieniem starego dębu a tyłem świątyni skłębiona ciemność się poruszyła, ukazując zakrzywioną sylwetkę przykucniętego na murze Kruka Prześmiewcy. — Tu też. — Wskazał inne miejsce nieco dalej wzdłuż muru. Przegapiłam je wcześniej, sądząc, że to coś nieożywionego, lecz gdy się dokładniej przyjrzałam, kształt poruszył się lekko, ukazując kolejnego ptasio-ludzkiego mutanta.

— Są wszędzie — rzekłam. — Jak się stąd wydostaniemy?

— Dasz radę ukryć nas pod zasłoną żywiołów, tak jak przedtem? — zapytał.

— Nie wiem. Jestem strasznie zmęczona i dziwnie się czuję. Rana już tak nie boli, ale mam wrażenie, że coś wysysa ze mnie siły, które się nie regenerują. — Nagle uświadomiłam sobie coś jeszcze i zamarłam. — Po użyciu ognia i wiatru przeciwko Kalonie nie musiałam uwalniać żywiołów. One po prostu same się ulotniły. Nigdy wcześniej nic takiego się nie zdarzyło. Zawsze zostawały ze mną, dopóki ich nie odesłałam.

— Twoje siły są na wyczerpaniu. Zdolność przywoływania i kontrolowania żywiołów to dar, który ma swoją cenę.

Jesteś młoda i zdrowa, więc w zwykłych okolicznościach pewnie nawet nie zauważasz, że cię to osłabia.

— Kilka razy zauważyłam, ale nigdy nie było tak jak teraz.

— Bo nigdy nie byłaś tak bliska śmierci. Dodaj do tego fakt, że nie miałaś czasu odpocząć i dojść do siebie, a uzyskasz niebezpieczną kombinację.

— Więc twoim zdaniem nie możemy liczyć na to, że uda mi się stąd nas wydostać — stwierdziłam.

— Może po prostu uznamy cię za plan C, a popracujemy nad planami A i B?

— Wolałabym być planem Z — mruknęłam ponuro.

— To ci pomoże, choć tylko chwilowo — powiedział, podchodząc do lodówki i wyjmując coś, co wyglądało jak dwie butelki wody, tyle że w środku miało gęsty czerwony płyn, który bez problemu rozpoznałam. Podał mi jedną. — Pij.

Wzięłam butelkę i spojrzałam na niego pytająco.

— Trzymasz w lodówce krew w butelkach po wodzie?

Uniósł brwi, a potem skrzywił się lekko — najwyraźniej zabolała go ciągnąca się przez całą twarz rana.

— Jestem wampirem, Zoey — rzekł w końcu. — Ty też niedługo nim będziesz. Dla nas przechowywanie w butelkach ludzkiej krwi jest równie naturalne jak przechowywanie wody. Tyle że krew daje większego kopa. — Uniósł swoją butelkę i wypił duszkiem.

Wyłączyłam wyobraźnię i poszłam za jego przykładem. Krew jak zwykle uderzyła w mój organizm niczym eksplozja, dając natychmiastowy zastrzyk energii i sprawiając, że nagle poczułam się bardzo żywa i niepokonana. W głowie mi się rozjaśniło, a promieniujący od rany ból osłabł i w końcu mogłam wziąć głęboki zdrowy oddech.

— Lepiej? — zapytał Darius.

238

— Jeszcze jak! — odparłam. — Znajdźmy dla mnie jakieś normalne ciuchy i poszukajmy reszty ekipy, póki to działa.

— A, właśnie. — Darius odwrócił się z powrotem do lodówki, wyjął kolejną butelkę i rzucił mi ją. — Schowaj do kieszeni. Picie krwi nie zastąpi snu ani nie przyspieszy leczenia, ale utrzyma cię na nogach. Przynajmniej taką mam nadzieję.

Wepchnęłam butelkę do jednej z ogromnych kieszeni swoich szerokich lekarskich spodni. Darius przypiął futerał z nożem i włożył czystą skórzaną kurtkę, po czym oboje wyszliśmy z pokoju, zbiegliśmy po schodach i wyszliśmy z budynku — przez cały czas nie spotykając ani jednej osoby. Czułam się z tym dziwnie, lecz nie chciałam na ten temat rozmawiać. Nie chciałam mówić ani robić niczego, co by nas zatrzymało tutaj choć sekundę dłużej, niż było konieczne.

Gdy Darius dotarł do drzwi wejściowych, zawahałam się.

— Kruki chyba nie powinny widzieć, że jestem na nogach i włóczę się samopas — powiedziałam, starając się mówić jak najciszej, choć nigdzie w pobliżu nie było nikogo widać.

— Pewnie masz rację — odparł. — Dasz radę?

— Hm, w sumie do internatu nie jest zbyt daleko. Poza tym pogoda i tak jest obrzydliwa. Przywołam trochę mgły i więcej deszczu. To powinno wystarczyć do ukrycia nas. Pamiętaj, musisz myśleć, że składasz się wyłącznie z ducha. Wyobraź sobie, że spajasz się z burzą. Mnie to zwykle pomaga.

— W porządku. Jestem gotów.

Wzięłam głęboki oddech, szczęśliwa, że ból w piersiach niemal zupełnie zniknął, i skoncentrowałam się.

— Wodo, ogniu i duchu, potrzebuję was — powiedziałam. Uniosłam jedną rękę, jakbym się z kimś wylewnie witała, a drugą ujęłam Dariusa za ramię. Natychmiast poczułam w sobie obecność wszystkich trzech żywiołów i miałam nadzieję, że on także to czuje. — Duchu, proszę cię, byś nas otoczył... ukrył... zespolił z nocą. Wodo, wypełnij otaczające nas powietrze, skąp nas i osłoń. Ogniu, potrzebuję jedynie odrobiny ciebie, byś rozgrzał lód i zmienił go w mgiełkę. Ale nie tylko wokół nas — dodałam szybko. — Ogarnij obszar całej szkoły. Niech wszystko będzie niewyraźne, mgliste i czarodziejskie. — Uśmiechnęłam się i poczułam, jak żywioły drżą w oczekiwaniu na wypełnienie powierzonych im zadań. — No to do roboty. — Dałam znak Dariusowi, a on otworzył drzwi i niesieni wiatrem, duchem i ogniem wyszliśmy na lodowaty deszcz.

Miałam rację w jednej sprawie: pogoda była wstrętna. Zdecydowanie wolałam przyglądać się jej z wnętrza ciepłego, suchego budynku. Wcześniej było źle, ale teraz, gdy żywioły odpowiedziały na mój rozkaz, intensywność opadów wzrosła. Rozejrzałam się wokół, próbując dyskretnie sprawdzić, czy kruki nas dostrzegły, lecz żywioły świetnie ze sobą współpracowały — oboje z Dariusem poruszaliśmy się wewnątrz oślepiającej lodowej kuli. Było tak ślisko, że upadłabym z hukiem na tyłek, gdyby Darius nie miał refleksu kota i jakimś cudem nie zdołał utrzymać na nogach siebie i mnie.

Refleks kota? Właśnie, dlaczego idąc zamarzniętym chodnikiem w całunie mgły, z twarzą opuszczoną w obronie przed uderzeniami zlodowaciałego deszczu, nie zauważyłam ani jednego z tych zwierząt? Owszem, pogoda była do kitu, zwłaszcza po mojej interwencji, a koty nie lubią wilgoci, ale nie przypominałam sobie, żebym podczas miesięcy przeżytych w Domu Nocy przechodząc przez campus, nie spotkała przynajmniej kilku uganiających się za sobą sierściuchów.

— Ani jednego kota — powiedziałam.

Darius skinął głową.

— Też zwróciłem na to uwagę.

— Co to znaczy?

— Kłopoty — rzekł.

Nie miałam jednak czasu na zastanawianie się, co może oznaczać nieobecność kotów (ani na martwienie się, gdzie jest Nala). Czułam, że moja energia się wyczerpuje, więc musiałam się maksymalnie skoncentrować, by nie przerywać szeptanej litanii do wiatru, ognia i wody.

— Jesteśmy nocą, niech nas osłoni nocny duch... otul nas całunem mgły... wiej, wietrze, i ukryj nas przed złymi oczyma...

Byliśmy już niemal przy internacie, gdy nagle usłyszałam dziewczęcy głos. Nie mogłam zrozumieć słów, ale wysoki nerwowy ton bez wątpienia oznaczał, że coś jest nie tak. Darius najwyraźniej też to usłyszał, bo zamarł i zaczął się rozglądać, usiłując coś zobaczyć przez otaczającą nas zasłonę żywiołów.

Gdy podeszliśmy jeszcze bliżej, głos stał się wyraźniejszy i głośniejszy, a słowa nabrały sensu.

— Nie, przestań! Chcę... chcę wrócić do pokoju — mówiła dziewczyna.

— Będziesz mogła wrócić, jak z tobą skończę.

Zastygłam i pociągnęłam Dariusa, zmuszając go, by się zatrzymał. Rozpoznałam głos chłopaka, choć nie słyszałam, co mówi.

— Może później, Stark? — zapytała dziewczyna. — Wtedy będziemy mogli... — Umilkła gwałtownie. Usłyszałam krótki krzyk, który zakończył się jękiem, a potem okropny wilgotny dźwięk i stękanie.

ROZDZIAŁ DWUDZIESTY

Darius ruszył szybko do przodu, pociągając mnie za sobą. Podeszliśmy do niewielkiej werandy, przez którą wchodziło się do żeńskiego internatu. Szerokie schody otoczone sięgającymi do pasa zygzakowatymi murami stanowiły idealne miejsce do pożegnalnego flirtowania z chłopakiem, który odprowadzał dziewczynę pod drzwi.

Stark wykonywał właśnie przewrotną parodię typowego, dobrze znanego tym schodom pocałunku na dobranoc. Trzymał dziewczynę w czymś, co mogło uchodzić za objęcia, gdyby nie było oczywiste, że na sekundy przed tym, jak zatopił zęby w jej szyi, dziewczyna próbowała się wyrwać. Przerażona patrzyłam, jak nieświadom naszej obecności chłopak chłepcze jej krew. Nie miało znaczenia, że ofiara pojękuje teraz z rozkoszy. Doskonale wiemy, co się dzieje, gdy kogoś ukąsi wampir: receptory hormonów seksualnych zarówno ofiary (a w tym wypadku dziewczyna z całą pewnością nią była!), jak i wampira zostają pobudzone. Dziewczyna odczuwała fizyczną przyjemność, ale jej rozszerzone przerażone oczy i napięte ciało wyraźnie wskazywały, że gdyby tylko mogła, opierałaby się. Stark spijał krew z jej szyi wielkimi łykami. Postękiwał jak zwierzę, jedną ręką mocno przyciskając dziewczynę, a drugą próbując unieść okrywającą ją spódnicę, by rozchylić jej nogi i...

— Puść ją! — zażądał Darius, uwalniając rękę z mojego uścisku i wychodząc z osłaniającej nas bańki mgły i mroku.

Stark puścił dziewczynę, jakby była opróżnioną butelką po napoju. Zaskomlała i na czworakach zaczęła się od niego odsuwać w stronę Dariusa, który wyjął z kieszeni staroświecką chusteczkę z materiału.

— Pomóż jej — rzekł, a sam niczym muskularna góra zastawił Starkowi drogę do rozhisteryzowanej dziewczyny i do mnie.

Przykucnęłam, ze zdumieniem rozpoznając w ofierze Starka Rebeccę Adams, ładną blondynkę z czwartego formatowania, która podkochiwała się w Eriku. Patrząc, jak Darius mierzy się ze Starkiem, jednocześnie podałam dziewczynie chusteczkę i wymamrotałam pocieszające słowa.

— Ciągle mi wchodzisz w drogę — odezwał się Stark. Jego oczy wciąż jarzyły się czerwienią, a wargi powalane były krwią, którą machinalnie ocierał grzbietem dłoni. Znów dostrzegłam pulsującą wokół niego ciemność. Nie była całkiem wyraźna; przypominała raczej cień wewnątrz cienia, to pojawiający się, to znikający mi z oczu. Łatwiej było go dostrzec wtedy, gdy się wcale nie próbowało.

I wtedy mnie olśniło. Wiedziałam, gdzie wcześniej natknęłam się na taką dziwną płynną ciemność! To było w tunelach, a potem w widmowym obrazie Neferet, która po chwili zmieniła się w zabójczego Kruka Prześmiewcę. Ale to nie wszystko. Byłam przekonana, że ta ciemność unosiła się także niczym żywy cień wokół Stevie Rae przed jej Przemianą, tyle że wtedy moje oczy i umysł zarejestrowały jedynie pragnienia, udrękę i walkę mojej najlepszej przyjaciółki, uznając obecną przy niej ciemność za przenośnię. O bogini, jakaż byłam głupia! Przytłoczona tym wszystkim, usiłowałam wyciągnąć jakieś wnioski z tej nowej wiedzy.

— Być może nikt ci nie wyjaśnił — rzekł tymczasem Darius do Starka — że wampirscy mężczyźni nie wykorzystują kobiet, niezależnie od tego czy są one ludźmi, wampirami czy adeptami. — Mówił spokojnie, jakby prowadził zwykłą rozmowę ze znajomym.

— Nie jestem wampirem. — Stark wskazał czerwony kontur półksiężyca na swoim czole.

— To nieistotny szczegół. My — Darius wskazał siebie, a następnie jego — nie wykorzystujemy kobiet. Nigdy. Bogini wpoiła nam pewne zasady.

Stark się uśmiechnął, ale jakoś sztucznie.

— Chyba niedługo się zorientujesz, że tutejsze zasady trochę się zmieniły.

— Cóż, chłopcze, moim zdaniem to ty się zorientujesz, że niektórzy z nas noszą zasady wypisane tutaj — wskazał swoje serce — a one nie zmieniają się pod wpływem widzimisię otoczenia.

Twarz Starka stężała. Sięgnął za siebie i uwolnił łuk przypięty pasem do pleców. Potem wyjął strzałę z kołczana, który wcześniej wzięłam za przewieszoną przez ramię męską torebkę (powinnam była wiedzieć, że to nie to; Stark raczej nie należał do facetów noszących torebki). Założył strzałę na łuk.

— Na wszelki wypadek postaram się, żebyś nigdy więcej nie wszedł mi w drogę.

— Nie! — Wstałam i podeszłam do Dariusa. Serce waliło mi jak zwariowane. — Stark, co się z tobą stało, do cholery?

— Umarłem! — wrzasnął, wykrzywiając twarz w gniewie. Widmowa ciemność zakłębiła się wokół niego, tak teraz wyraźna, że nie mogłam pojąć, jakim cudem przedtem mi umknęła.

— Wiem! — odwrzasnęłam, ignorując tę gęstą manifestację zła. — Byłam przy tym, pamiętasz? — To na chwilę zbiło go z tropu. Opuścił nieco głowę. Wzięłam to za dobry znak, więc postanowiłam kuć żelazo, póki gorące. — Mówiłeś, że wrócisz do Cesarzowej i do mnie.

Gdy wymówiłam imię jego psa, przez twarz przemknął mu grymas bólu, z którym Stark nagle wydał się bardzo młody i wrażliwy. Ledwie jednak mrugnęłam, wróciła jego niebezpieczna sarkastyczna twarz, choć czerwony ogień w oczach przygasł.

— No to wróciłem. Ale sprawy się zmieniły. I zmienią się jeszcze bardziej. — Obrzucił Dariusa zdegustowanym spojrzeniem. — Te wszystkie stare brednie, w które wierzysz, nic już nie znaczą. Tylko cię osłabiają, a jak jesteś słaby, umierasz.

Darius pokręcił głową.

— Kierowanie się zasadami bogini nigdy nie jest słabością.

— Ha, ha, jakoś nie widziałem tu ostatnio żadnej bogini, a ty?

— Ja widziałam — wtrąciłam. — Rozmawiałam z Nyks. Pojawiła się tam — wskazałam żeński internat — zaledwie kilka dni temu.

Stark długo przyglądał mi się bez słowa. Szukałam w jego twarzy jakiegoś śladu chłopaka, który przez chwilę był mi tak bliski — którego pocałowałam na chwilę przed tym, zanim skonał w moich ramionach — ale widziałam tylko nieprzewidywalnego obcego i prześladowała mnie świadomość, że jeśli wypuści strzałę, z pewnością nie chybi.

I nagle coś mi się przypomniało: Stark nie zabił Stevie Rae! A skoro tak, znaczyło to, że wcale nie zamierzał odebrać jej życia. Może więc pozostała w nim jakaś cząstka tego, kim był przed śmiercią?

— Nawiasem mówiąc, Stevie Rae czuje się dobrze — podpuściłam go.

— A co mnie to obchodzi? — burknął.

Wzruszyłam ramionami.

— Pomyślałam, że chciałbyś wiedzieć, skoro to twoja strzała zrobiła z niej szaszłyk.

— Robiłem, co mi kazano. Powiedzieli, że ma krwawić, to krwawiła.

— Kto powiedział? Neferet? To ona tobą steruje? — zapytałam.

Oczy znów mu się zaczerwieniły.

— Nikt mną nie steruje!

— Oprócz twojej żądzy krwi — wtrącił Darius. — Gdybyś nie był nią opętany, nie musiałbyś atakować tej adeptki.

— Taaak? Tak myślisz? No to się mylisz. Tak się składa, że lubię swoją żądzę krwi! Lubię robić z dziewczyną to, na co mam ochotę. Już czas, żeby wampiry przestały się chować po kątach. Jesteśmy sprytniejsi, silniejsi i lepsi niż ludzie! To my powinniśmy rządzić, nie oni!

— Ta adeptka nie jest człowiekiem. — Darius ciął głosem jak mieczem, przypominając mi, że nie jest czymś w rodzaju starszego brata, lecz Synem Ereba, jednym z najpotężniejszych żyjących wojowników.

— Byłem spragniony, a w pobliżu nie było żadnego człowieka — odparł Stark.

— Zoey, odprowadź dziewczynę do internatu — rzekł Darius, nie spuszczając go z oczu. — Już przestała być jego zabawką.

Podeszłam szybko do Rebeki i pomogłam jej wstać. Była trochę osłabiona, ale dała radę iść. Gdy zrównałyśmy się z Dariusem, on ruszył obok, przez cały czas odgradzając nas od Starka. Nim ten został z tyłu, odezwał się z wściekłą pasją, od której przeszedł mnie dreszcz:

— Wystarczy, żebym pomyślał o zabiciu cię i wypuścił tę strzałę, a umrzesz, gdziekolwiek będziesz.

— Skoro tak, to trudno — odparł spokojnie Darius. — Ja będę martwy, a ty będziesz potworem.

— Mogę sobie być potworem!

— A ja mogę sobie być martwy, skoro polegnę w służbie najwyższej kapłanki, a pośrednio także mojej bogini — odparł Darius.

— Jeśli go skrzywdzisz, zaatakuję cię wszystkimi swoimi siłami — zagroziłam Starkowi.

Spojrzał na mnie i wykrzywił usta w namiastce tamtego uroczego zawadiackiego uśmiechu, jaki pamiętałam.

— Ty też masz w sobie coś z potwora, prawda, Zoey?

Nie miałam zamiaru reagować na ten obrzydliwy komentarz. Darius też nie. Wciąż odgradzał nas od Starka, jednocześnie otwierając drzwi internatu i pomagając Rebece wejść. Ja jednak zamiast podążyć za nią, zatrzymałam się. Intuicja mi podpowiadała, że muszę coś zrobić, i choć bardzo chciałam zignorować jej głos, wiedziałam, że nie powinnam.

— Zaraz do was dołączę — powiedziałam do Dariusa i widząc, że chce mi się sprzeciwić, pokręciłam głową. — Zaufaj mi. Potrzebuję tylko chwili.

— Będę za drzwiami — rzekł, po czym rzucił Starkowi srogie spojrzenie i wszedł do wnętrza budynku.

Stanęłam twarzą do Starka. Wiedziałam, że ryzykuję, mówiąc mu to, co zamierzałam powiedzieć, ale wciąż przypominał mi się wiersz Kramishy, a szczególnie wersy: „Człowieczeństwem zbawiona, czy i mnie zbawi". Musiałam przynajmniej spróbować.

— Jack zajmuje się Cesarzową — powiedziałam bez wstępów.

Znów zobaczyłam w jego oczach błysk bólu, który jednak nie sięgnął głosu.

— No i?

— Po prostu cię informuję, że z twoim psem wszystko w porządku. Ciężko to przeżyła, ale teraz czuje się dobrze.

— Nie jestem już tym, kim byłem, więc ona nie jest moim psem. — Tym razem głos mu zadrżał, wzbudzając we mnie pewną nadzieję i skłaniając do zrobienia kroku w jego kierunku.

— Wiesz, psy mają jedną świetną cechę: kochają bezwarunkowo. Cesa nie troszczy się o to, kim teraz jesteś. Nadal będzie cię kochać.

— Nie masz pojęcia, o czym mówisz — rzekł.

— Owszem, mam. Spędziłam z twoim psem trochę czasu. Ma wielkie serce.

— Nie mówiłem o niej, tylko o sobie.

— Cóż, z czerwonymi adeptami też spędziłam trochę czasu. Nie wspominając już o tym, że pierwsza na świecie czerwona wampirka, która ukończyła Przemianę, jest moją najlepszą przyjaciółką. Nie twierdzę, że Stevie się nie zmieniła, ale wciąż ją kocham — powiedziałam. — Gdybyś ty też spędził jakiś czas z nią i innymi czerwonymi adeptami, mógłbyś... bo ja wiem, odnaleźć siebie? Im się udało — dodałam z przekonaniem, które nie w pełni odpowiadało moim odczuciom, bo jednak widziałam w tunelach, wokół czerwonych adeptów, ślady tej samej ciemności, która otaczała Starka. Mimo to wierzyłam, że najlepiej będzie go stąd wyrwać, bo nigdzie zło nie poruszało się tak swobodnie jak tu.

— Jasne — odparł zbyt szybko. — Zabierz mnie do tej całej Stevie i zobaczymy, co się stanie.

— Jasne — odparłam równie szybko. — Tylko zostaw tu łuk i strzały i pokaż mi, jak się wydostać z campusu bez alarmowania tych potwornych ptaszysk.

Twarz mu stężała i znów wyglądał jak ktoś zupełnie nieznajomy.

— Bez łuku nigdzie nie chodzę. Nikt nie opuszcza campusu bez wiedzy kruków.

— W takim razie nie mogę cię zabrać do Stevie Rae — powiedziałam.

— Nie musisz mi pokazywać, gdzie to jest. Ona wie wszystko o tej nędznej norze, w której się kryją. Jak tylko zechce, dorwie twoją przyjaciółkę. Na twoim miejscu spodziewałbym się, że lada chwila zobaczę tu Stevie Rae.

Ostrzegawcze dzwonki biły w mojej głowie na alarm i bynajmniej nie miałam zamiaru pytać, kim jest ta „ona", o której mówi Stark. Zamiast jednak pokazać, jak bardzo zdenerwowały mnie jego słowa, uśmiechnęłam się spokojnie.

— Nikt się nie kryje. Ja jestem tutaj, a Stevie Rae cały czas znajduje się tam, gdzie mieszka od czasu swojej Przemiany. Żadna tajemnica. Poza tym jej widok zawsze mnie cieszy, więc jeśli się tu pojawi, to fajnie.

— Taaa, jasne. Nie ma sprawy. A ja cieszę się, że mogę być tu, gdzie jestem. — Odwrócił się ode mnie i spojrzał w dryfującą leniwie wokół nas lodowatą mgłę. — I nie mam pojęcia, czemu cię to obchodzi.

A ja nagle dokładnie wiedziałam, co odpowiedzieć.

— Ja tylko dotrzymuję obietnic.

— Co? Jakich znowu obietnic?

— Zanim umarłeś, poprosiłeś, żebym ci obiecała dwie rzeczy. Po pierwsze, żebym o tobie nie zapomniała. Dotrzymałam jej. Po drugie, żebym się zaopiekowała Cesarzową, więc informuję cię, że wszystko z nią w porządku.

— Możesz powiedzieć temu całemu Jackowi, że to teraz jego pies. Powiedz mu... — Nadal na mnie nie patrząc, urwał i wziął drżący oddech. — Powiedz mu, że Cesa jest dobrym psem i żeby się nią opiekował.

Nie przestając zawierzać intuicji, przeszłam kilka dzielących nas kroków i położyłam mu rękę na ramieniu, niemal tak samo jak tamtego wieczoru, gdy umarł.

— Wiesz, że obojętne co powiesz, obojętne komu ją oddasz, Cesarzowa zawsze będzie należeć do ciebie. Kiedy umarłeś, płakała. Widziałam to na własne oczy i nigdy tego nie zapomnę.

Nie spojrzał na mnie, ale powoli upuścił łuk na ziemię i przykrył moją dłoń własną. Staliśmy tak, dotykając się, lecz nic nie mówiąc. Przyglądałam się bacznie jego twarzy, więc zobaczyłam całą przemianę, jaka w niej zaszła. Kiedy dotknął mojej dłoni, wziął długi, powolny oddech i jego rysy złagodniały. Resztka czerwonego odcienia znikła z oczu, a kłębiąca się wokół ciemność wyparowała. Gdy Stark w końcu na mnie spojrzał, był tym samym chłopakiem, który kiedyś tak mnie pociągał i który umarł w moich ramionach, obiecując, że do mnie wróci.

— A jeśli nie pozostało we mnie nic wartego miłości? — zapytał tak cicho, że gdyby stał odrobinę dalej, nie usłyszałabym go.

— Myślę, że wciąż możesz zdecydować, kim jesteś, a przynajmniej kim się stajesz. Stevie Rae wolała człowieczeństwo od potworności. Sądzę, że to zależy od ciebie.

Potem zrobiłam coś naprawdę głupiego. Nie wiem nawet za bardzo, co mnie do tego skłoniło. Miałam przecież nierozwiązany problem z Erikiem i Heathem, więc komplikowanie sobie życia jeszcze jednym chłopakiem było ostatnią rzeczą, jakiej bym potrzebowała, ale w tym momencie świat skurczył się do nas dwojga, a Stark znów był sobą — chłopakiem cierpiącym z powodu otrzymanego od Nyks daru, który przypadkiem spowodował śmierć jego mentora; chłopakiem, który potwornie się bał, że znów kogoś zrani. Chłopakiem, z którym niespodziewanie połączyło mnie uczucie tak wielkiej bliskości, że zaczęłam wierzyć w istnienie czegoś takiego jak „pokrewne dusze" i przez chwilę się zastanawiałam, czy właśnie my dwoje takimi nie jesteśmy. Tylko o tym myślałam teraz, pozwalając mu się objąć, a gdy on z wahaniem pochylił się i przycisnął usta do moich, zamknęłam oczy i łagodnie, słodko go całowałam, on odwzajemniał się tym samym, obejmując mnie tak łagodnie, jakby się bał, że mogę się złamać.

Po chwili jednak Stark zesztywniał i odsunął się ode mnie, robiąc chwiejny krok w tył. Byłam przekonana, że widzę w jego oczach łzy.

— Powinnaś o mnie zapomnieć! — wrzasnął, po czym podniósł swój łuk i biegiem oddalił się w skłębioną ciemność lodowatej nocy.

Gdy zniknął, stałam i spoglądałam za nim, zachodząc w głowę, co mi u diabła odbiło. Jak mogłam się całować z facetem, który zaledwie parę minut wcześniej napadł inną dziewczynę? Jak mogłam czuć bliskość z kimś, kto mógł być w większym stopniu potworem niż człowiekiem? Może już sama siebie nie znałam. A z pewnością nie miałam pojęcia, kim się staję.

Zadrżałam. Zimna wilgoć nocy zdawała się przenikać przez ubranie i skórę aż do kości. Poczułam się zmęczona — bardzo, bardzo zmęczona.

— Dziękuję wam, ogniu, powietrze i wodo — szepnęłam do nasłuchujących żywiołów. — Dobrze mi dziś służyliście. Możecie już odejść. — Mgła i lód zawirowały wokół mnie, a potem odleciały, pozostawiając mnie samą z nocą, burzą i własną konsternacją. Znużona powlokłam się do internatu, żałując, że nie mogę wejść do środka, wziąć gorącego prysznica, skulić się na łóżku i spać przez kilka dni.

Ale kogo obchodziły moje pragnienia...

ROZDZIAŁ DWUDZIESTY PIERWSZY

Ledwie dotknęłam drzwi, a już otworzył je przede mną Darius. Jego ostre spojrzenie zmusiło mnie do zastanowienia, czy obserwował scenę pomiędzy Starkiem a mną, choć miałam szczerą nadzieję, że nie.

— Damien i Bliźniaczki są tam — oznajmił, dając mi znak, żebym szła za nim do wspólnej sali.

— Najpierw muszę pożyczyć twoją komórkę — powiedziałam.

Nie zawahał się ani nie zadawał denerwujących pytań o to, do kogo i po co chcę dzwonić. Po prostu podał mi telefon, a potem oddalił się w stronę wspólnej sali. Wcisnęłam numer Stevie Rae i wstrzymałam oddech, czekając, aż odbierze. Gdy to zrobiła, je głos brzmiał jak w puszce, ale przynajmniej było ją słychać.

— Cześć, to ja — powiedziałam.

— Zo! Kurczę, jak miło cię słyszeć. Dobrze się czujesz?

— Lepiej.

— Super! A co się dzieje z...

— Potem ci wszystko opowiem — przerwałam jej. — Teraz musisz mnie wysłuchać.

— Dobra — zgodziła się.

— Zrób to, o co cię prosiłam.

Na chwilę zaległa cisza.

— O co prosiłaś na kartce? — zapytała w końcu Stevie.

— Tak. Jesteście obserwowani. Coś jest tam z wami w tunelach.

Myślałam, że krzyknie ze zdumienia albo zacznie panikować, lecz zachowała spokój.

— OK — powiedziała po prostu — rozumiem.

— Jest duże prawdopodobieństwo — kontynuowałam szybko — że te ptaszyska cię złapią, jeśli wyjdziesz z tuneli w jakimś obserwowanym przez nie miejscu, więc musisz być bardzo, ale to bardzo ostrożna.

— Spoko, Zo. Po tym twoim liściku zrobiłam mały rekonesans. Chyba mogę się tam dostać niepostrzeżenie.

— Najpierw zadzwoń do siostry Mary Angeli i uprzedź ją, że się zjawisz. Powiedz też, że ja przyjdę, jak tylko będę mogła. Ale nie mów czerwonym adeptom, dokąd idziecie, póki będziesz w stanie to przed nimi ukryć. Rozumiesz?

— Tak.

— Dobra. Uściskaj ode mnie babcię.

— Jasne — powiedziała. — I nie pozwolę, żeby ktokolwiek wspomniał jej o twoim wypadku. Tylko by się zestresowała.

— Dzięki. Z Heathem wszystko w porządku? — zapytałam.

— Pewnie. Mówiłam ci, że nie musisz się o niego martwić. Obaj twoi faceci czują się świetnie.

Westchnęłam, żałując, że nie mogę jej poprawić i powiedzieć, że mam tylko jednego faceta.

— To dobrze. Cieszę się, że są bezpieczni. Afrodyta też, nawiasem mówiąc — dodałam, czując się z tym trochę dziwnie, lecz myśląc, że skoro ja zapytałam o swojego skojarzeniowego partnera, to może ona też chciałaby się czegoś dowiedzieć o swojej partnerce.

Zaśmiała się znajomym radosnym śmiechem.

— Ojej, Zo, przecież wiem. Gdyby coś jej się stało, od razu bym to poczuła. To dziwne, ale prawdziwe.

— No dobra. Pewnie tak. Słuchaj, muszę spadać. Ty też już leć.

— Mam dzisiaj wszystkich stąd zabrać? — upewniła się.

— Teraz — odparłam stanowczo.

— Jasne — powiedziała. — To na razie, Zo.

— Proszę cię, bądź bardzo, bardzo ostrożna.

— Ojej, nie martw się o mnie. Mam w zanadrzu parę sztuczek.

— Przydadzą ci się. Na razie — zakończyłam i przerwałam „puszkowe" połączenie. Czułam ulgę na myśl, że Stevie Rae przeniesie się wraz ze wszystkimi czerwonymi adeptami do podziemi pod opactwem benedyktyńskim. Musiałam wierzyć, że ciemność, którą zaczęłam dostrzegać unoszącą się w tunelach, nie będzie się czuła tak dobrze w towarzystwie grupy zakonnic w klasztornej piwnicy. Musiałam też wierzyć, że Stevie Rae zdoła przeprowadzić tam wszystkich adeptów, nie dając się złapać Krukom Prześmiewcom. Jeżeli tylko pozostali będą mieli tyle szczęścia, spotkamy się, zrobimy burzę mózgów i wykombinujemy, co zrobić z Kaloną i Neferet. Zapytam również Stevie Rae o tę okropną tajemniczą ciemność. Miałam niemiłe przeczucie, że wie o niej znacznie więcej niż ja.

Weszłam do wspólnej sali. Zazwyczaj po lekcjach aż roiło się tu od adeptów oglądających coś na płaskoekranowych telewizorach. Po całym pomieszczeniu rozsiane były wygodne fotele i sofy, które powinny być wypełnione uczniami odpoczywającymi po długim dniu nauki.

Dziś jednak było ich niewielu, a ci, którzy jednak znaleźli się w sali, siedzieli jak mysz pod miotłą. Częściowo mogło to wynikać z faktu, że przez burzę urwał się przekaz z kablówki, lecz w końcu Dom Nocy miał własne generatory prądu, więc ludzie spokojnie mogliby oglądać filmy z wypożyczalni. Do diabła, prawie każdy miał dostęp do Netfliksa! Ale tych kilka osób, które w ogóle tu były, siedziało w zbitej gromadce, rozmawiając niemal szeptem.

Instynktownie rozejrzałam się po miejscu, gdzie kiedyś przesiadywałam z przyjaciółmi, i z ulgą dostrzegłam Damiena i Bliźniaczki. Pomiędzy nimi siedziała Rebecca, więc uznałam, że ją pocieszają i powstrzymują przed wybuchem histerycznego płaczu. Gdy podeszłam bliżej, okazało się jednak, że byłam w wielkim błędzie.

— Serio, nie martwcie się o mnie. Nic takiego się przecież nie stało — upierała się dziewczyna głosem, który nie tylko nie był już drżący i przestraszony, ale wręcz stał się strasznie zniecierpliwiony.

— Nic się nie stało? — oburzyła się Shaunee. — Jasne, że się stało, i to dużo!

— On cię zaatakował! — zawtórowała jej Erin.

— To niezupełnie było tak — odparła Rebecca, machając lekceważąco rękami. — Po prostu się wygłupialiśmy. Poza tym Stark jest naprawdę niezły.

— Taaa — prychnęła Erin. — Gwałciciele przeważnie są atrakcyjni jak diabli.

Rebecca zmrużyła oczy. Wyglądała teraz na zimną i wredną.

— Stark j e s t atrakcyjny, a ty jesteś po prostu zazdrosna, że nie chciał ciebie.

— Że nie chciał mnie? — zdziwiła się Erin. — Chcesz powiedzieć: „że nie chciał mnie molestować"? Dlaczego próbujesz go usprawiedliwiać?

— Co się z tobą do cholery dzieje, Rebecca? — zapytała Shaunee. — Żadnemu facetowi nie powinno ujść na sucho takie...

— Chwila — odezwał się Damien. — Wiecie co, Rebecca ma rację. Stark naprawdę jest atrakcyjny. — Bliźniaczki wlepiły w niego gały, a on mówił dalej. — Skoro mówi, że tylko się wygłupiali, to skąd mamy wiedzieć, że tak nie było?

Wtedy do tego wzburzonego kręgu wkroczyliśmy Darius i ja.

— Co się dzieje? Nic ci nie jest? — zapytałam Rebeccę.

— Nic a nic. — Wstała, rzucając Bliźniaczkom lodowate spojrzenie. — Poza tym umieram z głodu. Idę po coś do żarcia. Sorki, że narobiłam zamieszania. Na razie. — I oddaliła się szybko.

— Co tu się, kurde, stało? — zapytałam cicho.

— To samo co w tym całym cholernym...

— Na górę! — zakomenderował Darius, przerywając wypowiedź Erin.

Nieco zdziwiona obserwowałam pokorę, z jaką podporządkowali mu się moi przyjaciele. Wyszliśmy ze świetlicy, ignorując zaciekawione spojrzenia nielicznych zgromadzonych tam osób, które wciąż siedziały jak trusie.

— Afrodyta jest w swoim pokoju? — zapytał w drodze na piętro Darius.

— Tak. Mówiła, że jest zmęczona — rzekła Shaunee.

— Pewnie zwisa ze sufitu głową w dół w swoim zwykłym nietoperzowym stylu — mruknęła Erin, po czym zerknęła na Dariusa przez ramię. — A skoro o naszej Afrodupci mowa, to chyba się okoci, jak zobaczy, co zrobiłeś ze swoją cudną buźką.

— Właśnie. Jakbyś potrzebował oddechu od jej nikczemnej płycizny, możesz się tu zgłosić po małą kawkę mocca — dodała Shaunee, trzepocząc rzęsami.

— Albo tutaj po waniliowy koktajl — uzupełniła flirciarsko Erin.

Darius uśmiechnął się dobrodusznie.

— Będę o tym pamiętał — rzekł tylko.

Pomyślałam, że Bliźniaczki kuszą los, i nie miałam najmniejszego zamiaru znaleźć się pomiędzy nimi a Afrodytą, gdy ta się dowie, że podrywały jej faceta, ale byłam zbyt zmęczona, by coś powiedzieć.

— Kojarzysz ten niebieski kaszmirowy sweter, który niedawno kupiłaś w Saksie? — zapytał Damien, zwracając się do Erin.

— Pewnie, a co?

— Zamawiam go dla siebie, jeśli Afrodyta cię wypatroszy za to, że zagięłaś parol na jej chłopaka — rzekł.

— Ona jest zwykłym człowiekiem — prychnęła Erin.

— Taaa, myślę, że we dwie sobie z nią poradzimy — wtrąciła Shaunee, posyłając Dariusowi całusa. — Pamiętaj o tym, wojowniczku.

Zaśmiał się, a ja przewróciłam oczami. Właśnie mijaliśmy mój pokój, gdy otworzyły się drzwi i z wnętrza dobiegł głos Afrodyty:

— Tu jestem!

Zatrzymaliśmy się, a potem weszliśmy do pokoju.

— Afrodyto, co ty tu...

— O bogini! Co się stało z twoją twarzą? — Nie zwracając uwagi na nikogo innego, Afrodyta podbiegła do Dariusa i zaczęła wymachiwać rękami przy długiej wąskiej ranie biegnącej przez całą długość jego profilu. — Nic ci nie jest? Cholera, jak to okropnie wygląda! Boli? — Zakasała rękawy koszuli, odsłaniając świeże ślady po zębach Stevie Rae.

— Jak chcesz mnie ugryźć, to proszę, nie żałuj sobie.

Darius ujął jej dłonie, powstrzymując nerwowe machanie.

— Nic mi nie jest, najdroższa — rzekł. — To tylko draśnięcie.

— Jak do tego doszło? — zapytała płaczliwie, ciągnąc go za ręce i prowadząc do wolnego łóżka, które kiedyś zajmowała Stevie.

— Już dobrze, najdroższa — zapewnił, sadzając ją sobie na kolanach i przytulając.

Mówił dalej, ale przestałam go słuchać, bo moją uwagę przykuły...

— Cameron! Tu jesteś, kochana! Tak się o ciebie martwiłem! — Damien opadł na podłogę i głaskał swoją jasną kotkę.

— Belzebub, gdzieś ty się podziewał? — skarciła Shaunee szarą złośliwą bestię, która wybrała na swoje właścicielki obie Bliźniaczki.

— Przypuszczałyśmy, że uganiasz się za Diaboliną, no i faktycznie, oboje tu jesteście — zauważyła Erin.

— Chwila — wtrąciłam, patrząc na skuloną na moim łóżku Nalę. Rozejrzałam się po pokoju i naliczyłam osiem, słownie osiem sierściuchów! — O co chodzi z tymi kotami?

— Właśnie dlatego tu jestem — wyjaśniła Afrodyta, pochlipując cichutko w ramionach Dariusa. — Diabolina bardzo dziwnie się zachowywała. Ciągle przechodziła w tę i we w tę przez swoje drzwiczki i wydawała dziwne wrzaski. — Urwała i posłała całusa okropnemu białemu kłębowi udającemu jej kota. — W końcu ją wypuściłam i poszłam za nią, a ona doprowadziła mnie do twojego pokoju. Weszłam do środka i zobaczyłam te wszystkie koty. Potem usłyszałam, jak idziecie korytarzem. — Wlepiła swoje urocze oczęta w Bliźniaczki. — Słyszałam w s z y s t k o, coście powiedziały, i nawet przez chwilę nie myślcie, że skoro stałam się znów człowiekiem, to nie mogę z radością kopnąć was w tyłki.

— Ale co te wszystkie zwierzaki tu robią? — zapytałam szybko, nie dając Bliźniaczkom czasu na rozpętanie małej wojenki między adeptami a ludźmi.

— Cześć, Nefretete! — zawołał Darius, a kotka o lśniącym nakrapianym futerku wskoczyła na łóżko i zaczęła się do niego łasić.

— W końcu to nasze koty — rzekł Damien, wciąż głaszcząc Cameron. — Pamiętacie, że gdy wczoraj stąd uciekaliśmy, wszystkie czekały na nas poza szkołą? — Zerknął na mnie. — Znowu się wynosimy?

— Mam nadzieję — odparłam. — Tylko wciąż nie rozumiem... — Raz jeszcze przyjrzałam się zwierzakom. — OK, te są nasze, ale co tu robią ten wielki i ten mały kremowy obok niego?

— Wielki to maine coon Smoka Lankforda. Wabi się Shadowfax — wyjaśnił Damien.

Smok Lankford, zwany przez prawie wszystkich po prostu Smokiem, to nasz nauczyciel i mistrz fechtunku. Damien miał talent w tej dziedzinie, więc nic dziwnego, że rozpoznał kota swojego ulubionego nauczyciela.

— A ten mały to chyba Ginewra profesor Anastasii — stwierdziła Erin.

— Racja, bliźniaczko — przyznała Shaunee. — Zawsze się kręci w pobliżu podczas lekcji zaklęć i obrzędów.

— A ten? — Wskazałam znajomo wyglądającego kota syjamskiego o srebrzystobiałej sierści barwy księżycowego światła z szarawym pyszczkiem i uszami. Potem odkryłam, skąd go znam, i sama odpowiedziałam na swoje pytanie.

— To kotka profesor Lenobii! Nie pamiętam imienia, ale widziałam, jak się kręciła za Lenobią po stajni!

— Podsumujmy: wszystkie nasze koty plus kot Smoka, jego żony i profesor Lenobii nagle znalazły się w pokoju Zoey — rzekł Darius.

— Tylko czemu? — zapytała Erin.

Odpowiedziałam kolejnym pytaniem:

— A widzieliście dzisiaj jakieś inne koty? W salach lekcyjnych, podczas lunchu, podczas przechodzenia z internatu do szkoły i z sali do sali, gdziekolwiek?

— Nie — odparły chórem Bliźniaczki.

— Ja też nie — rzekł powoli Damien.

— Ani jednego — potwierdziła Afrodyta.

— Ty też wcześniej zauważyłaś, że pomiędzy szpitalem a internatem nie spotkaliśmy żadnego kota — powiedział Darius.

— Wtedy uznałam to za zły znak i nadal tak uważam — mruknęłam.

— Dlaczego wszystkie koty oprócz tej garstki miałyby zniknąć? — zapytał Damien.

— Koty nienawidzą Kruków Prześmiewców — powiedziałam. — Nala zawsze wariowała, gdy któryś pojawiał się w pobliżu.

— To coś więcej — stwierdziła Afrodyta. — Gdyby chodziło jedynie o nienawiść, mielibyśmy tu wszystkie koty, a nie tylko tę garstkę.

— Może i racja — przyznał Damien. — Te konkretne mają w sobie coś wyjątkowego.

— Nie chcę być wredna... a może zresztą chcę — rzekła Afrodyta — ale czy moglibyśmy na chwilę zapomnieć o tych przeklętych zwierzakach? Chcę wiedzieć, co za drań tak pokiereszował twarz mojemu facetowi.

— Kalona — odparłam, widząc, że Darius jest zbyt zajęty szczerzeniem się na dźwięk słów „mojemu facetowi", by odpowiedzieć.

— Tego się obawiałem — zmartwił się Damien. — Jak do tego doszło?

— Darius zaatakował Rephaima — wyjaśniłam — a Kalona się wściekł. Nie pozwolił Starkowi go zabić, ale na pożegnanie skarcił Dariusa za zranienie jego ukochanego syna.

— Cholerny Stark! — zdenerwowała się Shaunee.

— To bardzo zła wiadomość. No i te pieprzone ptaszyska robią, co im się żywnie podoba — dodała Erin.

— I nikt im w tym nie przeszkadza — zauważyła Shaunee.

— Wystarczy wspomnieć scenę z Rebeccą — rzekł Damien.

— Właśnie — wtrąciła Shaunee. — Co to za numery z tym przytakiwaniem jej, że Stark jest taaaaki super? Odwaliło ci czy co?

— I tak nic byście nie wskórały. Rebecca jest po ich stronie. O ile zdołałem się zorientować, Stark, ptaki i Kalona mogą zrobić wszystko z każdym i nie spotka ich za to żadna kara.

— Gorzej — wtrąciła Afrodyta. Wciąż siedziała w ramionach Dariusa, ale już doszła do siebie. — Jest tak, jakby Kalona rzucił na wszystkich czar, który sprawia, że widzą w różowych barwach jego, a wraz z nim z jakiegoś powodu Starka i kruki.

— Dlatego przyznałem Rebece rację i dałem jej spokój — powiedział Damien. — Nie powinniśmy się zbytnio afiszować z tym, że jako jedyni nie należymy do fanklubu Kalony.

— Jest jeszcze Neferet — dodała Afrodyta. — Nie zapominaj o niej.

— Towarzyszy mu, ale nie sądzę, żeby była pod wpływem jego czaru — powiedziałam. — Podsłuchałam ich rozmowę, kiedy myśleli, że jestem nieprzytomna. Sprzeczała się z nim. Gdy zrobił się wielki, straszny i zły, to jakby się wycofała, a tak naprawdę tylko zmieniła taktykę. Manipuluje nim, choć nie wiem, czy on o tym wie. Poza tym Neferet się zmienia.

— Jak to: zmienia? — zapytał Damien.

— Jej moc jest inna niż kiedyś — odparł Darius.

Skinęłam głową.

— Jakby ktoś przełączył jakąś dźwignię wewnątrz niej i uwolnił inne pokłady mocy.

— Mroczne moce — powiedziała Afrodyta. Spojrzeliśmy na nią. — Już nie opiera się na tym, co dostała od Nyks. Owszem, wciąż to wykorzystuje, ale znalazła też inne źródło. Nie czuliście tego w korytarzu przed szpitalną salą?

Zaległa długotrwała cisza. W końcu odezwał się Damien:

— Chyba byliśmy zbyt zajęci opieraniem się przyciąganiu Kalony.

— I przerażeni na śmierć — dodała Erin.

— Jak jasna cholera — przytaknęła Shaunee.

— No cóż, teraz już wiemy. Neferet stanowi dla nas większe zagrożenie niż przedtem. Kiedy ich podsłuchiwałam, rozmawiali o jakiejś nowej przyszłości, którą planują i która ma coś wspólnego z przejęciem władzy w radzie — powiedziałam, marząc o tym, by móc wpełznąć do łóżka i przykryć się kołdrą aż po czubek głowy.

— O bogini! W Najwyższej Radzie? — przestraszyła się Afrodyta.

— Tego nie mogę być pewna, ale obawiam się, że tak. Inna rzecz, której się obawiam, to że nowa moc dała Neferet szczególny talent. — Umilkłam. Nie chciałam ich straszyć, lecz musiałam ostrzec, więc starannie dobierałam słowa. — Sądzę, że potrafi być częściowo obecna w różnych miejscach poprzez wnikanie w ciemność lub sterowanie nią.

— Kiepska sprawa — mruknął Damien.

— To znaczy, że musimy cały czas być czujni — rzekła Erin.

— Jeszcze jak — przytaknęła Shaunee.

Darius skinął głową.

— Nigdy nie zapominajcie: Neferet jest naszym wrogiem, Kalona jest naszym wrogiem, większość adeptów także jest naszymi wrogami. — Wodził ostrym spojrzeniem od jednej osoby do drugiej. — A co z innymi nauczycielami? — zapytał pozostałych. — Byliście dziś na ich lekcjach, prawda? Jak się zachowywali?

— Owszem, byliśmy na lekcjach, choć dziwnie się z tym czuliśmy — odparła Shaunee.

— Nudy na pudy — dodała Erin.

— Wygląda na to, że wszyscy nauczyciele też są pod wpływem czaru Kalony — rzekł Damien. — Oczywiście nie mogę być tego pewien, bo ani przez chwilę nie byliśmy z nimi sami.

— Jak to nie byliście sami? — zdziwiłam się.

— Te ptaszyska są wszędzie. Wchodzą do klasy, wychodzą z niej, a nawet po prostu tam siedzą.

— Jaja sobie robisz? — Na myśl o tych potwornych wybrykach natury kręcących się swobodnie pośród adeptów, jakby to była ich szkoła, przeszedł mnie dreszcz odrazy.

— Nie. One naprawdę są wszędzie. Jak w tej pieprzonej *Inwazji porywaczy ciał* — wtrąciła Afrodyta. — Dobrzy bohaterowie z zewnątrz wyglądają tak samo, ale w środku zostają podmienieni, a Kruki Prześmiewcy to cholerni kosmici.

— A Synowie Ereba? Oni też popierają to, co się tu dzieje? — zapytał Darius.

— Nie widziałem ani jednego od czasu, kiedy Aristos nas wprowadził do campusu — rzekł Damien. — A wy?

Bliźniaczki i Afrodyta pokręciły głowami.

— Jest źle jak diabli — powiedziałam, pocierając czoło. Nagle poczułam się strasznie zmęczona. Co robić? Kto jest po naszej stronie? I jak, u licha, mamy się ewakuować z Domu Nocy w miejsce, które może, ale wcale nie musi być bezpieczne?

ROZDZIAŁ DWUDZIESTY DRUGI

— Zoey? Dobrze się czujesz?

Podniosłam wzrok i spojrzałam w łagodne orzechowe oczy Damiena. Nim zdążyłam odpowiedzieć, odezwał się Darius:

— Nie. Musi się wyspać. Potrzebuje odpoczynku, żeby zregenerować siły.

— Jak tam twoja obrzydliwa, ohydna i odrażająca rana? — zapytała Erin.

— Nie widzę krwi przesiąkającej przez twoje urocze szpitalne wdzianko, więc zakładam, że cię wyleczyli — dodała Shaunee.

— Jest lepiej, ale mam problem z odzyskaniem sił. Jestem jak komórka z zepsutym zasilaczem.

— Musisz odpocząć — powtórzył Darius. — Twoja rana była niemal śmiertelna. Potrzebujesz czasu, by wyzdrowieć.

— Nie mamy czasu! — wrzasnęłam sfrustrowana. — Musimy się stąd wynosić w cholerę, jak najdalej od Kalony, i dopiero wtedy kombinować, jak go pokonać!

— Wyniesienie się nie będzie takie łatwe jak poprzednio — zauważył Damien.

Afrodyta prychnęła.

— Taaa, faktycznie było łatwe!

— Na pewno uznasz je za takie w porównaniu z tym, co czeka nas teraz — kontynuował chłopak. — Kruki Prześmiewcy są wszędzie. Ubiegłej nocy atakowały na chybił trafił. Panował chaos i dzięki temu zdołaliśmy się wymknąć. Dzisiaj są dobrze zorganizowane i rozstawione po całym terenie.

— Widziałem je na murach — przyznał Darius. — Jest ich ponad dwa razy więcej, niż było naszych strażników.

— Ale przed internatem nie wystawili straży. W odróżnieniu od was — powiedziałam.

— Bo nie obchodzi ich, czy jesteśmy bezpieczni. Chodzi tylko o to, żebyśmy nie opuszczali szkoły — rzekł Damien.

— Dlaczego? — zapytałam znużonym głosem, pocierając skroń, w której zaczął pulsować ból.

— Cokolwiek planują, wymaga w tej chwili izolacji od świata — wyjaśnił Darius.

— Czy to nie wskazuje, że chcą po prostu zawładnąć tym Domem Nocy, a nie kombinować coś z Najwyższą Radą? — zapytała Afrodyta.

Zwróciła się do mnie, lecz kiedy nie potrafiłam jej dać odpowiedzi twierdzącej, na którą niewątpliwie liczyła, sprawę wziął w swoje ręce Darius.

— Być może, ale na razie jest za wcześnie, by o tym wyrokować.

— Zawierucha ułatwia im izolację. Wszędzie brakuje prądu, komórki działają, jak chcą. W całej Tulsie prąd mają tylko nieliczne miejsca posiadające własne generatory — rzekł Damien.

— Ciekawe, czy Najwyższa Rada Nyks w ogóle wie, że Szechina nie żyje — zastanawiał się Darius.

Spojrzałam na Damiena.

— Co się dzieje, gdy umiera arcykapłanka wszystkich wampirów?

Zmarszczył brwi w zamyśleniu.

— Jeśli dobrze pamiętam z lekcji socjologii wampirskiej, zbiera się Rada Nyks i wybiera nową arcykapłankę. Ale to się dzieje raz na trzysta do pięciuset lat. Od chwili wyboru arcykapłanka rządzi do końca życia. Wybory są wielkim wydarzeniem, zwłaszcza takie niespodziewane jak te, które nas czekają.

Ożywiłam się.

— W takim razie Najwyższa Rada powinna być bardzo zainteresowana tym, dlaczego Szechina tak nagle umarła!

Damien skinął głową.

— Moim zdaniem tak.

— Może dlatego Kalonie tak zależy na izolacji Domu Nocy. Nie chce przykuć uwagi Najwyższej Rady — rzekła Afrodyta.

— Albo właśnie chce. Po to, by przedstawić Neferet jako nową arcykapłankę. A na razie zbierają siły, żeby mieć pewność, że rada poprze jej kandydaturę.

W pokoju zaległa grobowa cisza, wszyscy wlepili we mnie wzrok.

— Nie możemy na to pozwolić — odezwał się w końcu Darius.

— I nie pozwolimy — powiedziałam stanowczo, mając nadzieję, że nasze działania potwierdzą moją tezę. — Słuchajcie, czy Kalona wciąż wmawia wszystkim, że jest Erebem, który zstąpił na ziemię? — zapytałam.

— Tak — odparła Erin.

— I choć brzmi to idiotycznie, wszyscy mu wierzą — dodała Shaunee.

— A w ogóle widziałaś go dzisiaj? — zapytałam. — To znaczy nie licząc chwili, kiedy tu przyszliśmy?

Pokręciła głową.

— Nie.

Przeniosłam wzrok na Erin.

— Ja też nie — powiedziała.

— Ani ja — dodał Damien.

— Ja też go nie widziałam i bynajmniej mnie to nie martwi — uzupełniła Afrodyta.

— Niestety możesz być w tym uczuciu odosobniona — powiedziałam powoli, przenosząc wzrok na Bliźniaczki, a potem na Damiena. — Mówiliśmy już o tym, że Kalona poddaje wszystkich wpływowi jakichś czarów, które działają nawet na nas, a przynajmniej działały, póki nie stawiliśmy mu czoła z całą dostępną nam mocą. Ale my byliśmy na niego gotowi. Wiedzieliśmy, że jest zły. Do diabła, prawie udusił Dariusa, zanim otrzeźwiałam i przestałam się do niego ślinić.

— Ten skurwiel cię dusił? — oburzyła się Afrodyta. — Chyba szału dostanę! A tak nawiasem mówiąc, moje drogie, acz uszczuplone baranie stadko: jeśli jeszcze to do was nie dotarło, powtarzam, że w najmniejszym stopniu nie działa na mnie ten cały urok, który rzucił na was skrzydlaty pokurcz. On mi się nie podoba. A-ni-tro-chę.

— Fakt — przyznałam. — Już wcześniej to zauważyłam. Nie odczuwasz jego przyciągania.

— A niby co ma mnie w nim pociągać? To wielki stary tyran. Jeszcze nigdy nie widziałam go odpowiednio ubranego. Poza tym bardzo nie lubię ptaków. Śmierć z powodu ptasiej grypy jest podobno zdecydowanie nieprzyjemna. No więc nie, nic w nim nie widzę.

— Ciekawe, dlaczego to na ciebie nie działa? — zastanawiałam się głośno.

— Bo jest afro-malna? — podsunęła Shaunee.

— Bo jest wybrykiem natury przebranym w ludzką skórę? — dodała usłużnie Erin.

— Hm, może po prostu mam wyjątkową intuicję i potrafię przejrzeć jego ściemy? Wasze oczywiście też — powiedziała Afrodyta.

— Coś w tym może być — ożywił się Damien. — My wszyscy czuliśmy jego przyciąganie, ale w odróżnieniu od innych adeptów potrafiliśmy mu się oprzeć, prawda?

Przytaknęliśmy.

— Jesteśmy związani z żywiołami. W znacznie większym stopniu niż inni adepci doświadczyliśmy ich dotyku, fizycznego i duchowego. Może nasze zdolności pozazmysłowe dają nam siłę, by się opierać kuszeniu Kalony.

— Czerwoni adepci mówili, że w ogóle nie czują jego przyciągania, tak jak Afrodyta — zauważyłam. — Oni wszyscy mają zdolności telepatyczne.

— Brzmi logicznie i działa w przypadku adeptów, a co z dorosłymi wampirami? — zapytał Darius.

— Czy wasze zdolności pozazmysłowe nie są równie zróżnicowane jak nasze? — zapytała Afrodyta. — Adepci wprawdzie twierdzą, że wszystkie wampiry potrafią wnikać w umysły, ale to chyba jednak nieprawda, co?

— Nie, w gruncie rzeczy nie, choć wielu z nas ma bardzo silną intuicję — odparł Darius.

— A ty? — zapytałam.

Uśmiechnął się.

— Tylko kiedy chodzi o bezpieczeństwo osób, których przysiągłem bronić.

— To wystarczy, żeby wiedzieć, że jednak dysponujesz szczególną mocą — powiedział wciąż ożywiony Damien. — No dobrze: które z pozostałych wampirów w Domu Nocy mają wyjątkową intuicję?

— Neferet — odparliśmy chórem.

— To już wiemy. Ale ona wybrała Kalonę, więc na razie nie możemy jej liczyć. A co z innymi?

— Damien... o rany, chyba trafiłeś w sedno! — powiedziałam podekscytowana. Wszyscy spojrzeli na mnie, lecz ja gapiłam się na koty, które nie należały do nas.

Damien oczywiście zaraz załapał moją myśl.

— Smok, profesor Anastasia i profesor Lenobia! Ich uznałbym za największych telepatów zaraz po Neferet.

— Więc to nie przypadek, że ich koty tu przyszły — stwierdził Darius.

— Zostały nam przysłane jako znak, że jesteśmy na właściwym tropie — dodał Damien.

— W takim razie mamy kolejny powód, żeby dziś stąd nie uciekać — powiedziałam.

— Kolejny? — zdziwiła się Afrodyta.

— Pierwszym jest ten, że nie dam rady panować nad żywiołami dostatecznie długo, by nas ukryć przed tymi wszystkimi Krukami Prześmiewcami. Jestem po prostu zbyt zmęczona. No a kolejnym powodem jest to, że jeśli Smok, Anastasia i Lenobia rzeczywiście potrafią przejrzeć te zafajdane sztuczki Kalony, to może pomogą nam się go pozbyć.

— Hej, świat się wali. Nic by ci się nie stało, jakbyś sobie zaklęła — podpuszczała mnie Afrodyta.

— To że świat się wali, nie może być pretekstem do wpadania w złe nawyki — odparłam, czując się w tym momencie dziwnie podobna do swojej babci.

— Ustalamy zatem, że zostajemy tu do jutra. Zoey musi się wyspać. Jutro wszyscy idziecie na lekcje jakby nigdy nic — podsumował Darius.

— Zgoda — powiedziałam. — Damien, dasz radę pogadać ze Smokiem na osobności i sprawdzić, czy jest po naszej stronie?

— Powinno się udać podczas lekcji szermierki.

— Kto ma jutro zaklęcia i obrzędy z Anastasią?

Bliźniaczki podniosły ręce jak pilne uczennice.

— Sprawdzicie?

— Jasne — odparła Erin.

— Spoko — zawtórowała jej Shaunee.

— Ja porozmawiam z Lenobią — dodałam.

— A Darius i ja zrobimy rekonesans rozmieszczenia tych zasranych kruków na murach — rzekła Afrodyta.

— Tylko bądź ostrożna — przestrzegłam ją.

— Będzie — zapewnił mnie Darius.

— Myślę, że niezależnie od wszystkiego powinniśmy jutro stąd wiać. Lepiej nie pozostawać tu dłużej, niż jest absolutnie konieczne — powiedziałam.

— Zgoda. O ile odzyskasz siły — rzekł Darius.

— Liczę na to — mruknęłam.

Zaległa chwilowa cisza, którą w końcu przerwał Darius.

— Kiedy uciekniemy — rzekł z powagą — Kalona ruszy za tobą. Będzie cię ścigał do skutku.

— Skąd ta pewność? — zapytała Afrodyta.

— Powiedz im, jak cię nazywa — zwrócił się do mnie wojownik.

Westchnęłam.

— A-ya — odparłam.

— Oż... — zaczęła Erin.

— ...w mordę — dokończyła Shaunee.

— To naprawdę źle wygląda — stwierdził Damien.

— On na serio wierzy, że jesteś dziewczyną, której kobiety Ghigua użyły do złapania go w pułapkę ponad tysiąc lat temu? — zapytała Afrodyta.

— Na to wygląda.

— Może gdybyś mu powiedziała, że nie jesteś dziewicą, toby się odczepił? — zapytała z zawadiackim uśmieszkiem.

Przewróciłam oczami, a ponieważ jej niezbyt subtelna aluzja do mojej niedawnej utraty dziewictwa sprawiła, że mimowolnie zaczęłam myśleć o mężczyznach swojego życia, dodałam:

— Słuchajcie, zastanawiam się, dlaczego Stark jest pod tak silnym wpływem Kalony. Otrzymał od Nyks wielki dar, a przed śmiercią sprawiał wrażenie kogoś, kto ma naprawdę silną intuicję.

— Stark to kompletny palant — stwierdziła Shaunee.

— Taaa, biorąc pod uwagę to, co słyszałyśmy od innych i zdarzenie z Rebeccą, raczej nie można się po nim spodziewać niczego dobrego — dodała Erin.

— Śmierć i zmartwychwstanie mogły go zmienić, ale moim zdaniem musiał być kompletnym debilem jeszcze przed śmiercią — stwierdziła Afrodyta. — Musimy się od niego trzymać jak najdalej. Myślę, że jest równie zły jak Kalona i Neferet.

— Właśnie. To taki Kruk Prześmiewca bez skrzydeł — rzekła Erin.

— Ble — skrzywiła się Shaunee.

Milczałam. Czułam się naprawdę zmęczona i miałam ogromne poczucie winy. Pocałowałam go! Znowu! A moi przyjaciele uważali go za potwora prawdopodobnie dlatego, że faktycznie nim był. Wszystko wskazywało na to, że jest naprawdę bardzo zły, więc jak, u diabła, mogłam myśleć, że pozostała w nim jakaś cząstka dobra?

— Wystarczy. Zo musi się wyspać — oznajmił Damien, wstając z Cameron na rękach. — Wiemy, co robić, więc po prostu zróbmy to i wynośmy się stąd. — Objął mnie. — Zapomnij o wierszu Kramishy — szepnął. — Nie możesz ocalić wszystkich, a zwłaszcza kogoś, kto nie chce być ocalony.

Odwzajemniłam uścisk, ale nie odpowiedziałam.

— Jestem jak najbardziej za powrotem do tuneli. Wszyscy musimy jak najszybciej się stąd wynieść. — Damien uśmiechnął się do mnie smutno i wyszedł z pokoju w towarzystwie żegnających mnie pospiesznie Bliźniaczek i dreptczącego za nimi Belzebuba.

— Chodźmy. — Afrodyta ujęła za rękę Dariusa i pociągnęła go, by wstał z łóżka. — Dzisiaj nie wracasz do swojego pokoju.

— Nie? — zapytał, uśmiechając się do niej czule.

— Nie. W tej okolicy brakuje Synów Ereba, więc zamierzam mieć cię na oku i na paru innych częściach ciała.

— Co za kicz — mruknęłam, choć nie mogłam się powstrzymać od uśmiechu.

— A ty masz spać — zwróciła się do mnie Afrodyta.

— Będziesz potrzebowała mnóstwo sił, by posprzątać ten bałagan z facetami, jaki na ciebie czeka. Mam dziwne uczucie, że Erik i Heath bardziej cię wymęczą niż sterowanie żywiołami.

— Wielkie dzięki, Afrodyto — zakpiłam.

— Nie ma za co. Polecam się.

— Dobrej nocy, kapłanko. Życzę ci spokojnego snu — zdążył powiedzieć Darius, nim wyciągnęła go z pokoju. Reszta kotów wyszła za nimi, pozostawiając mnie (w końcu) sam na sam z Nalą.

Westchnęłam i wygrzebałam z kieszeni ukrytą tam butelkę krwi. Wstrząsnęłam ją jak pyszny kawowy koktajl ze Starbucksa i wypiłam duszkiem. Krew przyjemnie rozeszła się po całym ciele niczym dotyk ciepłych palców, ale nie dała mi takiego kopa jak zwykle. Byłam zbyt wyczerpana. Zwlokłam się z łóżka, zdjęłam te durne szpitalne ciuchy i przetrząsnęłam szufladę w poszukiwaniu swoich ulubionych męskich bokserek z powielonym wielokrotnie symbolem Batmana, i rozciągniętej starej koszulki. Nim ją na siebie włożyłam, pochwyciłam spojrzeniem swoje odbicie w lustrze i zamarłam.

To naprawdę ja? Wyglądałam na znacznie więcej niż siedemnaście lat. Wszystkie moje tatuaże były wyraźne niczym życiodajny oddech tchnięty w ciało trupa — tak byłam blada! I te potworne worki pod oczami... Powoli opuściłam wzrok na ranę. Była okropna i naprawdę wielka; ciągnęła się przez całą szerokość ciała od jednego ramienia do drugiego. Nie ziała już jak jakaś odrażająca paszcza, ale wciąż była poszarpana, nabrzmiała i czerwona, tak że przy niej rana cięta

Dariusa wyglądała tak, jak lubił ją nazywać — jak zwykłe draśnięcie.

Łagodnie dotknęłam zranionego ciała i skrzywiłam się z bólu. Zastanawiałam się też, czy zawsze będzie taka widoczna — wiem, było to z mojej strony bardzo płytkie, lecz miałam ochotę się poryczeć. Nie z powodu czekającego nas piekła. Nie dlatego, że Neferet stała się potwornie niebezpieczna, ani też nie dlatego, że Kalona mógł zagrozić równowadze między dobrem a złem w całym znanym nam świecie. Nawet nie dlatego, że przytłaczał mnie chaos związany z Erikiem, Heathem i Starkiem. Chciało mi się płakać z powodu ohydnej rany, przez którą prawdopodobnie już nigdy w życiu nie będę nosić koszulki na ramiączkach. A co będzie, jeśli kiedyś zechcę pokazać się komuś... hm, naga? Wiem, wiem, przeżyłam jedną traumę, ale przecież kiedyś zaangażuję się w jakiś wspaniały związek i w końcu... Wpatrywałam się w odpychające czerwone cięcie, z trudem powstrzymując szloch. Nie. Nie ma mowy.

Ojejku, pomyślałam, muszę natychmiast przestać o tym myśleć i nie gapić się więcej na swoje nagie ciało, bo z całą pewnością nie jest to dla mnie dobre. Dla mnie? Do diabła, to nie mogłoby być dobre dla nikogo!

W pośpiechu włożyłam koszulkę przez głowę.

— To musi mi się udzielać od Afrodyty — mruknęłam do siebie. — Kiedyś nie byłam tak płytka.

Nala czekała na mnie na łóżku, a konkretnie na poduszce, czyli tam gdzie zwykle. Wśliznęłam się pod kołdrę i zwinęłam w kłębek obok niej, zachwycona dotykiem jej ciała i zadowolonym mruczeniem. Pewnie powinnam się bać zasnąć, biorąc pod uwagę wizytę Kalony w moim ostatnim śnie, ale byłam zbyt wykończona, by myśleć lub czymkolwiek się przejmować. Po prostu zamknęłam oczy i z wdzięcznością oddałam się we władanie ciemności.

*

Sen tym razem nie przeniósł mnie na łąkę, więc natychmiast odczułam naiwną ulgę i poddałam mu się. Byłam na niewiarygodnie pięknej wyspie i poprzez lagunę patrzyłam na horyzont, który wydawał się znajomy, choć jednocześnie dobrze wiedziałam, że nigdy wcześniej tu nie byłam. Pachnąca rybami i solą woda miała w sobie jakąś głębię, bogactwo i nieskończoność, które od razu rozpoznałam jako cechy właściwe oceanowi, chociaż także nigdy nad żadnym nie byłam. Słońce zachodziło i niebo miało barwę gasnącej światłości przywodzącą na myśl jesienne liście. Siedziałam na marmurowej ławce koloru księżycowych promieni, wyżłobionej w misterne wzory pnączy i kwiatów. Sprawiała wrażenie wziętej z innego miejsca i czasu. Przesunęłam dłonią po jej gładkim oparciu, wciąż ciepłym od żaru znikającego już słońca. Była bardzo realistyczna, jakby wcale nie pochodziła ze snu. Obejrzałam się przez ramię i zrobiłam wielkie oczy — o rany! Za mną znajdował się pałac o pięknych sklepionych wrotach i oknach, nieskazitelnie biały, z niesamowitymi kolumnami i żyrandolami w kształcie weselnego tortu widocznymi zza eleganckich szyb i połyskującymi w gasnącym świetle dnia.

Zaparło mi dech. Byłam naprawdę zadowolona, że moje senne „ja" zdołało stworzyć coś takiego, ale jednocześnie odczuwałam konsternację. To wszystko wydawało się bardzo, bardzo rzeczywiste. I takie znajome. Dlaczego?

Odwróciłam się z powrotem do laguny i patrzyłam w dal, na zwieńczoną kopułą katedrę, małe łódki i mnóstwo innych szczegółów. Niemożliwe, żebym sama to wszystko wymyśliła. Od strony laguny dmuchał lekki wieczorny wietrzyk, przynosząc ze sobą bogaty aromat ciemnej wody. Oddychałam głęboko, ciesząc się jego wyjątkowością. Wiem, że niektórzy nazywają taki zapach smrodem, lecz ja byłam innego zdania. Był po prostu...

Cholera jasna! Po plecach przebiegł mi potworny dreszcz. Już wiedziałam, dlaczego ten widok wydaje mi się znajomy. Zaledwie kilka dni temu Afrodyta opisała mi to miejsce. Nie szczegółowo, bo nie pamiętała wszystkiego, ale i tak jej opowieść utworzyła w mojej głowie wyraźny i niepokojący obraz. Dostatecznie wyraźny, bym teraz rozpoznała wodę, pałac i poczucie przedwieczności.

To było miejsce, które Afrodyta widziała w swojej drugiej wizji mojej śmierci.

ROZDZIAŁ DWUDZIESTY TRZECI

— O, tu jesteś. Tym razem to nie ja cię wezwałem, lecz raczej ty sprowadziłaś mnie w miejsce, które sama wybrałaś.

Obok marmurowej ławki, jakby nagle zmaterializował się w powietrzu, stał Kalona. Milczałam. Byłam zbyt zajęta próbami zapanowania nad dzikim biciem serca.

— Twoja bogini jest naprawdę wyjątkowa — powiedział tonem przyjacielskiej pogawędki, siadając obok mnie.

— Czuję, że w tym miejscu zagraża ci niebezpieczeństwo. Jestem zdumiony, że pozwoliła ci tu przyjść, zwłaszcza że zapewne wiedziała, iż mnie przywołasz. Pewnie sądzi, że cię ostrzega i przygotowuje, ale źle ocenia moje zamiary. Pragnę wskrzesić przeszłość, a żeby to się udało, teraźniejszość musi umrzeć. — Urwał, pogardliwym gestem wskazując bogactwo po drugiej stronie laguny. — To wszystko nic dla mnie nie znaczy.

Nie miałam zielonego pojęcia, o czym on gada, więc kiedy odzyskałam zdolnoś mowy, zdołałam jedynie wykrztusić genialnie:

— Nie przywoływałam cię.

— Ależ oczywiście, że tak! — Zachowywał się poufale i flirciarsko, jakby był moim chłopakiem, a ja nie miałabym śmiałości przyznać, jak bardzo mi się podoba.

— Nie — odparłam, nie patrząc na niego. — Nie przywoływałam. I nie wiem w ogóle, o czym mówisz.

— Och, takie tam rozważania. Nieważne. Z czasem wszystko się wyjaśni. Ale A-yo, skoro mnie nie przywoływałaś, to wyjaśnij, proszę, jakim sposobem znalazłem się w twoim śnie.

Mocno biorąc się w garść, by odeprzeć pokusę, która już zaczynała na mnie działać pod wpływem samego głosu Kalony, obróciłam się i spojrzałam na niego. Znów wyglądał młodo, na osiemnaście lub dziewiętnaście lat. Miał na sobie wygodne luźne dżinsy z gatunku tych, które sprawiają wrażenie, jakby ich właściciel chciał powiedzieć: „To moja ulubiona para, bo tak idealnie leży". Reszta ciała była naga — żadnej koszuli czy butów. Jego skrzydła prezentowały się wprost cudownie: czarne jak bezgwiezdne niebo, lecz połyskujące w gasnącym świetle oryginalnym jedwabistym pięknem. Nieskazitelna brązowa skóra sprawiała wrażenie oświetlonej od środka. Ciało miał więcej niż niewiarygodne — podobnie jak jego twarz było tak piękne, tak idealne, że absolutnie nie dało się go opisać.

Wstrząśnięta uświadomiłam sobie, że podobnie działała na Afrodytę i na mnie Nyks. Gdy nam się objawiała, była tak nieziemsko piękna, że nie potrafiłyśmy jej opisać. Z jakiegoś powodu podobieństwo między nią a Kaloną wprawiło mnie w niesamowity smutek, związany z kontrastem między tym, kim mógł kiedyś być Kalona, a tym, kim się stał.

— O co chodzi, A-yo? Dlaczego wyglądasz, jakbyś zaraz miała się rozpłakać?

Zaczęłam szukać w głowie odpowiednich słów, ale po chwili zmieniłam zdanie. Skoro to mój sen — skoro to ja w jakiś sposób przywołałam do siebie Kalonę — nie mogę sobie pozwolić na nieszczerość. Powiedziałam więc prawdę:

— Smutno mi, bo myślę, że nie zawsze taki byłeś.

Umilkł jak rażony gromem. Miałam wrażenie, że jego idealne rysy zastygły, przeobrażając go w posąg boga.

We śnie nie miałam poczucia upływającego czasu, więc zanim odpowiedział, równie dobrze mogła minąć sekunda, jak i stulecie.

— A co byś zrobiła, gdybyś wiedziała, że nie zawsze taki byłem, droga A-yo? Uratowałabyś mnie czy pogrzebała?

Wpatrywałam się w jego lśniące bursztynowe oczy, usiłując wejrzeć w głąb duszy.

— Nie wiem — odparłam szczerze. — Nie sądzę, żebym mogła zrobić którąkolwiek z tych rzeczy bez jakiejś pomocy z twojej strony.

Roześmiał się. Perlisty śmiech tańczył po mojej skórze, budząc pragnienie odrzucenia głowy do tyłu, rozwarcia ramion i akceptacji jego piękna.

— Chyba masz rację — rzekł Kalona, uśmiechając się do mnie.

Ja pierwsza odwróciłam wzrok, przenosząc go na ocean i starając się zapomnieć, jak nieodparcie pociągający jest mój rozmówca.

— Podoba mi się to miejsce. — W jego głosie wciąż pobrzmiewał uśmiech. — Czuję obecną w nim moc, pradawną moc. Nic dziwnego, że zbierali się tutaj. Przypomina mi miejsce w Domu Nocy, w którym postanowiłem się wydostać na powierzchnię, choć tutaj żywioł ziemi nie jest tak silny. To dla mnie ulga. Dobrze się tu czuję.

Skupiłam się na jedynej części jego wypowiedzi, którą w ogóle zrozumiałam.

— Nie dziwię się, że lepiej czujesz się na wyspie, skoro tak bardzo nie lubisz ziemi.

— W ziemi podobała mi się tylko jedna rzecz, a było nią odpoczywanie w twoich ramionach, choć tkwiłem w nich zbyt długo nawet jak na swoje wielkie możliwości doznawania rozkoszy.

Znów spojrzałam na niego. Wciąż uśmiechał się do mnie łagodnie.

— Musisz wiedzieć, że nie jestem prawdziwą A-yą.

Ani trochę nie zbiło go to z tropu.

— Nie, nie wiem tego.

Powoli wyciągnął rękę i chwycił w palce długi kosmyk moich ciemnych włosów. Patrząc mi w oczy, opuścił go do wnętrza swojej dłoni.

— Nie mogłabym nią być — odpowiedziałam nieco drżącym głosem. — Nie było mnie pod ziemią, gdy się uwolniłeś. Przez ostatnie siedemnaście lat żyłam na jej powierzchni.

— A-ya zniknęła przed wiekami — rzekł, nie przestając gładzić moich włosów. — Rozpuściła się w ziemi, z której ją zrobiono. Jesteś nią, odrodzoną jako człowiecza córka. Dlatego tak bardzo różnisz się od innych.

— To niemożliwe. Nie jestem nią. Nie rozpoznałam cię, gdy wróciłeś — wykrztusiłam.

— Jesteś tego pewna?

Chłód jego skóry promieniował na moje ciało; miałam ochotę pochylić się ku niemu. Serce waliło mi jak młotem, tyle że tym razem nie ze strachu. Chciałam się zbliżyć do tego upadłego anioła, pragnęłam tego bardziej niż kiedykolwiek czegokolwiek na świecie. Ogarnęła mnie żądza silniejsza od tej, którą wywoływała we mnie krew Heatha po naszym Skojarzeniu. Jak by to było skosztować krwi Kalony? Ledwie to pomyślałam, przeszedł mnie rozkoszny dreszcz, jaki może wywołać tylko myśl o zakazanym owocu.

— Czujesz to — wymamrotał Kalona. — Zostałaś dla mnie stworzona. Należysz do mnie.

Jego słowa przebiły się przez opary żądzy. Wstałam i przeszłam za oparcie ławki, odgradzając się nim od Kalony.

— Nie. Nie należę do ciebie. Ani do nikogo z wyjątkiem siebie samej i Nyks.

— Zawsze wracasz do tej swojej przeklętej bogini! — Kusząca poufałość w mgnieniu oka znikła z głosu Kalony. Znów był zimnym, amoralnym aniołem, którego nastroje zmieniały się pod wpływem impulsu i który potrafił niemal zabić samą myślą. — Dlaczego tak się upierasz przy tym, żeby być jej wierna? Jej tu nie ma! — Rozpostarł ramiona i zatrzepotał majestatycznymi skrzydłami niczym żywą peleryną. — Kiedy najbardziej jej potrzebujesz, odsuwa się i pozwala ci popełniać błędy.

— To się nazywa wolna wola — powiedziałam.

— I cóż takiego cudownego jest w tej twojej wolnej woli? Ludzie ciągle jej nadużywają. Bez niej życie może być o wiele piękniejsze.

Pokręciłam głową.

— Wtedy nie byłabym sobą, a jedynie twoją marionetką.

— Nie ty. Nie odebrałbym woli tobie. — Jego twarz nagle się zmieniła i znów patrzył na mnie kochający anioł, stworzenie tak piękne, że nietrudno było zrozumieć, jak ktoś może się wyrzec własnej woli, by tylko być blisko niego.

Na szczęście tym kimś nie byłam ja.

— Jedynym sposobem na skłonienie mnie, żebym cię pokochała, byłoby właśnie odebranie mi mojej woli i zmuszenie do bycia z tobą. Czyli zniewolenie. — Przygotowałam się na wybuch złości, którego się spodziewałam po tych słowach, ale Kalona nie wrzeszczał, nie zeskoczył z ławki ani nie próbował wydrapać mi oczu.

— W takim razie ty i ja będziemy wrogami — rzekł po prostu.

Nie brzmiało to jak pytanie, więc pomyślałam, że najlepiej będzie nie odpowiadać. Zamiast tego zapytałam:

— Kalono, czego ty właściwie chcesz?

— Oczywiście ciebie, droga A-yo.

Potrząsnęłam niecierpliwie głową, nie przyjmując do wiadomości tych słów.

— Nie o to mi chodzi. Dlaczego ty tu w ogóle jesteś? Nie jesteś śmiertelnikiem. Jesteś... cóż... — Umilkłam, nie bardzo wiedząc, jak daleko mogę się bezpiecznie posunąć, ale po krótkim namyśle stwierdziłam, że w zasadzie mogę pójść na całość, skoro Kalona i tak już stwierdził, że będziemy wrogami. — Upadłeś, prawda? Zostałeś zesłany na ziemię z miejsca, które wielu śmiertelników nazwałoby niebem. — Urwałam, czekając na jakąś reakcję.

Przytaknął spokojnie.

— Tak.

— To była twoja decyzja?

Wyglądał na lekko rozbawionego.

— Owszem, sam postanowiłem zstąpić na ziemię.

— Dlaczego? Czego pragniesz?

Jego rysy znów się zmieniły. Promieniował teraz jasnością, która mogła cechować jedynie nieśmiertelnego. Wstał i rozłożył ramiona, rozpościerając skrzydła i stając przede mną w majestacie, który sprawiał, że trudno mi było na niego patrzeć, ale tym bardziej nie dało się odwrócić wzroku.

— Wszystkiego! — zakrzyknął głosem boga. — Pragnę wszystkiego!

I nagle znalazł się przede mną — lśniący anioł, wcale nie upadły, po prostu jakimś cudem zmaterializowany tutaj, w zasięgu moich rąk. Dość śmiertelny, by móc go dotknąć, lecz zbyt piękny, by być kimkolwiek innym niż bogiem.

— Jesteś pewna, że nie mogłabyś mnie pokochać? — Wziął mnie w ramiona, owijając miękkim kocem ciemnych skrzydeł, całkowicie kontrastujących z cudownie bolesnym chłodem jego ciała, tak dobrze mi już znajomym. Pochylił się i powoli, jakby dawał mi czas na wycofanie się, przybliżył swoje usta do moich.

Jego pocałunek uderzył w moje ciało jak lodowaty żar. Poczułam, że upadam — nie byłam świadoma niczego z wyjątkiem jego ciała i duszy. Chciałam przywrzeć do niego, pozwolić mu zatracić się we mnie. Pytanie nie brzmiało: czy mogłabym go pokochać, tylko: jak mogłabym go nie kochać? Nie zadowoliłaby mnie nawet cała wieczność obejmowania go, posiadania i kochania.

Wieczność obejmowania go?...

Ta myśl przeszyła mnie jak strzała. A-yę stworzono po to, by po wsze czasy kochała i obejmowała Kalonę.

„O bogini! — jęknął mój umysł. — Czy ja naprawdę nią jestem?".

Nie. Niemożliwe. Nie pozwolę na to!

Odepchnęłam go. Nasz uścisk był tak mocny i namiętny, że nagła zmiana w moim zachowaniu zupełnie zaskoczyła Kalonę. Zatoczył się do tyłu, umożliwiając mi wyśliźnięcie się z podwójnych objęć ramion i skrzydeł.

— Nie! — Potrząsałam głową na boki jak wariatka. — Nie jestem nią! Jestem Zoey Redbird i jeśli kogoś kocham, to dlatego, że jest wart miłości, a nie dlatego, że jestem ożywionym kawałkiem ziemi!

Zmrużył bursztynowe oczy, jego twarz wykrzywił grymas gniewu. Potem Kalona rzucił się na mnie.

— Nie!!! — krzyknęłam.

Zbudziłam się gwałtownie na dźwięk szalonego syczenia Nali i zobaczyłam, że ktoś siedzi na moim łóżku, usiłując się bronić przed ciosami moich wymachujących na oślep rąk.

— Zoey! Już dobrze! Obudź się! Au! Kurde! — wykrzyknął trafiony pięścią w policzek.

— Zostaw mnie! — wrzasnęłam.

Chwycił mnie jedną ręką za oba nadgarstki.

— Opanuj się!

Sięgnął do nocnej lampki i zapalił ją.

Zmrużonymi oczami wpatrywałam się w chłopaka, który siedział na moim łóżku, masując sobie policzek.

— Stark, do cholery, co robisz w moim pokoju?!

ROZDZIAŁ DWUDZIESTY CZWARTY

— Przechodziłem korytarzem i usłyszałem, jak twój kot zawodzi i syczy, a potem ty zaczęłaś wrzeszczeć. Myślałem, że ktoś cię napadł. — Spojrzał na grube kotary w oknie. — Że może Kruk Prześmiewca się tu dostał. Koty strasznie ich nienawidzą, wiesz? No więc wbiegłem, żeby cię ratować.

— Akurat przechodziłeś koło mojego pokoju... — zerknęłam na zegarek — ...w południe?

Wzruszył ramionami, wykrzywiając wargi w tym zawadiackim uśmiechu, który tak lubiłam.

— No dobrze, w pewnym sensie miałem to w planach.

— Możesz mnie już puścić — zauważyłam.

Niechętnie rozluźnił uchwyt na moich nadgarstkach, ale nie uwolnił ich — musiałam sama wyrwać ręce.

— Wygląda na to, że miałaś niezły koszmar — rzekł.

— Owszem. — Cofnęłam się i oparłam o wezgłowie łóżka. Uspokojona już Nala skuliła się obok mnie.

— Co ci się śniło? — zapytał Stark.

Zignorowałam jego pytanie i odwzajemniłam się własnym:

— Co tu robisz?

— Już ci mówiłem. Usłyszałem dźwięki i...

— Chodzi mi o to, dlaczego w ogóle znalazłeś się pod moimi drzwiami. Jest południe. Wszyscy czerwoni adepci, których znam, kiepsko znoszą światło słoneczne i w tej chwili zapewne smacznie śpią.

— No tak, mógłbym spać, ale nie śpię. Poza tym tu nie ma światła słonecznego. Wszystko jest szare i zlodowaciałe.

— O matko, ta burza ciągle trwa?

— Tak, właśnie przechodzi kolejny front. Nie chciałbym teraz być człowiekiem i usiłować sobie z tym wszystkim radzić bez generatorów i tych różnych udogodnień, które ma szkoła.

Pod wpływem jego słów zaczęłam się zastanawiać, czy siostry mają w swoim opactwie generator prądu. Naprawdę musiałam pogadać z siostrą Mary Angelą. Pogadać? Do licha, ja musiałam p o j e c h a ć do opactwa! Tęskniłam za babcią i miałam serdecznie dość wiecznego poczucia zagrożenia. Byłam potwornie zmęczona. Westchnęłam. Jak długo spałam? Policzyłam w głowie: jakieś pięć godzin. Szlag. I jeszcze w dodatku część tego czasu spędziłam w jakimś dziwacznym wyśnionym miejscu w towarzystwie Kalony, co raczej nie sprzyjało wypoczynkowi.

— Wyglądasz na zmęczoną — potwierdził moje przypuszczenia Stark.

— Nie odpowiedziałeś na moje pytanie. Po co tu przyszedłeś? Tylko gadaj prawdę.

Przez chwilę wpatrywał się we mnie, powoli wypuszczając powietrze.

— Musiałem się z tobą zobaczyć — rzekł wreszcie.

— Dlaczego?

Spojrzał mi prosto w oczy. Tak bardzo przypominał w tej chwili dawnego Starka, tego sprzed swojej śmierci, że nie mogłam pozbierać myśli. Jego oczy były całkiem zwyczajne, brązowe, a nigdzie wokół niego nie kłębiła się żadna straszna ciemność. Tylko czerwony kontur tatuażu przypominał o tym, że Stark nie jest już chłopakiem, który zdradzał mi swoje tajemnice i prosił o pomoc w sali gimnastycznej zaledwie kilka dni wcześniej.

— Oni chcą, żebyś mnie znienawidziła! — wyrzucił z siebie.

— „Oni", czyli kto? Poza tym nikt nie będzie za mnie decydował, co czuję. — Ledwie to powiedziałam, przez głowę przemknął mi widok mnie tkwiącej w objęciach Kalony, ale wysiłkiem woli wyparłam z pamięci to stanowczo zbyt wyraziste wspomnienie.

— Oni... wszyscy — powiedział. — Będą ci mówić, że jestem potworem, a ty im uwierzysz.

Bez słowa wpatrywałam się w niego badawczo. On pierwszy odwrócił wzrok.

— No cóż, pewne twoje zachowania, na przykład gryzienie Rebeki albo kręcenie się w pobliżu Kalony z niezawodnym łukiem na plecach gotowym do wypuszczenia strzały, mogą mieć jakiś związek z „ich" myśleniem, że nie jesteś już takim miłym facetem jak kiedyś.

— Zawsze mówisz dokładnie to, co myślisz?

— Hm, nie, ale staram się być uczciwa. Słuchaj, jestem naprawdę zmęczona, a do tego miałam koszmarny sen. To wszystko, co się tu dzieje, nie jest dobre. Jestem skołowana w niektórych sprawach. W dodatku to ty przyszedłeś do mnie. Nie zawołałam cię i nie powiedziałam: „Hej, Stark, może byś się zakradł do mojego pokoju?". Więc naprawdę nie jestem w nastroju do żadnych gierek.

— Nie zakradłem się — zaprotestował.

— To akurat nie jest najistotniejsze — odparłam.

— Przyszedłem, bo dzięki tobie czuję — wyrzucił z siebie na jednym oddechu.

— Czujesz co?

— W ogóle czuję. — Potarł ręką brew, jakby go bolała głowa. — Odkąd umarłem, a potem ożyłem na nowo, część mnie jakby wciąż pozostawała martwa. Nie byłem w stanie nic czuć. A przynajmniej nic dobrego. — Mówił krótkimi, urywanymi zdaniami, jakby przychodziło mu to z wielkim trudem. — Owszem, mam potrzeby. Zwłaszcza kiedy długo nie piłem krwi. Ale to nie są prawdziwe uczucia. Tylko reakcja. No wiesz: jesz, śpisz, żyjesz, umierasz. To się dzieje automatycznie. — Skrzywił się i odwrócił wzrok. — Odruchowo biorę to, czego chcę. Na przykład od tamtej dziewczyny.

— Od Rebeki — odparłam chłodno. — Ma na imię Rebecca.

— Niech ci będzie. Rebecca.

Jego rysy stężały. Nie wyglądał strasznie i nie miał czerwonych oczu, lecz sprawiał wrażenie kompletnego palanta, co z pewnością doprowadziłoby mnie do szału, gdybym nie była tak wykończona.

— Zaatakowałeś ją. Zmusiłeś do uległości. Słuchaj, to wszystko jest naprawdę proste: jeśli nie chcesz, żeby o tobie źle mówiono, musisz przestać źle postępować — powiedziałam.

Oczy mu zabłysły i dostrzegłam w nich czerwone światło.

— To by się jej podobało! Gdybyście przyszli pięć minut później, zobaczylibyście, jak się do mnie łasi.

— Jaja sobie robisz? Uważasz, że kontrola umysłu to jakaś gra wstępna?

— Czy była zdenerwowana, kiedy spotkaliście ją w budynku? Czy też może opowiadała, jaki jestem przystojny i jak bardzo mnie pragnie?

— I uważasz, że to wystarczy, żeby usprawiedliwić twój postępek? Zamieszałeś jej w głowie i sprawiłeś, że chce być z tobą. Znajdź mi definicję tego czynu, która nie określa go jako przemoc i zło.

— Ty mnie pocałowałaś krótko po tym i wcale nie musiałem ci mieszać w głowie!

— Fakt, ostatnimi czasy nabrałam dość dziwnego gustu, jeśli chodzi o facetów. Mogę cię jednak zapewnić, że w tej chwili nie mam najmniejszej ochoty rzucać ci się w ramiona.

Stark wstał gwałtownie i odsunął się od łóżka.

— Nie wiem, co ja tu do cholery robię. Jestem tym, czym jestem, i nic tego nie zmieni.

Wściekły jak diabli ruszył w kierunku drzwi.

— Możesz to zmienić.

Wypowiedziałam te słowa łagodnie, a one jak gdyby zamigotały w powietrzu, popłynęły w kierunku Starka i oplotły go. Zatrzymał się i przez chwilę stał ze zwieszonymi po bokach rękami, zwiniętymi w pięści dłońmi i spuszczoną głową, jakby walczył ze sobą.

— No widzisz — powiedział, wciąż zwrócony do mnie plecami — to właśnie miałem na myśli. Kiedy mówisz do mnie takie rzeczy, znów czuję.

— Może to dlatego, że jestem w tej chwili jedyną osobą, która mówi ci prawdę. — Gdy wypowiadałam te słowa, poczułam w głębi siebie intuicyjne uczucie pewności, które mówiło, że tego właśnie chciałaby ode mnie Nyks. Wzięłam głęboki oddech i próbowałam się skoncentrować. Choć byłam zmęczona, zraniona i skonsternowana w wielu sprawach, podążyłam za rozwijającą się przede mną nicią, usiłując pozszywać rozszarpane kawałki człowieczeństwa Starka.

— Nie uważam cię za potwora, ale nie sądzę także, żebyś był zwykłym fajnym gościem. Widzę prawdziwego ciebie i wierzę, że jeśli podejmiesz właściwą decyzję, staniesz się właśnie taki. Nie rozumiesz, Stark? Kalona i Neferet utrzymują cię w takim stanie, bo jesteś im potrzebny. Jeśli nie chcesz przeobrazić się w tę istotę, którą chcą z ciebie zrobić, musisz wybrać inną drogę i walczyć z nimi oraz z otaczającą ich ciemnością. — Westchnęłam, szukając odpowiednich słów.

— Nie rozumiesz, że zło zwycięży, jeśli dobrzy ludzie będą siedzieć z założonymi rękami?

Chyba trafiłam w czuły punkt, bo Stark powoli obrócił się twarzą do mnie.

— Ale ja nie jestem dobry.

— Byłeś, zanim to wszystko się wydarzyło. Jestem tego pewna. Obiecałam ci, że nie zapomnę, i nie zapomniałam. Możesz znów być dobry.

— Gdy tak cię słucham, prawie zaczynam w to wierzyć.

— Wiara to pierwszy krok. Drugim jest działanie. — Umilkłam, a on nie odpowiedział, więc wypełniłam pustkę pewną myślą, która kołatała mi się po głowie. — Zastanawiałeś się choć przez chwilę nad tym, dlaczego wciąż się spotykamy?

Uśmiechnął się z szatańskim błyskiem w oku.

— Jasne. Pomyślałem, że to z powodu twojej nieziemskiej urody.

Bezskutecznie usiłowałam powstrzymać uśmiech.

— Miałam na myśli jakiś inny powód.

Wzruszył ramionami.

— Ten mi wystarczy.

— No cóż, dzięki. Ale naprawdę nie o to mi chodziło. Myślałam raczej, że ma to coś wspólnego z Nyks i z tym, że jesteś dla niej ważny.

Uśmiech natychmiast zniknął mu z ust.

— Niemożliwe, żeby bogini chciała jeszcze mieć ze mną coś wspólnego.

— Zdziwiłbyś się. Pamiętasz Afrodytę?

Kiwnął głową.

— Taaa, coś tam pamiętam. To ta zarozumiała laska, która naprawdę uważa się za boginię miłości.

— Tak, to ona. Nyks stoi za nią murem — powiedziałam.

— Jesteś pewna?

— Całkowicie — odparłam, po czym okropnie ziewnęłam. — Wybacz. Niewiele ostatnio spałam. To wszystko, co się tu dzieje, moja rana i parę naprawdę złych snów sprawiły, że niespecjalnie jestem w stanie się wysypiać.

— Mogę cię o coś zapytać w związku z tymi snami?

Wzruszyłam ramionami i kiwnęłam sennie głową.

— Spotykasz w nich Kalonę?

Zamrugałam zdziwiona.

— Skąd to pytanie?

— Bo on tak robi. Włazi ludziom do snów.

— Tobie też?

— Nie, mnie nie, ale podsłuchałem rozmowy adeptów. Kalona na sto procent pojawia się w ich snach, tyle że im się to podoba o wiele bardziej, niż podobałoby się tobie.

Pomyślałam o tym, jak seksowny potrafi być Kalona i jak łatwo by mi było się poddać jego hipnotycznemu urokowi.

— Tak, potrafię w to uwierzyć.

— Chcę ci coś powiedzieć, tylko nie myśl sobie, że to zmyślam, żeby cię poderwać — rzekł Stark.

— Gadaj.

Wyglądał bardzo nieszczęśliwie, jakby to, co ma powiedzieć, strasznie go stresowało.

— Trudniej mu się dostać do czyichś snów, kiedy ta osoba nie śpi sama.

Wbiłam w niego wzrok. Miał rację: brzmiało to jak coś, co mógłby powiedzieć chłopak chcący się wpakować dziewczynie do łóżka.

— Za pierwszym razem, gdy mi się to przydarzyło, nie spałam sama — odparłam.

— Byłaś z chłopakiem?

Czułam, że zaczynam się rumienić.

— Nie, z koleżanką z pokoju.

— To musi być chłopak. Chodzi o to, że Kalona nie chce z nikim rywalizować czy coś w tym stylu.

— Stark, to brzmi jak jakiś zafajdany wymysł!

Uśmiechnął się.

— Jest takie słowo „zafajdany"?

— U mnie jest — ucięłam. — A ty lepiej mi powiedz, skąd u diabła możesz wiedzieć o takich szczegółach na temat Kalony?

— Dużo gada, gdy jestem w pobliżu. Jakby mnie nie zauważał. Słyszałem jego rozmowę z Rephaimem o snach. Kalona mówił, że zastanawiał się nad postawieniem Kruków Prześmiewców na straży pomiędzy internatami dziewczyn i chłopaków, żeby się nie odwiedzali, ale w końcu tego nie zrobił, bo nie miał zbyt dużego problemu z kontrolowaniem adeptów nawet bez odwiedzania ich w snach.

— Żałosne — mruknęłam. — A co z nauczycielami? Też ich kontroluje?

— Na to wygląda. A przynajmniej żaden z nich na razie się nie postawił ani jemu, ani Neferet.

Myślałam, że Stark zacznie się wzbraniać przed moimi kolejnymi pytaniami, lecz najwyraźniej nie miał nic przeciwko odpowiadaniu na nie, jakby go zbytnio nie obchodziło, czy będę to wszystko wiedzieć. Postanowiłam więc sprawdzić, ile jeszcze mi powie.

— A Synowie Ereba? Kiedy przyjechaliśmy do campusu, widziałam jednego, potem już żadnego nie spotkałam.

— Niewielu ich zostało — odparł Stark.

— To znaczy?

— To znaczy, że większość nie żyje. Kiedy Szechina upadła, Ate się wściekł i poprowadził atak przeciwko Kalonie, choć moim zdaniem to nie Kalona ją zabił.

— Nie. To Neferet.

— Hm. Pasuje. Neferet to mściwa franca.

— Myślałam, że jesteś jej pachołkiem.

— Bynajmniej.

— Na pewno?

— Tak.

— Ona o tym wie? — zapytałam.

— Nie — powiedział. — Pamiętam coś, co powiedziałaś krótko przed moją śmiercią. Starałaś się mnie ostrzec przed Neferet.

— Tak, ja też to pamiętam.

— Miałaś rację.

— Stark, ona się zmienia, prawda? To znaczy nie jest już normalną wampirską najwyższą kapłanką.

— Normalna nie jest na pewno. Ma dziwne moce. Przysięgam, że potrafi szpiegować ludzi lepiej niż Kalona. — Odwrócił ode mnie wzrok, a kiedy znów na mnie spojrzał, zobaczyłam w jego oczach głęboki smutek. — Szkoda, że ciebie tam nie było zamiast niej.

— Tam? — zapytałam, choć ucisk w żołądku natychmiast dał mi do zrozumienia, jaki moment Stark ma na myśli.

— Obserwowałaś moje ciało, prawda? Przez tę całą kamerę.

— Tak — odparłam cicho. — Jack ją zamontował. Nie chciałam zostawiać cię samego, a to był najlepszy sposób, jaki mi przyszedł do głowy. Potem moja babcia miała wypadek i wszystko się skomplikowało... Przykro mi.

— Mnie też. Wszystko potoczyłoby się inaczej, gdybym po otwarciu oczu zobaczył ciebie, a nie ją.

Chciałam wypytać go o to, co dokładnie się stało po jego śmierci i zmartwychwstaniu, a także zadać parę dalszych pytań o Neferet, ale jego twarz stężała, a oczy wypełnił ból.

— Słuchaj — powiedział Stark gwałtownie, zmieniając temat — muszę się trochę przespać. Ja też jestem zmęczony. Może zanocuję u ciebie? T y l k o zanocuję. Obiecuję, że nie będę nic kombinował.

— Raczej nie — odparłam.

— Wolisz, żeby Kalona znów się zjawił w twoim śnie?

— Nie, ale... no cóż, nie sądzę, żeby spanie z tobą było dobrym pomysłem.

Jego twarz znowu stała się zimna i nieprzenikniona, wciąż jednak dostrzegałam w oczach ból.

— Bo nie wierzysz, że dotrzymam słowa.

— Nie. Bo nie chcę, żeby ktokolwiek wiedział, że tu byłeś — powiedziałam szczerze.

— Wyjdę, zanim ktoś się dowie — rzekł cicho.

I nagle zrozumiałam, że moja decyzja może się okazać tym, co przesądzi o wyniku jego walki o odzyskanie człowieczeństwa. Przez głowę przemknęły mi dwie ostatnie linijki wiersza Kramishy: „Człowieczeństwem zbawiona, czy i mnie zbawi?". Wiedziałam, co należy zrobić.

— W porządku. Tylko naprawdę musisz stąd wyjść, zanim ktokolwiek cię zobaczy.

Oczy rozszerzyły mu się ze zdumienia; zaraz potem wykrzywił usta w swoim łobuzerskim uśmiechu niegrzecznego chłopca.

— Serio?

— Niestety tak. A teraz chodź tu, bo zaraz zasnę w połowie zdania.

— Świetnie! Nie musisz mi dwa razy powtarzać. Jestem potworem, a nie debilem. — Szybko podszedł do łóżka.

Zrobiłam mu miejsce, przesuwając Nalę, która się wściekła i zrzędliwie przedreptała na skraj łóżka, zrobiła trzy szybkie kółka wokół własnej osi i przysięgam, że zasnęła, zanim jeszcze złożyła łebek na łapkach. Przeniosłam wzrok z niej na Starka i szybko położyłam rękę na jego części łóżka, żeby nie mógł wejść.

— Co jest? — zapytał.

— Najpierw musisz się pozbyć tego łuku i strzał, które prawie już przyrosły ci do pleców.

— A... No dobra. — Ściągnął przez głowę skórzaną uprząż trzymającą łuk i kołczan, po czym rzucił to wszystko na podłogę obok łóżka. Ja jednak wciąż nie odsuwałam ręki.

— Jeszcze coś?

— Nie wejdziesz do mojego łóżka w butach.

— Kurde. Sorry — wymamrotał, zrzucając buty. Potem spojrzał na mnie. — To też mam zdjąć?

Zmarszczyłam brwi. Że niby w tej czarnej koszulce, dżinsach i z łobuzerskim uśmieszkiem nie był wystarczająco przystojny? Ale oczywiście nie miałam najmniejszego zamiaru mu tego mówić.

— Nie, nie musisz nic więcej zdejmować. O matko, po prostu właź już. Jestem naprawdę zmęczona.

Gdy wślizgiwał się pod pościel obok mnie, uświadomiłam sobie, jak małe jest to łóżko, gdy się je dzieli z chłopakiem. Musiałam sobie powtórzyć, że jestem bardzo zmęczona i śpię z nim tylko po to, by móc odpocząć.

— Zgasisz światło? — poprosiłam go znacznie bardziej lekceważąco, niż się czułam.

Wyciągnął rękę i zgasił lampkę.

— Zamierzasz iść jutro do szkoły? — zapytał.

— Chyba tak. — Po czym nie chcąc rozmawiać o tym, dlaczego miałabym iść do szkoły, choć wciąż mocno odczuwałam skutki ciężkiego zranienia, dodałam: — Muszę pamiętać, żeby zajrzeć do hummera, którym Darius nas tu przywiózł. Chyba zostawiłam w środku torebkę. Przynajmniej mam nadzieję, że tam jest, bo nie ma nic gorszego niż zgubienie torebki.

— To jest coś, co mnie przeraża — mruknął Stark.

— Czyli co?

— Damskie torebki. A przynajmniej dziwne rzeczy, które w nich trzymacie.

— My? O rany. No cóż, jesteśmy dziewczynami, więc po prostu trzymamy tam dziewczęce rzeczy. — Jego zwyczajne chłopięce zachowanie zmusiło mnie do uśmiechu.

— Jeśli chodzi o damskie torebki, nie ma żadnego „po prostu" — odparł i przysięgam, że zadrżał.

Tym razem roześmiałam się w głos.

— Moja babcia nazwałaby cię wielką niewiadomą.

— To dobrze czy źle?

— Wielka niewiadoma to ktoś, po kim nigdy nie wiesz, czego się spodziewać. Na przykład ty: z jednej strony supermęski, niebezpieczny, wojowniczy facet, który nie może chybić, gdy w coś celuje, a z drugiej ktoś, kto drży ze strachu przed damskimi torebkami. Jakby były twoim odpowiednikiem pająków.

Zaśmiał się.

— Odpowiednikiem pająków? W jakim sensie?

— No cóż, ja osobiście nie przepadam za pająkami. Wcale a wcale. — I zadrżałam, zupełnie tak jak on przed chwilą.

— A, kumam. W takim razie torebki faktycznie są moim odpowiednikiem pająków. To takie ogromne pajęczyska, które można otworzyć i znaleźć w środku całe gniazdo malutkich pajączków.

— Hej, starczy już! Doprowadzasz mnie do szału. Zmieńmy temat.

— Nie ma sprawy... Wiesz, zdaje mi się, że aby ochrona zadziałała, trzeba dotykać osoby, z którą się śpi — dobiegł z ciemności obok mnie jego dziwnie poufały ton.

— Taaa, jasne. — Miałam wrażenie, że coś mi pełza po żołądku, i to niekoniecznie z powodu rozmowy o pająkach.

Westchnął ciężko i cierpiętniczo.

— Mówię serio. Jak myślisz, dlaczego Kalona nie trzyma się z dala, gdy śpisz z koleżanką? Musicie się dotykać. Chłopak i dziewczyna. No dobrze, chłopak z chłopakiem chyba też by mogli, na przykład Damien i ten jego partner. Albo nawet dziewczyna z dziewczyną, gdyby je coś łączyło. — Umilkł na chwilę. — Chyba gadam od rzeczy.

— Też tak sądzę. — Cóż, sama zwykle gadałam od rzeczy w chwilach zdenerwowania, więc czułam pewną ulgę na myśl o tym, że spotkałam kogoś, kto ma podobną przypadłość.

— Naprawdę nie musisz się mnie obawiać. Nic ci nie zrobię.

— Bo wiesz, że mogę ci skopać tyłek z pomocą żywiołów?

— Bo mi na tobie zależy — odparł. — Tobie też zaczynało na mnie zależeć, nie? Zanim to wszystko mi się przytrafiło.

— Tak.

Z jednej strony był to idealny moment na wspomnienie o drobnym szczególe, że na nowo związałam się z Erikiem, a może nawet (lub może nie) na powiedzenie czegoś na temat Heatha. Z drugiej strony usiłowałam jakoś uratować, czy też przywrócić, człowieczeństwo Starka, a w tym raczej nie pomogłoby zachowanie typu: „No wiesz, prześpię się z tobą i będę udawać, że mi na tobie zależy, ale w sumie to już mam chłopaka albo i dwóch". Poza tym musiałam wreszcie zacząć być wobec siebie uczciwa. Skoro Erik wydawał mi się taki idealny i wprost stworzony dla mnie, to dlaczego zawsze oglądałam się także za innymi chłopakami, nawet zanim on zaczął się zachowywać jak zaborczy maniak? Ciągnęło mnie nie tylko do Heatha, lecz także do Lorena, a potem do Starka. Jedyne co mi przychodziło do głowy, to że Erikowi musi czegoś brakować albo że po prostu zmieniam się w okropną zdzirę. Tyle że wcale nie czułam się jak zdzira, tylko jak normalna dziewczyna, której podoba się więcej niż jeden chłopak.

Stark przesunął się na łóżku, a ja omal nie podskoczyłam, czując, jak podnosi rękę.

— Chodź tu. Możesz położyć mi głowę na piersi i spać. Obiecuję, że będziesz bezpieczna.

Wyparłam ze świadomości problem Erika i stwierdziłam, że skoro już leżę w łóżku ze Starkiem, to równie dobrze mogę się do niego trochę przysunąć. Otoczył mnie ramieniem, a ja usiłowałam się rozluźnić, leżąc oparta o jego bok z głową trochę niewygodnie wspartą o jego pierś. Nie mogłam przestać myśleć o tym, czy mu wygodnie. Czy nie jestem za ciężka? Nie leżę zbyt blisko? Albo zbyt daleko?

Potem on znów przesunął dłoń i dotknął mojej głowy. W pierwszej chwili sądziłam, że chce ją przesunąć (bo jest za ciężka), albo może chce mnie udusić czy coś w tym stylu. Zdziwiłam się więc, gdy zaczął mnie głaskać, jakbym była płochliwym koniem.

— Masz naprawdę ładne włosy. Powiedziałem ci to przed śmiercią czy tylko mi się zdawało, że to mówiłem?

— Chyba ci się zdawało — odparłam.

— Powiedziałbym ci, że wyglądałaś naprawdę pociągająco, gdy cię dziś zobaczyłem nagą, ale to pewnie byłoby nie na miejscu, biorąc pod uwagę, że leżymy razem w łóżku, a nic nie robimy.

— Zgadza się — powiedziałam, sztywniejąc i szykując się do wyśliźnięcia z jego ramion. — To byłoby zdecydowanie nie na miejscu.

Zachichotał, aż jego pierś zatrzęsła się pod moją głową.

— Hej, uspokój się!

— W takim razie przestań gadać o tym, jak widziałeś mnie nagą.

— OK. — Przez chwilę w milczeniu gładził mnie po włosach. — Ten Kruk Prześmiewca nieźle cię poharatał — rzekł w końcu.

To nie było pytanie, lecz i tak odpowiedziałam.

— No.

— Kalona nie chce, żeby ci się coś stało, więc kruk pewnie nieźle oberwie, jak tu wróci.

— Nie wróci. Zabiłam go. Spaliłam — odpowiedziałam.

— To dobrze — rzekł Stark. — Zoey, obiecasz mi jeszcze jedno?

— Pewnie tak, ale nie wyglądasz na całkowicie zadowolonego, gdy dotrzymuję danych ci obietnic.

— W tym przypadku będę zadowolony.

— Więc mów, o co chodzi.

— Obiecaj, że jeśli stanę się prawdziwym potworem, takim jak tamci, to mnie też spalisz.

— Nie czuję specjalnej chęci do składania takiej obietnicy — przyznałam.

— Dobrze się zastanów, bo całkiem możliwe, że będziesz musiała ją spełnić — powiedział Stark.

Umilkliśmy. Jedynym dźwiękiem w pokoju było ciche pochrapywanie Nali w nogach łóżka i miarowe bicie serca Starka pod moją głową. Chłopak wciąż gładził mnie po włosach i wkrótce moje powieki stały się niewiarygodnie ciężkie. Musiałam jednak powiedzieć mu pewną rzecz, zanim zasnę.

— Zrobisz coś dla mnie? — zapytałam sennie.

— Prawie wszystko — odparł.

— Przestań nazywać siebie potworem.

Jego ręka na moment zastygła. Obrócił się lekko i poczułam na czole dotyk jego warg.

— Śpij już. Będę cię chronił.

Zasypiałam powoli, czując kojący ruch jego dłoni na włosach. A gdy już zasnęłam, Kalona ani razu nie pojawił się w moim śnie.

ROZDZIAŁ DWUDZIESTY PIĄTY

Kiedy się obudziłam, Starka już nie było. Czułam się naprawdę wypoczęta, a zarazem głodna jak wilk. Przeciągnęłam się, ziewnęłam i dopiero wtedy zauważyłam leżącą na poduszce obok mnie strzałę. Była przełamana na pół, co od razu mnie zastanowiło — w końcu pochodzę z miasteczka o nazwie Broken Arrow, Złamana Strzała, i wiem, co oznacza ten symbol: pokój, zaprzestanie walki. Pod połówkami strzały widniała złożona kartka z wypisanym na wierzchu moim imieniem. Otworzyłam ją i przeczytałam: „Obserwowałem Cię, gdy spałaś. Wyglądałaś na całkowicie spokojną. Szkoda, że sam nie mogę się tak czuć. Chciałbym po prostu zamknąć oczy i zaznać spokoju. Ale nie potrafię. Nie potrafię nic czuć, kiedy nie jestem z tobą, a nawet gdy jestem, potrafię jedynie pragnąć czegoś, czego nie będę miał chyba nigdy, a już na pewno nie teraz. Zostawiam więc Tobie to i mój spokój. Stark".

— Co to, kurde, ma znaczyć? — zapytałam Nalę.

Kotka kichnęła, miauuuknęła zrzędliwie, zeskoczyła z mojego łóżka i podreptała do swojej miseczki. Potem odwróciła się i spojrzała na mnie wymownie, fukając jak szalona.

— Wiem, wiem. Ja też jestem głodna. — Nakarmiłam ją, później rozmyślając o Starku, zaczęłam się szykować na zwariowany zapewne szkolny dzień. — Dzisiaj się stąd wynosimy — powiedziałam stanowczo do swojego odbicia w lustrze, gdy już doprowadziłam włosy do względnego porządku za pomocą prostownicy.

Zbiegłam ze schodów i dotarłam do kuchni w idealnym momencie, by dorwać swoje ulubione płatki, Count Chocula, i dołączyć do Bliźniaczek, które siedziały z przysuniętymi do siebie głowami, szepcząc coś i wyglądając na rozgniewane.

— Cześć — powiedziałam, siadając obok nich i sypiąc sobie kopiastą miskę pysznych czekoladowych płatków. — Co jest?

— Sama zobaczysz, jak tu z nami parę minut posiedzisz — szepnęła Erin tak, by nikt spoza naszej trójki nie mógł usłyszeć.

— Obserwuj klony — szepnęła Shaunee.

— Dooobra — odparłam przeciągle, dolewając mleka do płatków i przyglądając się kręcącym się wokół osobom z udawaną obojętnością.

Początkowo nic szczególnego nie dostrzegłam. Dziewczyny zajmowały się głównie braniem proteinowych batoników, płatków czy innych ulubionych produktów śniadaniowych. Dopiero po jakimś czasie zorientowałam się, że dziwne jest nie to, co widzę, tylko to, czego nie widzę. Żadnych żarcików w rodzaju: „Ale masz szopę!" — „Co? Ja mam szopę? Szopę to chyba ma twoja stara!". Żadnego gadania o chłopakach. Żadnego narzekania, że się nie odrobiło zadania domowego. W sumie to w ogóle prawie zero rozmów. Wszyscy tylko przeżuwali, oddychali i szczerzyli się jak głupi do sera.

Spojrzałam na Bliźniaczki pytająco.

„Klony" — wyczytałam z bezgłośnego ruchu warg Erin. Shaunee kiwnęła głową.

— To prawie równie wkurzające jak ten palant Stark — szepnęła Erin.

— Stark? — zapytałam, starając się, by nie zabrzmiało to jak słowa kogoś, kto ma całą masę rzeczy do ukrycia. — Co z nim?

— Przelazł tędy, jak jeszcze spałaś. Zachowywał się, jakby był właścicielem tego miejsca i miał gdzieś, kto się dowie, że właśnie zgwałcił i obrabował jakąś biedną klonówkę — mruknęła cichutko Shaunee.

— No. Powinnaś była widzieć Rebeccę. Śliniła się do niego jak terier! — dodała Erin.

— A on co? — zapytałam, wstrzymując oddech.

— Był żałosny. Praktycznie na nią nie spojrzał — odparła Shaunee.

— Najpierw ją wykorzystał, a potem wyrzucił jak zużytą chusteczkę — dodała Erin.

Zastanawiałam się, co powiedzieć, żeby uzyskać więcej informacji o tym, co Stark zrobił lub czego nie zrobił, a równocześnie nie zdradzić się przed Bliźniaczkami z tym, że mi zależy; ponadto pomyślałam, że może należałoby powiedzieć coś w jego obronie. Nie zdążyłam jednak nic zrobić, bo nagle oczy Erin zrobiły się wielkie, wściekłe i wpatrzone w coś za moimi plecami.

— O wilku mowa — wycedziła Shaunee najbardziej wrednym głosem, na jaki było ją stać.

— O krwiożerczym wilku — dodała Erin.

— Zły stół — oznajmiła Shaunee. — Twoje wielbicielki są tam i tam. — Machnęła ręką najpierw w jedną stronę, potem w drugą, wskazując pozostałe dziewczyny, które przestały jeść i też gapiły się za moje plecy. — Tu nie.

Obróciłam się i spojrzałam na Starka. Jestem pewna, że moje oczy były rozszerzone i wystraszone; jego spojrzenie z kolei było tak głębokie i ciepłe, że niemal słyszałam kryjące się w nim pytanie.

— Cześć, Stark — powiedziałam, nie zwracając uwagi na resztę towarzystwa. Starałam się nie mówić ani zbyt poufale, ani zbyt chłodno. Po prostu tak, jak zwróciłabym się do każdej innej osoby.

— Wyglądasz lepiej, niż gdy ostatnio cię widziałem — odpowiedział.

Poczułam, jak na policzki występuje mi rumieniec. Kiedy Stark ostatnio mnie widział, byliśmy razem w łóżku. Patrzyłam mu w oczy, zastanawiając się, co u diabła mogę mu odpowiedzieć. Na szczęście wybawiła mnie Erin.

— Też mi niespodzianka, że wygląda lepiej niż zeszłej nocy, gdy podgryzałeś Rebeccę.

— Właśnie. Patrzenie na to każdego by osłabiło.

Stark odwrócił ode mnie wzrok i z czerwonym błyskiem w oku natarł na Bliźniaczki.

— Rozmawiam z Zoey, a nie z wami, więc zamknijcie te głupie japy!

W jego głosie było coś naprawdę przerażającego. Nie wrzeszczał. Jego twarz prawie się nie zmieniła. Przypominał za to zwiniętego w kłębek węża, wściekłego i szykującego się do zabójczego ataku. Przyjrzałam mu się bliżej i zauważyłam drgania w powietrzu wokół niego, jakby się rozgrzało w upale. Nie wiem, czy Bliźniaczki też je widziały, ale bez wątpienia coś wyczuły, bo obie pobladły. Ja jednak nie zwracałam na nie uwagi. Skupiłam się na Starku, bo wiedziałam, że dostrzegam przebłysk potwora, o którym mówił. Na widok tej nagłej zmiany, jaka w nim zaszła, pomyślałam o Stevie Rae z czasów, gdy miała problemy z odnalezieniem swego człowieczeństwa.

Czy to dlatego tak mi zależało na Starku? Widziałam, jak Stevie walczy i wygrywa z tymi samymi mrocznymi impulsami, więc chciałam wierzyć, że i jemu może się udać?

Cóż, historia Stevie nauczyła mnie z całą pewnością jednego: że adept w takim stanie może być bardzo niebezpieczną istotą.

— Co chciałeś mi powiedzieć, Stark? — zapytałam całkowicie opanowanym głosem.

Zobaczyłam w jego twarzy walkę — chłopak zmagał się z potworem, który wyraźnie miał ochotę przeskoczyć przez stół i pożreć Bliźniaczki. Gdy z powrotem przeniósł na mnie wzrok, jego oczy wciąż jarzyły się lekką czerwienią.

— Właściwie nie chciałem ci nic mówić. Po prostu przed chwilą znalazłem coś, co chyba należy do ciebie. — Podniósł rękę i zobaczyłam, że ściska w niej moją torebkę.

Przeniosłam wzrok z niej na niego, później znów na nią. Przypomniałam sobie, jak mówił, że boi się torebek tak samo jak ja pająków. Kiedy spojrzałam mu w oczy, uśmiechałam się.

— Dzięki. Tak, to moje. — Wyjęłam mu torebkę z ręki, dotykając lekko jego dłoni. — Kiedyś jeden chłopak mi powiedział, że damskie torebki przypominają mu pająki.

Czerwień zniknęła z jego oczu, jakby przełączył jakąś dźwignię. Ulotniła się otaczająca go potworna aura. Stark owinął jeden z palców wokół mojego i trzymał tak przez chwilę. Potem puścił torebkę i rękę.

— Pająki? Na pewno dobrze usłyszałaś?

— Na pewno. Jeszcze raz dzięki za odnalezienie zguby.

Wzruszył ramionami, odwrócił się i powłócząc nogami, opuścił kuchnię.

Ledwie zniknął, wszystkie adeptki z wyjątkiem Bliźniaczek i mnie zaczęły z podekscytowaniem szeptać o tym, jaki jest przystojny. Ja w milczeniu wcinałam płatki.

— Przerażający to mało powiedziane — stwierdziła Shaunee.

— Stevie Rae też taka była przed Przemianą? — zapytała Erin.

Przytaknęłam.

— Mniej więcej. — I dodałam ściszonym głosem: — Zauważyłyście coś w powietrzu wokół niego? Jakby dziwne falowanie albo dodatkowy cień?

— Ja nie — odparła Erin. — Byłam zbyt zajęta myśleniem o tym, że zaraz mnie pożre, żeby się przyglądać powietrzu wokół niego.

— Ja też — przyznała Shaunee. — To dlatego się go nie boisz? Bo przypomina ci Stevie sprzed Przemiany?

Niezobowiązująco uniosłam jedno ramię i udawałam zbyt pochłoniętą jedzeniem płatków, by odpowiedzieć.

— Hej, mówię serio — dodała Erin. — Wiem, co było w wierszu Kramishy i tak dalej, ale musisz na niego uważać. Jest cholernie groźny.

— Poza tym wcale nie jest powiedziane, że wiersz mówił o nim — zauważyła Shaunee.

— Dziewczyny, czy my naprawdę musimy teraz o tym gadać? — zapytałam, gdy już przełknęłam płatki.

— Nie — odparła szybko Shaunee — to nas zupełnie nie obchodzi.

— Jak wyżej — przytaknęła Erin. — Weź no sprawdź, czy ci nic nie ukradł — dodała.

— Oj tam — mruknęłam, lecz otworzyłam torebkę i zaczęłam w niej grzebać, wymieniając na głos znajdowane przedmioty: — Komórka... błyszczyk... okulary słoneczne... portfel... o, z całą forsa i prawkiem... i... — Urwałam gwałtownie na widok karteczki z narysowaną przełamaną strzałą, pod którą widniały słowa: „Dzięki za zeszłą noc".

— Co? Zwinął coś? — zapytała Erin, usiłując przez stół zajrzeć mi do torebki.

Szybko ją zatrzasnęłam.

— Nie, znalazłam ohydną zużytą chusteczkę. Żałuję, że jej nie zwinął.

— Phi, i tak uważam, że jest palantem.

Skinęłam głową, mrucząc coś potakująco i starając się nie myśleć o ciepłej dłoni Starka głaszczącej mnie po włosach.

*

Lekcje, jak by to powiedziała moja nauczycielka hiszpańskiego, profesor Garmy, zanim przeobraziła się w grzecznego profesorskiego klona, nie przyniosły mi *nada bueno*. Najgorsze ze wszystkiego było to, że gdyby zabrać te ohydne kruczyska, które były dosłownie wszędzie, prawie zdołałabym siebie przekonać, że wszystko jest w najlepszym porządku. „Prawie" robi jednak czasem naprawdę dużą różnicę.

Bynajmniej nie poprawił mojej sytuacji fakt, że wraz z rozpoczęciem nowego semestru dość mocno pozmieniano mi plan, wskutek czego na żadne lekcje nie chodziłam z Damienem ani z Bliźniaczkami. Nigdzie też nie dostrzegłam Afrodyty, więc zaczęłam się trochę martwić, czy przypadkiem jej i Dariusa nie pożarły kruki. Chociaż znając Afrodytę, to raczej byli w jej pokoju i bawili się w doktora.

Z takim właśnie obrzydliwym obrazkiem w głowie zasiadłam w ławce przed pierwszą lekcją, którą była teraz literatura. Kiedy Szechina poprzestawiała mi zajęcia, żebym mogła chodzić na socjologię wampirską dla zaawansowanych, zapomniała wspomnieć o tym, że jednocześnie przerzuca mnie na wyższy poziom z literatury i angielskiego. Ze ściśniętym żołądkiem czekałam więc, aż profesor Pentesilea, lepiej znana jako Pen, przydzieli nam jakieś okropne dzieło, którego moja głowa zdecydowanie nie zdoła ogarnąć, i każe napisać na jego temat jakieś zabójcze wypracowanie.

Niepotrzebnie się martwiłam. Pen wyglądała równie olśniewająco i artystycznie jak dawniej, ale zachowywała się jak zupełnie nowa osoba. Profesor Pentesilea, najfajniejsza nauczycielka literatury pod słońcem, rozpoczęła lekcję od rozdania ćwiczeń z gramatyki. Owszem: ćwiczeń z gramatyki! Gapiłam się na pół tuzina dwustronnych kserokopii kartek, które kazała nam wypełnić. Obejmowały zakres od interpunkcji w zdaniach złożonych po rozbiór logiczny takich zdań. Nie żartuję!

Wiem, że niektórzy uczniowie — szczerze mówiąc, nawet większość uczniów publicznego liceum — nie byliby tak zszokowani tym zadaniem, lecz to była Pentesilea i Dom Nocy! Co jak co, ale w diaboliceum — jak nazywała naszą szkołę ludzka młodzież — lekcje nie bywały nudne. A najbardziej nienudna wśród nienudnych nauczycieli była właśnie Pen. Zachwyciła mnie już w pierwszej minucie pierwszego dnia szkoły, oznajmiając, że będziemy czytać *Pamiętną noc* Waltera Lorda, książkę o zatonięciu Titanica. Już sam ten fakt był wystarczająco fajny, a jeśli dodać do tego szczegół, że Pentesilea mieszkała w Chicago w momencie zatonięcia statku i pamiętała mnóstwo niesamowitych rzeczy dotyczących nie tylko pasażerów, ale też życia na początku dwudziestego wieku, można sobie wyobrazić, jak fascynujące były te lekcje.

Podniosłam głowę znad potwornie nudnych ćwiczeń, by spojrzeć na Pen. Siedziała przy biurku jak jakiś bezkształtny stwór, z kamienną twarzą wpatrując się w ekran kompa. W skali mojego dawnego liceum jej charyzma równałaby się mniej więcej charyzmie pani Fosster, corocznej zdobywczyni tytułu najgorszego anglisty, zwanej też Panią Bezpłciową albo Umpa-Lumpem w zależności od tego, czy akurat miała na sobie swoją niebieską hawajską kieckę czy też nie.

Pentesilea na sto procent zmieniła się w klona.

Następny był hiszpański. Zajęcia dla średnio zaawansowanych nie tylko powinny być dla mnie stanowczo zbyt trudne (co tu dużo gadać, hiszpański na każdym poziomie był dla mnie trudny!), to jeszcze *profesora* Garmy zmieniła się w przeciwieństwo nauczycielki. Wcześniej rzucała nas na głęboką wodę, cały czas gadając po hiszpańsku, a teraz nerwowo kręciła się po sali, pomagając uczniom w opisywaniu obrazka, który powiesiła na tablicy. Przedstawiał stadko kotów, znaczy się *gatos*, zaplątanych w sznurek, znaczy się *hilo*. Czy jakoś tak. Naprawdę słabo znam ten język. Wampirskie

tatuaże Garmy przypominały pióra, w związku z czym nie-
gdyś kojarzyła mi się z małym hiszpańskim ptaszkiem, ale
teraz wyglądała i zachowywała się jak neurotyczny wróbe-
lek, przemykając od ucznia do ucznia i sprawiając wrażenie,
jakby za chwilę miała dostać załamania nerwowego.

Kolejny klon.

Wolałabym jednak przez cały dzień siedzieć na chaotycz-
nej lekcji Garmy, jeśli dzięki temu nie musiałabym iść na
swoje trzecie zajęcia — socjologię wampirską dla zaawansowanych, której uczył nie kto inny jak Neferet.

Od pierwszego dnia swojego pobytu w Domu Nocy opie-
rałam się przeniesieniu na socjologię dla zaawansowanych.
Najpierw dlatego, że nie chciałam być wytykana palcami
jako dziwaczna laska z trzeciego formatowania (czyli pierwszej klasy), która zadaje się z szóstoformatowcami (czyli
czwartą klasą), bo jest taka wyjątkowa. Wyobrażacie sobie
ten obciach?

Niestety szybko się połapałam, że tak czy owak nie mam
szans na pozostanie w ukryciu. Od tamtej pory borykałam
się ze swoją niezwykłością i towarzyszącymi jej obowiązka-
mi (oraz porażkami), ale choćbym nie wiem jak sobie wma-
wiała, że socjologia to przedmiot jak każdy inny, i tak szłam
na nią z duszą na ramieniu.

Oczywiście świadomość, że to działka Neferet, ani trochę
mi nie pomagała.

Weszłam, znalazłam ławkę na tyłach sali i pochyliłam się
jak najniżej, udając jednego z tych leniwców, którzy przesy-
piają całe życie, a budzą się jedynie po to, by przejść z sali do
sali, zostawiając po sobie ślimaczy ślad ziewnięć i różowych
plam na własnych czołach.

Sztuczka mogłaby zadziałać, gdyby Neferet także przeobraziła się w klona. Niestety było inaczej. Emanowała siłą
i czymś, co osobom gorzej zorientowanym wydałoby się

szczęściem. Ja rozpoznałam to jako chełpliwość. Neferet była nadętym pająkiem napawającym się liczbą odgryzionych głów i z rozkoszą kontemplującym kolejną jatkę.

Nawiasem mówiąc, Damien byłby szczęśliwy, gdyby wiedział, ile używanych przez niego słów sobie przyswoiłam.

Nie licząc faktu, że Neferet przypominała mi pająka, zauważyłam, że i tym razem nie ma na sobie insygniów Nyks — wyhaftowanej srebrną nicią bogini z uniesionymi rękami obejmującymi półksiężyc. Zamiast tego założyła na szyję złoty łańcuch ze skrzydłami wyrzeźbionymi z czarnego jak noc kamienia. Nie pierwszy raz zadałam sobie pytanie, dlaczego nikt inny chyba nie zauważa, że jest pokręcona jak diabli. Podobnie jak nikt oprócz mnie nie zauważył, że kapłanka promieniuje mroczną energią, która gęstnieje w otaczającej ją przestrzeni niczym powietrze przed uderzeniem pioruna.

— Dzisiaj będziemy mówić o pewnej umiejętności, którą mają jedynie wampiry lub niekiedy adepci tuż przed Przemianą. Nie będziecie więc potrzebować *Vademecum adepta*, chyba że chcecie wprowadzić dodatkowe notatki w dziale *Fizjologia*. Otwórzcie podręczniki do socjologii na rozdziale o tajemnicy. Strona 426.

Wszyscy siedzieli jak mysz pod miotłą, a ona przechadzała się po sali królewskim krokiem, olśniewająca w długiej czarnej sukni przeplecionej złotą nitką, która wyglądała jak z płynnego metalu. Z zaczesanych do tyłu ciemnobrązowych włosów prześlizgiwały się naprzód urocze kręcone kosmyki, ozdabiając jej prześliczną twarz. Głos miała czysty i wyraźny.

Była absolutnie przerażająca.

— Chcę, abyście sami przeczytali ten rozdział. Jako zadanie domowe macie zapisywać w zeszycie wszystkie swoje sny przez najbliższych pięć dni. W snach często wychodzą na jaw ukryte pragnienia, ale i talenty. Nim zaśniecie, musicie się koncentrować na tym, co przeczytaliście, i zastanawiać, co dla was oznacza tajemnica. Jakie mroczne sekrety ukrywacie przed światem? Gdzie byście się udali, żeby nikt nie mógł was znaleźć? Co byście robili, gdyby nikt was nie widział? — Umilkła, patrząc na każdego ucznia po kolei. Niektórzy uśmiechali się do niej nieśmiało. Inni się odwracali, jakby rzeczywiście mieli coś do ukrycia. Ogólnie rzecz biorąc, działo się tu więcej niż na moich poprzednich lekcjach.

— Brittney, kochanie, przeczytasz nam rozdział o kamuflażu ze strony 432?

Drobniutka brunetka skinęła głową i zaczęła czytać:

KAMUFLAŻ

Większość adeptów ma świadomość swojej wrodzonej umiejętności ukrywania się przed obcymi, na przykład przed ludźmi. Tradycją Domu Nocy jest wymykanie się z campusu w celu odprawiania obrzędów na oczach nieświadomych niczego istot ludzkich. To jednak tylko niewielka próba talentu, jakim dysponuje dorosły wampir. Nawet ci, którzy nie posiadają daru komunikacji z żywiołami, potrafią przyzwać do siebie noc i przy jej pomocy ukryć swoje działania przed niedorozwiniętymi zmysłami przeciętnego człowieka...

— Z tego rozdziału — przerwała jej Neferet — nauczycie się między innymi, że każdy wampir może się ukradkiem przemieszczać wśród ludzi, co jest bardzo przydatne w świetle tego, że ludzie uwielbiają nas krytycznie oceniać.

Wpatrywałam się w tekst, marszcząc brwi i myśląc, że przecież nie mogę być jedyną adeptką, która dostrzega uprzedzenie Neferet do ludzi, kiedy nagle obok mojej ławki zagrzmiał jej głos:

— Zoey, jak to miło, że wreszcie zaczęłaś uczęszczać na zajęcia bardziej odpowiadające twoim talentom.

Powoli podniosłam wzrok i spojrzałam w jej zimne zielone oczy.

— Dziękuję — powiedziałam, starając się mówić jak każda inna adeptka. — Zawsze lubiłam wampirską socjologię.

Uśmiechnęła się, przywodząc mi na myśl istotę z *Obcego*, tego przerażającego starego filmu z Sigourney Weaver o równie przerażających kosmitach, którzy pożerali ludzi.

— Doskonale. Może więc przeczytasz nam ostatni akapit na tej stronie?

Zadowolona, że mam pretekst do opuszczenia głowy, spojrzałam na książkę, znalazłam akapit i przeczytałam:

Adepci powinni jednak wiedzieć, że kamuflaż może znacznie uszczuplać ich siły. Potrzeba wielkiej umiejętności koncentracji, by przywołać i utrzymać noc przez dłuższy czas. Należy także zrozumieć, że kamuflaż posiada pewne ograniczenia. Oto niektóre z nich:

1. jest wyczerpujący i może powodować wyczerpanie organizmu;

2. działa jedynie w przypadku materii organicznej, dzięki czemu łatwiej pozostać ukrytym, gdy jest się nagim;

3. próba zakamuflowania samochodów, motocykli czy nawet rowerów nigdy nie będzie skuteczna;

4. podobnie jak wszystkie inne nasze talenty, zdolność do kamuflażu ma swoją cenę. Dla niektórych może nią być lekkie zmęczenie i ból głowy; dla innych coś znacznie gorszego.

Doczytałam do końca strony i podniosłam oczy na Neferet.

— Wystarczy, Zoey. A teraz powiedz mi, czego się właśnie nauczyłaś? — zapytała, przewiercając mnie wzrokiem.

Hm, szczerze mówiąc, dowiedziałam się, że nie uciekniemy z Domu Nocy hummerem, jeśli nie otrzymamy zgody na opuszczenie campusu. Tego jednak nie powiedziałam.

— Że samochodów, domów i tym podobnych nie da się zakamuflować przed ludźmi — oznajmiłam z miną pilnej uczennicy.

— Ani przed wampirami — dodała stanowczym głosem, który osoby niedoinformowane (albo przemienione w klony) mogłyby uznać za zatroskany i dydaktyczny. — Nigdy nie zapominaj, że wampiry także widzą materię nieorganiczną, którą próbuje się zakamuflować.

— Nie zapomnę — odparłam z powagą. I nie zapomniałam.

ROZDZIAŁ DWUDZIESTY SZÓSTY

Przed lunchem miałam zajęcia z szermierki i byłam tym zachwycona. No dobrze, przesadziłam: zachwycona byłabym wtedy, gdybym wraz z przyjaciółmi znajdowała się miliony mil od Domu Nocy, Neferet i Kalony. Skoro jednak to chwilowo nie wydawało się możliwe, zwłaszcza po lekcji socjologii i pogadance Neferet przerażająco zniechęcającej do prób kamuflażu, zrewidowałam swoje priorytety i do szczęścia wystarczał mi fakt, że Smok uznał mnie za zbyt zmęczoną, bym mogła brać udział w zajęciach. Miałam tylko siedzieć i patrzeć.

Tak naprawdę wcale nie czułam się źle, a kiedy wyjęłam z torebki lusterko, żeby sobie pomalować usta błyszczykiem, którego na szczęście nie zgubiłam, stwierdziłam, że wyglądam też w miarę dobrze. Dzięki temu, że Smok zwolnił mnie z zajęć, a także mając w pamięci to, że jego kot pojawił się w moim pokoju niczym kudłata wskazówka, mogłam się spokojnie przyglądać zachowaniu nauczyciela.

Na pierwszy rzut oka Smok wygląda jak jedna z „wielkich niewiadomych" mojej babci. Po pierwsze, jest niski. Po drugie, fajny. I to bardzo. To taki typ faceta, jakiego można by sobie zaklepać, gdyby się chciało mieć tatę, który piecze ciasteczka i w sytuacji awaryjnej potrafi nawet obszyć strzępiącą się sukienkę córki. W świecie, w którym mężczyźni byli wojownikami i obrońcami, niski sympatyczny facet w normalnych okolicznościach nie przykuwałby zbytniej uwagi, ale Smok całkowicie się zmieniał, gdy brał do ręki szpadę, przepraszam — floret. Wtedy stawał się śmiertelnie niebezpieczny. Jego rysy tężały. Oczywiście nie rósł, bo byłoby to głupie (nie mówiąc o tym, że niemożliwe), lecz wcale nie musiał stawać się wyższy: był tak szybki, że jego śmigający połyskujący floret sprawiał wrażenie, jakby emanował własną moc.

Przyglądałam się, jak Smok prowadzi ćwiczenia szermiercze. Na jego zajęciach uczniowie nie sprawiali wrażenia typowych klonów. Pewnie działo się tak dlatego, że zajmowali się ćwiczeniami fizycznymi, a nie umysłowymi. Po bliższym wejrzeniu zauważyłam, że choć ćwiczą głównie ruchy, obywa się bez wygłupów czy droczenia: wszyscy byli całkowicie skupieni. Wydało mi się to bardzo dziwne, bo zwykle prawie niemożliwe jest utrzymanie w takiej koncentracji bandy uczniów z ostrymi przedmiotami w rękach.

Ze zmarszczonym czołem przyglądałam się grupce, która w normalnych warunkach co najmniej kilka razy dostałaby od Smoka ochrzan, że ma natychmiast zacząć uważać i przestać robić z siebie idiotów (w Domu Nocy nauczyciele mogą wyzywać młodzież od idiotów, bo ta nie może od razu polecieć do swoich mamuś, żeby się poskarżyć, dzięki czemu notujemy tu znacznie mniej idiotycznych zachowań niż w większości szkół publicznych), gdy nagle pomiędzy nich a mnie wkroczył sam Smok. Zamrugałam, starając się zogniskować na nim spojrzenie.

Smok zaś powoli i wyraźnie mrugnął do mnie, po czym obrócił się z powrotem do klasy.

Wtedy przydreptał do mnie jego ogromny kot, rozsiadł się obok i zaczął lizać jedną ze swoich gigantycznych łap.

— Cześć, Shadowfax. — Podrapałam go po łebku, czując największy przypływ nadziei od momentu, kiedy omal nie zostałam zabita przez Kruka Prześmiewcę.

Choć szkoła zmieniła się w koszmar, a wszędzie wokół czyhało niebezpieczeństwo, podczas lunchu czułam się niczym w oazie normalności. Włożyłam na tackę to, co lubiłam najbardziej — spaghetti i colę — i przysiadłam się do Damiena i Bliźniaczek przy naszym stałym stole.

— No i czego się dowiedzieliście? — szepnęłam między wielkimi kęsami makaronu z sosem marynarskim i serem.

— Wyglądasz o wiele lepiej — powiedział głośno Damien.

— Tak też się czuję — odparłam, przyglądając mu się pytająco.

— Myślę, że naprawdę powinniśmy powtórzyć słownictwo na przyszłotygodniowy sprawdzian z literatury — kontynuował Damien równie głośno jak poprzednio, otwierając zeszyt, z którym nigdy się nie rozstawał, i wyjmując równie nieodłączny ołówek.

Bliźniaczki stęknęły, a ja zmarszczyłam brwi. Zmienili go w klona czy jak?

— To że sytuacja w szkole się zmienia, nie oznacza, że możecie sobie pozwolić na słabsze oceny — dodał.

— O matko, Damien, jakiś ty natrętny! — jęknęła Shaunee.

— Gorzej. Jesteś cholernie upierdliwy z tym swoim pieprzonym słownictwem i nie...

Damien pokazał nam zeszyt, żebyśmy mogły przeczytać, co napisał pod listą słówek.

„K.P. we wszystkich oknach. Mają d o s k o n a ł y słuch".

Szybko wymieniłam spojrzenie z Bliźniaczkami, po czym westchnęłam.

— No dobra, Damien. Niech ci będzie. Pouczymy się z tobą tych głupich słówek. Ale zgadzam się z Bliźniaczkami, że jesteś strasznym natrętem.

— W porządku. Zacznijmy od „interlokutora". — Wskazał ołówkiem wymienione słowo.

Shaunee wzruszyła ramionami.

— To chyba coś ze *Star Treka*?

— Też mi się tak zdaje — przyznała Erin.

Damien spojrzał na nie z wielkim niesmakiem, którego z całą pewnością nie musiał udawać.

— Nie, głuptasy, źle się wam wydaje. „Interlokutor" to znaczy...

„Smok jest z nami" — napisał.

— Erin, spróbuj odgadnąć następne słówko. „Lubieżny". Co to może znaczyć?

— Oooo, ja wiem! — Shaunee wyrwała mu ołówek, nim zdążył go podać Erin, i szybko napisała: „to ja!", a potem, poniżej, dodała: „anast.tez".

— Wiecie, że uważam pisanie esemesowym żargonem za infantylne — rzekł Damien.

— Zwisa mi to — odparła Shaunee.

— Nawet jeśli nie wiemy, co to znaczy „infantylne" — dodała Erin.

— Spróbuję z następnym słówkiem — powiedziałam i nawet nie patrząc na nie, napisałam: „Musimy się stąd dzisiaj wynieść, ale nie możemy brać hummera. Nie da się go ukryć". Przerwałam, przygryzłam wargę, po czym dodałam: „Trzeba uważać. N. wie, że spróbujemy zwiać". — Kurczę, chyba jednak nie wiem, co to znaczy. Pomożesz mi, Damien?

— Nie ma sprawy.

„Musimy uciec jak najszybciej. Zanim nam to udaremnią" — napisał.

— Dobra. To teraz ja. Tylko niech się chwilę zastanowię.

— Przez chwilę jedliśmy w milczeniu, a ja faktycznie się za-

stanawiałam, lecz bynajmniej nie nad słowem „unifikacja"
(szczerze mówiąc, nigdy w życiu bym się nie domyśliła, co
ono znaczy).

Musieliśmy się wydostać z campusu za pomocą mojego
kamuflażu, i to jak najszybciej. Neferet jednak wyraźnie dała
do zrozumienia, że spodziewa się naszej ucieczki, a to oznaczało, że będzie podsłuchiwać nasze rozmowy w jadalni nie
tylko poprzez kruki, ale także poprzez grzebanie w myślach
Damiena i Bliźniaczek, kiedy znajdzie się fizycznie dość
blisko nich, by włączyć swój telepatyczny podsłuch. Po raz
kolejny poczułam ulgę na myśl, że tylko Stevie Rae i ja wiemy o tym, iż zamierzamy uciekać do opactwa benedyktynek,
a nie z powrotem do tuneli. Dzięki sprytnie podsuniętej karteczce i...

— Wiem!

Bliźniaczki i Damien wytrzeszczyli na mnie oczy, a ja
uśmiechnęłam się radośnie.

— Wiem, co znaczy „unifikacja" — skłamałam. —
I mam pewien pomysł związany z nauką. Napiszę na kart-
kach definicje kilku słów i dam każdemu z was po jednej,
a wy będziecie musieli się ich nauczyć. Potem oddacie mi
kartkę, a ja dam wam następną. No wiecie, taka gra.

— Porąbało cię? — zdziwiła się Shaunee.

— Nie — rzekł z ożywieniem Damien. — To dobry pomysł. Fajna zabawa.

Zaczęłam oddzierać paski papieru i pisać na nich gorączkowo: „Idźcie do stajni". Później zwinęłam je wszystkie starannie.

— Myślcie o definicjach, które przerabialiśmy, ale nie
czytajcie moich słówek, póki nie zadzwoni dzwonek na koniec szóstej lekcji. Tylko nie oszukujcie! — Po tych słowach
podałam każdemu po karteczce.

— Dobra, dobra, jasne — mruknęła Erin, wciskając kartkę do kieszeni markowych dżinsów.

— Niech ci będzie. Ale lepiej uważajcie, bo zmieniacie się w nauczycieli — dorzuciła Shaunee, biorąc swoją kartkę.

— Pamiętajcie, żeby nie zaglądać przed dzwonkiem — przypomniałam im.

— Jasne — zapewnił mnie Damien. — A jak już zajrzymy, to może powinniśmy przywołać swoje żywioły, żeby nam pomogły w koncentracji?

— Tak! — odparłam, uśmiechając się do niego z wdzięcznością.

— Skoro o tym mowa — odezwała się Shaunee, chwytając kartkę, na której przedtem pisaliśmy — to zabiorę to do kibelka i tam trochę się p o u c z ę z moim żywiołem. — Patrzyła na mnie długo i intensywnie, a ja skinęłam głową, rozumiejąc, że zamierza przywołać ogień i zniszczyć dowód naszego sabotażu (to jedno z niewielu trudnych słów, których znaczenie nie jest dla mnie zagadką).

— Pójdę z tobą, Bliźniaczko. Możesz potrzebować mojego... no wiesz, wsparcia — oznajmiła Erin, ruszając za przyjaciółką.

— Przynajmniej nie musimy się martwić, że Shaunee podpali całą szkołę — szepnął Damien.

— Ja pierdziu, jaka jestem głodna! — dobiegł nas nagle głos Afrodyty, która pędem wparowała do jadalni i usiadła obok mnie z górą spaghetti na talerzu. Wyglądała olśniewająco, choć sprawiała wrażenie nieco zmęczonej. Włosy, zazwyczaj rozpuszczone i opadające na ramiona, tym razem miała upięte w coś, co kiedyś mogło być fajną nastroszoną kitką, ale teraz było nieco skołtunione.

— Nic ci nie jest? — szepnęłam, zerkając na okno i miną dając jej (a przynajmniej taką miałam nadzieję) do zrozumienia, żeby uważała, bo „oni" wszystko słyszą.

Podążyła za moim wzrokiem, skinęła lekko głową i odszepnęła:

— Nic. Darius jest s z y b k i.

Domyśliłam się, że właśnie uczestniczyła w jednym z superszybkich biegów wojownika. Przez chwilę żałowałam, że nie może wynieść stąd nas wszystkich, jednego po drugim, ale po chwili zrewidowałam tę myśl: a może w razie wyższej konieczności dałby radę wynieść jedną czy dwie osoby?

— Są wszędzie — powiedziała Afrodyta tak cicho, że ledwie ją dosłyszałam.

— Pod murami? — szepnął Damien.

Skinęła głową, wpychając sobie do ust spaghetti.

— Za murami też — powiedziała między kęsami, cały czas uważając, by nie podnieść głosu. — Nie ma wątpliwości, że pilnują, żeby nikt nie wchodził ani nie wychodził bez ich pozwolenia.

— No patrz, a my właśnie to zamierzamy zrobić — powiedziałam i spojrzałam na Damiena. — Musisz odejść, żebym mogła pogadać z Afrodytą. Rozumiesz?

Przez moment wyglądał na urażonego, zaraz jednak dostrzegłam w jego oczach iskierkę zrozumienia. Na szczęście przypomniał sobie, że mogę swobodnie rozmawiać z Afrodytą bez obaw, iż Neferet włamie jej się do głowy i wygrzebie to, co powiedziałam.

— Jasne — odparł. — No to do zobaczenia?... — zakończył pytającym tonem.

— Przeczytaj definicję, którą ci dałam, dobra?

Uśmiechnął się.

— W porządku.

— Definicję? — zdziwiła się Afrodyta, gdy już sobie poszedł.

— To taki pomysł na poinformowanie wszystkich, że mamy się spotkać w stajni zaraz po lekcjach. Chodzi o to, żeby się dowiedzieli w ostatniej chwili. Może dzięki temu Neferet nie zdąży się na czas połapać, co kombinujemy.

— Zanim do tego dojdzie, już nas nie będzie?

— Mam nadzieję — szepnęłam. Pochyliłam się w stronę Afrodyty, nie zważając na to, że kruki mogą nabrać podejrzeń, gdy zobaczą, jak do siebie szepczemy. Tak czy owak nie mogły nam zajrzeć do głów. — Jak tylko skończą się lekcje, idź z Dariusem do stajni. Smok i Anastasia są z nami. Liczę na to, że wszystkie kocie podpowiedzi były prawdziwe i że Lenobia też jest po naszej stronie.

— I będzie mogła pomóc nam stąd zwiać przez cieńszy fragment muru przy stajni? — domyśliła się Afrodyta.

— Właśnie. Słuchaj, tego co teraz powiem, nie powtarzaj nikomu, nawet Dariusowi. Przysięgnij.

— Dobra, dobra, jak tam chcesz. Niech umrę, jeśli...

— Wystarczy, jak po prostu powiesz, że nie wygadasz — przerwałam jej, nie mając ochoty usłyszeć z jej ust niczego na temat umierania.

— Nie wygadam — obiecała. — O co chodzi?

— Nie wracamy do tuneli pod dworcem. Idziemy do opactwa benedyktynek.

Spojrzała na mnie badawczym i o wiele bardziej wnikliwym wzrokiem, niż większość ludzi mogłaby się po niej spodziewać.

— Naprawdę myślisz, że to dobry pomysł?

— Ufam siostrze Mary Angeli, a w kwestii tuneli mam bardzo złe przeczucia.

— Cholera. Nienawidzę, kiedy tak mówisz.

— A myślisz, że ja nie? Ale wyczułam tam pewien rodzaj ciemności, której tutaj obserwuję stanowczo za wiele.

— Neferet — szepnęła Afrodyta.

— Tak przypuszczam, niestety. — Mówiłam powoli, a właściwie myślałam na głos. — Myślę też, że obecność zakonnic może ją odstraszyć. Poza tym siostra Mary Angela twierdzi, że w opactwie jest siedlisko mocy. Dzięki temu wcale nie była aż tak zdziwiona faktem, że potrafię panować nad żywiołami. Chyba nazwała to miejsce Grotą Maryjną.

— W trakcie wypowiadania tych słów ogarniała mnie coraz większa pewność, że Nyks jest zadowolona z dokonywanych przeze mnie wyborów. — Może damy radę w jakiś sposób wykorzystać tę moc, tak jak w Domu Nocy wykorzystywaliśmy tę z siedliska przy wschodnim murze. Chociażby po to, żeby sobie ułatwić kamuflaż.

— Grota Maryjna? Brzmi jak coś, co powinno się znajdować w głębi oceanu, a nie w Tulsie. Nie zapominaj też o tym, że siedlisko mocy przy wschodnim murze było używane w celu niezgodnym ze swoim przeznaczeniem równie często jak we właściwym — zauważyła Afrodyta. — A co ze Stevie Rae i jej dziwadłami? Nie wspominając o twoich absztyfikantach?

— Będą tam. A przynajmniej mam taką nadzieję. Ale Kruki Prześmiewcy obserwują dworzec i jeśli Stevie nie wykombinuje, jak ich ominąć, boję się, że mogą ją złapać.

— Dwa dni spędzone w jej towarzystwie pozwoliły mi zauważyć, że radzi sobie całkiem nieźle, choć czasem używa dość nieprzyjemnych sztuczek. — Afrodyta aż się wzdrygnęła, mówiąc te słowa.

— To znaczy? — zapytałam.

— Powiem ci, jeśli najpierw obiecasz, że mi uwierzysz.

— Dobra, obiecuję. Gadaj.

— Słuchaj, skoro mowa o twojej durnej kumoszce i jej sztuczkach, to coś mi się przypomniało. Coś, czego się dowiedziałam po tym, jak się z nią... no wiesz...

— Skojarzyłaś? — dokończyłam, bezskutecznie próbując powstrzymać uśmiech.

— To wcale nie jest śmieszne, mądralo — burknęła.

— Jest wkurzające. Ale wracając do sprawy, pamiętasz, jak z nią gadałaś o zasięgu tuneli itepe?

Próbowałam sobie przypomnieć.

— No, owszem. — I nagle ścisnęło mnie w żołądku, bo przypomniałam sobie, jak niezręcznie wyglądała Stevie, gdy ją zapytałam o innych czerwonych adeptów. Przygotowałam się na jak najgorsze wieści z ust Afrodyty.

— Okłamała cię.

Miałam przeczucie, że to usłyszę, lecz i tak słowa Afrodyty sprawiły mi dużą przykrość.

— Konkretnie w jakiej sprawie?

— Więc mi wierzysz?

Westchnęłam.

— Niestety tak. Jesteście skojarzone, a to oznacza, że jesteś z nią związana bardziej niż ktokolwiek inny. Tego mnie nauczyło Skojarzenie z Heathem.

— Słuchaj no, ja naprawdę nie mam zamiaru się z nią...

Spojrzałam na nią z politowaniem.

— Nie o to mi chodziło, wariatko. Są różne rodzaje Skojarzenia. Moja więź z Heathem jest bardzo fizyczna, ale on podobał mi się od wielu lat. Czy będę mieć słuszność, jeśli przyjmę, że Stevie Rae nigdy ci się nie podobała?

— Cholerną słuszność — potwierdziła z przekąsem Afrodyta.

— Obie macie zdolności nadprzyrodzone, więc to logiczne, że łączy was umysłowa, a nie fizyczna więź — stwierdziłam.

— Świetnie. Cieszę się, że to rozumiesz. Właśnie w ten sposób się dowiedziałam, że Stevie cię okłamała, gdy mówiła, że istnieją tylko ci czerwoni adepci, których nam przedstawiła. Jest ich więcej, a ona o tym wie i ma z nimi kontakt.

— Jesteś tego całkowicie pewna?

— Całkowicie i absolutnie — przytaknęła.

— Cóż, w tej chwili nie mogę sobie zbytnio zaprzątać tym głowy, ale to bez wątpienia może wyjaśniać obecność ciemności, którą tam, na dole, wyczuwałam. Ta sama aura kiedyś otaczała Stevie Rae. Niestety to musi poczekać, aż się stąd wydostaniemy — powiedziałam, czując się strasznie upokorzona faktem, że moja najlepsza przyjaciółka mnie okłamała.

— Przykro mi, że to ja muszę zwracać ci na to uwagę, ale Stevie Rae ma więcej tajemnic niż Paris Hilton torebek. Żeby jednak zakończyć optymistycznym akcentem, mogę się założyć, że twoja wieśniacka przyjaciółka, jej dziwadła i twoi absztyfikanci dadzą sobie radę z krukowatymi chłopaczkami.

— Mam nadzieję. — Westchnęłam, mnąc w ręku serwetkę.

— Hej — powiedziała cicho Afrodyta — staraj się zbytnio nie przejmować Stevie Rae. Ma swoje sekrety, ale mogę cię też zapewnić, że nadal jej na tobie zależy, i to bardzo. Wiem też, że wybiera dobro, nawet jeśli czasami jest to dla niej bardzo trudne.

— Zgadza się. Wierzę, że Stevie ma jakiś powód, żeby to wszystko przede mną ukrywać. Cóż, sama też swego czasu miałam tajemnice przed przyjaciółmi.

„Tak — dodałam w duchu — i spieprzyłam wtedy wszystko na maksa".

— W takim razie wygląda na to, że nie tylko z powodu Stevie Rae wyglądasz jak ktoś, kto potrzebuje pomocy farmaceutycznej, żeby się rozpogodzić — stwierdziła Afrodyta, nadal mi się przyglądając. Uniosła brwi. — A, kumam. Masz problem z chłopakiem. Czy może raczej powinnam powiedzieć: „z chłopakami"?

— Niestety liczba mnoga wydaje się tu właściwa — mruknęłam.

— Kiedyś kręciłam z Erikiem, ale wiesz, że to już odległa przeszłość, więc jeśli masz ochotę, możesz ze mną spokojnie o tym pogadać.

Spojrzałam na nią, myśląc, że — o ironio! — ma rację. Naprawdę mogłam.

— Nie jestem pewna, czy chcę z nim być — wyrwało mi się.

Jej oczy tylko leciutko się rozszerzyły, lecz ton pozostał niedbały.

— Pogania cię w sprawie seksu?

Wzruszyłam ramionami.

— Tak. Nie. Częściowo. Ale nie tylko o to chodzi. — Pochyliłam się ku niej, ściszając głos. — Afrodyto, czy on kiedykolwiek był wobec ciebie zaborczy i przesadnie zazdrosny?

Wydęła wargi w sarkastycznym uśmieszku.

— Próbował. Tylko że ja raczej nie toleruję tych zazdrosnych pierdół. — Potem urwała i już poważniej dodała: — Ty też nie powinnaś, Zo.

— Wiem. I nie toleruję. — Westchnęłam. — Mam sporo spraw do załatwienia, kiedy już poradzimy sobie z tym bałaganem.

— Fakt. Jak tylko rozprawisz się z jednym bałaganem, będziesz musiała posprzątać drugi. — Wepchnęła sobie do ust kolejny widelec makaronu.

— Trudno, zajmijmy się na początek tym pierwszym, żebym mogła jak najszybciej wrócić do swojego żałosnego melodramatu. Powiedz Dariusowi, żeby się przygotował na niemiłe przygody. Jak sam stwierdził, Kalona raczej nie będzie szczęśliwy, gdy się stąd ulotnimy.

— Nie, Darius stwierdził, że Kalona nie będzie szczęśliwy, gdy ty się ulotnisz. On naprawdę coś do ciebie czuje.

— Wiem. Marzę o tym, żeby mu przeszło — powiedziałam.

— À propos, zastanawiałaś się nad pierwszym z wierszy, które dostałaś od Kramishy przed wyjściem z tuneli? Brzmiał trochę jak przepis na pozbycie się Kalony.

— Jeśli to przepis, to powiem ci szczerze, że go nie odczytałam.

Nie chciałam się przyznawać przed Afrodytą, że w ogóle nie myślałam o wierszu Kramishy, a przynajmniej nie o tym dotyczącym Kalony. Byłam zbyt zaabsorbowana drugim wierszem i zawartą w nim (być może) sugestią, że Stark może odzyskać człowieczeństwo. Gdy to sobie uświadomiłam, aż mnie ścisnęło w żołądku. A może on celowo odwracał moją uwagę? Może grał przede mną, żebym nie miała czasu zająć się wierszem o Kalonie ani niczym innym, na przykład wymyślaniem sposobu na ucieczkę z Domu Nocy?

— Tak, widzę, że masz za dużo spraw na głowie. A wszystkie te problemy można zdefiniować jednym słowem — stwierdziła Afrodyta.

Spojrzałam jej w oczy i obie wypowiedziałyśmy je jednocześnie:

— Faceci!

Afrodyta prychnęła, a ja zachichotałam histerycznie.

— Liczmy na to, że kiedyś to wszystko się skończy i naprawdę będziesz mogła się skoncentrować na swoim osobistym melodramacie. — Po chwili wahania Afrodyta dodała: — Mam nadzieję, że nie myślisz wciąż o Starku.

Wzruszyłam ramionami i wpakowałam sobie do ust wielką porcję spaghetti.

— Słuchaj, zrobiłam mały wywiad. On jest zły. Koniec, kropka. Zapomnij o nim.

Przełknęłam, przeżułam kolejną porcję, znów przełknęłam. A ona wciąż mi się przyglądała.

— W tym wierszu może nawet nie chodzić o niego — zauważyła.

— Wiem — przyznałam.

— Czyżby? Tak czy inaczej musisz się skupić na wydostaniu nas z tego cholernego miejsca i unieszkodliwieniu Kalony, a przynajmniej na wypędzeniu go stąd. Jak już to zrobisz, będziesz mogła się zająć Starkiem, Erikiem, Heathem, a nawet Stevie Rae.

— Wiem! — rzekłam z naciskiem. — Zajmę się nimi później.

— Świetnie. Nadal pamiętam, jak się zachowywałaś zaraz po śmierci Starka. Strasznie to przeżywałaś. Ale nie możesz zapominać, że ten Stark, który się tu panoszy, udając nie wiadomo kogo, wykorzystując dziewczyny i po prostu je wyrzucając, gdy już zabawi się ich umysłami bardziej nawet niż ciałami, nie jest tym samym chłopakiem, który zmarł w twoich ramionach.

— A jeśli nim jest, tylko potrzebuje Przemiany, tak jak Stevie Rae?

— Zapewniam cię, że nie mam zamiaru poświęcić kolejnego fragmentu swojego człowieczeństwa, żeby uratować temu gościowi dupę. Do diabła, Zoey, Erik mimo wszystko jest lepszy! Dociera to do ciebie?

— Dociera. — Wzięłam głęboki oddech. — No dobrze, chwilowo zapomnę o wszystkich facetach i skoncentruję się na wydostaniu nas stąd, a potem pozbyciu się Kalony.

— Doskonale. Na facetów czas przyjdzie później.

— Zgoda — powiedziałam.

— Na przyjaciółkę też.

— Zgoda — powtórzyłam.

— No to załatwione — rzekła Afrodyta.

Jadłyśmy dalej w milczeniu. Powiedziałam jej prawdę: zamierzałam odłożyć sprawy osobiste na później. Serio. A przynajmniej próbowałam siebie o tym przekonać...

ROZDZIAŁ DWUDZIESTY SIÓDMY

Na zajęciach teatralnych nie liczyłam na fajerwerki. Prawdopodobnie któryś z klonów zastąpił Erika, który przez krótki czas uczył tego przedmiotu po tym, jak zamordowano profesor Nolan. Siedziałam w ławce za Rebeccą, czując dziwne déjà vu i niemal spodziewając się, że za chwilę do sali wkroczy wściekły Erik i będzie próbował mnie uwieść lub poniżyć.

— O Jeeezu! Nie byyyłam z nim! Chociaż chyba nie muszę mówić, jak baaardzo bym chciała!

Denerwujące przeciąganie sylab przez Rebeccę przykuło moją uwagę, odwracając ją od spóźnionej złości na Erika. Gadała z przejęciem do siedzącej po drugiej stronie przejścia między ławkami dziewczyny, którą rozpoznałam jako Cassie z piątego formatowania. Znałam ją dzięki temu, że zajęła dwudzieste piąte miejsce w wygranym przez Erika ogólnokrajowym konkursie na monolog Szekspirowski, a wszyscy recytatorzy na ogół trzymali się razem. Dzisiaj jednak Cassie w niczym nie przypominała bohaterki dzieł Szekspira. Zachowywała się jak głupia, denerwująca, rozchichotana idiotka.

— Hi, hi, hi, ja też z nim nie byłam. Ale powiem ci, że odkąd mnie ugryzł, o niczym bardziej nie marzę niż o tym, żeby go trochę pokąsać i possać! — Po tych słowach znów zaczęła chichotać jak opętana.

— O kim mówicie? — zapytałam, choć oczywiście nie miałam wątpliwości, kto jest bohaterem tych westchnień.

— No przecież o Starku! To najseksowniejszy facet w całym Domu Nocy. Oczywiście nie licząc Kalony — odparła Rebecca.

— Obaj są te zet ce — dodała Cassie.

— Te zet ce? — zdziwiłam się.

— Totalnie zajebistymi ciachami — wyjaśniła Rebecca.

Dopiero po fakcie uświadomiłam sobie, że powinnam była trzymać język za zębami. W końcu usiłowałam prowadzić rozmowę z klonami o całkowicie wypranych mózgach, ale jakoś nie potrafiłam się powstrzymać i przyznaję, że część mojej furii wzięła się z będącego kompletnie nie na miejscu uczucia zazdrości.

— Słuchaj no, Rebecca — odezwałam się z wyraźnym sarkazmem w głosie — czy to nie ciebie Darius i ja ostatnio uratowaliśmy przed zgwałceniem i pogryzieniem przez tego „najseksowniejszego faceta w całym Domu Nocy"? O ile dobrze pamiętam, jęczałaś wtedy i wypłakiwałaś sobie oczy.

Zszokowana moim wybuchem Rebecca najpierw otworzyła usta, potem je zamknęła i znów otworzyła. Przypominała mi rybę.

— Jesteś po prostu zazdrosna. — Cassie na odmianę nie sprawiała wrażenia zszokowanej. Wyglądała jak wredna franca. — Erik się wyniósł. Loren Blake nie żyje. Nie trzymasz już na swojej krótkiej smyczy dwóch największych przystojniaków w szkole.

Poczułam, że się rumienię. Czyżby Neferet opowiedziała wszystkim o mnie i Lorenie? Nie wiedziałam, co powiedzieć, ale Rebecca i tak nie dopuściła mnie do głosu.

— Właśnie! To że zadzierasz nosa z powodu swoich kontaktów z żywiołami, nie znaczy, że możesz mieć każdego faceta, jakiego zechcesz! — Rzuciła mi to samo nienawistne spojrzenie, którym potraktowała Damiena i Bliźniaczki, gdy zeszłej nocy próbowali jej przemówić do rozsądku. — Inne chyba też od czasu do czasu mogą dostać szansę!

Pohamowałam chęć wrzaśnięcia na nią i spróbowałam dotrzeć do jej małego rozumku.

— Rebecco, chyba nie myślisz zbyt jasno. Zeszłej nocy, zanim Darius i ja was rozdzieliliśmy, Stark zmuszał cię, żebyś mu pozwalała wysysać swoją krew, i był bliski zgwałcenia cię. — Nienawidziłam tego mówić, a jeszcze bardziej nienawidziłam faktu, że to prawda.

— Nie tak to pamiętam — odparła. — Pamiętam, że ssanie sprawiało mi przyjemność i miałam ochotę na wszystko, czego tylko Stark by zechciał. Przeszkodziliście w czymś, co było dobre i do czego nie mieliście prawa się wtrącać.

— Pamiętasz to w ten sposób, bo Stark wywarł na ciebie telepatyczny wpływ.

Rebecca i Cassie wybuchnęły takim śmiechem, że aż wiele głów odwróciło się w naszą stronę.

— Zaraz powiesz, że Kalona też wywiera na nas telepatyczny wpływ i dlatego uważamy, że jest taki przystojny.

— Naprawdę nie widzicie, że odkąd Kalona wyłonił się spod ziemi, wszystko się tu zmieniło?

— A jeśli się zmieniło, to co? Kalona jest wcieleniem małżonka Nyks, więc jego obecność musi zmieniać wiele rzeczy — rzekła Cassie.

— No i to chyba oczywiste, że wyszedł z ziemi. Ziemia to jeden z żywiołów Nyks. Nie wiesz tego czy jak? — zapytała Rebecca, przewracając wymownie oczami w kierunku Cassie.

Właśnie otwierałam usta, by spróbować im wyjaśnić, że Kalona nie zrodził się z ziemi, tylko spod niej u c i e k ł, gdy nagle otworzyły się drzwi i do sali wkroczył on we własnej osobie.

Wszystkie dziewczyny oprócz mnie jęknęły z zachwytu. Mówiąc szczerze, sama miałam ochotę to zrobić i musiałam mocno zewrzeć szczęki, by się powstrzymać. Kalona wyglądał wprost niesamowicie. Miał na sobie luźne czarne spodnie i koszulę z krótkim rękawem, rozpiętą i odsłaniającą dość, by przy każdym ruchu pokazać nieskazitelny brąz piersi i zabójczy sześciopak mięśni. Z rozciętego tyłu koszuli wystawały starannie złożone na szerokich plecach skrzydła. Długie włosy luźno opadały na ramiona, mimo nowoczesnego ubioru nadając Kalonie wygląd prastarego bóstwa.

Miałam ochotę zapytać Rebeccę i Cassie, na ile lat ich zdaniem wygląda ta istota, bo w moich oczach Kalona wciąż przypominał osiemnasto- lub dziewiętnastolatka, będącego u szczytu młodości i siły, a zarazem nie tak dojrzałego i tajemniczego, żeby był poza moim zasięgiem.

„Nie! — napomniałam się w myślach. — Co ty opowiadasz? Za chwilę będziesz gadać takie same bzdury jak Rebecca, Cassie i reszta tych dziewczyn. Myśl! To twój wróg, nie wolno ci o tym zapominać!". Zmuszając się, by widzieć coś więcej niż tylko jego fizyczne piękno i hipnotyczny czar, dopiero teraz zauważyłam, że kiedy wrzeszczałam na siebie w duchu, Kalona przemawiał do klasy.

— Pomyślałem więc, że pomogę w prowadzeniu tych zajęć, skoro nauczyciele mają z wami takie ciężkie życie.

Cała sala roześmiała się przyjaźnie.

Podniosłam rękę. Bursztynowe oczy Kalony rozszerzyły się w zdumieniu.

— Jakież to urocze — rzekł z uśmiechem — że pierwsze pytanie chce mi zadać najbardziej wyjątkowa z moich adeptek. Tak, Zoey, co chciałabyś wiedzieć?

— Czy to, że będziesz prowadził zajęcia teatralne, oznacza, że nie spodziewasz się szybkiego powrotu Erika Nighta?

— W gruncie rzeczy wcale nie chciałam zadawać mu tego

pytania. Rękę podniosłam instynktownie i równie instynktownie wiedziałam, co powiedzieć. Wiedziałam też, że narażam się na niebezpieczeństwo, drażniąc Kalonę wzmianką o ucieczce Erika, ale liczyłam, że robię to w taki sposób, by nie dać mu powodu do otwartego wyrażenia gniewu. Nie miałam pojęcia, dlaczego w ogóle podpuszczam tego i tak nieprzewidywalnego nieśmiertelnego.

On jednak nie wydawał się ani trochę stropiony.

— Sądzę, że Erik Night powróci do Domu Nocy prędzej, niż się niektórym wydaje. Niestety jednak słyszałem, że jego stan może nie pozwolić na natychmiastowe podjęcie obowiązków nauczycielskich czy jakichkolwiek innych.

— Jego uśmiech stał się cieplejszy i bardziej poufały, a ja poczułam na sobie zazdrosne spojrzenia Rebeki, Cassie i innych dziewczyn, przeszywające mnie niczym sztylety. Z potwornym przerażeniem i strachem uświadomiłam sobie, że one w ogóle nie słyszały jego słów. Nie rozumiały, że groził Erikowi i twierdził, że ten wróci do Domu Nocy niemalże w plastikowym worku. Słyszały jedynie cudowny głos Kalony i nie widziały nic z wyjątkiem tego, że to ja zostałam przez niego wyróżniona.

— A teraz, słodka Zoey, a raczej, jak lubię cię w myślach nazywać, A-yo, powierzam ci zaszczytny wybór dzieła dramatycznego, od którego zaczniemy nasze lekcje. Bądź jednak ostrożna! Cała klasa musi się podporządkować twemu wyborowi. Wiedz też, że będę grał wiodącą rolę we wskazanym przez ciebie dramacie. — Przeszedł na moją stronę sali. Siedziałam w drugim rzędzie, zaraz za Rebeccą, i przysięgam, że poczułam, jak zadrżała pod wpływem jego bliskości. — Być może znajdę rolę także dla ciebie.

Gapiłam się na niego z sercem walącym o żebra tak mocno, że byłam przekonana, iż Kalona je słyszy. Trudno mi było znieść jego widok. Przypominał sny, w których do mnie przychodził i trzymał mnie w ramionach. Czułam ciągnące od jego ciała smużki chłodu oplatające mnie... wywołujące tęsknotę za objęciami hebanowych skrzydeł...

On chce skrzywdzić Erika! Uchwyciłam się tej myśli i natychmiast poczułam, jak cudowny chłód ześlizguje się ze mnie. Cokolwiek się działo między Erikiem a mną, nie miałam zamiaru siedzieć z założonymi rękami i pozwalać, by stało mu się coś złego.

— Znam sztukę, która doskonale się dla nas nadaje — powiedziałam, z dumą wsłuchując się we własny spokojny, silny głos.

Uśmiechnął się z czystą, zmysłową rozkoszą.

— Intrygujesz mnie! Cóż to za sztuka?

— *Medea* — odparłam bez wahania. — Antyczna grecka tragedia osadzona w czasach, w których bogowie chodzili jeszcze po ziemi. Opowiada o tym, co się dzieje, gdy człowiek ma zbyt wiele pychy.

— Ach tak. Pychy. Gdy człowiek wykazuje się arogancją, jaka przystoi tylko bogom. — Jego głos nadal był głęboki i uwodzicielski, ale oczy zaczynały płonąć gniewem.

— Myślę, że się przekonasz, iż to słowo odnosi się jedynie do śmiertelników, nie zaś do samych bogów.

— Więc nie chcesz, abyśmy odgrywali tę sztukę? — zapytałam z miną niewiniątka.

— Przeciwnie! Sądzę, że będzie bardzo zabawna. Być może nawet pozwolę ci zagrać samą Medeę! — Oderwał ode mnie wzrok, koncentrując się na porażaniu swoją charyzmą reszty klasy. — Przeczytajcie dziś tę sztukę. Jutro zaczynamy próby. Wypocznijcie dobrze, moje dzieci. Będę wyczekiwał naszego kolejnego spotkania. — Po tych słowach odwrócił się i wyszedł z sali równie nagle, jak przedtem do niej wszedł.

Przez nieskończenie długi czas panowała kompletna cisza. W końcu ją przerwałam.

— No dobra — powiedziałam do nikogo konkretnego — spróbuję znaleźć kilka egzemplarzy *Medei*.

Wstałam i przeszłam na tył klasy, ale nawet stukot otwieranych i zamykanych szafek oraz szelest wertowanych starych ksiąg i dialogów nie zdołał zagłuszyć rozbrzmiewających za moimi plecami szeptów.

— Czemu akurat na nią zwrócił uwagę?

— To niesprawiedliwe!

— Już mam serdecznie dosyć tych tajemnic Nyks!

— Właśnie. Co za syf! Jeśli nie nazywasz się Zoey Redbird, jesteś dla niej gówno warta.

— Nyks daje jej wszystko, o co tylko poprosi. Dla nas bogini nie zostawia nawet ochłapów.

Głędziły i głędziły coraz bardziej wkurzonymi głosami. Nawet chłopcy od czasu do czasu wtrącali swoje trzy grosze. Najwyraźniej potrzebowali kozła ofiarnego, na którym mogliby wyładować wielką złość i zazdrość, jaką odczuwali wobec Kalony, ale nie mogli mu jej okazać osobiście, bo namącił im w głowach.

Było absolutnie oczywiste, że nieśmiertelny metodycznie niszczy miłość adeptów do Nyks, a mnie wykorzystuje do pomocy w tym zadaniu. Adepci nie widzieli już miłości, honoru i siły swojej bogini, bo fizyczna obecność Kalony przesłaniała im świat, tak jak słońce przesłania księżyc podczas zaćmienia.

Znalazłam pudło z dialogami z *Medei*, zaniosłam na ławkę Rebeki i postawiłam na niej z trzaskiem.

— Proszę — powiedziałam do patrzącej na mnie spode łba dziewczyny. — Rozdaj je.

Po czym nie mówiąc nic więcej, wyszłam z sali.

Gdy znalazłam się na dworze, zeszłam z chodnika w cień budynku i oparłam się o śliską od lodu mieszankę cegły i kamienia, z której zbudowane były budynki i mur campusu. Cała się trzęsłam. Jedno pojawienie się Kalony podburzyło przeciwko mnie całą klasę. Nie miał znaczenia fakt, że nie śliniłam się do niego jak cała reszta, ani nawet fakt, że go wkurzyłam. Adepci widzieli tylko jego hipnotyzującą urodę i to, że mnie wyróżnił, stawiając ponad nimi wszystkimi.

I za to mnie znienawidzili.

Nie to jednak było najgorsze. Najbardziej przerażającą i niewiarygodną częścią tej historii było to, że zaczynali nienawidzić Nyks.

— Muszę go stąd wykurzyć — powiedziałam na głos, jakbym składała przysięgę. — Nie wiem, jak to zrobię, ale Kalona musi opuścić Dom Nocy.

Powoli ruszyłam w stronę stajni. Wlokłam się nie tylko dlatego, że wcześniej wyszłam z lekcji i miałam mnóstwo czasu do rozpoczęcia zajęć z jazdy konnej, lecz również dlatego, że gdybym próbowała iść choć odrobinę szybciej i mniej uważnie, mogłabym się poślizgnąć i upaść. Znając swoje szczęście, pewnie bym coś złamała i do wszystkich innych problemów doszedłby mi gips w jednym czy dwóch miejscach.

Ktoś posypał chodnik mieszanką piasku i soli, ale ponieważ wciąż padało, niewiele to pomogło. Marznący deszcz uderzał w ziemię fala za falą, nadając światu wygląd olbrzymiego tortu z glazurą. Nadal było pięknie, choć zarazem jakoś dziwnie, jak we śnie. Z wielkim trudem pokonując niedużą odległość dzielącą salę teatralną od stajni, uświadomiłam sobie, że nasza szóstka w żaden sposób nie zdoła opuścić Domu Nocy na nogach, nie mówiąc już o przejściu mili dzielącej nas od opactwa benedyktynek położonego na rogu Lewis i Dwudziestej Pierwszej.

Miałam ochotę usiąść w samym środku tego zimnego, mokrego, śliskiego bałaganu i wybuchnąć płaczem. Jakim cudem mam nas stąd wydostać? Potrzebowałam hummera, ale nie potrafiłam go zakamuflować. Piesza ucieczka nie udałaby się nawet w zwyczajnych okolicznościach, bo bylibyśmy po prostu zbyt wolni, a uciekanie w ciemnościach po lodzie pokrywającym ulice i chodniki całego miasta było absolutnie niewykonalne.

Byłam już niemal przy wejściu do stajni, gdy z gałęzi ogromnego dębu strzegącego budynku dobiegło mnie gardłowe krakanie kruka. W pierwszym odruchu chciałam jak najszybciej prześliznąć się do drzwi i zamknąć je za sobą. Ruszyłam szybko, lecz po chwili ogarnął mnie gniew. Zatrzymałam się, wzięłam głęboki oddech, by się skoncentrować, i przestałam zwracać uwagę na mrożące krew w żyłach groteskowe ludzkie oczy spoglądające na mnie z ptasiego ciała.

— Ogniu, potrzebuję cię! — szepnęłam, posyłając myśli na południe, w kierunku, którym władały płomienie tego żywiołu. Niemal natychmiast poczułam na skórze dotyk gorąca, a otaczające mnie powietrze zaczęło sprawiać wrażenie, jakby nasłuchiwało i czekało. Odwróciłam się i spojrzałam w górę, pomiędzy zlodowaciałe konary dumnego starego dębu.

Zamiast Kruka Prześmiewcy zobaczyłam okropny widmowy obraz Neferet przywierającej do środka drzewa w miejscu, ponad którym zaczynały się pierwsze masywne konary. Emanowała ciemnością i złem. Nie było wiatru, ale jej włosy unosiły się wokół twarzy, jakby każdy kosmyk żył własnym życiem, a oczy jarzyły się ohydnym, rdzawym raczej niż czerwonym kolorem.

Skupiłam się na jedynej myśli, która mogła zredukować mój strach do tego stopnia, by pozwolić mi mówić: skoro jej ciało jest przezroczyste, to tak naprawdę jej tu nie ma.

— Nie masz ważniejszych rzeczy do roboty niż szpiegowanie mnie? — Cieszyłam się, że głos mi nie drży. Uniosłam nawet wyżej głowę i patrzyłam gniewnie na istotę z drzewa.

— Mamy niedokończone porachunki. — Nie poruszyła ustami, a jednak usłyszałam wibrujący w powietrzu głos.

Odpowiedziałam hardym śmiechem w stylu Afrodyty.

— Cóż, chyba faktycznie nie masz nic ważniejszego do roboty. Ja jednak jestem zdecydowanie zbyt zajęta, by się tobą przejmować.

— Znowu trzeba cię nauczyć szacunku dla przełożonych! — Na moich oczach jej szerokie piękne usta zaczęły się rozszerzać w uśmiechu. Rozszerzały się i rozszerzały, aż wreszcie z okropnym dławiącym dźwiękiem rozwarta paszczęka eksplodowała, a obraz Neferet rozpadł się na setki kotłujących się pająków.

Wciągnęłam powietrze, by wrzasnąć, i zaczęłam się pospiesznie cofać, gdy rozległ się furkot skrzydeł i w rozwidleniu dębu wylądował Kruk Prześmiewca. Mrugnęłam, spodziewając się, że będzie obsypany pająkami, ale one tylko zamigotały i znikły, jakby wsiąknęły w noc. Zostało jedynie drzewo, kruk i mój niesłabnący strach.

— Zzzzoey — wysyczał stwór. Najwyraźniej był jednym z tych słabiej wykształconych, u których mowa nie rozwinęła się jeszcze nawet w połowie tak dobrze jak u Rephaima. — Pachnieszszszsz latem... — Otworzył czarny dziób i żarłocznie kłapnął jęzorem, jakby chciał skosztować mojego zapachu.

O matko. Miałam tego serdecznie dość. Najpierw Neferet śmiertelnie mnie wystraszyła, a teraz ten... ten... kruczy syn miał zamiar mnie tyranizować? Co to, to nie!

— Słuchaj no, pokrako jedna, jestem cholernie zmęczona tobą, twoimi braćmi i tym, jak wy wszyscy wraz ze swoim tatusiem i Neferet myślicie, że możecie się tu rządzić.

— Ojciec mówi: zzzznajdź Zzzzoey, zzzznajdź Zzzzoey. Ojciec mówi: pilnuj Zzzzoey. Pilnuję Zzzzoey.

— Nie, nie i jeszcze raz nie! Gdybym chciała, żeby jakiś upierdliwy tatuś wciąż za mną łaził i truł mi dupę, tobym zadzwoniła do swojego durnego ojczyma. A tobie, twojemu ojczulkowi, braciszkom i Neferet mówię: od-wal-cie-się!!! — Uniosłam ręce i poraziłam go ogniem. Zaskrzeczał przeraźliwie, zerwał się z drzewa i wymachując dziko skrzydłami, leciał chaotycznie przed siebie, byle jak najszybciej oddalić się ode mnie, pozostawiając po sobie zapach przypalonych skrzydeł i ciszę.

— Wiesz, głupio robisz, narażając się im — usłyszałam za sobą jakiś głos. — Zazwyczaj są tylko denerwujące, ale jak im się nadepnie na odcisk, robią się nieznośne.

Odwróciłam się i zobaczyłam stojącego w otwartych drzwiach stajni Starka.

ROZDZIAŁ DWUDZIESTY ÓSMY

— To właśnie jest jedna z różnic między tobą a mną. Ty chcesz się z nimi dogadywać. Ja nie. Więc nie obchodzi mnie, czy ich wkurzę — powiedziałam, obracając w gniew to, co pozostało z mojego strachu. — I wiesz co? W tej chwili nie mam ochoty nic więcej na ten temat słyszeć. — Po czym dodałam wkurzonym wciąż głosem: — Widziałeś to?

— Co? Kruka Prześmiewcę?

— Nie, te obrzydliwe pająki.

Zrobił zdziwioną minę.

— Tam były jakieś pająki? Serio?

Westchnęłam sfrustrowana.

— Ostatnimi czasy nie jestem pewna, co tu jest serio, a co na niby.

— Widziałem, że jesteś nieźle wkurzona i miotasz wokół siebie ogniem jak piłką plażową.

Jego wzrok powędrował ku moim rękom i dopiero wtedy sobie uświadomiłam, że nie tylko wciąż drżą, ale w dodatku błyszczą ognistą poświatą. Wzięłam głęboki, uspokajający oddech, starając się powstrzymać drżenie.

— Dziękuję, ogniu — powiedziałam znacznie już spokojniejszym głosem. — Możesz odejść. Nie, zaczekaj. Czy mógłbyś najpierw oczyścić mi teren z tego lodu? — Wskazałam opromienionymi dłońmi fragment chodnika między sobą a stajnią, a ogień wdzięcznie i radośnie trysnął mi z koniuszków palców jak z miniaturowego miotacza, wesoło liżąc grubą warstwę lodu i zmieniając ją w zimną mokrą papkę, która przynajmniej nie była śliska. — Dziękuję ci, ogniu! — zawołałam, gdy płomienie strzelające z palców znikły i popędziły na południe.

Przedarłam się przez lodowe błoto, mijając gapiącego się na mnie Starka.

— Co? — zapytałam. — Miałam już dość tego ciągłego uważania, żeby sobie nie obić tyłka.

— Wiesz, ty naprawdę jesteś specyficzna — powiedział, uśmiechając się łobuzersko, i nim zdążyłam mrugnąć, otoczył mnie ramionami i pocałował. Nie był to jakiś zaborczy, nachalny pocałunek w rodzaju tych, które czasem przydarzały się Erikowi. Przypominał raczej słodki znak zapytania, na który odpowiedziałam wykrzyknikiem.

Jasne, że powinnam być wkurzona. Powinnam go odepchnąć i opieprzyć, zamiast odwzajemniać (i to entuzjastycznie!) pocałunek. Chciałabym móc powiedzieć, że moja niezbyt przyzwoita reakcja wynikała z chęci zapomnienia o przeżytym ostatnio stresie i strachu, a jego ramiona były najprostszym dostępnym sposobem. Dzięki takiemu wytłumaczeniu w pewnym sensie nie czułabym się w pełni odpowiedzialna za to, że obściskuję się ze Starkiem w drzwiach stajni.

Prawda jest niestety mniej przyjemna, ale nie staje się przez to mniej prawdziwa. Nie całowałam się z nim z powodu stresu, strachu ani chęci zapomnienia, ani też z żadnego innego powodu z wyjątkiem tego, że miałam na to ochotę. Lubię go. I to bardzo. Nie miałam pojęcia, co z nim zrobić, jaką rolę w moim życiu mu wyznaczyć ani czy w ogóle jest tam dla niego miejsce, zwłaszcza że wstyd mi było publicznie przyznawać się do uczuć, jakie wobec niego żywię. Potrafiłam jedynie wyobrażać sobie, jak histerycznie zareagowaliby na to moi przyjaciele. Nie mówiąc już o milionie wściekłych klonówek, które by...

Myśl o klonówkach, które Stark podgryzał czy co tam z nimi robił, trochę mnie otrzeźwiła i sprawiła, że udało mi się oderwać usta i odepchnąć go tak, że przestał blokować mi drzwi. Szybkim krokiem wmaszerowałam do hali sportowej, rozglądając się ze wstydem, a zaraz potem wzdychając z ulgą, bo wyglądało na to, że tylko my dwoje urwaliśmy się z lekcji i kręcimy tutaj.

Obok głównej hali znajdowało się niewielkie pomieszczenie podobne do siodlarni, tyle że zamiast sprzętu jeździeckiego znajdowały się w nim łuki, strzały, tarcze i inne akcesoria sportowe. Dałam nura do wnętrza, a w ślad za mną Stark. Zamknęłam drzwi i odsunęłam się od niego na kilka kroków. Gdy spojrzał na mnie wymownie, uśmiechnął się zalotnie i ruszył w moją stronę, uniosłam rękę jak dróżnik z lizakiem.

— Nie. Stój tam, a ja będę stać tutaj. Musimy pogadać, a nie uda nam się tego zrobić, jeśli przypadkiem będziesz stał zbyt blisko mnie.

— Bo tak się do mnie lepisz?

— O rany, weź przestań. Jakoś udaje mi się na ciebie nie rzucać. Nie jestem jedną z tych klonówek.

— Klonówek?

— Widziałeś *Inwazję porywaczy ciał*? Z tym właśnie mi się kojarzą te dziewczyny, które gryziesz i tak im mącisz w głowie, że non stop jęczą: „Och, Stark, jaki on jest boski, ojenyojenyojeny!". To naprawdę denerwujące. Nawiasem mówiąc, jak kiedyś spróbujesz to zrobić ze mną, przysięgam, że wezwę wszystkie pięć żywiołów i razem skopiemy ci tyłek. Masz to jak w banku.

— Nie zamierzam tego z tobą próbować, ale to nie znaczy, że nie miałbym ochoty cię skosztować. Miałbym. I to wielką. — Jego głos znów przybrał kuszącą barwę, a sam Stark ruszył w moją stronę.

— Nie! Mówiłam poważnie: masz tam stać.

— Dobrze już, dobrze! Coś ty dziś taka drażliwa?

Zmrużyłam gniewnie oczy.

— Nie jestem drażliwa. Tak się składa, że wokół nas rozpętało się totalne piekło, jeśli jeszcze tego nie zauważyłeś. Domem Nocy zawładnęła istota, która najprawdopodobniej jest demonem. Neferet przeobraziła się w coś, co prawdopodobnie jest znacznie gorsze od demona. Ani moi przyjaciele, ani ja nie jesteśmy bezpieczni. Nie dość, że nie mam pojęcia, jak zrobić to, co muszę zrobić, jeśli chcę choć trochę uporządkować ten bałagan, to jeszcze zaczynam czuć miętę do faceta, który zaliczył mnóstwo dziewczyn w campusie i zmanipulował je telepatycznie.

— Zaczynasz czuć do mnie miętę?

— Tak. Super, nie? Spotykam się już z jednym wampirem i z jednym człowiekiem, z którym się skojarzyłam. Jak by to powiedziała moja babcia: w moim karneciku nie pozostała ani odrobina miejsca.

— Wampirem mogę się zająć. — Stark machinalnie uniósł rękę i pogładził przypięty do pleców łuk.

— Nie, do cholery, nie chcę, żebyś się nim z a j ą ł! — wrzasnęłam. — Wbij to sobie do głowy: ten łuk nie jest cudownym lekarstwem na wszystkie twoje problemy. Powinien być ostatecznością, słyszysz? ostatecznością, i nigdy nie powinieneś go używać przeciwko innej osobie, czy to będzie człowiek czy wampir. Kiedyś o tym wiedziałeś.

Jego twarz stężała.

— Wiesz, co się ze mną stało. Nie będę przepraszał za swoją nową naturę.

— Swoją naturę? Masz na myśli naturę rozpieszczonego bachora czy naturę dziwkarza?

— Mam na myśli siebie! — Uderzył się pięścią w pierś. — To, kim teraz jestem!

— W takim razie musisz mnie wysłuchać raz a dobrze, bo nie mam zamiaru powtarzać tego w nieskończoność. Pojmij to wreszcie! Wszyscy mamy w sobie pierwiastek zła i wszyscy wybieramy, czy mu się poddać, czy z nim walczyć.

— To nie to samo co...

— Zamknij się i słuchaj! — wybuchnęłam. — Dla nikogo z nas to nie jest to samo. Niektórzy muszą decydować jedynie o tym, czy pośpią sobie dłużej i nie pójdą na pierwszą lekcję, czy też podniosą tyłek z łóżka i ruszą do szkoły. Innym jest trudniej: muszą na przykład zdecydować, czy iść na odwyk i zerwać z prochami, czy też zrezygnować i wciąż ćpać. Tobie może być jeszcze trudniej: może musisz podjąć decyzję, czy walczyć o swoje człowieczeństwo, czy też poddać się ciemności i być potworem. Ale to wciąż jest wybór. Twój wybór.

Staliśmy i gapiliśmy się na siebie. Nie wiedziałam, co jeszcze powiedzieć. Nie mogłam dokonać wyboru za niego. Zrozumiałam też, że nie zamierzam się zakradać na spotkania z nim: jeśli nie był chłopakiem, z którym mogłabym się dumnie pokazywać publicznie, to przedstawienia, które odgrywał dla mnie na osobności, nic nie znaczyły. Musiałam mu to uświadomić.

— Nie będzie powtórki z zeszłej nocy. W takiej sytuacji to niemożliwe. — Cały gniew wyparował ze mnie; wypełniający małe pomieszczenie głos był spokojny i smutny.

— Jak możesz mówić coś takiego, skoro przed chwilą mi powiedziałaś, że zaczynasz coś do mnie czuć?

— Stark, mówię ci tylko, że nie zamierzam z tobą być, jeśli będę musiała to ukrywać.

— Z powodu twojego wampirskiego chłopaka?

— Nie. Z powodu ciebie. Erik też ma na to pewien wpływ. Zależy mi na nim i bardzo nie chcę go skrzywdzić, ale byłabym głupia, pozostając z nim, gdybym w duchu pragnęła być z tobą lub z kimkolwiek innym, włączając w to człowieka, z którym jestem skojarzona. Musisz więc zrozumieć, że Erik nie zdołałby mnie powstrzymać przed byciem z tobą.

— Naprawdę coś do mnie czujesz?

— Tak, ale mogę cię zapewnić, że nie zostanę twoją dziewczyną, jeśli będę musiała się ciebie wstydzić przed przyjaciółmi. Nie możesz zachowywać się źle w obecności wszystkich innych, a dobrze tylko w mojej. Naprawdę jesteś taki, jak zachowujesz się przez większość czasu. Widzę, że nadal masz w sobie wiele dobra, tyle że ciemność w końcu je przysłoni, a ja nie mam zamiaru być przy tobie tylko po to, żeby tego doczekać.

Odwrócił wzrok.

— Już wcześniej wiedziałem, że takie masz odczucia, ale nie sądziłem, że tak bardzo się przejmę, gdy je wyrazisz. Nie wiem, czy potrafię dokonać właściwego wyboru. Kiedy jestem z tobą, czuję, że tak. Jesteś bardzo silna i dobra.

Westchnęłam głęboko.

— Bez przesady z tą dobrocią. Wiele rzeczy zepsułam, co gorsza, prawdopodobnie będę je psuć nadal. I to cholernie. A zeszłej nocy to ty byłeś silny, nie ja.

Znów spojrzał mi w oczy.

— Jesteś dobra. Czuję to. Jesteś dobra w głębi serca, a właśnie to się liczy.

— Mam nadzieję, że to prawda. Staram się.

— W takim razie zrób dla mnie coś. — Przeszedł kilka dzielących nas kroków, nim zdążyłam go powstrzymać. Początkowo mnie nie dotykał, jedynie patrzył mi w oczy. — Nie ukończyłaś jeszcze Przemiany, ale nawet Synowie Ereba nazywają cię kapłanką. — Po tych słowach opadł na jedno kolano i podnosząc na mnie wzrok, przyłożył do serca prawą pięść.

— Co ty wyprawiasz?

— Ślubuję ci. Wojownicy robili tak od wieków. Oddawali swoje ciało, serce i duszę w służbie swojej najwyższej kapłanki. Wiem, że wciąż jestem tylko adeptem, ale sądzę, że można mnie już nazwać wojownikiem.

— No cóż, ja też jestem tylko adeptką, więc pasujemy do siebie — powiedziałam drżącym głosem, mrugając szybko, by powstrzymać napływające mi do oczu łzy.

— Czy przyjmujesz moje ślubowanie, pani?

— Stark, czy ty naprawdę rozumiesz, co robisz? — Słyszałam o ślubowaniu wojowników wobec najwyższej kapłanki. Taki wojownik często oddawał się w jej służbę na całe życie, bo śluby trudniej było zerwać niż Skojarzenie.

— Rozumiem. Dokonuję wyboru. Właściwego wyboru. Przedkładam dobro ponad zło, światło ponad ciemność. Wybieram człowieczeństwo. Czy akceptujesz moje ślubowanie?

— Tak, Stark, akceptuję. I w imię Nyks przyjmuję cię do jej służby, a nie tylko do swojej, bo służąc mnie, służysz także jej.

Powietrze wokół nas zamigotało i rozbłysło silnym światłem. Stark krzyknął głośno i z jękiem osunął się do mych stóp.

Opadłam na kolana obok niego, ciągnąc go za ramiona i próbując sprawdzić, co się stało.

— Stark? Co ci jest? Coś cię...

Uniósł na mnie wzrok z cudownym okrzykiem radości. Łzy płynęły mu po twarzy niepowstrzymaną strugą, lecz usta się rozchylały w promiennym uśmiechu. Dopiero po chwili się zorientowałam, czego jestem świadkiem. Półksiężyc Starka wypełnił się i rozrósł. Obok pojawiły się dwie skierowane ku niemu strzały udekorowane złożonymi symbolami, których szkarłat zdawał się lśnić na tle jasnej skóry.

— Och, Stark! — Wyciągnęłam rękę i łagodnie przesunęłam nią wzdłuż tatuażu, który kwalifikował go jako dojrzałego wampira: drugiego czerwonego wampira w historii.

— Jakie to piękne!

— Ukończyłem Przemianę?

Skinęłam głową i wreszcie pozwoliłam łzom płynąć. Chwilę później byłam już w jego ramionach, całowałam go i obejmowałam, śmiałam się i płakałam razem z nim, a nasze łzy zmieszały się w jeden wspólny strumień.

Podskoczyliśmy na dźwięk dzwonka obwieszczającego koniec piątej lekcji. Stark pomógł mi wstać i z uśmiechem otarł łzy najpierw z moich policzków, potem z własnych. Szybko jednak przez moje szczęście przedarła się rzeczywistość i uświadomiłam sobie wszystko, co się wiązało z jego nową zdumiewającą sytuacją.

— Stark, kiedy adept kończy Przemianę, musi odbyć jakiś obrzęd.

— Znasz go?

— Nie, tylko wampiry go znają. — Zaraz jednak wpadłam na pewien pomysł. — Musisz iść do Smoka Lankforda.

— Tego od szermierki?

— Tak. On jest po naszej stronie. Powiedz mu, że to ja cię przysłałam. Powiedz, że ślubowałeś mi służbę jako wojownik. Będzie wiedział, co dla ciebie zrobić.

— Dobra. Pójdę do niego.

— Nie pozwól nikomu zobaczyć, że jesteś już wampirem.
— Nie wiedziałam, dlaczego to dla mnie takie ważne, lecz miałam przeświadczenie, że musimy to pozostawić w tajemnicy aż do czasu jego rozmowy ze Smokiem. Rozejrzałam się po magazynie i znalazłam bejsbolówkę z logo fanklubu *Star Treka*, którą włożyłam Starkowi na głowę. Po chwili dalszych poszukiwań znalazłam też ręcznik i owinęłam mu go na szyi.

— Okryj się — powiedziałam — i trzymaj daszek czapki spuszczony. Nie będziesz wyglądał zbyt dziwnie, bo w końcu cały czas trwa burza. Musisz tylko dotrzeć do Smoka, nie pozwalając, by ktokolwiek inny cię zobaczył.

Skinął głową.

— A co ty będziesz w tym czasie robić?

— Planować naszą ucieczkę. Smok i jego żona idą z nami. Nauczycielka jazdy konnej, Lenobia, chyba też. Postaraj się więc wrócić jak najszybciej.

— Nie czekaj na mnie, Zoey. Wynoś się stąd, kiedy tylko będziesz mogła. I uciekaj jak najdalej.

— A co z tobą?

— Ja mogę przychodzić i wychodzić, kiedy mi się podoba. Bez obaw, znajdę cię. Nie mogę cały czas być przy tobie obecny ciałem, ale moje serce nigdy cię nie opuści. Nie zapominaj, że jestem twoim wojownikiem!

Uśmiechnęłam się i dotknęłam jego policzka.

— Nigdy tego nie zapomnę. Obiecuję. Jestem twoją najwyższą kapłanką, a ty poprzysięgłeś mi wierność. To oznacza, że moje serce też należy do ciebie.

— W takim razie lepiej, żebyśmy oboje byli bezpieczni. Trudno żyć bez serca. Powinienem to wiedzieć, bo próbowałem — rzekł Stark.

— Więcej tego nie rób — ostrzegłam.

— Nie będę — zgodził się.

Potem pocałował mnie tak delikatnie, że aż zaparło mi dech. Wreszcie zrobił krok w tył, przyłożył pięść do serca i skłonił mi się uroczyście.

— Do zobaczenia wkrótce, pani.

— Bądź ostrożny — powiedziałam.

— Jeśli się nie uda, będę przynajmniej szybki. — Rzucił mi swój łobuzerski uśmiech i zniknął za drzwiami.

Zamknęłam oczy, przyłożyłam pięść do serca i skłoniłam głowę.

— Nyks — szepnęłam — nie okłamałam go. Moje serce należy do niego. Nie wiem, co z tego wszystkiego wyniknie, ale proszę cię o ochronę mojego wojownika i dziękuję, że dałaś mu odwagę, by dokonał właściwego wyboru.

Nie oczekiwałam, że bogini nagle pojawi się przede mną, i miałam rację. Poczułam jednak przez chwilę w otaczającym mnie powietrzu ten szczególny rodzaj ciszy, która zalega, gdy ktoś uważnie nasłuchuje. To wystarczyło: wiedziałam, że bogini będzie strzegła Starka.

Chroń go... umacniaj... i proszę, pomóż mi zdecydować, co mam z nim zrobić... — modliłam się w milczeniu, póki nie zadzwonił dzwonek na szóstą lekcję.

— No dobra, Zoey — mruknęłam wtedy do siebie — wynoś się stąd.

ROZDZIAŁ DWUDZIESTY DZIEWIĄTY

Kiedy wpadłam spóźniona do stajni, Lenobia zmroziła mnie wzrokiem.

— Zoey — powiedziała groźnie — masz boks do posprzątania.

Po tych słowach rzuciła mi widły i wskazała stanowisko Persefony.

Wymamrotałam jakieś przeprosiny w stylu: „Tak, pani profesor, oczywiście, pani profesor" i szybko ruszyłam do boksu klaczy, która była moją towarzyszką, odkąd pojawiłam się w Domu Nocy. Na mój widok Persefona zarżała cicho, a ja podeszłam do niej, pogłaskałam ją po pysku i ucałowałam w chrapy, opowiadając przy tym, że jest najpiękniejszym, najmądrzejszym i najlepszym koniem w całym wszechświecie. Dotknęła pyskiem mojego policzka i dmuchnęła mi w twarz, jakby dawała do zrozumienia, że zgadza się z tą opinią.

— Ona cię kocha, wiesz? Powiedziała mi o tym.

Odwróciłam się i ujrzałam stojącą w wejściu do boksu opartą o ścianę Lenobię. Czasem zapominam o jej niezwykłej urodzie, więc kiedy zdarza mi się uważnie na nią spojrzeć, zawsze zdumiewa mnie jej wyjątkowość. Jest ucieleśnieniem siły w delikatnym opakowaniu. Najbardziej uderzają srebrzystobiałe włosy i popielate oczy, oczywiście jeśli nie liczyć niesamowitych tatuaży wierzgających koni, które otrzymała w momencie ukończenia Przemiany. Ubrana była w swój zwykły strój złożony ze świeżutkiej białej koszuli i beżowych bryczesów z nogawkami wetkniętymi w oficerki. Nie licząc tatuaży i wyszytej na sercu srebrzystej figurki bogini, mogłaby być żywą reklamą Calvina Kleina.

— Naprawdę potrafisz z nimi rozmawiać? — zapytałam. Już wcześniej to podejrzewałam, ale Lenobia nigdy dotąd nie mówiła o swoim talencie tak całkiem wprost.

— Nie słowami. Konie komunikują się poprzez uczucia. Są kochającymi wiernymi stworzeniami o sercach tak wielkich, że zmieściłby się w nich cały świat.

— Tak właśnie myślałam — powiedziałam cicho, całując Persefonę w czoło.

— Zoey, trzeba zabić Kalonę.

Te słowa padły tak niespodziewanie, że przeżyłam potworny szok. Rozejrzałam się szybko, sprawdzając, czy przypadkiem w pobliżu nie kręcą się kruki, jak było na wszystkich innych lekcjach.

Lenobia pokręciła głową na znak, że moje obawy są bezpodstawne.

— Konie nienawidzą Kruków Prześmiewców tak samo jak koty, tyle że końska nienawiść jest bardziej niebezpieczna niż kocia. Żaden z tych obrzydliwych stworów nie ośmieli się przekroczyć progu mojej stajni.

— A inni adepci? — zapytałam cicho.

— Są zbyt zajęci końmi, które tkwią tu od paru dni z powodu zawieruchy, by nas podsłuchiwać. Powtarzam więc: trzeba zabić Kalonę.

— Jego nie można zabić. Jest nieśmiertelny. — Moja twarz jasno wyrażała wywołaną tym faktem frustrację.

Lenobia odrzuciła do tyłu swoje długie gęste włosy i zaczęła się przechadzać od jednej ściany boksu do drugiej.

— W takim razie trzeba go poskromić. On sprawia, że nasz lud odsuwa się od Nyks.

— Wiem. Nie minęła nawet doba, odkąd tu wróciłam, a zdążyłam już zauważyć, jak fatalnie to wszystko wygląda. Neferet też jest po jego stronie. — Wstrzymałam oddech, nie wiedząc, czy Lenobia pozostanie ślepo wierna swojej najwyższej kapłance, czy też przyzna mi rację.

— Neferet jest najgorsza z nich wszystkich — odrzekła gorzko. — Ona, która powinna być najwierniejszą sługą Nyks, całkowicie się od niej odwróciła.

— Nie jest tym, kim była — powiedziałam. — Stała się służebnicą zła.

Lenobia pokiwała głową.

— Tak, niektórzy z nas obawiali się tego. Ze wstydem przyznaję, że kiedy zaczęła się dziwnie zachowywać, początkowo udawaliśmy, że tego nie dostrzegamy. Nie uważam jej już za rzeczniczkę Nyks. Planuję ślubować wierność nowej najwyższej kapłance — dokończyła, spoglądając na mnie znacząco.

— Chyba nie mnie! — pisnęłam. — Nawet nie ukończyłam jeszcze Przemiany!

— Zostałaś naznaczona i wybrana przez boginię. To mi wystarczy. Wystarczy też Smokowi i Anastasii.

— A co z innymi nauczycielami? Czy któryś z nich jest po naszej stronie?

Jej twarz wyrażała ogromny smutek.

— Nie. Wszyscy są omamieni przez Kalonę.

— Dlaczego wy nie?

Trochę potrwało, nim odpowiedziała:

— Nie jestem pewna, dlaczego czar Kalony nie podziałał na nas tak jak na pozostałych. Rozmawiałam o tym, choć krótko, ze Smokiem i Anastasią. Wszyscy czujemy jego przyciąganie, ale jakaś część nas pozostaje nietknięta i dzięki temu potrafimy go zobaczyć takiego, jaki jest naprawdę, i rozpoznać w nim niszczycielskiego demona. Nie mamy wątpliwości, że trzeba znaleźć sposób na pokonanie go, Zoey.

Czułam się okropnie — bezradna, wycieńczona i bardzo, bardzo młoda. Miałam ochotę wymachiwać rękami i wrzeszczeć: „Mam siedemnaście lat! Nie mogę uratować świata — nie umiem nawet równolegle parkować!".

I wtedy nie wiadomo skąd przypłynęła słodka, pachnąca łąką bryza i pogłaskała mnie po twarzy. Była rozgrzana letnim słońcem i wilgotna jak poranna rosa, a mój duch od razu popłynął radośnie na jej spotkanie.

— Nie jesteś zwykłą adeptką. Posłuchaj swego wnętrza, dziecko, i wiedz, że pójdziemy za tobą tam, gdzie cię poprowadzi ten cichy, spokojny głosik — powiedziała Lenobia w sposób przywodzący mi na myśl Nyks.

Jej słowa i dotyk żywiołów uspokoiły mnie i nagle coś sobie przypomniałam. Jak mogłam choć na chwilę o tym zapomnieć?

— Wiersz! — wykrzyknęłam, biegnąc szybko do drzwi boksu, gdzie wisiała moja torebka. — Jedna z czerwonych adeptek pisze prorocze wiersze! Zanim tu przyjechałam, dała mi jeden, w którym jest mowa o Kalonie.

Lenobia przyglądała się z zaciekawieniem, jak grzebię w torebce.

— Jest! — Był złożony razem z drugim, prawdopodobnie dotyczącym Starka. Wysupłałam ten o Kalonie i skoncentrowałam się na jego treści.

— Tak, tak, to ten. Opowiada o tym, jak poskromić Kalonę. Tylko że... jest napisany jakimś poetyckim szyfrem.

— Pozwól, że go przeczytam. Może coś mi przyjdzie do głowy.

Pokazałam jej kartkę i wodziłam oczami po tekście, gdy Lenobia czytała na głos.

To co go krępowało
Odegna
Siedlisko mocy — pięcioro razem

Noc
Duch
Krew
Człowieczeństwo
Ziemia

Złączone po to, by poskromić
Nie pokonać
Noc wiedzie do Ducha
Krew wiąże Człowieczeństwo
A Ziemia dopełnia.

— Kiedy Kalona wyłonił się spod ziemi, to nie dlatego, że się odrodził, jak twierdzi Neferet. Prawda? — zapytała Lenobia, nie odrywając wzroku od wiersza.

— Nie. Był uwięziony przez ponad tysiąc lat — odparłam.

— Kto go uwięził?

— Czirokescy przodkowie mojej babci.

— To może oznaczać, że cokolwiek zrobili, nie zadziała w ten sam sposób ponownie. Tym razem Kalona ucieknie. Dla mnie to wystarczająco dobre rozwiązanie. Musimy się go pozbyć, zanim całkowicie zniszczy więź łączącą nas z Nyks. — Przeniosła wzrok z wiersza na mnie. — Jak Czirokezi zdołali go uwięzić we wnętrzu ziemi?

Wydałam długie westchnienie, z całego serca żałując, że nie ma tu mojej babci, żeby mi pomogła w całej tej procedurze.

— Tak... tak naprawdę to nie wiem na ten temat tyle, ile powinnam! — wykrzyknęłam z rozpaczą.

— Spokojnie. — Lenobia dotknęła mojego ramienia, jakby uspokajała nerwową klacz. — Czekaj, mam pomysł.

Wybiegła z boksu i po chwili wróciła z grubym miękkim zgrzebłem. Podała mi je, po czym znów gdzieś pobiegła, by wrócić z belą słomy, którą położyła pod wewnętrzną ścianą i usiadła na niej. Oparła się wygodnie, wyjęła ze zwoju długą złotą słomkę i włożyła sobie do ust.

— A teraz czesz swoją klacz i myśl na głos. We trójkę znajdziemy rozwiązanie.

— Cóż — zaczęłam, sunąc szczotką w dół gniadej szyi Persefony — z tego co wiem od babci, Ghigua, czyli światłe kobiety z kilku plemion, zebrały się i ulepiły z ziemi dziewczynę, która miała zwabić Kalonę do jaskini, gdzie następnie go uwięziono.

— Chwileczkę... mówisz, że zebrały się razem, by ulepić jakąś dziewczynę?

— Tak. Wiem, że brzmi to trochę idiotycznie, ale naprawdę tak było.

— Nie, nie wątpię w prawdziwość twojej opowieści. Zastanawiam się tylko, ile było tych kobiet.

— Nie mam pojęcia. Babcia mówiła, że A-ya była jakby ich narzędziem, a każda z nich tchnęła w nią jakiś szczególny dar.

— A-ya? Tak miała na imię ta dziewczyna?

Skinęłam głową, po czym spojrzałam na Lenobię ponad grzbietem klaczy.

— Kalona tak mnie nazywa.

Wyraźnie wstrząśnięta nauczycielka wciągnęła gwałtownie powietrze.

— W takim razie to ty jesteś narzędziem, za pomocą którego znów zostanie pokonany.

— Raczej unieszkodliwiony — odparłam instynktownie, a kiedy moje myśli dogoniły jej słowa, zrozumiałam, że powiedziała prawdę. — Tak, to ja. Tym razem nie możemy uwięzić Kalony, bo jest na to przygotowany. Możemy jednak zmusić go do ucieczki — powiedziałam bardziej do Persefony niż do Lenobii czy nawet do siebie.

— Tyle że ty nie jesteś zwykłym narzędziem. Otrzymałaś od naszej bogini wolną wolę. Wybrałaś dobro i to ono wypędzi stąd Kalonę — rzekła Lenobia z pewnością siebie, którą natychmiast się zaraziłam.

— Słuchaj, a o co chodzi z tym „pięciorgiem"?

Lenobia podniosła kartkę z wierszem z podłogi, gdzie wcześniej ją położyłam. „Siedlisko mocy — pięcioro razem". I lista tych pięciorga: Noc, Duch, Krew, Człowieczeństwo, Ziemia.

— Chodzi o osoby — odparłam, czując nagłe podekscytowanie. — Tak jak powiedział Damien. Dlatego właśnie zapisano te słowa dużą literą. Chodzi o osoby będące wcieleniem tych pięciu zjawisk. I... i założę się, że gdyby babcia tu była, toby mi powiedziała, że kobiet, które wspólnie stworzyły A-yę, było pięć!

— Czujesz w głębi duszy, że tak jest? Czy to bogini do ciebie przemawia?

Uśmiechnęłam się i zalała mnie fala radości.

— Tak! Czuję, że tak właśnie jest.

— Najbardziej oczywistym siedliskiem mocy wydaje się to na terenie naszej szkoły — rzekła Lenobia.

— Nie! — rzuciłam z większym naciskiem, niż zamierzałam, wywołując nerwowe prychnięcie Persefony. Poklepałam ją uspokajająco i mówiłam dalej bardziej zrównoważonym tonem: — Nie, miejsce na terenie szkoły zostało przez niego skażone. To jego moc połączona z mocą Neferet i krwią Stevie Rae uwolniła go i... — Umilkłam nagle, uświadamiając sobie pełne znaczenie tego, co właśnie powiedziałam. — Stevie Rae! Myślałam, że uosabia ziemię, bo ma dar komunikacji z nią, ale ona nie jest Ziemią: jest Krwią!

Lenobia skinęła głową z uśmiechem.

— Świetnie. Jedną już mamy. Teraz musisz zidentyfikować pozostałą czwórkę.

— I miejsce — wymamrotałam.

— I miejsce — przytaknęła. — Cóż, siedliska mocy są powiązane z duchem. Na przykład Avalon, starożytna wyspa bogini, jest duchowo zakotwiczony w Glastonbury. Nawet chrześcijanie czuli w tym miejscu zew mocy i wybudowali tam opactwo.

— Co takiego? — Obeszłam Persefonę i podekscytowana stanęłam przed Lenobią. — Co powiedziałaś o opactwie i bogini?

— Avalon nie należy do naszego świata, ale promieniuje wielką mocą, która do niego dociera. Chrześcijanie ją poczuli i wybudowali tam opactwo maryjne.

— O rany, Lenobio, to jest to! — Łzy ulgi napłynęły mi do oczu i musiałam się bardzo starać, by je odegnać. Potem z kolei wybuchnęłam śmiechem. — Doskonale! W takim razie nasze siedlisko mieści się na rogu Dwudziestej Pierwszej i Lewis, w opactwie sióstr benedyktynek.

Lenobia zrobiła wielkie oczy, po czym uśmiechnęła się.

— Mądra ta nasza bogini. Teraz musisz jeszcze tylko zidentyfikować kolejne cztery osoby i przemycić nas wszystkich do opactwa. Dalszy ciąg wiersza opowiada o tym, jak ta piątka ma się połączyć. — Urwała, zerknęła na kartkę i przeczytała:

> Noc wiedzie do Ducha
> Krew wiąże Człowieczeństwo
> A Ziemia dopełnia.

— Krew już tam jest, a przynajmniej taką mam nadzieję — powiedziałam. — Kazałam Stevie Rae wziąć czerwonych adeptów i iść do opactwa, gdy się dowiedziałam, że Kalona na nią poluje.

— Dlaczego przyszło ci do głowy, żeby ją wysłać właśnie tam?

Tak się wyszczerzyłam, że omal nie pękła mi warga.

— Bo tam jest Duch! Duch to siostra przełożona, Mary Angela! Uratowała moją babcię przed Krukami Prześmiewcami i zajmuje się nią w opactwie.

— Zakonnica? Jesteś przekonana, że to ona ma uosabiać ducha i pokonać nieśmiertelnego upadłego anioła?

— Nie pokonać, lecz wygnać i dać nam dość czasu na dojście do siebie i wykombinowanie, jak się go pozbyć na zawsze. A odpowiadając na pytanie: tak, jestem przekonana.

Lenobia zawahała się tylko na moment. Potem kiwnęła głową.

— Zatem znalazłaś już Krew i Ducha — powiedziała. — Teraz myśl: kto może uosabiać ziemię, noc i człowieczeństwo?

Wróciłam do szczotkowania Persefony, po czym zaśmiałam się nagle. Miałam ochotę puknąć się w głowę.

— Afrodyta! Ona musi być Człowieczeństwem, choć przez większość czasu nie chce mieć z nim nic wspólnego.

— Jestem w stanie w to uwierzyć — mruknęła uszczypliwie Lenobia.

— No dobrze. W takim razie pozostają nam tylko Noc i Ziemia — mówiłam dalej. — Jak już wspomniałam, moim pierwszym podejrzeniem, jeśli chodzi o Ziemię, była Stevie Rae z powodu swego daru. Ale w głębi duszy czuję, że jest Krwią. Ziemia... ziemia... — Znów westchnęłam.

— Może Anastasia? Ma dar zaklęć i obrzędów, który często bywa zakorzeniony w ziemi.

Zastanowiłam się nad tym, lecz niestety, nie poczułam szarpnięcia, które dałoby mi do zrozumienia, że to właściwa odpowiedź.

— Nie, to nie ona.

— Może w ogóle skupiamy się na niewłaściwych osobach? Duch pochodzi spoza Domu Nocy, czego ja osobiście bym nie przewidziała. Może z Ziemią jest podobnie.

— Hm, faktycznie warto się nad tym zastanowić.

— Jaka osoba, nie będąca adeptem ani wampirem, kojarzy ci się z ziemią?

— Chyba najbliżsi ziemi ludzie, jakich znam, to plemię mojej babci. Czirokezi zawsze szanowali ziemię, zamiast jak wielu innych wykorzystywać ją i bezcześcić. Ich tradycyjne poglądy bardzo się różnią od poglądów przeciętnego współczesnego człowieka. — Nagle zamknęłam usta i wsparłam czoło o miękkie ramię Persefony, szepcząc krótką modlitwę dziękczynną do Nyks.

— Już wiesz, kto to jest, prawda?

Podniosłam głowę z uśmiechem.

— Moja babcia. To ona jest Ziemią.

— Świetnie! — pochwaliła mnie Lenobia. — W takim razie masz już wszystkich.

— Nie. Jeszcze Noc. Wciąż nie wiem, kogo... — Urwałam na widok wymownego spojrzenia Lenobii.

— Wejrzyj głębiej, Zoey Redbird, a sądzę, że bez trudu odkryjesz, kogo Nyks wybrała na personifikację Nocy.

— Nie mnie — wyszeptałam.

— Ależ oczywiście, że ciebie. Wiersz mówi o tym wprost: „Noc wiedzie do Ducha". Żadne z nas nigdy by nie pomyślało, że opactwo benedyktynek i ich przeorysza mogą wypełnić luki w naszej poetyckiej układance. Wiemy to dzięki tobie.

— Jeśli mam rację — dodałam nieco drżącym głosem.

— Posłuchaj swego serca. Co ono ci mówi? Masz rację?

Wzięłam głęboki oddech i poszukałam odpowiedzi wewnątrz siebie. Była tam: wiedziałam, że to co czuję, pochodzi od bogini, która mówiła, że moje domysły są słuszne. Spojrzałam w mądre szare oczy Lenobii.

— Mam — powiedziałam stanowczo.

— W takim razie musimy przetransportować ciebie i Afrodytę do opactwa benedyktynek.

— Nas wszystkich — odparłam instynktownie. — Także Dariusa, Bliźniaczki i Damiena. Jeśli coś pójdzie nie tak, muszę mieć przy sobie cały mój krąg. Poza tym nie zostałam tu zbyt mile przyjęta i jeśli wygnanie Kalony nie wytrąci adeptów i grona pedagogicznego z ich dziwacznej obsesji, chyba zbyt szybko tu nie wrócę. No i musimy się rozprawić także z Neferet, więc będę potrzebowała mnóstwa pomocy.

Lenobia lekko zmarszczyła brwi, lecz skinęła głową.

— Rozumiem i choć mnie to boli, zgadzam się z tobą.

— Wy też powinniście iść z nami: ty, Smok i Anastasia. Dom Nocy nie jest teraz dla was odpowiednim miejscem.

— Ale to nasz dom — odpowiedziała.

Spojrzałam jej prosto w oczy.

— Czasami najbliżsi ludzie zdradzają, a własny dom przestaje być miejscem, gdzie można być szczęśliwym. Wiem, że trudno się z tym pogodzić, ale tak bywa.

— Mówisz bardzo mądrze jak na swoje lata, kapłanko.

— Cóż, jestem produktem rozwiedzionej matki i beznadziejnego ojczyma. Kto mógł przypuścić, że moje doświadczenie okaże się tak przydatne?

Wciąż śmiałyśmy się razem, gdy zadzwonił dzwonek sygnalizujący koniec ostatniej lekcji. Lenobia natychmiast zerwała się na równe nogi.

— Musimy powiadomić twoich przyjaciół. Mogą przyjść tutaj. Tu przynajmniej nie zobaczą ani nie podsłuchają ich kruki.

— Już ich powiadomiłam — odparłam. — Za chwilę będą.

— Jeśli Neferet się zorientuje, że macie zebranie, przeszkodzi nam.

— Wiem — powiedziałam.

A pomyślałam: „Niech to szlag".

ROZDZIAŁ TRZYDZIESTY

Choć znowu zaczął padać śnieg z deszczem, Damien, Bliźniaczki, Afrodyta i Darius zjawili się zaledwie kilka minut po dzwonku.

— Fajny liścik — stwierdziła Erin.

— Niezły miałaś pomysł, żeby nas tu ściągnąć, ale nie pozwolić nam wcześniej o tym myśleć — dodała Shaunee.

— Świetna robota! — pochwalił mnie Damien.

— Teraz jednak o tym myślicie, więc musimy dobrze osłaniać te myśli i jak najszybciej zabrać się za to, do czego Zoey nas potrzebuje — rzekł Darius.

— Zgoda — powiedziałam. — Przywołajcie swoje żywioły i poproście o utworzenie wokół waszych myśli ochronnego muru.

— Nie ma sprawy — odparła Erin.

— Pikuś — przytaknęła Shaunee. — Mamy to przećwiczone.

— Chcecie, żebym utworzyła szybki krąg? — zapytałam.

— Nie, Zo, chcemy tylko, żebyś na moment umilkła — rzekł Damien. — Nasze żywioły były już przygotowane do akcji.

— No to do roboty, uszczuplone baranie stadko — pogoniła ich Afrodyta.

— Zamknij ryło! — wrzasnęły chórem Bliźniaczki.

Afrodyta prychnęła i podeszła do Dariusa, który instynktownie otoczył ją ramieniem. Zauważyłam, że rana na jego twarzy niemal zupełnie się zabliźniła. Z okropnego rozcięcia pozostała jedynie wąska różowa kreska. Pomyślałam o własnej ranie i kiedy Bliźniaczki i Damien byli zajęci przywoływaniem żywiołów, a Afrodyta łasiła się do Dariusa, odwróciłam się do nich plecami i zajrzałam sobie pod dekolt. Skrzywiłam się. Niestety — moja rana nie była długą, cienką różową kreską. Była nabrzmiała i poszarpana, wciąż czerwona i rażąca. Poruszyłam ramionami. Nie, właściwie nie bolała. Tylko trochę szczypała i była wrażliwa na dotyk. I brzydka. Bardzo, bardzo brzydka.

Ilekroć wyobrażałam sobie, że ktoś („ktoś" to znaczy Stark, Erik czy nawet Heath) miałby ohydztwo zobaczyć, miałam ochotę wyć z rozpaczy. Może już nigdy nie będę z żadnym facetem... No cóż, dzięki temu życie stanie się z pewnością mniej skomplikowane.

— Blizny po ranach odniesionych w bitwie dobra ze złem mają swój specyficzny urok — rozległ się nagle obok mnie głos Lenobii.

Podskoczyłam. Stała bardzo blisko, a ja w ogóle nie usłyszałam, jak podchodzi. Spojrzałam na nią badawczo. Wyglądała idealnie, pięknie i nieskazitelnie.

— Bardzo ładna teoria, ale kiedy samemu ma się taką bliznę, nieco inaczej się na to patrzy.

— Wiem, co mówię, kapłanko. — Przerzuciła przez jedno ramię kurtynę siwych włosów i obróciła się tak, żebym mogła spojrzeć na jej kark. Drugą ręką odsunęła tył białej bluzki, odsłaniając potworną, grubą i nabrzmiałą szramę ciągnącą się od głowy w dół szyi aż po plecy.

— Już mamy żywioły! — zawołała tymczasem Erin.

— Jesteśmy gotowi do walki na śmierć i życie! — zawtórowała jej Shaunee.

— Co teraz? — zapytał Damien.

Wymieniłam z Lenobią szybkie spojrzenie.

— Ta opowieść musi zaczekać — powiedziała cicho nauczycielka.

Ruszyłam za nią w kierunku swoich przyjaciół, zastanawiając się, z jakim to złem musiała walczyć, skoro została tak dotkliwie poraniona.

— Zoey ustaliła, o jakich osobach mówi wiersz — oświadczyła bez wstępów Lenobia — i do jakiego siedliska mocy muszą się udać.

Wszyscy spojrzeli na mnie.

— Chodzi o opactwo benedyktynek. Siostra Mary Angela nie była jakoś strasznie zszokowana, gdy jej pokazałam, że potrafię przywoływać żywioły, ponieważ sama miała okazję poczuć ich moc. Powiedziała mi, że jej opactwo powstało w miejscu tchnącym duchową mocą. Wtedy nie za bardzo się nad tym zastanawiałam. — Umilkłam i zaśmiałam się lekko. — W sumie nie traktowałam jej poważnie. Myślałam, że to tylko takie gadanie zwariowanej zakonnicy.

— No cóż, na twoją obronę mogę powiedzieć, że faktycznie jest trochę dziwna — wtrąciła Afrodyta.

Darius skinął głową.

— Przynajmniej jak na zakonnicę.

— Ona jest także Duchem, o którym mowa w wierszu — dodałam.

— O rany, faktycznie ich zidentyfikowałaś! — Damien uśmiechnął się szeroko. — A pozostali?

— Krew to Stevie Rae.

— Z całą pewnością wystarczająco ją lubi — mruknęła pod nosem Afrodyta.

— Ty jesteś Człowieczeństwem — zwróciłam się do niej stanowczo, szczerząc się jak głupia.

— Świetnie. Po prostu super. Powiedzmy sobie jasno: nie mam najmniejszego zamiaru znów odgrywać nikogo ważnego. Nigdy. — Potem zerknęła na Dariusa i już z całkiem innym wyrazem twarzy dodała: — Chyba że dla ciebie, przystojniaczku.

Bliźniaczki udały, że rzygają.

— Ziemia to moja babcia — kontynuowałam, ignorując je wszystkie.

— Dobrze, że już jest w opactwie — wtrącił Damien.

— A Noc? — zapytała Shaunee.

— To Zoey — rzekła Afrodyta.

Uniosłam brwi, a ona przewróciła oczami.

— No a niby kto, do cholery? — zapytała. — Każdy kto nie jest upośledzony umysłowo i posiada samodzielny mózg — spojrzała wymownie na Bliźniaczki i Damiena — by się tego domyślił.

— Zgadza się — przyznałam. — Noc to ja.

— W takim razie musimy się przedostać do opactwa benedyktynek — rzekł Darius, jak zwykle przechodząc od razu do sedna sprawy, to znaczy do konkretów naszej operacji. Oczywiście „operacji" w cudzysłowie, bo zwykle mam wrażenie, że miotam się chaotycznie, próbując różnych rozwiązań i licząc na to, że nie zrobię totalnego bałaganu, a to chyba nie za bardzo przypomina poważną operację wojenną.

— I to szybko, zanim Kalona i Neferet jeszcze bardziej zaszkodzą mieszkańcom Domu Nocy — powiedziała Lenobia.

— Albo rozpętają wojnę z ludźmi — dodała Afrodyta.

Wszyscy oprócz Dariusa wbili w nią wzrok. A ja, gapiąc się wraz z innymi, przejrzałam fasadę jej urody i wiecznego opanowania, dostrzegając czarne worki pod oczami i czerwonawe zabarwienie, które nie do końca jeszcze zniknęło z białek jej oczu.

— Miałaś nową wizję — stwierdziłam.

Skinęła głową.

— Niech to szlag. Znowu mnie zabili?

Usłyszałam, jak Lenobia gwałtownie wciąga powietrze.

— Długa historia — mruknęłam do niej.

— Nie, debilko. Nie zabili cię. Znowu — odparła Afrodyta. — Ale miałam przebłysk wojny, tej samej, którą widziałam wcześniej, tyle że tym razem rozpoznałam Kruki Prześmiewców. — Zadrżała nagle. — Wiedzieliście, że one potrafią gwałcić kobiety? To nie była przyjemna wizja. W każdym razie Neferet spiknęła się z Kaloną, żeby zrealizować swój wariacki plan wszczęcia wojny z ludźmi.

— W twojej ostatniej wizji uratowanie Zoey zapobiegło wojnie — zauważył Damien.

— Wiem. Nie zapominaj, że to ja jestem wizjonerką! Nie wiem jednak, dlaczego ta wizja była inna, nie licząc tego, że we wszystko włączył się Kalona. No i jeszcze jedno, choć mówię to niechętnie, bo jest dość przerażające: Neferet całkowicie przeszła na ciemną stronę. Zmienia się w istotę, która nie przypomina żadnego znanego dotąd wampira.

Nagle w moim mózgu coś zaskoczyło i wszystkie klocki zaczęły się układać w jedną przejrzystą układankę.

— Staje się królową Tsi Sgili! Pierwszą wampirską Tsi Sgili, czymś zupełnie do tej pory nieznanym! — powiedziałam głosem równie zmrożonym jak moje serce.

— Tak, to właśnie widziałam — przyznała pobladła Afrodyta. — Wiem też, że wojna rozpocznie się tu, w Tulsie.

— W takim razie radą, którą chcą zawładnąć, musi być rada naszego Domu Nocy.

— Rada? — zdziwiła się Lenobia.

— Nie ma teraz czasu na wyjaśnienia. W każdym razie dobrze, że mieli na myśli radę regionalną, a nie ogólnoświatową — powiedziałam.

— Na zdrowy rozum wygląda to tak, że jeśli zmusimy do ucieczki stąd Kalonę, a miejmy nadzieję, że także Neferet, to wojna raczej się nie zacznie — stwierdził Darius.

— A przynajmniej nie tutaj — uściśliłam. — Dzięki temu możemy mieć dość czasu, by wykombinować, jak się pozbyć na dobre Kalony, bo to chyba jednak on gra w tej wojnie pierwsze skrzypce.

— Nie — przerwała mi Lenobia głosem tak spokojnym, że brzmiał niemal głucho. — To Neferet. Ona jest siłą, która motywuje Kalonę. Od wielu lat dążyła do wojny z ludźmi. — Spojrzała mi w oczy. — Być może będziesz musiała ją zabić.

Zbladłam.

— Zabić Neferet? Nigdy w życiu! Nie ma mowy!

— Może będzie trzeba — rzekł Darius.

— Nie! — zawołałam znowu. — Gdybym miała ją zabić, nie czułabym tych okropnych mdłości na samą myśl o tym. Nyks dałaby mi znak, że takie jest jej życzenie, ale nie uwierzę, że bogini kiedykolwiek mogłaby pragnąć śmierci swojej najwyższej kapłanki.

— Byłej najwyższej kapłanki — poprawił mnie Damien.

— Czy można przestać być najwyższą kapłanką? — zapytała Shaunee.

— Właśnie — dodała Erin — czy to nie jest jedna z tych funkcji, które się pełni przez całe życie?

— Tylko czy ona naprawdę jest najwyższą kapłanką, skoro zmienia się w coś innego, czyli w tę Tsi Sgili? — zapytała Afrodyta.

— Tak! Nie! — plątałam się. — Nie wiem! Zmieńmy temat. Nie mam zamiaru dyskutować o zabiciu Neferet.

Darius, Lenobia i Afrodyta wymienili ze sobą długie spojrzenia.

— Wróćmy do kwestii wydostania was stąd — rzekła w końcu Lenobia. — Myślę, że musimy to zrobić teraz.

— W tej chwili? — zapytała Shaunee.

— W tej sekundzie? — dodała Erin.

— Im prędzej, tym lepiej — powiedziałam. — Czuję obecność żywiołów i wiem, że chronią wasze myśli, ale jeśli Neferet zechce się do nich włamać, to po natrafieniu na blokadę żywiołu od razu będzie wiedziała, że coś skrywacie. Nie będzie tylko wiedziała, co konkretnie. — Rozejrzałam się wokół, niemal oczekując, że zobaczę ją, jak unosi się w mroku niczym nadęty widmowy pająk. — Poza tym ukazała mi się dwa razy jako obrzydliwe widmo, więc musimy się stąd wynosić, i to jak najszybciej. A konkretnie teraz.

— Nie brzmi to dobrze — stwierdziła Erin.

— Myślisz, że o tym nie wiem? — żachnęłam się. — Zresztą i tak będziemy mieli z tym problem. Pogoda jaka jest, każdy widzi. Omal nie stłukłam sobie tyłka w drodze z głównego budynku do stajni. Musiałam użyć ognia, żeby stopić trochę tego durnego lodu. — Zerknęłam na Shaunee i uśmiechnęłam się z pewnym zawstydzeniem.

— Czekaj no... mówisz, że użyłaś żywiołu ognia, by stopić lód? — podchwyciła Lenobia.

Wzruszyłam ramionami.

— Miałam już dosyć tego ślizgania, więc skierowałam płomień na chodnik i lód raz-dwa się roztopił — powiedziałam.

— Pikuś — stwierdziła Shaunee. — Sama tak zrobiłam.

Lenobia wyglądała na coraz bardziej podekscytowaną.

— Myślisz, że mogłabyś wyprodukować płomień tak konkretny, że topiłby wam lód pod nogami, gdy będziecie szli?

— Tak, chyba tak. Jeśli wymyślimy jakiś sposób, żeby przy okazji nie spalić sobie stóp. Nie wiem jednak, jak długo będę w stanie utrzymać ten płomień. — Zerknęłam pytająco na Shaunee.

— Mogę pomóc — podchwyciła — i na pewno nie spalę sobie stóp. Jeśli połączymy swoje siły, płomień może wytrzymać dłużej, niż gdyby któraś z nas próbowała to robić sama.

— Poza tym, bliźniaczko — wtrąciła Erin — róg Dwudziestej Pierwszej i Lewis jest tylko jakieś pół mili stąd, a Zoey wygląda dzisiaj znacznie lepiej, więc nie powinnyście mieć problemu z utrzymaniem ognia na tym dystansie.

— Ale nawet jeśli rozwiązaliśmy problem lodu, nie możemy się poruszać dość szybko piechotą, a hummera nie dam rady zakamuflować, bo nie jest organiczny — zauważyłam.

— Chyba mam pomysł — rzekła Lenobia. — Chodźcie ze mną.

Poszliśmy za nią do boksu Persefony. Klacz akurat posilała się radośnie, więc tylko zastrzygła uszami, gdy Lenobia podeszła do jej tylnego kopyta, sięgając w dół i mówiąc:

— Daj, moja słodka.

Persefona posłusznie uniosła nogę, a Lenobia oczyściła kopyto z siana i spojrzała na Shaunee.

— Możesz wysłać płomień, by ogrzał podkowę?

— Pikuś — powiedziała Shaunee, choć wyglądała na zdumioną tą dziwną prośbą. Potem zaczerpnęła głębokiego oddechu, szepnęła coś, czego nie dosłyszałam, i wskazała jarzącym się palcem kopyto klaczy. — Płoń, złotko, płoń! — powiedziała, a jasność wystrzeliła z jej palca w stronę srebrnej podkowy na kopycie Persefony. Podkowa natychmiast się rozjarzyła, a klacz przestała jeść, obróciła głowę, z zaciekawieniem przyjrzała się swojemu kopytu, prychnęła i wróciła do posiłku.

Lenobia poklepała ją po kopycie, jakby sprawdzała, czy żelazo jest gorące, i szybko cofnęła rękę.

— Z całą pewnością działa — stwierdziła. — Możesz już odwołać płomień, Shaunee.

— Dziękuję, ogniu! Wracaj teraz do mnie! — Jasność zawirowała wokół klaczy, wywołując kolejne prychnięcie, i wróciła do dziewczyny. Przez chwilę całe jej ciało się jarzyło. — Uspokój się — rzekła Shaunee do ognia, który natychmiast posłuchał.

Lenobia opuściła kopyto Persefony i z czułością poklepała ją po zadzie.

— Właśnie tak stąd wyjedziecie i szybko dotrzecie do opactwa. Na koniach, które zresztą są moim zdaniem najlepszym środkiem transportu.

— Coś w tym jest — przyznał Darius — ale jak się stąd wymkniemy? Przecież Kruki Prześmiewcy nie pozwolą nam przejechać przez bramę!

Lenobia odpowiedziała uśmiechem.

— Czyżby?

ROZDZIAŁ TRZYDZIESTY PIERWSZY

— To jakieś wariactwo — stwierdziła Afrodyta.

— Ale może się udać — zauważył Darius.

— Podoba mi się. Jest romantyczne, no wiecie, konie i tak dalej... — rozmarzył się Damien. — Poza tym i tak nie mamy lepszego planu.

— W ogóle nie mamy innego — poprawiłam, a gdy Lenobia uniosła brwi, dodałam pospiesznie: — Ale mnie też się podoba.

— Im mniej koni weźmiecie, tym łatwiej wam będzie wymknąć się ukradkiem. Proponuję, żebyście jechali parami — rzekła Lenobia.

— Z trzema na pewno łatwiej się wymknąć niż z sześcioma — przyznała Erin.

— A jak zawiadomimy Smoka i Anastasię? — zapytałam. — Nie możemy wszyscy iść do sali szermierki ani do klasy Anastasii. A nie chcę, żebyśmy się rozdzielali.

Lenobia znów uniosła brwi.

— Nie wiem, czy słyszeliście o tym, że istnieje coś takiego jak komórka. Możecie nie wierzyć, ale Smok i Anastasia takowe posiadają.

— Hm — mruknęłam, czując się jak idiotka.

Afrodyta przewróciła oczami.

— Zadzwonię do nich i wytłumaczę, na czym polega ich udział w planie. Te spośród was, które mają na sobie spódnice, niech się przebiorą. Zoey zaprowadzi was do siodlarni i pokaże, gdzie znajdziecie zapasowe stroje jeździeckie. Weźcie wszystko, co może wam się przydać — powiedziała Lenobia i ruszyła szybko w stronę swojego biura.

— Powiem Smokowi, że akcja odwracania uwagi ma się rozpocząć za trzydzieści minut.

— Trzydzieści minut! — Ścisnęło mnie w żołądku.

— Powinniście spokojnie zdążyć się przebrać i założyć uzdy trzem koniom. Nie możecie używać siodeł. To byłoby zbyt oczywiste — dodała Lenobia.

— Bez siodeł? — zapytał Damien, gdy zniknęła w drzwiach biura. — Na samą myśl mnie mdli!

— Witaj w klubie — powicdziałam. — Chodźcie — zwróciłam się do Afrodyty i Bliźniaczek. — Musicie zdjąć te miniówki i włożyć coś bardziej odpowiedniego. Poza tym trzeba mieć nie po kolei, żeby chodzić w szpilkach po lodzie.

— Mam kozaki — oznajmiła z naciskiem Afrodyta — a kozaki są odpowiednim obuwiem na zimę.

— Taaa, zwłaszcza kozaki z trzyipółcalowymi obcasami — mruknęłam, prowadząc dziewczyny do siodlarni i wiszących tam obok innego sprzętu schludnych ubrań jeździeckich.

— Analfabetka odzieżowa — odmruknęła Afrodyta.

— Tu się zgodzę — przytaknęła Shaunee.

— Ten jedyny raz — dodała Erin.

Chwyciłam trzy uzdy i pokręciłam głową.

— Przebierajcie się i już — powiedziałam do dziewczyn. — W tej szafce są buty j e ź d z i e c k i e. Bądźcie uprzejme zrobić z nich użytek.

— „Bądźcie uprzejme zrobić z nich użytek"? — usłyszałam za sobą głos Shaunee, nim zdążyłam wymaszerować z pomieszczenia.

— Nasza koleżanka stanowczo za dużo czasu spędza z królową Damieną — odpowiedziała Erin.

Zatrzasnęłam za sobą drzwi.

Nie byłam pewna, jakie jeszcze konie wybierze dla nas Lenobia, ale wiedziałam, że ja pojadę na Persefonie, więc poszłam prosto do jej boksu. Darius stał przy jednym z wysokich okien stajni i pracowicie ustawiał tam bele siana. Najwyraźniej chciał nas trochę osłonić przed niepogodą i krukami.

— Zo, mogę cię prosić na słówko? — zagadnął mnie Damien.

— Jasne, chodź tutaj. — Weszłam do boksu, chwyciłam zgrzebło i zaczęłam pospiesznie szczotkować klacz.

Stanął w wejściu.

— Słuchaj... szczerze mówiąc, ja nie umiem jeździć.

— Nie ma sprawy — odparłam. — Biorę to na siebie. Ty tylko siedź za mną i trzymaj się.

— A jeśli spadnę? Jestem pewien, że ta klacz jest bardzo miła. — Pomachał Persefonie, która wciąż radośnie przeżuwała siano i nie zwracała na niego zbytniej uwagi. — Ale jest też duża. Bardzo duża. Olbrzymia.

— Damien, musimy uciekać ze szkoły, żeby w ogóle przeżyć, i zrobić wszystko, żeby wygnać stąd nieśmiertelnego demona i wampirską najwyższą kapłankę, a ty się stresujesz jazdą na koniu za moimi plecami?

— Na oklep. Jazdą na koniu za twoimi plecami na oklep — uściślił, a potem pokiwał głową. — Owszem, stresuję się tym.

Zaczęłam chichotać i musiałam się oprzeć o Persefonę, bo wszystko mnie bolało. Tak, w tej i paru innych sytuacjach życie nauczyło mnie pewnej prawdy: dobrzy przyjaciele potrafią cię rozśmieszyć nawet wtedy, gdy rzeczywistość mocno daje ci w kość.

Damien zmarszczył brwi.

— Żebyś nie myślała, że ci to ujdzie na sucho. Powiem Jackowi, że się ze mnie śmiałaś, a on się wkurzy i kiedy następnym razem będę kupował dla ciebie prezent, zastrajkuje i nie będzie mi służył radą przy gustownym pakowaniu.

— O rany, to naprawdę przykre — wykrztusiłam i znów zaniosłam się śmiechem.

— Czy moglibyście łaskawie spoważnieć? Mamy wojnę do wygrania i świat do uratowania! — Afrodyta stała przy boksie Persefony z rękami na biodrach, ubrana w swoją krótką koszulkę na ramiączkach (z biegnącym na wysokości cycków złotym napisem „MNIAM!") i pożyczone beżowe bryczesy z nogawkami wetkniętymi w buty jeździeckie na płaskim obcasie. Naprawdę płaskim!

Tylko na nią zerknęłam i znów zaczęłam chichotać. Potem zauważyłam stojące za nią Bliźniaczki, obie ubrane w jedwabne tuniki Dolce & Gabbana, pewnie kupione w Saks Fifth Avenue albo Miss Jackson's. Na tyłkach miały beżowe legginsy jeździeckie z lycry (co wywołało u mnie kolejny atak śmiechu), a na stopach beżowo-brązowe płaskie buty.

Bezcenny widok. Tym razem Damien zawtórował mi równie histerycznym chichotem.

— Nienawidzę ich obojga — oświadczyła Afrodyta.

— Widzę, koleżanko, że mamy ze sobą coraz więcej wspólnego — poparła ją Erin.

— Jak wyżej — przyklasnęła jej Shaunee, marszcząc brwi pod adresem Damiena i moim.

Niestety szybko przestało być nam do śmiechu, bo odezwała się Lenobia:

— Rozmawiałam z Anastasią. Wszystko przygotowane, chociaż nie mogłyśmy włączyć w nasze działania Smoka. Był bardzo zajęty z powodu pewnej nietypowej Przemiany. Zoey, mam ci przekazać, że Stark dotarł do niego i został objęty opieką.

— Stark? — zapytał Damien. — Czy ja dobrze słyszę?

— Że co? — zdziwiły się Bliźniaczki.

— O w mordę... — mruknęła Afrodyta.

— Pogoda wciąż jest kiepska, a w koronach drzew coś się porusza — odezwał się Darius, podchodząc do nas. — Myślę, że chcą nas schwytać, gdy będziemy opuszczać stajnię. Powinniśmy ruszać jak najszybciej. — Potem zauważył, że wszyscy gapią się na mnie. — Chyba coś mnie ominęło.

— Tak. Zoey właśnie miała nam przekazać najnowsze wieści — rzekł Damien.

Przygryzłam wargę i powiodłam wzrokiem po całej grupce. No dobra.

— Sprawa wygląda tak: Stark przeszedł pełną Przemianę. Jest drugim czerwonym wampirem na świecie.

— Phi — stwierdziła Erin. — I tak jest pieprzonym palantem.

— Właśnie. I skąd w ogóle wiesz o tej jego Przemianie? — zapytała Shaunee.

— Musisz przestać myśleć o nim tak, jakby to była Stevie Rae. Są diametralnie różni — rzekł Damien łagodniej niż dziewczyny.

— Ona go kocha! — wypaliła Afrodyta.

— Zamknij się! — wrzasnęłam.

— Ktoś musiał uświadomić barankom twoje żałosne zauroczenie — odparła.

— Dzięki za pomoc — mruknęłam.

— Chwila. Wróć. Zoey zakochała się w Starku? To najgłupsza rzecz, jaką w życiu słyszałam — stwierdziła Erin.

— Nie licząc oklahomskiego systemu egzaminów na prawo jazdy, bliźniaczko — wtrąciła Shaunee. — Bądź poważna. To one są najgłupsze.

— Fakt. Ale to jest na drugim miejscu. Afrodyto, czy tobie zupełnie odwaliło?

— Znów — dodała Shaunee.

Wszyscy spojrzeli na mnie.

— Ja też uważam, że egzaminy na prawo jazdy są głupie — powiedziałam, robiąc z siebie kompletną idiotkę.

— No widzicie? — triumfowała Afrodyta. — Zabujała się w nim na maksa.

— Ja pierdziu — jęknęła Erin.

— W życiu bym nie uwierzyła — dodała Shaunee.

— Dajcie jej dojść do słowa! — krzyknął Damien.

Wszyscy umilkli jak rażeni gromem.

Odchrząknęłam.

— No więc tak. Pamiętacie wiersz? — Popatrzeli na mnie zmrużonymi gniewnie oczami, co moim zdaniem było bardzo nie fair. Ale i tak kontynuowałam. — Była tam mowa o tym, że mam uratować jego człowieczeństwo, no nie? Więc to zrobiłam. A przynajmniej tak sądzę. Mam nadzieję.

— Kapłanko, przyłapaliśmy go na wykorzystywaniu adeptki — zauważył Darius. — Jak możesz mu pobłażać?

— Nie pobłażam. To było obrzydliwe. Pamiętam jednak, że kiedy Stevie Rae walczyła o zachowanie człowieczeństwa, też była straszna. — Spojrzałam na Afrodytę. — Wiesz, o czym mówię.

— Owszem, i do dzisiaj nie jestem w stu procentach pewna, czy można jej ufać. Mówię to jako osoba, która jest z nią skojarzona.

Myślałam, że Bliźniaczki i Damien znów na nią naskoczą, lecz milczeli. W końcu zwróciłam się do Dariusa:

— Stark złożył mi ślubowanie wojownika.

— Ślubowanie wojownika! I ty je przyjęłaś? — zapytał Darius.

— Tak. To było zaraz po jego Przemianie.

Westchnął głęboko.

— W takim razie jest z tobą nierozerwalnie związany, dopóki nie uwolnisz go od tej przysięgi.

— Myślę, że to spowodowało ukończenie Przemiany — powiedziałam. — Wydaje mi się, że u czerwonych adeptów Przemiana ma jakiś związek z wyborem między dobrem a złem.

— Oddając się w służbę tobie, Stark wybrał dobro — przytaknął Darius.

Uśmiechnęłam się.

— Mam taką nadzieję.

— To znaczy, że nie jest już dupkiem? — zapytała Erin.

— Myślałam, że nazwałaś go palantem — zauważyła Shaunee.

— Przecież to jedno i to samo, bliźniaczko.

— To znaczy, że mu ufam — odparłam. — I chciałabym, żebyście wy też dali mu szansę.

— Dawanie komuś szansy w tej chwili może się skończyć naszą śmiercią — zauważył Darius.

Wciągnęłam głęboko powietrze.

— Wiem.

— Wampir po świeżo ukończonej Przemianie musi spędzić pewien czas samotnie w świątyni Nyks. Smok mnie zapewnił, że Stark jest tam bezpiecznie odizolowany. — Lenobia zerknęła na zegarek. — Mamy dokładnie dziesięć minut. Może przejdziemy do ważniejszych rzeczy, a sprawę zaufania do Starka zostawimy na później?

— Oczywiście — podchwyciłam. — Co jeszcze trzeba zrobić?

Miałam wielką nadzieję, że Smok naprawdę zamknął nowego wampira w świątyni i że uda nam się wygnać stąd Kalonę, a jednocześnie pozbyć się Neferet, by móc w lepszym momencie powrócić do sprawy zaufania.

Szybko założyliśmy uzdy dwóm pozostałym koniom, noszącym bardzo adekwatne imiona Nadzieja i Fortuna. Później zaczęła się trudniejsza część zadania.

— Nadal uważam, że to niebezpieczne — rzekł Darius z pochmurną miną.

372

— Muszę to zrobić. Pod nieobecność Stevie Rae to ja jestem najbliższa bezpośredniej więzi z ziemią — powiedziałam.

— To w sumie nie wydaje się takie trudne — wtrąciła Afrodyta, próbując przekonać rozgniewanego wojownika. — Zoey musi tylko podkraść się do muru, powiedzieć drzewu, które już go rozwala, żeby naparło mocniej, a potem przekraść się z powrotem tutaj.

— Zaprowadzę ją tam — upierał się Darius.

— Biorąc pod uwagę twoją szybkość, uważam to za doskonały pomysł — przyznałam. — Nawiasem mówiąc, jestem gotowa.

— Skąd będę wiedziała, czy ci się udało i czy mam przystępować do realizacji swojej części planu? — zapytała Lenobia.

— Przyślę do ciebie ducha. Jeśli poczujesz dotknięcie czegoś dobrego, będziesz wiedziała, że Shaunee ma się przygotować do uwolnienia ognia.

— Tylko niech pamięta, żeby podpalać wyłącznie podkowy! — podkreśliła Lenobia, patrząc surowo na Shaunee.

— Przecież wiem! To całkiem łatwe. Wy zajmijcie się swoimi sprawami. Ja już się zaprzyjaźniam z Fortuną. — Odwróciła się do dużej gniadej klaczy, która miała wieźć obie Bliźniaczki, i na nowo podjęła przemawianie do niej. Erin tymczasem czesała Fortunę i opowiadała jej o kostkach cukru oraz o czymś, co nazywała Słodkim Jabłuszkiem.

— Przypilnuj jej i przyprowadź ją bezpiecznie z powrotem — powiedziała Afrodyta do Dariusa, po czym pocałowała go w usta i podeszła do Nadziei, by pomóc Lenobii zapiąć ostatni pas uzdy.

— Ruszamy, kapłanko? — zapytał Darius.

Skinęłam głową i pozwoliłam, by mnie wziął na ręce. Zrobił jeden krok w zimną burzliwą noc, po czym wszystko zmieniło się w jedną wielką plamę. Śmigaliśmy w poprzek terenu na tyłach szkoły w kierunku otaczającego ją wielkiego muru i wspartego na nim jeszcze większego dębu, który zeszłej zimy podczas załamania pogodowego po prostu przewrócił się na mur. Afrodyta twierdziła, że w zwykłych okolicznościach to miejsce jest idealne do ukradkowego wymykania się z campusu, a ja wiedziałam już z własnego doświadczenia, że ma rację.

Dziś jednak okoliczności nie były zwykłe.

Darius zatrzymał się przy przewróconym drzewie stanowczo zbyt gwałtownie, wpychając mnie pod nie.

— Siedź tam, póki nie będę pewien, że jest bezpiecznie — szepnął i poszedł sobie.

Przykucnęłam więc pod dębem, myśląc o tym, jak jest zimno i mokro i jacy denerwujący są faceci. Później usłyszałam paskudny furkot skrzydeł i postanowiłam natychmiast wstać.

Wyłoniłam się spod dębu dokładnie w chwili, gdy Darius chwytał Kruka Prześmiewcę za skrzydło, ściągał do parteru, a potem rozpłatywał mu gardło.

Szybko odwróciłam wzrok.

— Chodź, Zoey. Nie mamy czasu.

Usiłując nie zwracać uwagi na wielkiego kruczego trupa, podbiegłam do opartego o mur drzewa, położyłam dłoń na pniu i zamknęłam oczy. Skoncentrowałam się, szukając wewnątrz siebie północy — strony ziemi — po czym przemówiłam.

— Ziemio, jesteś mi potrzebna. Proszę, przybądź. — W samym środku lodowej zawieruchy, w połowie zimy, nagle w cudowny sposób otoczyły mnie aromaty wiosennej łąki, dojrzałej pszenicy, mimozy w pełnym rozkwicie. Pokłoniłam się z wdzięcznością i kontynuowałam. — To o co cię poproszę, będzie trudne i nie prosiłabym, gdybym nie była w wielkiej potrzebie. — Wzięłam głęboki oddech i skupiłam myśli na oblodzonej korze pod skórą dłoni. — Przewróć się

— poleciłam drzewu. — Wybacz mi, ale muszę cię prosić, byś się przewróciło. — Kora zadrżała pod moim dotykiem tak potężnie, że aż mnie odrzuciła, i ze skrzypem, w którym bez najmniejszej wątpliwości rozpoznałam krzyk umierającej istoty, stary dąb upadł, roztrzaskując się o naruszony już mur, rozpryskując wokół kawałki kamienia i cegły i tworząc wyrwę w otaczającej szkołę barierze. Wyglądało na oczywiste, że przez tę wyrwę będziemy się ewakuować.

Oddychałam ciężko i byłam mocno roztrzęsiona, lecz instynktownie posłałam ducha do Lenobii, by ją zawiadomił, że mi się udało. Potem podniosłam się, dokuśtykałam do zwalonego drzewa i położyłam na jego korze obie dłonie.

— Dziękuję ci, ziemio. — I pod wpływem nagłego impulsu dodałam: — Idź do Stevie Rae. Powiedz jej, że nadchodzimy. Niech będzie gotowa. — Poczułam znajome nasłuchiwanie, które pojawiało się zawsze, gdy prosiłam o coś któryś z żywiołów. — Idź już. Raz jeszcze dziękuję za pomoc. Bardzo mi przykro, że musiałam skrzywdzić to drzewo.

— Musimy wracać do stajni — pogonił mnie Darius, podchodząc i biorąc mnie na ręce. — Dobra robota, kapłanko.

Opuściłam głowę na jego życzliwe ramię i dopiero na widok mokrych smużek na kurtce zorientowałam się, że płaczę.

— Wynośmy się stąd.

ROZDZIAŁ TRZYDZIESTY DRUGI

Trzy konie już na nas czekały. Erin i Shaunee siedziały na grzbiecie Fortuny. Powoziła Shaunee — przed Naznaczeniem brała w swoim prywatnym liceum lekcje jazdy wyścigowej i skoków przez przeszkody, więc uważała się za „prawie przeciętnego jeźdźca". Afrodyta i Damien stali przy Persefonie i Nadziei. Damien wyglądał, jakby zaraz miał dostać mdłości.

— Poczułam dotyk ducha, więc zakładam, że wszystko przebiegło pomyślnie — powiedziała Lenobia, przebiegając obok nas, by raz jeszcze sprawdzić koniom uzdy.

— Mur został przerwany, ale musiałem zabić Kruka Prześmiewcę. Jestem pewien, że wkrótce znajdą ciało — rzekł Darius.

— W gruncie rzeczy to dobra wiadomość. Na widok wyrwy będą przekonani, że zamierzacie tamtędy uciec — odparła Lenobia i spojrzała na zegarek. — Czas wsiadać. Shaunee, jesteś gotowa?

— Od urodzenia — oznajmiła Shaunee.

— Świetnie. A ty, Erin?

Ta skinęła głową.

— Też.

— Damien?

Odpowiedział Lenobii, lecz patrzył na mnie:

— Boję się.

Podeszłam do niego szybko i ujęłam go za rękę.

— Ja też się boję. Ale poczujemy się raźniej, jeśli będziemy pamiętać, że jesteśmy razem.

— Nawet na koniu?

Uśmiechnęłam się.

— Nawet. Poza tym Persefona jest stuprocentową damą. — Przyłożyłam dłoń chłopaka do zgrabnej krzywizny końskiego karku.

— O, jaka miękka i ciepła — zdziwił się.

— Chodź, podsadzę cię — zaoferowała Lenobia, podchodząc i splatając dłonie w kołyskę, by mógł postawić na nich nogę.

Westchnął męczeńsko i zrobił to, a kiedy go podsadziła na szeroki grzbiet Persefony, bezskutecznie usiłował powstrzymać bardzo gejowski pisk.

Zanim podsadziła także mnie, położyła mi dłonie na ramionach i spojrzała w oczy.

— Kieruj się sercem i intuicją, a nie popełnisz błędu. Wygnaj go stąd, kapłanko.

— Zrobię co w mojej mocy — obiecałam.

— Dlatego zawsze ci ufam — powiedziała.

Gdy już wszyscy siedzieliśmy na koniach, Lenobia poprowadziła nas do przesuwanych drzwi wychodzących na padok. Wcześniej wyszła po cichu i otworzyła furtkę na zewnątrz, więc od świata dzieliło nas już tylko mnóstwo lodu, główna brama szkoły, banda Kruków Prześmiewców, ich ojczulek i nasza kompletnie pomylona najwyższa kapłanka w stanie spoczynku.

Jak pewnie sobie wyobrażacie, strasznie się bałam, że dostanę gwałtownego ataku nerwowej biegunki. Na szczęście nie miałam dość czasu, żeby się nad tym zastanawiać.

Lenobia otworzyła drzwi. Światła w tej części stajni zostały zgaszone, żeby nie było widać naszych skulonych sylwetek. Wyjrzeliśmy w mroźną noc, wyobrażając sobie burzę, która dopiero ma nadejść.

— Dam wam parę minut na przywołanie żywiołów — rzekła Lenobia. — Nagłe nasilenie się zawieruchy będzie dla Anastasii sygnałem do rzucenia dezorientującego czaru po drugiej stronie campusu. Nie zapominajcie też, że Smok czeka przy bramie. Jak tylko usłyszy stukot kopyt, zabije stojącego na warcie kruka. Shaunee, gdy będziesz gotowa, podpal boks. Na widok płomieni wypuszczę pozostałe konie. Wiedzą już, że mają się rozpierzchnąć po terenie szkoły, by wywołać jak największy chaos.

Shaunee skinęła głową.

— Jasne.

— Potem skieruj płomień na kopyta tych trzech koni. — Lenobia umilkła na moment, po czym dodała z naciskiem: — To znaczy na ich p o d k o w y. Powiem Persefonie, kiedy ma ruszać. Osoby siedzące na pozostałych koniach muszą jedynie trzymać się i jechać za nią. — Poklepała moją kasztankę, później podniosła wzrok na mnie. — Bądź pozdrowiona, najwyższa kapłanko! — powiedziała, po czym przyłożyła pięść do serca i pokłoniła mi się.

— Najjaśniejsze błogosławieństwo dla ciebie, Lenobio — odparłam, a gdy zaczęła się szybko oddalać, zawołałam za nią: — Lenobio, przemyśl raz jeszcze sprawę odejścia stąd! Jeśli nie pozbędziemy się Kalony, ty, Smok i Anastasia musicie zejść pod ziemię, do tuneli pod dworcem autobusowym, opactwa czy nawet piwnicy jakiegoś budynku w centrum. Tylko tam będziecie bezpieczni.

Przystanęła i obejrzała się przez ramię.

— Zwyciężysz, kapłanko — odpowiedziała i odeszła.

— Matko, jaka ona uparta! — jęknęła Shaunee.

— Musimy się postarać, żeby miała rację — powiedziałam. — Gotowi?

Pokiwali głowami. Zaczerpnęłam głębokiego oddechu i skoncentrowałam się. Staliśmy skierowani na północ, więc ubodłam Persefonę kolanami tak, by skręciła w prawo, na wschód. Nie było czasu na kwieciste przemówienia czy natchnioną muzykę — tylko na działanie. Szybko przywołałam każdy z żywiołów, odzyskując spokój w miarę pojawiania się ich w powietrzu i tworzenia wokół nas połyskującego kręgu. Kiedy moje wnętrze wypełnił duch, nie mogłam powstrzymać głośnego śmiechu.

— Damien, Erin — powiedziałam, wciąż lekko oszołomiona — uaktywnijcie swoje żywioły!

Poczułam, jak siedzący za mną Damien unosi ręce, i widziałam, jak Erin robi to samo. Damien szeptem poprosił mroźny wiatr, by zaczął miotać wszystkim, co się znajduje wokół nas. Wiedziałam, że Erin o coś podobnego prosi wodę: życzy sobie, by opady marznącego deszczu jeszcze bardziej się wzmogły.

Skupiłam całą swoją energię na pomaganiu im w kontrolowaniu żywiołów, abyśmy mogli (teoretycznie) podążać wewnątrz niewielkiej bańki spokoju, podczas gdy na zewnątrz będzie panował pogodowy chaos.

Oba żywioły zareagowały w mgnieniu oka. Rozejrzeliśmy się i zobaczyliśmy, że otaczający nas świat eksploduje szaleństwem, przy którym wszystkie urządzenia do pomiaru pogody powinny odmówić posłuszeństwa.

— Dobra! — zawołałam, przekrzykując ryk wichru. — Teraz ogień!

Shaunee uniosła ramiona, odchyliła do tyłu głowę i jakby rzucała piłką do koszykówki, cisnęła jarzącym się między jej dłońmi płomieniem w wypełniony sianem pusty boks, który Lenobia kazała jej spalić. Natychmiast zajął się ogniem.

— Teraz kopyta! — wykrzyknęłam.

Shaunee skinęła głową.

— Pomóż mi go utrzymać.

— Jasne, nie bój się.

Skierowała dłonie na końskie kopyta.

— Rozpal ich podkowy! — zawołała.

Persefona prychnęła i pochyliła głowę, a kiedy trociny stajni zajęły się dymem, zastrzygła uszami.

— O rany... Musimy się stąd wynosić, zanim te podkowy wszystko spalą — rzekł Damien. Trzymał się mnie tak mocno, że ledwie oddychałam, ale nie chciałam nic mówić, żeby przypadkiem nie puścił i nie spadł.

Właśnie myślałam, że trociny mogą się naprawdę zająć ogniem, gdy nagle usłyszałam wielki harmider za plecami i zorientowałam się, że Lenobia wypuściła konie, które miały się rozbiec po całym campusie, jakby wpadły w panikę z powodu pożaru stajni. Persefona zarzuciła głową i prychnęła. Poczułam, jak napina mięśnie, w ostatniej chwili ścisnęłam ją mocno udami i zawołałam do Damiena:

— Trzymaj się, ruszamy!

Zaraz potem klacz wybiegła ze stajni i pogalopowała w burzliwą noc.

Trzy konie pędziły obok siebie najpierw przez zagrodę, później przez bramkę, którą Lenobia pozostawiła otwartą. Skręciły gwałtownie w lewo, okrążając campus, dobiegły na tyły głównego budynku szkoły i wcześniej, niż mogłabym przypuszczać, spod rozpalonych podków zaczęła się unosić sycząca para — pędziliśmy po pokrytym lodem asfalcie parkingu.

Za sobą słyszałam rżenie przerażonych koni i okropne charczenie Kruków Prześmiewców. Zacisnęłam zęby, myśląc z nadzieją, że klacze Lenobii przynajmniej zabiorą ze sobą część tych potwornych ptaszysk.

Podkowy Persefony skwierczały na śliskiej drodze wiodącej na szkolny podjazd.

— O bogini! Patrz! — zawołał Damien, wskazując przez moje ramię w lewo, na szpaler drzew otaczających podjazd.

Zobaczyłam Smoka walczącego z trzema krukami. Atakował, parował, uchylał się. Jego szpada poruszała się tak szybko, że wyglądała jak srebrna plama. Gdy pojawiliśmy się w polu widzenia, ptaki próbowały ruszyć ku nam, ale Smok podwoił wysiłki, natychmiast przeszywając jednego ostrzem i sprawiając, że dwa pozostałe z sykiem natarły na niego.

— Jedźcie! — krzyknął, gdy galopowaliśmy obok. — I niech was Nyks ma w opiece!

Brama była otwarta, niewątpliwie dzięki niemu. Minęliśmy ją, skręciliśmy w prawo i pogalopowaliśmy pustą zlodowaciałą Utica Street.

Przy wyłączonych światłach na rogu Dwudziestej Pierwszej jeszcze raz skręciliśmy w prawo, puściliśmy lejce i pozwoliliśmy koniom pędzić swobodnie środkiem ulicy.

Dzielnica Midtown zmieniła się w lodowe widmo samej siebie. Gdybym nie była tak skoncentrowana i nie miała całkowitej pewności, że nasze konie galopują Dwudziestą Pierwszą Ulicą, pomyślałabym, że zagubiliśmy się w jakimś dziwnym zmrożonym postapokaliptycznym świecie. Wokół nie było absolutnie nic znajomego. Żadnych świateł, poruszających się samochodów czy ludzi — tylko chłód, lód i mrok. Zdobiące centrum piękne stare drzewa dźwigały na sobie tak grube pokrywy, że wiele z nich po prostu pękło na pół. Zerwane linie energetyczne ciągnęły się po ziemi jak leniwe żmije. Konie nie zwracały na nie uwagi. Przeskakiwały nad złamanymi konarami i słupami, orząc lód rozpalonymi podkowami i zasypując iskrami zdumiony asfalt.

Nagle przez stukot kopyt i syk ognia dobiegł mnie inny dźwięk — okropny furkot wielkich skrzydeł i krzyk jednego, a potem kolejnych Kruków Prześmiewców.

— Darius! — zawołałam. — Kruki!

Obejrzał się i przytaknął ponuro. Po czym zrobił coś, co zupełnie mnie zszokowało: wyjął z kieszeni kurtki czarny pistolet. Nigdy dotąd nie widziałam, żeby któryś z Synów

Ereba nosił nowoczesną broń. Wyglądała w jego ręku jak rekwizyt z zupełnie innej bajki. Powiedział coś do przyciśniętej do jego pleców Afrodyty, a ona zsunęła się nieco na bok, umożliwiając mu obrót. Darius uniósł rękę, przymierzył i strzelił kilka razy. W nocnej ciszy strzały brzmiały ogłuszająco, ale nie tak dziwnie jak to, co nastąpiło po nich: krzyki rannych kruków, świst spadających z góry ciał i łoskot ich zderzenia z ziemią.

— Tam! — zawołała Shaunee, wskazując coś przed nami po prawej stronie. — Widzę płomienie!

Początkowo nic nie dostrzegłam, lecz po chwili przez kępę uwięzionych w lodzie drzew przedarł się widok jednego, a później kolejnych ciepłych płomyków świecy. Czyżbyśmy dotarli na miejsce? Czy to było opactwo benedyktynek? W tej ciemności, fatalnej widoczności i odrealnieniu nie byłam pewna, czy mamy przed sobą budynek klasztoru, czy tylko jeden z plastikowych domów mieszczących gabinet lekarski, których pełno było w tej części ulicy.

Skup się! Jeśli to siedlisko mocy, powinnaś je wyczuć!

Oddychałam głęboko, intuicyjnie sięgając ku płomieniom, i udało mi się wyczuć znajomy zew łączący w sobie moc ducha i ziemi.

— Tam! — wrzasnęłam. — To opactwo!

Skręciliśmy w prawo, zjechaliśmy z drogi, przeskoczyliśmy przez rów i podjechaliśmy na porośnięty drzewami nasyp. Konie musiały zwolnić, by się przedrzeć przez leżące na ziemi konary i słupy telegraficzne, ale w końcu minęliśmy drzewa i wyjechaliśmy na polanę. Bezpośrednio przed nami stał ogromny stary dąb rozświetlony mnóstwem przymocowanych do dolnych konarów świeczek w szklanych żyrandolach. Za drzewem widać było wiatę samochodową, a jeszcze dalej niewyraźną bryłę ceglanego domostwa, które — jak sądziłam — było opactwem benedyktyńskim. Tak naprawdę dostrzegałam głównie okna, bo w każdym z nich płonęły świece.

— Dobra, możecie już odwołać żywioły i uspokoić atmosferę — powiedziałam, a Damien i Bliźniaczki szeptem pożegnali swoje żywioły i szalona burza zaczęła słabnąć, przeobrażając się w chłodną pochmurną noc.

— Prrr! — zawołałam i nasze posłuszne wierne klacze z poślizgiem wyhamowały przed samym nosem imponującej postaci w czarnym habicie i czepcu z welonem.

— Witaj, dziecko. Słyszałam, że się zbliżasz — powiedziała do mnie z uśmiechem.

Zsunęłam się z grzbietu Persefony i rzuciłam w ramiona siostry Mary Angeli.

— Tak się cieszę, że siostrę widzę!

— Ja też się cieszę — odparła. — Ale może powinnyśmy odłożyć powitania na później, gdy już rozprawimy się z czarnymi stworzeniami siedzącymi na drzewach za tobą.

Obróciłam się i zobaczyłam dziesiątki Kruków Prześmiewców przycupniętych w koronach drzew. Jeśli nie liczyć trzepotu skrzydeł, siedziały tam w absolutnej ciszy, a ich czerwone oczy jarzyły się jak ślepia demonów.

— O kurde — powiedziałam.

ROZDZIAŁ TRZYDZIESTY TRZECI

— Nie wyrażaj się — upomniała mnie spokojnie siostra Mary Angela.

Darius zdążył już zsiąść z konia i teraz pomagał w tym Afrodycie i Bliźniaczkom. Damien nie czekał na pomoc — zeskoczył niemal zaraz po mnie i teraz stał obok.

— Kapłanko — zwrócił się do siostry Darius — chyba raczej nie trzymacie w opactwie broni palnej, prawda?

Jej dźwięczny śmiech wydawał się całkiem nie na miejscu, lecz brzmiał pocieszająco.

— Oczywiście, że nie, wojowniku.

— Zatem nie ma nas dość, by z nimi walczyć, ale mamy krąg — rzekł Darius, przyglądając się pełnym kruków drzewom. — Wewnątrz niego jesteście bezpieczni.

Miał rację. Nasz krąg był nieprzerwany. Choć dziwnie zdeformowana, łącząca nas srebrzysta nić wciąż była cała.

— Pobiegnę do Domu Nocy i sprowadzę pomoc — powiedział Darius.

W jego głosie pobrzmiewała frustracja. Jaką pomoc miał na myśli? Od chwili powrotu do szkoły nie widziałam żadnego z jego braci. Smok świetnie władał białą bronią, ale przecież sam nie pokona tych wszystkich kruków. Drzewa rosnące przy opactwie od strony Dwudziestej Pierwszej aż się pod nimi uginały — nie dość, że przytłaczał je ciężar lodu, to jeszcze te masywne kruczyska. Nic dziwnego, że co rusz słyszeliśmy trzask łamiących się gałęzi, równie przerażający jak prześmiewcze głosy tych pokracznych ptaków.

— Hej, słyszałam, że potrzebujecie pomocy.

W całym swoim życiu tak się nie ucieszyłam, słysząc czyjś głos, jak w tym momencie na dźwięk specyficznego zaciągania Stevie Rae. Przygarnęłam przyjaciółkę mocno, szczęśliwa, że widzę ją żywą, i nie troszcząc się o to, jakie tajemnice przede mną skrywa. Z ulgą dostrzegłam za jej plecami gromadkę czerwonych adeptów.

— Ohyda! — rzuciła Kramisha, z niesmakiem patrząc na kruki.

— Skopmy im tyłki! — zagrzewał nas do walki umięśniony, naładowany testosteronem Johnny B.

— Owszem, są ohydne, ale nie robią nic, tylko nas obserwują — usłyszałam kolejny znajomy głos.

— Erik! — zawołałam. Uśmiechnięta Stevie Rae puściła mnie, a on otoczył swoimi silnymi ramionami.

Po prawej stronie dostrzegłam jakiś ruch i nagle w objęciach Damiena znalazł się Jack.

Podniosłam wzrok na Erika i mimo tego całego bałaganu, w który wdepnęliśmy, pomyślałam o tym, jak bardzo bym chciała, żeby wszystko między nami było takie łatwe. Przez chwilę naprawdę pragnęłam, żebyśmy istnieli tylko my dwoje, bez Starka, Kalony i Heatha...

A skoro o tym mowa...

— Co z Heathem? — zapytałam, wyślizgując się z objęć Erika.

Westchnął i wskazał brodą budynek opactwa.

— Jest tam. Cały i zdrowy.

Uśmiechnęłam się z lekkim zawstydzeniem, nie wiedząc, co powiedzieć.

— Zoey, Kalona wkrótce tu będzie. Kruki Prześmiewcy nie atakują, bo już nie próbujemy się wydostać. Pilnują nas tylko. Nie zapominaj, co musisz zrobić — przebił się przez moje zakłopotanie głos Dariusa.

Skinęłam głową i obróciłam się w stronę siostry Mary Angeli.

— Kalona przyjdzie tu za nami. Pamięta siostra, jak mówiłam, że jest nieśmiertelny?

— Tak — odparła. — To upadły anioł.

— A pamięta siostra historię naszej najwyższej kapłanki? Teraz już mamy pewność, że przeszła na złą stronę i że przyjdzie tu z nim. Oboje są równie groźni.

— Rozumiem.

— Kalony nie można zabić, ale chyba wiem, jak go stąd wygnać, i mam nadzieję, że Neferet odejdzie wraz z nim. Potrzebuję jednak pomocy siostry.

— Zrobię co w mojej mocy — powiedziała.

— Świetnie. A konkretnie potrzebna mi sama siostra oraz — odwróciłam się do Stevie Rae — ty.

Afrodyta stanęła obok mnie.

— I ja — dodała.

— A także babcia. Wiem, że to będzie dla niej trudne, ale potrzebuję jej tu czy raczej tam, gdzie znajduje się środek tej mocy, którą wokół nas wyczuwam.

— Kramisho, kochanie, sprowadzisz babcię Zoey?

— Tak, proszę siostry — powiedziała Kramisha i oddaliła się szybko.

— Siedliskiem mocy jest Grota Maryjna. — Siostra Mary Angela wskazała coś za moimi plecami, nieco w bok od miejsca, w którym stałyśmy, pomiędzy nami, północno-zachodnim krańcem starannie przyciętego trawnika a zagajnikiem pełnym potwornych kruków.

Obróciłam się w tamtą stronę i aż jęknęłam ze zdumienia zdziwiona, że wcześniej tego nie dostrzegłam. To była największa kaplica, jaką w życiu widziałam, zrobiona z dużych brył piaskowca dobranych tak, by każdy doskonale pasował do tych, które go otaczały. Miała kształt miski i przypominała wielki amfiteatr. W środku stała ławka, a wzdłuż krzywizny znajdowało się kilka kamiennych półek. Gdzie tylko się dało, ustawiono świece, więc cała grota jarzyła się światłem zwielokrotnionym przez swoje odbicie w lodzie. Idąc w jej stronę, wstrzymałam oddech na widok pięknego łukowatego sklepienia, a raczej tego, co zobaczyłam w pobliżu jego szczytu. Był to najpiękniejszy posąg Matki Boskiej, jaki kiedykolwiek dane mi było ujrzeć. Miała spokojną rozmodloną twarz, wzniesioną ku górze i jakby lekko uśmiechniętą. Wokół jej stóp owijało się mnóstwo przepięknych róż sprawiających wrażenie, jakby to z nich się zrodziła. Przyjrzałam się jej twarzy i scrcc niemal mi zamarło. Rozpoznałam ją. Jak mogło być inaczej? Ukazała mi się przed zaledwie kilkoma dniami w postaci mojej bogini.

— Czuję moc tego miejsca — rzekła Afrodyta.

— Ojej, ten posąg jest naprawdę uroczy — zachwycał się Jack. Obaj z Damienem trzymali się za ręce i wpatrywali w figurę.

— Spójrzcie na chodnik — powiedziała Stevie Rae. — Jest idealny.

Spojrzałam w dół. Chodnik prowadzący od miejsca, gdzie pozostawiliśmy konie, zmieniał się przed kaplicą — stawał się znacznie szerszy i tworzył koło. Uśmiechnęłam się do Stevie Rae.

— Faktycznie, idealny!

— Co mamy zrobić, Zoey? — zapytała siostra Mary Angela, ale zanim zdążyłam odpowiedzieć, usłyszeliśmy ryk silnika i spojrzeliśmy w kierunku ciężkich od kruków drzew i ulicy za nimi.

Z narastającym strachem patrzyłam, jak wielki czarny hummer, ten sam, w którym przywieziono mnie do szkoły, skręca z drogi, zwiększa obroty silnika, zjeżdża do rowu, a potem wspina się na nasyp i z wyciem przedziera przez zagajnik, wywołując entuzjastyczne bicie kruczych skrzydeł i radosne krakanie.

— Siostro, niech siostra stoi przy mnie — powiedziałam.

— Afrodyto, Stevie Rae, wy też.

— Jesteśmy — rzekła Afrodyta.

Erik i Darius odsunęli się, by obie dziewczyny mogły do mnie podejść.

— Gdzie babcia? — zapytałam.

— Nie obawiaj się, jest już w drodze — uspokajała mnie siostra.

W końcu hummer się zatrzymał, tak blisko, że konie prychały na niego i cofały się tak długo, aż dotarły pod wiatę samochodową. Drzwi samochodu stanęły otworem i ze środka wysiedli Kalona i Neferet. Ona cała w czerni — miała na sobie jedwabną suknię do samej ziemi z dużym dekoltem, który odsłaniał zawieszony na wysokości piersi onyksowy wisiorek ze skrzydłami. Wokół niej pulsowała ciemna aura, unosząc włosy na ramionach i poruszając nimi.

— O w mordę... — szepnęła Afrodyta.

— No — przyznałam.

Obok Neferet stanął Kalona. Miał na sobie wyłącznie czarne spodnie. Gdy oddalał się od hummera, jego skrzydła zaszeleściły i rozwarły się lekko, ukazując zaledwie odrobinę swojego majestatu.

— O Matko Najświętsza! — jęknęła stojąca przy mnie siostra Mary Angela.

— Niech siostra nie patrzy mu w oczy! — ostrzegłam.

— On potrafi hipnotyzować, nie można mu na to pozwolić!

Zawahała się, zlustrowała go wzrokiem, po czym rzekła:

— Nie hipnotyzuje mnie, ale mi go żal. Nie mam wątpliwości co do jego upadku.

— Jak staro wygląda w oczach siostry? — zapytałam, nie potrafiąc się powstrzymać.

— Starzej niż Ziemia — odparła.

Nie zdążyłam jej powiedzieć, że dla mnie wygląda jak osiemnastolatek, bo właśnie wtedy z hummera wysiadł kierowca i stanął obok tych dwojga. Był nim Stark. Natychmiast spojrzał na mnie i ledwo dostrzegalnie kiwnął mi głową.

Usłyszałam, jak Stevie Rae gwałtownie wciąga powietrze, a czerwoni adepci kręcą się niespokojnie.

— To ten chłopak, który do mnie strzelał, nie? — zapytała Stevie.

— Tak — przyznałam.

— Ukończył Przemianę — zauważyła. — Jest czerwonym wampirem.

— I pieprzonym gnojkiem — wymamrotała Afrodyta. — Przepraszam, siostro — dodała szybko.

— Nie ufaj mu, Zoey — rozległ się za moimi plecami głos Dariusa. — Widzisz, z kim się sprzymierzył.

— Darius — odparłam surowo, nie obracając się do niego — to ty musisz zaufać mnie, co oznacza akceptację mojej oceny.

— Czasem twoja ocena bywa spaczona — rzekła Erin.

— Nie wtedy, kiedy słucham Nyks — powiedziałam.

— A teraz jej słuchasz? — zapytała Shaunee.

Wlepiłam wzrok w Starka, starając się dostrzec wokół niego ciemną aurę, ale nic takiego nie zauważyłam. Był tylko on, znajomy chłopak spokojnie patrzący mi w oczy.

— Oczywiście. A teraz utwórzcie wokół nas krąg.

Bliźniaczki i Damien natychmiast się przesunęli i zajęli swoje miejsca — Damien przeszedł na wschodni kraniec cementowego koła, Shaunee (którą raczej słyszałam, niż widziałam) ustawiła się za mną, a Erin na lewo od nas. Przez moment obawiałam się, że będę musiała się odsunąć od Afrodyty, Stevie Rae i siostry, by zająć miejsce ziemi, lecz zaraz się zorientowałam, że Grota Maryjna stoi dokładnie na północy, a piękna srebrzysta nić, która nas otacza, obejmuje także ją.

— Nie możesz wiecznie utrzymywać kręgu — odezwał się Kalona, podchodząc powoli do naszej grupki. — Ja natomiast mogę cię prześladować zawsze.

— Moi adepci! — przemówiła Neferet, podchodząc do niego. Jeśli nie liczyć kłębiącej się wokół niej ciemności, była piękna i spokojna jak prawdziwa kapłanka. — Pozwoliliście, by nieprzemyślana pogoń Zoey za władzą naraziła was na niebezpieczeństwo, ale nie jest jeszcze dla was za późno. Musicie tylko się jej wyrzec i rozwiązać krąg, a wasza najwyższa kapłanka przygarnie was z powrotem do swej piersi.

— Gdyby nie było tu zakonnicy, tobym ci powiedziała, co możesz zrobić ze swoją paskudną piersią — odpyskowała Afrodyta.

— To nie Zoey odwróciła się od Nyks — zauważyła Erin.

— Właśnie. Wszyscy wiemy, że ty to zrobiłaś. Zoey po prostu pierwsza się tego domyśliła — dodała Shaunee.

— No proszę, jak zamieszała wam w głowach swoimi podłymi kłamstwami — powiedziała Neferet smutnym racjonalnym tonem.

— A co zamieszało w mojej? — zapytała stojąca obok mnie siostra Mary Angela. — Ledwie znam tę dziewczynę. Jej słowa nie mogły zmącić mojej świadomości ani skłonić do wyobrażenia sobie ciemności, która od ciebie bije.

Spokój Neferet pierzchnął, a twarz wykrzywiła się wściekle.

— Ty głupia ludzka kobieto! Oczywiście, że wyczuwasz we mnie ciemność. Jestem wcieleniem bogini nocy!

Opanowanie siostry nie było udawane, więc te słowa nie wyprowadziły jej z równowagi.

— Nie — powiedziała po prostu. — Znam Nyks i chociaż uosabia ona noc, nie frymarczy ciemnością. Bądź z nami szczera, kapłanko, i przyznaj, że zerwałaś ze swoją boginią dla tej istoty. — Gwałtownym ruchem ręki wskazała Kalonę, trzepocząc przy tym uroczo fałdami habitu. — Rozpoznaję cię, Nefilium! I w imię Najświętszej Panny powtórzę ci słowa, które już znasz: powinieneś stąd odejść i wrócić do krainy swego pochodzenia. Ukorz się, a może będzie ci dane zaznać wieczności w raju!

— Nie odzywaj się do niego, kobieto! — krzyknęła przeraźliwie Neferet, porzucając wszelkie pozory spokoju. — To bóg, który zstąpił na ziemię. Powinnaś paść mu do nóg!

Potworny śmiech Kalony wywołał poruszenie i syk siedzących na okolicznych drzewach Kruków Prześmiewców.

— Drogie panie, nie kłóćcie się o mnie! Jestem bogiem, starczy mnie dla wszystkich! — Odpowiadał Neferet i siostrze Mary Angeli, ale jego bursztynowe oczy patrzyły prosto na mnie.

— Nigdy z tobą nie będę — powiedziałam, ignorując obecność wszystkich pozostałych osób. — Zawsze pozostanę wierna swojej bogini, a ty jesteś przeciwieństwem wszystkiego, co ona ucieleśnia.

— Nie myśl sobie... — zaczęła Neferet, lecz Kalona uciszył ją gestem.

— Źle mnie oceniasz, A-yo. Zajrzyj w głąb siebie i znajdź dziewczynę stworzoną po to, by mnie kochać.

Tłum za moimi plecami się rozstąpił. Poczułam lekkie drgnienie świadczące o tym, że linia kręgu została przekroczona, co mogło nastąpić jedynie wtedy, kiedy bogini pozwoliła komuś wejść. Chciałam się odwrócić i sprawdzić, kto do nas dołączył, ale nie mogłam oderwać wzroku od hipnotycznych oczu Kalony.

Potem na mojej dłoni spoczęła inna, natychmiast niwecząc jego czar. Z okrzykiem radości opuściłam wzrok i zobaczyłam babcię siedzącą na pchanym przez Heatha wózku inwalidzkim. Wyglądała, jakby przeżyła kataklizm. Jedną rękę miała w gipsie, głowę zabandażowaną, a twarz wciąż spuchniętą i posiniaczoną, lecz jej uśmiech i słodki głos były takie jak zawsze.

— Słyszałam, że mnie potrzebujesz, *u-we-tsi-a-ge-ya*?

Ścisnęłam jej dłoń.

— Zawsze będę cię potrzebować, babuniu!

Zerknęłam na Heatha, a on uśmiechnął się do mnie.

— Skop mu tyłek, Zo — powiedział i cofnął się, by dołączyć do Erika i Dariusa.

Babcia tymczasem zdołała jakoś wstać. Zrobiła dwa wolne kroki naprzód, w kierunku zagajnika pełnego Kruków Prześmiewców.

— O synowie kobiet mego ludu! — zawołała, a jej głos poniósł w noc dźwięczny rytm plemiennego bębna. — Pozwoliliście mu zrobić z siebie coś takiego? Gdzie jest krew waszych matek? Czy nie czujecie, że łamiecie im serca?

Zdumiona patrzyłam, jak kilka kruków odwraca głowy, jakby wstydziły się patrzeć babci w oczy. U innych czerwony blask począł przygasać, ustępując miejsca wyrazowi smutku i konsternacji ludzkiej części ich dusz.

— Milcz, *Ani Yunwiya*! — zagrzmiał wokół nas głos Kalony.

Wiedziałam, że babcia rozpoznała starożytną nazwę swego ludu. Powoli przeniosła wzrok na skrzydlatego demona.

— Widzę cię, Pradawny. Czy ty się nigdy nie nauczysz? Czy kobiety znów muszą złączyć wysiłki, by cię pokonać?

— Nie tym razem, Ghigua. Tym razem nie będzie wam tak łatwo mnie uwięzić.

— Być może tym razem po prostu poczekamy, aż uwięzisz się sam. Jesteśmy bardzo cierpliwi, a to już raz się zdarzyło — rzekła babcia.

— Ale ta A-ya jest inna — odparł Kalona. — Jej dusza woła do mnie w snach. Wkrótce przywoła mnie także na jawie, a wtedy stanie się moja.

— Nie — powiedziałam stanowczo. — Myślenie, że możesz mnie posiąść, jakbym była dobrem materialnym, to twój pierwszy błąd. Moja dusza reaguje na twoje przyciąganie — przyznałam wreszcie głośno, znajdując w tym szczerym wyznaniu źródło zdumiewającej siły — lecz jak sam stwierdziłeś, jestem inna. Mam wolną wolę i dzięki niej nie poddam się ciemności. Proponuję zatem, abyś natychmiast się stąd wyniósł, zabierając ze sobą Neferet i kruki, i udał się gdzieś daleko, gdzie będziesz mógł żyć w spokoju, nikomu nie szkodząc.

— A jeśli nie posłucham? — zapytał.

— Wtedy, jak to ujął mój ludzki partner, skopię ci tyłek — oznajmiłam pewnie.

Na jego rozbawionej twarzy wykwitł czarujący uśmiech.

— A-yo — rzekł Kalona — nie sądzę, abym miał stąd odejść. Tulsa bardzo mi się podoba.

— Pamiętaj, że sam to na siebie sprowadziłeś — powiedziałam, po czym przemówiłam do otaczających mnie kobiet: — W wierszu napisano: „Złączone po to, by poskromić, nie pokonać". Ja jestem Nocą. Sprowadziłam was do siostry Mary Angeli, która jest Duchem. — Wyciągnęłam rękę, a siostra ujęła ją mocno. — Stevie Rae, ty jesteś Krwią. Afrodyto, ty jesteś Człowieczeństwem.

Stevie Rae podeszła do zakonnicy i ujęła ją za drugą dłoń, po czym spojrzała na Afrodytę, która skinęła głową i chwyciła jej wyciągniętą rękę.

— Co one robią? — dobiegł z mniejszej niż przedtem odległości głos Neferet. Podniosłam głowę i zobaczyłam, że zmierza w naszą stronę szybkim krokiem.

— Co to za zabawa, A-yo? — Kalona też zbliżał się do kręgu, a wszelkie rozbawienie zniknęło z jego głosu.

— A Ziemia dopełnia. — Wyciągnęłam rękę do babci.

— Nie pozwól Ghigua do nich dołączyć! — krzyknął Kalona.

— Stark! Zabij ją! — rozkazała Neferet.

Wstrzymałam oddech i spojrzałam Starkowi w oczy.

— Zabij Zoey — rzekła Neferet. — Tym razem bez żadnych błędów. Celuj w serce! — Gdy wypowiadała te słowa, z otaczających ją cieni wyśliznęły się smugi ciemności, sunąc ku Starkowi, owijając mu się wokół kostek i podpływając coraz wyżej. Doskonale widziałam rozgrywającą się w jego duszy bitwę. Mroczna moc Neferet wciąż miała na niego wpływ. Poczułam ucisk w żołądku. Czy ślubowanie wojownika, które mi złożył, wystarczy, by pokonać jej czar? Chciałam mu zaufać. Postanowiłam mu zaufać. Czyżby miało się to okazać głupim błędem?

— Nie! — wrzasnął Kalona. — Nie zabijaj jej!

— Nie będę się tobą dzieliła! — krzyknęła Neferet. Włosy latały jak szalone wokół jej głowy, a cała postać jakby urosła. Miałam rację, sądząc, że nie jest już tym, czym była, ani cieleśnie, ani też duchowo. Odwróciła się gwałtownie od Kalony do Starka. — W imię mocy, którą cię wskrzesiłam, rozkazuję ci trafić w cel. Przestrzel serce Zoey!

Wpatrywałam się w chłopaka, próbując przekonać go siłą woli, by wybrał dobro, by zawsze je wybierał, by odwrócił się od dławiącej ciemności Neferet, i dostrzegłam moment, w którym podjął decyzję. Jakbyśmy znów byli na ciasnym zapleczu sali gimnastycznej, usłyszałam własny głos mówiący: „Moje serce należy do ciebie", i jego odpowiedź: „W takim razie lepiej, żebyśmy oboje byli bezpieczni. Trudno żyć bez serca".

— Oto cel, którego nie mogę chybić — przerwał lodowatą ciszę głos Starka. Zwracał się prosto do mnie, jakbyśmy byli sami. — Ta część serca mojej pani, która należy do mnie.

Wtedy cienie, które obejmowały jego ciało, opadły nagle, a ja z przerażeniem pojęłam, co Stark chce zrobić.

Wymierzył łuk prosto we mnie, napiął strzałę i strzelił.

Gdy ją wypuszczał, krzyknęłam:

— Powietrze, ogniu, wodo, ziemio, duchu! Ta strzała nie może go tknąć!

Posłałam w stronę Starka całą połączoną moc pięciu żywiołów. Strzała zamigotała dziwnie i nagle zamiast lecieć w moją stronę, skręciła z powrotem ku niemu. O kilka zaledwie cali od jego serca żywioły dopadły ją i zniszczyły z taką siłą, że odrzucony do tyłu, ale nietrafiony chłopak przewrócił się na ziemię.

— Ty suczy pomiocie! — zawyła Neferet. — Nie wygrasz ze mną!

Ignorując ją, ponownie wyciągnęłam rękę do babci.

— A Ziemia dopełnia — powtórzyłam.

Babcia ujęła moją dłoń i razem stawiłyśmy czoła gniewowi Kalony i Neferet.

— Nie przeklinajcie ich! — odezwała się siostra Mary Angela głosem tak spokojnym, że brzmiał jak z innego świata. — Ciemność, gniew i przekleństwa to jego bliscy znajomi.

— Błogosławieństwo — podsunęła Stevie Rae.

— Właśnie — przytaknęła Afrodyta. — Ktoś, kto jest przepełniony nienawiścią, nie wie, jak reagować na miłość. — Na moment spojrzała mi w oczy i uśmiechnęła się.

— Pobłogosław go, babciu. My się przyłączymy — powiedziałam.

Powietrze wypełnił silny, dźwięczny głos babci wzmocniony przez potęgę ducha i krwi, nocy i ziemi połączonych człowieczeństwem miłości.

— Kalono, mój *u-do*. — Babcia użyła czirokeskiego słowa oznaczającego brata. — Oto moje błogosławieństwo dla ciebie. — Zaczęła recytować prastare błogosławieństwo swego ludu, tak dobrze mi znane, że słuchając go, czułam się, jakbym wróciła do domu: — Niech ciepłe wiatry Niebios łagodnie owieją twój dom...

— Niech ciepłe wiatry Niebios łagodnie owieją twój dom... — powtórzyła cała nasza piątka.

— A Wielki Duch niech pobłogosławi wszystkich, co tam wchodzą — ciągnęła babcia.

Tym razem do powtarzanej przez nas frazy dołączyli Damien i Bliźniaczki.

Głos babci wciąż brzmiał mocno i spokojnie.

— Niech twoje mokasyny radośnie depczą liczne śniegi...

Gdy zaczęliśmy powtarzać jej słowa, przyłączyła się reszta kręgu. Słowa błogosławieństwa dobiegały nawet zza moich pleców — domyśliłam się, że to siostry opuściły swoje sanktuarium i dołączyły do naszej modlitwy.

Kiedy babcia wypowiadała ostatnią linijkę błogosławieństwa, jej głos emanował taką miłością, takim ciepłem, tak ogromną radością, że do oczu napłynęły mi łzy.

— I niechaj tęcza zawsze dotyka twego ramienia...

Wówczas ponad nasze głosy wzbił się bolesny krzyk Kalony. Demon podszedł chwiejnie do kręgu i zatrzymał się o krok ode mnie. Obok niego stała Neferet z wykrzywioną nienawistnie twarzą. Kalona wyciągnął do mnie rękę.

— Dlaczego, A-yo? — zapytał.

Oślepiające światło wiążącej krąg srebrnej nici przeskoczyło przeze mnie i uderzyło w nich. Patrzyłam, jak pętla się zaciska, i wiedziałam, że tę nić tworzą nie tylko żywioły, lecz także Noc, Duch, Krew i Człowieczeństwo, a wszystko to zakorzenione w Ziemi.

Kalona zatoczył się do tyłu z potwornym wrzaskiem. Neferet przywierała do niego, a pulsująca wokół niej ciemność kotłowała się i wyginała w rytm przeraźliwych krzyków kapłanki. Nie odrywając ode mnie oczu, Kalona otoczył Neferet ramionami, rozłożył potężne krucze skrzydła i unosząc ją, wzbił się w niebo. Przez chwilę krążył nad nami, biciem skrzydeł walcząc ze ściągającą go grawitacją, potem srebrna nić cofnęła się, po chwili uderzyła w nich niczym bat i unosiła skrzydlatego mężczyznę i upadłą kapłankę coraz wyżej i wyżej, aż wreszcie zniknęli w chmurach. Wtedy kruki z wrzaskiem podążyły za nimi.

Gdy tylko Kalona zniknął nam z oczu, poczułam w piersi znajomy ogień i wiedziałam, że kiedy następnym razem spojrzę w lustro, zobaczę kolejny znak przychylności swojej bogini, choć tym razem będzie on spleciony z bliznami i wielkim, łamiącym serce bólem.

ZAKOŃCZENIE

Przez bardzo długą chwilę panowała absolutna cisza. W końcu przerwałam ją, instynktownie dziękując żywiołom i zamykając krąg. Wciąż oszołomiona, pomogłam babci usiąść z powrotem na wózku. Siostra Mary Angela zagarnęła wszystkich i trajkocząc o tym, jacy musimy być zmoknięci, zmarznięci i zmęczeni, zagnała nas do opactwa, obiecując gorącą czekoladę i suche ubrania.

— Konie — powiedziałam.

— Już się nimi zajęto.

Wskazała dwie swoje towarzyszki, które rozpoznałam z czasów ochotniczej pracy w schronisku dla kotów — siostrę Biancę i siostrę Fatimę. Prowadziły właśnie nasze trzy klacze do małego budyneczku, który teraz był cieplarnią, ale sądząc po mocnych kamiennych fundamentach, kiedyś mógł być stajnią.

Kiwnęłam głową kompletnie wyczerpana i zawołałam Dariusa, po czym ruszyłam w stronę nieruchomego ciała Starka. Darius, Erik i Heath szli w ślad za mną.

Stark leżał skulony na ziemi obok hummera, jasno oświetlony przez reflektory samochodu. Atak żywiołów zdarł i spalił mu koszulę, odsłaniając pierś, a na niej czerwoną ranę po uderzeniu złamanej strzały. Wyglądała strasznie — nie tylko poszarpana i krwawiąca, lecz w dodatku otoczona ciemnymi plamami, jakby go przypalano rozgrzanym żelazkiem. Przygotowałam się na najgorsze. Już raz patrzyłam na jego śmierć, więc i drugą mogłam znieść. Przyklęłam obok i ujęłam dłoń chłopaka. Miałam rację: nie oddychał. Ale gdy tylko go dotknęłam, zaczerpnął głęboko powietrza, zakaszlał i z grymasem bólu otworzył oczy.

— Hej — powiedziałam łagodnie, uśmiechając się przez łzy i w duchu dziękując Nyks za ten cud. — Naprawdę nic ci nie jest?

Spojrzał na swoją pierś.

— Dziwnie pali, ale poza tym, że czuję się jak stratowany przez pięć żywiołów, chyba mam wszystko na swoim miejscu.

— Przestraszyłeś mnie — powiedziałam.

— Przestraszyłem siebie — odparł.

— Wojowniku, kiedy ślubujesz wierność najwyższej kapłance, twoim zadaniem nie jest wystraszenie jej na śmierć, lecz chronienie przed śmiercią — zauważył Darius, podając mu rękę.

Stark ujął ją i wstał powoli, krzywiąc się z bólu.

— Cóż — powiedział z tym zadziornym uśmiechem, który tak lubiłam — służenie tej damie może być przyczynkiem do stworzenia całej listy nowych zasad.

— Co ty powiesz — zakpił Erik.

— Taaa, jakbyśmy tego nie wiedzieli — zawtórował mu Heath.

— Dajcie spokój — żachnęłam się, kręcąc głową pod adresem wszystkich swoich chłopaków.

— Zoey, spójrz w górę! — zawołała babcia. Uniosłam głowę i z zachwytem wciągnęłam powietrze.

Chmury całkowicie się rozstąpiły, pozostawiając czyściutkie niebo i jaskrawy półksiężyc, który lśnił tak jasno, że natychmiast wypalił resztki konsternacji i smutku zasianych w moim sercu przez Kalonę.

Podeszła do mnie siostra Mary Angela. Ona także patrzyła w górę, lecz nie na niebo — spoglądała na posąg Matki Boskiej oświetlony przez księżyc jednym jasnym, pięknym promieniem.

— Nie pozbyliśmy się ich jeszcze na dobre — powiedziała cicho, tak bym tylko ja usłyszała.

— Wiem — odparłam. — Ale cokolwiek się stanie, moja bogini będzie przy mnie.

— Twoi przyjaciele także, kochanie. Oni także.

———————